南阳作家自选集

雀城恋歌

盛丹隽　著

中原出版传媒集团
大地传媒

大象出版社
·郑州·

图书在版编目(CIP)数据

雀城恋歌 / 盛丹隽著.— 郑州 ：大象出版社，
2016. 9（2017. 2 重印）
（南阳作家自选集）
ISBN 978-7-5347-8082-0

Ⅰ. ①雀… Ⅱ. ①盛… Ⅲ. ①中篇小说—小说集—中国—当代②短篇小说—小说集—中国—当代 Ⅳ. ①I247. 7

中国版本图书馆 CIP 数据核字(2015)第 101837 号

南阳作家自选集
雀城恋歌
盛丹隽 著

出 版 人 王刘纯
责任编辑 石更新
责任校对 牛志远
装帧设计 王晶晶

出版发行 大象出版社(郑州市开元路 16 号 邮政编码 450044)
发行科 0371-63863551 总编室 0371-65597936
网 址 www.daxiang.cn
印 刷 河南省瑞光印务股份有限公司
经 销 各地新华书店经销
开 本 787mm×1092mm 1/16
印 张 21.25
字 数 280 千字
版 次 2016 年 9 月第 1 版 2017 年 2 月第 2 次印刷
定 价 42.00 元

若发现印、装质量问题，影响阅读，请与承印厂联系调换。
印厂地址 郑州市二环支路 35 号
邮政编码 450012 电话 0371-63956290

总　序

南阳是国家历史文化名城,文化底蕴厚重,文化资源丰富,文化名人辈出。理清南阳文化发展的脉络,才能更好地探寻南阳文化发展的道路与方向。通过这几年对南阳的了解与感受,我认为文化是南阳最突出的城市符号,是南阳未来发展的宝贵资源。

南阳是汉文化的昌盛之地,其标志性无可取代。早在战国时期,南阳就是全国的冶铁中心,农业、手工业都十分发达。西汉时,南阳"商遍天下,富冠海内",为全国五大都市之一。东汉时,光武帝刘秀发迹于此,故南阳有"南都""帝乡"之称。经济的繁荣有力地推动了文化艺术的发展和昌盛。两汉三国时期南阳名人荟萃:张衡的科学成就举世称誉,因而他被列为"世界十大文化名人"之一;以"医圣"张仲景为代表的汉代医药文化是中华民族乃至世界医药文化宝库中的瑰宝;足智多谋的军事家诸葛亮成为人类智慧的化身。南阳的文学、乐舞、绘画、雕刻等艺术门类异彩纷呈,各领风骚,在整个汉代文化艺术中占据着举足轻重的地位。特别是最能反映汉代艺术水平的南阳汉画像石和汉画像砖,朴素而不单调,豪放而不粗疏,被世人称为"东方艺术宝库"。

南阳是河洛文化、荆楚文化和秦巴文化的荟萃之地,其多样性特色鲜明。南阳文化既有河洛文化的典重质实,又有荆楚文化的清奇灵巧，还有秦巴文化的苍凉豪放。这是南阳自古以来优越的自然环境、发达的水陆交通和良好的社会经济环境决定的。南阳境内山川秀丽，河流纵横，分属长江、黄河、淮河三大水系。从春秋战国时期起，南阳郡为秦、楚等国与中原各国的交通枢纽，由关中向江淮此乃孔道，由伊洛向荆襄此乃要冲，既是南北交通的咽喉，又是西北通往东南的必由之路。发达的水陆交通和优越的自然环境不仅为南阳的经济繁荣提供了得天独厚的条件，更为河洛文化、荆楚文化和秦巴文化在这里的交融与发展奠定了基础。

南阳是文脉相承的兴旺之地，其稳定性十分罕见。得益于优越的自然环境和区位优势，并且较少受到战争的影响，自古以来南阳文化都十分发达，兼容并包，千姿百态。兴旺的文脉如长河奔流滔滔不息，从未中断。自两千多年前到现在，南阳可谓“江山代有才人出，各领风骚数百年”。以“科圣”张衡、“医圣”张仲景、“商圣”范蠡、“智圣”诸葛亮这四圣为代表的历史文化名人灿若群星；“二十四史”里有记载的南阳历史文化名人超过800人。到了现当代，南阳名人仍然层出不穷。目前，仅南阳籍两院院士就有19人，占河南籍两院院士的三分之一。另外，还有以姚雪垠、二月河等为代表的南阳作家群等。

先辈留下的丰厚文化资源为我们开展文化建设提供了得天独厚的有利条件。我们要在传承和保护南阳厚重文化的基础上更好地创新与发展，充分发挥文化引领风尚、教育人民、服务社会、推动发展的作用，使文化成为实现南阳跨越式发展的新动力，成为南阳城市发展的终极竞争力，这是我们共同的历史使命。人类前行到今天，“文化是根，文化是魂”的共识更有力地彰显出文化本来应有的鲜明印记。如果说文化是人类在社会历史发展过程中所创造的物质财富和精神财富的总和，那么，一个国家对民族精神的塑造肯定是文而化之的结果。在这个过程中，文学无疑充当着十分重要的角色。它不仅是民族精神最形象、最直接、最生动的体现，而且代表着人类社会发展的文明程度。毫无疑问，南阳作家群在南阳文化建设方面发挥着积极的推动作用。南阳现有国家级作协会员 30 人、省级作协会员 340 人、市级作协会员 450 人，其中在全国知名或有相当影响的就有十数人。南阳作家群以整齐的阵容、众多的人数、独特的作品在中国当代文坛筑起一道亮丽的风景线，不仅成为文学豫军的重要力量，而且在中国文坛具有相当大的影响，是南阳当之无愧的文化名片和南阳人的骄傲，堪称南阳文化建设的一面旗帜。

近年来，南阳市委、市政府高度重视并支持南阳作家群的发展。为建设人才队伍，培养文学新人，南阳成立了南阳文学院，加强了《躬耕》杂志、《南阳日报·白河副刊》等文学阵地的建设，为南阳的文学创作营造了良好的环境。全市广大作家坚持以人民为中心的创作导向，深入生活，扎根群众，创作了一批精品力作。这次我们从南阳老中青三代作家中遴选出 35 位代表，将其优秀作品以“南阳青年作家丛书”和“南阳作家自选集”两套丛书的形式结集出版，这是南阳文学发展史上空前的举措，旨在助推南阳文学创作，全面系统地展示南阳当代作家的整体实力，为南阳转型跨越、绿色崛起提供强大的精神动力和文化支撑。希望这种助推能够成为南阳作家投身文学创作的新动力，期盼各位作家在个性化的文学创作中获得更大的成功。

中共南阳市委常委、宣传部长　王新会

2015年11月19日

目　录

雀城恋歌

一

冯艺来雀城的那天，住在丁香大酒店。912 房间，她在电话里对我说，记住了吗？912 房间。末了，又追加一句：我在等你噢。已经两年多没有冯艺的音信了，没想到一周以前，她突然发来伊妹儿，说想来雀城走走。来就来吧，我回伊妹儿说，回来走走也没什么不好。

这年头，都快四十的人了，还有多少东西能够令你怦然心动呢？况且，冯艺又不是别人，在她没离开雀城嫁给朱文宁之前，她是我的老婆，曾经和我有过一次短暂的婚姻。结婚了，然后又离了。整个过程一百零三天，细想起来不比喝一杯凉水复杂多少，没什么特别的滋味。或许尚未来得及结晶生孩子的缘故，离了之后自然不存在藕断丝连的后顾之忧。打完离婚证的那天晚上，冯艺有过一次出色的告别仪式。她披头散发，目光迷离，丝绸一样柔滑的皮肤在卧室灯光的映衬下，像好莱坞电影中的鬼魅丽影随她内心的波澜起伏跌宕；她俯下身子，将挺直的鼻梁伸进我厚厚的黑发，发出某种夸张的喘息声的同时，低声对我说，我要嗅遍你的每一寸肌肤。想嗅就嗅吧，我静静地仰躺在席梦思床垫上，任她的鼻子和舌头，一路感觉下去。她急促的鼻息、跳动的舌尖，趺趺撞撞地游走在我的皮肤之上。那种感觉，犹如微风中的火苗，飘摇在我皮肤的记忆深处，久久不肯离去。这是冯艺最喜欢采取的表达亲昵的方式，她身怀绝技，能在舌尖进出自如的同时，不停地喃喃私语。但那种私语含混不清，直到她的激情演出谢幕，我兔子一样高高竖起的耳朵，也未能捕捉到一个清晰的音节。最后，精疲力竭的冯艺俯在我的耳边，说没别的意思，权当留个纪念吧。来自冯艺的那个匪夷所思的纪念，没有在我的心里留下什么痕迹，因为不久之后，另一个女人睡到了我的身边，她就是我现在的老婆费小莹。

既然冯艺来雀城，且电话都打过来了，不去会晤一下，怎么说得过去呢？晚上吃完饭，我对费小莹说，要出去看个朋友。没料到正在拾掇碗筷的费小莹出现一脸疑惑的表情，她说，朋友？男友还是女友？我说冯艺来了，住在丁香大酒店。她父母家不是在雀城吗？费小莹说不住家里住酒店，摆什么谱啊？经费小莹这么一提醒，我心里也难免咯噔一下，就是呀，冯艺为什么不住她父母家呢？费小莹知道我和冯艺没什么来往，她没有亲眼见过冯艺，谈不上对冯艺印象的好坏。我怕她情绪一激动，提出和我一起赴约，那可叫我如何面对？

显然，我的担心是多余的。费小莹习惯性地用食指点了点我额头，说愣着干吗？赶紧去约会呀。不过，十点钟不回家，干脆睡马路上去得了。去去就回，我把手伸进费小莹的裙子，在她光滑的腿上摸了一把，说晚上我还想交公粮呢。小声点，她娇嗔地在我的手背上掐了一把，说就不怕末末听到。末末是我十一岁的宝贝女儿，正在里屋做她的初中一年级家庭作业。费小莹把我送到门口，对着我的身影，说路上小心点，我说话算话哦。

外面的天气很热，骑自行车没多大一会儿，背心便有了那种汗津津的感觉。不知从哪个春天开始，雀城街头有了纷纷飘零的杨花，毛茸茸的绒球，白白的，随风在空中打着旋儿，不旋到炎热的夏天，不会从人们视野里消失。现在的杨花，明显处于衰败状态，虽说见不到绒球，但散落于空气中的毛毛，会闯入鼻孔，弄得人痒丝丝的直想打喷嚏。晃晃悠悠，一路晃到丁香大酒店的时候，雀城暮色四合，道路和两旁的楼房都亮起了耀眼的灯光。

那天，冯艺显然刚洗完澡，湿漉漉的黑发散落肩头，挂在发梢的几滴水珠，悠来荡去，任凭她的身子怎么动作，就是赖在那儿不肯下来。冯艺坐在离我不远的地方，身穿一条质地相当考究的黑裙，微微翘起的二郎腿上没穿丝袜，露出点涂成红色的脚趾甲。她腿上的皮肤很白，隐隐地透出青色的血管，蛛网似的。乍看上去，冯艺变化不大，脸还是那张脸，嘴还是那张嘴，只是笑起来的时候，眼角和嘴角会出现不深不浅的皱纹。进门时她主动伸手，轻描淡写地和我握了握，然后笑着将我引到沙发上坐下，指着茶几上的水果拼盘，问我想不想来一个。我摇摇头，问她怎么没住家里。家里不方便，哪有住外面自在。她冲我莞尔一笑，问我：是不是啊？她的语气，她的表情，怎么看都不像一个接近四十岁的女人。她从茶几上拿起一盒摩尔烟，问我抽不抽，见我摆手表示不要，便独自含在嘴边，啪地打着蓝色的火苗，点燃，吸一口。她跷起兰花指夹着烟卷，然后吐出一口长长的烟雾，说怎么，还没学会？没学会好，没学会身体健康，可话又说回来，活得太久了，又有多大意思呢？她的眼睫毛扑闪了一下，朝我投来含义不清的一瞥，说来这儿，没给费小莹请假？请了，我如实回答说，她要我十点前必须回家。噢……冯艺一边点头一边把声音拖得很长，那声音时高时低，快结束时还唱歌似的打了个卷儿。

正说着话，房间的门叮咚起来。听到电铃的叫门声，冯艺一抬腿，打开二郎腿，踮着脚尖跳到门口。她抬腿的那一瞬间，可能划了个弧线，那一划不要紧，正好让我的视线接触到了她红色的内裤。天地良心，不是我想看，的确是她要春光乍泄的，我有什么办法呢？她总是喜欢红色内裤。十几年如一日，嗜"红"成癖，怕是想改也改不了了。还没等我从她的裙底风光中醒过神来，我的耳边就传来冯艺娇滴滴的声音：老公，你怎么才回来呀，想死人家啦。

冯艺丰腴的手臂环绕上一个名叫祝秋军的男人的脖子，嘴唇啪地在他的左腮上来了一口。她噘起嘴唇来的那一口,应该用了不小的劲,要不她屁颠屁颠地把祝秋军介绍给我时,他的脸上怎么会有一个圆圆的红印呢。要知道,刚沐浴不久的冯艺,显然还没来得及化妆。老公啊,冯艺拉起祝秋军的手,又拉起我的手,随后把我们合在一起,说他啊,梁家兴,我童年的小玩伴。好好,祝秋军捏住我的手晃了两晃,松开后说经常听小艺艺讲起你,果然名不虚传,名不虚传啊。与他的脸一样,祝秋军的手相当肉感,手心滑腻腻的,手背还藏着三个深深的肉坑坑。祝秋军刚从饭局中回来,有些醉意蒙眬的样子。他"嗵"地一屁股跌坐到沙发上,身子随即倒向沙发的后背,然后两手捧着金利来T恤衫下高高腆起的肚子,环视四周后莫名其妙地来了一句:雀城的天咋就这么热啊?

房间的中央空调冷气很足,他要是再感觉热,唯一的办法怕是只好冻进冰箱去了。进屋后,祝秋军总共才说了两句话,每一句都让我不得要领。说话间,冯艺光着脚丫进了趟里屋的房间,拿出一把黑色檀香折叠扇,坐在祝秋军身边沙发的扶手上,打开扇子轻轻晃了起来。说实话,祝秋军给我的第一印象相当糟糕,尽管他的头发乌黑发亮,还梳了个小小的分头装嫩,但看上去显得极不真实,像披了一层黑黑的盔甲。他身上的肉多得没地方去,只好向外扩张把他的皮肤撑得油光发亮。这种人,即使冯艺不说,根据我吃过的饭走过的路,定能有个八九不离十的判断:此公大小是个官僚。年过半百了吧?我欠了欠屁股,顺势瞧了一眼墙上的石英钟,九点差十分。房间里很静,静得只能听到石英钟的滴答声。小梁啊,祝秋军枕在沙发靠背上的肥头大耳,蓦地侧向我这一边,嘴巴一动眼睛也跟着虚开一条缝,又问:雀城每年夏天都这么热吗?

毕竟他不是来自月球,装什么蒜呢,不要以为胖得流油了,就分辨不出你与雀城相似的口音了,至少同属一个方言区吧,半径不会超过两百公里,你能不知道雀城的凉热吗?祝兄啊,我说雀城的天,还是那个天,关键问题是老兄体内的卡路里没地方去啦。卡路里?祝秋军笑眯眯地望着我，他的手在冯艺的腿上拍了拍，说卡路里是什么玩意儿？冯艺咬着下唇摇摇头，没事似的示意祝秋军过来问我。当着我的面，去拍冯艺的腿，太过分了！我从沙发上站起来，说时候不早了。要拍晚上去拍，一直拍到天亮都行，只要你老兄有兴趣。哈哈，小梁同志，祝秋军不知哪来的劲头，扯着嗓门兴奋地叫起来：害怕做床头柜（跪）了不是？祝秋军笑得涨红了脸，他两手摁住沙发，撑起肥硕的身子，走到房间门口，握住我的手说，小梁啊，明天，明天有空吗？我们吃餐饭，聚一聚，把弟妹和孩子带上，聊聊天，来雀城一趟不容易，不容易，真是不容易啊。记住了，我埋单！

见我不置可否的样子，冯艺在一边帮腔说，就是，家兴，聚一聚多有意思啊，来吧！

兴许是为了躲避这对活宝的纠缠，我答应明天没事，就打电话过来。好好，一言为定，祝秋军松开手，说今晚的酒过了点，恕不远送了。小艺艺，从他嘴里蹦出的那三个音节，叫我听了头皮一阵阵发麻，他说去送送你的小玩伴。

别送了，我说别送了。

出门时，我走在前面，冯艺跟在身后，她正准备随手关门的时候，房间里传来祝秋军的声音。冯艺一手扶住门把，一手扶住门框，把脑袋探进室内。小艺艺，快去快回，别忘了给我洗澡噢……我想我再不走，怕是肉麻死了。走廊上灯光幽暗，沿墙摆放的花卉暗香浮动。回屋吧，我对冯艺说了句，急忙走开。等我走进电梯，冯艺追了过来，她一步跨进电梯，舱门随即在她身后徐徐合上。电梯里就我们两人。冯艺靠在亮闪闪的舱壁上，两臂环抱在一起放在胸前，把裙子里面的一对乳房，鼓鼓地呈现在我的眼前。

她的乳房左大右小，当然一般人看不出来。至于我嘛，自然是个例外，谁让她和我同床了一百零三天呢。小的那个上面有七颗小黑痣，沿右乳的下沿，散落出一条北斗星状的曲线，玄妙无比。更为绝妙的是，每颗小黑痣虽说都呈黑褐色，但颜色深浅不一。在明亮的月光里看去，我经常会暗自发现数不清的惊叹号，一个惊叹号一颗北斗星，如此周而复始地闪烁在我眼前的时候，我会跟随惊叹号和北斗星跳动的节奏，加倍努力地工作，让身下姣好的胴体发出愉快的声音。

冯艺望着我，两个浅褐色的眸子闪闪发光。隔着丝质裙子，凭直觉，我能看出她没戴胸罩。喂过儿子朱海浪的乳房，肯定不会像与我同眠时那么圆润，那么流畅，那么惹人爱怜了吧。因此，冯艺需要把手臂环抱胸前，以支撑因哺育生命而下垂的乳房。家兴，冯艺叫了一声，目光中透出迟疑不决的眼神。她踮起脚尖，低声呢喃道：能吻我一下吗？随后，她轻轻阖上眼睑，仰起头靠在舱壁上。电梯的数字跳动着往下递减。冯艺发际洗发香波的气息，一波波向我袭来。我站着没动，吻与不吻，对我来说是举手之劳的事。但我就是站着没动，因为那个时候，谁叫我的脑际浮现出那只又胖又厚的手来了呢。一伸开，还有三个肉坑坑，你说可恶不可恶？冯艺，我说又和朱文宁离了？什么叫又离了？冯艺突然睁开眼睛，说这回可是他要离的！说完她张开手臂，趁我还没来得及有所反应，她的手臂就勾住了我的脖子，迅速在我嘴唇上巴咂了一口。

我推开冯艺，抹了一把被咂疼的嘴唇，埋怨她说，冯艺，什么时候你才能长大啊。

老都老得咬不动了。冯艺一撇嘴，做出一副哭笑不得的样子，又叫了我一声：家兴。

嗯，我看了一眼电梯跳动的数字，伸手道：再见了，冯艺。

不。冯艺心跳的速度明显加快，她喘着粗气，在电梯门打开的刹那间，她薄薄的两片嘴唇，终于吐出了那个惊天动地的消息，她说，你知道朱海浪是谁的吗？家兴，是你的。你的种！话音落下时，我已走出电梯，而冯艺还靠在舱壁上。她的声音，的确把我吓愣了，脑子像块榆木疙瘩，怎么敲发出的都是那种闷声闷气的声音。什么？我惊叫一声，正想冲进电梯问个究竟时，电梯门关得只剩一条窄缝了，从窄缝里传出的是冯艺龇牙咧嘴的大笑声：哈哈哈，梁家兴告诉你吧，你休想忘掉我!

见鬼,乘电梯而上的那个女人,是不是疯掉了?当我骑车走上雀城街头,穿过细如牛毛的雨雾时,眼前突然一花,出现在视野里的树木、楼房、灯光、汽车,全都变得模糊不清,进而支离破碎了。

二

在此之前,冯艺通常每年回雀城一两次,陪年迈的父母住上几天,拉拉家常,顺便帮老人洗洗被褥,表一表做女儿应尽的孝心。当年,冯艺嫁给朱文宁没出一个月,便举家搬进了省城。尽管省城离雀城不远,满打满算到不了三百公里,但在高速公路没有修通之前,坐公共汽车来往,不起个早摸个黑,休想抵达。当然,现在不一样了,乘坐高速巴士早晨走,办完事吃个中午饭,晚上回家一点也不会耽误睡觉。朱文宁是我大学的同学,家住省城,毕业时却阴差阳错地同我一起分到雀城。他进了雀城汉画馆,而我到了雀城市人民政府。我的工作,说起来好听,其实不过是政府的一个地方志办公室,既无职也无权,一杯清茶解解渴,一张报纸看半天,落得个轻松自在。

朱文宁到雀城汉画馆,起初闲得发慌,以信笔涂鸦的诗歌打发时光,写了满满一本子,叫我欣赏。我读了其中几首,不但没得到欣赏的快感,反而弄得我一头雾水,两眼发花。我把诗歌本子还给他,笑笑说不错,可以出本诗集了。没想到朱文宁接过诗歌本,一声不吭锁进从大学时代一直陪伴他的红木箱子。据他吹牛,红木箱子是他曾祖母的陪嫁,距今,整整一个世纪过去,依然完好如初。从此,他迷上了从两千多年前的墓葬中出土的石刻汉画,研究起古人的日月星辰、太阳鸟月亮神,还有石刻中的婚丧嫁娶、歌舞娱乐,甚至连阴阳交媾的性文化也研究起来了。一天,朱文宁拿出一张拓片,指着一个红萝卜状的东西,神秘兮兮地问我:家兴,知道这是什么吗?我仔细辨别了半天,一口咬定是红萝卜。无知!朱文宁嘿嘿一笑:告诉你吧,哥们儿,这玩意啊学名叫“铜祖”。接下来怕我听不明白，朱文宁从西装口袋里掏出钢笔，在旁边的报纸上写下“铜祖”二字，又问我：知道做什么用的？他的一连串举动把我弄蒙了。见我摇头，朱文宁突然探过脑袋，贴近我的耳边说，女用自慰器！嘿嘿，他干笑了两声，你说说看，我们的古人聪明不聪明？就这么一个人，放着雀城多如鲜花的妙龄女子不要，却对同学蜜月不久的老婆放起电来，更要命的是，还电得冯艺浑身“刺刺啦啦”地直冒火花。我不怨朱文宁，他爱上别人老婆，不是他的过错，他有那个权利；关键问题出在冯艺身上，设若她能嫁鸡随鸡嫁狗随狗，他朱文宁纵然有天大的本事，也搞不到冯艺身上啊。俗话说得好，一个巴掌拍不响。一边是同学，一边是老婆，都是你最亲近的人，怎么办？像市井俗人那样翻脸闹腾，显然不符合我梁家兴的性格。再说了，天要下雨，娘要嫁人，不由它去还能咋的？退一步说，冯艺也不是什么好鸟，想一想新婚之夜她那种驾轻就熟的表现，哪儿像一个揭起你的盖头来，然后再羞答答的玫瑰悄悄地开呀……几乎没有铺垫和过程，一朵被青衣包裹的玫瑰骨朵，还没等我的眼睛眨上那么一下，就像电影镜头里的花卉绽放那样，一瓣接一瓣打开，弄得满屋色彩迷离、芳香四溢了。那种时候，任何一个健康的男人，除了醉卧其中，谁还晓得自己姓甚名谁？

冯艺的父母家住在梅里胡同76号，这是一座两层楼的百年老宅。老宅的青砖黛瓦，很容易使人联想到春色衰减而风韵犹存的女人。据说，老宅是清朝咸丰年间雀城丝绸商顾谷丰专门为美人柳叶儿修建的。丝绸商顾谷丰一生娶了六房太太，快临近六十了，在一次不经意的拈花惹草中，被青楼女子柳叶儿弄了个五迷三倒，想再纳妾，又怕有失做父亲的尊严，因为那个时候他最小的儿子都快大柳叶儿两岁了。于是在犹豫和柳叶儿可人的媚眼中，丝绸商顾谷丰想老子有几个六十啊，他一狠心破费一万两银子，大兴土木，构筑了自己暮年的爱巢。六十八岁那年，丝绸商顾谷丰两腿一蹬，在锦缎罗床之上，死在了柳叶儿酥胸香体之下。这个富商的死法，令梅里胡同附近的老少爷们儿，一代接一代津津乐道，钦羡不已。即便时至今日，酒至半酣，说起有权有势者包二奶的事儿，这儿的老少爷们儿往往会眉毛一挑，做出不屑一顾的表情，扯什么扯，这种事一百年前我们这儿老顾同志就做过了。

闲话不扯了，得罪了梅里胡同附近的老少爷们儿，可不是什么小事儿。话说新中国成立后打土豪分田地，无产者冯德贵不仅住进了这座老宅（准确地说，冯德贵分到的是老宅的一个上下开间，外加一个小天井；老宅分成五家，后院的天井自然也用砖墙隔了五格），还睡上了那张画龙雕凤的红木罗汉床。原谅冯德贵当年的行为吧，那个年头晚上又没什么文化娱乐活动，睡在罗汉床上，不吹灯做娃儿，还能做什么呢？每隔两至三年插花做一个娃儿，一连做到第六个后，冯德贵的身体出了毛病，光能耕耘却播不成种了，致使冯艺她妈，我曾经的岳母白白浪费掉最后十年大好时光。要不生它个九九洪福，没一点事儿。冯艺她妈过年和内外儿孙们团聚时，稍微忘乎所以，总要把这句话笑眯眯地重复一遍，那种情不自禁后溢于言表的自豪和骄傲，就可想而知了。

冯德贵解放战争扛过枪、抗美援朝跨过江，若不是美帝国主义的枪林弹雨不长眼睛，在他小腹、左大腿上留下难以弥合的枪伤弹痕影响了他的健康（每逢阴雨天气他的腿便隐隐作痛），再加上大字不识一斗，像冯德贵这样的功臣，组织上怎么能够安排他在红梅酒精厂传达室，守个电话，收收发发报纸信件，且一做做了三十年？因此他心头委屈，经常会莫名其妙发一通脾气。每每见到冯德贵脾气的火花，一家人都让着他，免得一家之主身心全都不爽。冯艺的母亲是红梅酒精厂的女工，性情温和，除了上班，她整个身心都扑在照料一家八口的柴米油盐上，繁重的生活磨蚀，已将她的铅华一点点洗尽，逐步蜕变成一个爱絮叨、爱传话的市井女人。直到后来儿女们成家的成家，工作的工作，都独立出去了，她原来风一吹摇三摇的身子，才跟气球似的急遽鼓了起来。跟着，她悄悄抹起了口红，擦起了胭脂，一吃罢晚饭，把碗筷推给老头子，喜颠颠地跑到附近的公园，手臂一甩一甩地扭秧歌去了。

她的举动遭到冯德贵的强烈反对，他摔碗砸锅闹了几回，但经过儿女们多次善意的批评教育，冯德贵自觉没趣，随她去了。都六十的老太婆了，抹抹口红，扭扭秧歌，还能抹扭到别人床上去不成？

冯艺排行老五。不知与那场同时到来的轰轰烈烈的“文化大革命”有没有关系，她一生下来就持续哇哇大哭了七七四十九天，怎么哄都哄不住，弄得整个街坊四邻坐卧不宁。哭累了睡，醒了再哭。是真哭，哭声响亮，泪水涕涟，不像其他婴儿那样光打雷不下雨，干哭。我的小祖宗啊，冯德贵把她抱在怀里，晃来晃去地说，歇歇吧，谁也没欠你五斗红高粱，千万别把嗓子哭坏了啊，我的小乖乖。后来，等冯艺扎上羊角辫开始在梅里胡同玩耍时，街坊四邻还对她婴儿时期的哭声记忆犹新，逗她说，小艺啊，哭一个，再哭一个给我们听听。每逢这种时候，冯艺银铃般的嗓子会格格地笑个不停，反问他们我笑还笑不过来呢，为什么要哭呢？就是啊，生在红旗下，长在新中国，沐浴社会主义阳光雨露的花骨朵儿，再哭哭啼啼的，已不是个人嗜好，而是重大的立场问题了。七岁时她背上书包，戴上红领巾，高高兴兴把学来上，到十四岁初中毕业那年，那个先哭后笑的冯艺，趁梅里胡同街坊四邻的注意力稍不集中，就出落成了一个活泼伶俐的大姑娘。这中间，冯艺学会跳舞唱歌演样板戏，成了学校文艺宣传队骨干分子。她的一头长发系上红绸子，盘成一束摆在脑后，刘海一缕缕地垂在眼眉上方，再穿上粗布蓝底白点的斜襟褂子，一条宽裆黑裤配上圆口带襻儿的布鞋，然后提起茶桌上的铜壶，媚眼一抛，对站在身边的刁德一唱道：垒起七星灶，铜壶煮三江，摆开八仙桌，招待十六方，来的都是客，全凭嘴一张，相逢开口笑，过后不思量，人一走，茶就凉……她的一颦一笑，一个跷跷的兰花指，无不让台下的坏小子、好小子看得如痴如醉。他们私下疑惑台上的阿庆嫂是不是柳叶儿的再世显灵。自然，疑惑的人群中有我了。不是自夸，那个时候的梁家兴绝对是个听话的好小子。我不爱说话，更没胆量跟女孩子套近乎，追根溯源可能和自身的相貌有关，那种因相貌而来的自卑心理，直到今天还深深扎根在我的心窝窝。因而整个中学时代，我一面暗恋冯艺一面看书学习，除给冯艺抄抄我做好的作业（她主动提出要的）之外，没什么再亲密的接触。噢，对了，高中毕业考试期间，冯艺坐在我前桌，利用监考老师疏忽之机，我暗中递过去小纸团，帮了冯艺的大忙，她顺利拿到了高中毕业文凭。

高中毕业后冯艺直接招工进了红梅酒精厂。有了工资，经济独立后，冯艺穿起了喇叭裤、紧身红色短袖衫，并剪掉一头漂亮的长发，烫成《永不消逝的电波》中女特务那种波浪，散落在脑后。走在雀城街头的冯艺，耳朵上挂着随身听耳塞，随邓丽君靡靡之音的节奏，高跟鞋脚尖着地，一蹦一跳的，把波浪式蓬松的黑发和小白兔似的胸脯弄得忽悠忽悠，再加上被喇叭裤紧绷成苹果状的屁股，一扭起来，那种青春而香艳、朝气而颓废的小样儿，不知毒死了雀城多少坏小子的神经细胞。但心气很高的冯艺对坏小子们投来的炙热的目光，往往视而不见。

红梅酒精厂日夜倒班的日子，弄得她深恶痛绝，在一次看完电影《小花》以后，她被那首脍炙人口的《妹妹找哥泪花流》弄得五迷三倒，热泪满面，发誓要跳出红梅酒精厂，成为刘晓庆、陈冲那样的电影明星，风光一把。后来每当冯艺回想起当时的情景，她乌亮的眸子总要透出一种迷蒙的眼神……

深夜，一边闻着酒糟刺鼻的气味，一边瞧着虚幻缥缈的星空，她那飘忽不定的心绪，会悄无声息地去深不可测的夜空遛一遭，然后下夜班，回单身宿舍一觉睡到夕阳西下，起床吃饭后端起塑料盆，去公共澡堂洗掉可恶的酒糟气味。一年秋天，她站在莲蓬头的水流下，正准备往一丝不挂的身上抹香皂，无意中一抬头，看到澡堂通风口左上角出现一只眼睛（侧过头把脸贴在墙角，用一只眼睛偷窥女澡堂的风景，面积小不易被发觉）。冯艺没有惊叫，见同浴的女人没有反应，她桀骜不驯地掩嘴一乐，扭起腰身，一面抹香皂一面哼起邓丽君的《甜蜜蜜》。令她难以置信的是，正当她打开并拢的大腿，撩水去冲自己私处的时候，只听“扑通”一声，通风口那只色迷迷的眼睛，就没了。第二天下班，她在生活区见到一个胳膊上打着石膏的男人。她故意装出若无其事的样子，走近斜睨了那个男人一眼。男人脸一红，扭过头走了。哼，冯艺两手插进喇叭裤兜，耸了耸肩，心里说也不撒泡尿照照自己。

后来，我见过那个男人，是冯艺指给我看的。那是一次闲逛时的狭路相逢，冯艺紧紧抱住我的手臂，一只结实的乳房贴在我肩头，低声在我的耳边说，看见了吗？就是这个人。由于冯艺的提醒，我多看了两眼那个男人，高高的个头，梳了个小分头，模样并不像冯艺描绘的那样对不起观众。只可惜衬衣左边的袖子空空荡荡的，看上去整个人走了模样。后来，冯艺说，化脓烂掉个大洞，治不好被截肢了。

转眼间到了丁香花开的季节。雀城的西山上有一片著名的丁香花园，每到春末夏初，绿得发黑的丁香枝叶间，洁白的丁香竞相怒放。香气四溢的丁香花园，自然成了雀城少男少女卿卿我我的最佳去处。正当冯艺为跳出红梅酒精厂一筹莫展的时候，雀城籍的北京马导，携带剧组一班人马，住进了丁香花园旁边的雀城迎宾馆。

得到这个激动人心的消息，冯艺整整一夜辗转反侧，谋划着如何引起马导的注意。在长年订阅的《大众电影》最新一期上，她见过马导的照片，一脸厚厚的络腮胡下，隐藏着洁白的牙齿，两只眼睛贼亮贼亮的，非常具有男性气味，不像周围的那些奶油小生，脸白得跟猪板油似的，看了都叫人心里犯硌硬。三十岁，马导三十岁总有了吧。他在雀城下过乡，插过队，恢复高考后考上了北影。这些都是冯艺从娱记对马导的访问记里了解到的。他正在拍摄的这部爱情片，题为《丁香花儿开》，男女主角声名显赫，足以让冯艺这个没见过世面的雀城女孩咋舌不已。为了能给马导一个好印象，她去雀城百货商场买来最名贵的化妆品，对着镜子搽脂抹粉，在本已十分红润的嘴唇上涂上唇膏，勾了唇线，用睫毛夹把眼睫毛夹得翘翘的，又把长长的手指甲染成红色。瞧着镜子里焕然一新的面目，冯艺差一点惊叫起来，我的妈呀，这是我吗？是她，一点没错。她微微侧过脑袋，冲镜子送去一个含情脉脉的秋波。

冯艺练习过多次的秋波，与马导贼亮的目光轻轻一碰，火花就嗖嗖闪烁出来了。那是一个阳光灿烂的下午，冯艺撑起天堂牌太阳伞，赶到丁香花园的时候，马导一挥手：今天的戏拍到这儿算了，散伙！她躲在一棵丁香树后面，惊诧不已的目光，很容易辨别出了仰慕已久的男女主角。他们嬉笑着一路走来，十分亲昵。马导走在最后，嘴里不知嚷嚷着什么。她多想冲出丁香树，请男女主角在自己的天堂牌太阳伞上签个名啊。正当她迟疑之际，男女主角从她的眼前走过了。好像是开了一个什么玩笑，男主角伸手在女主角圆滚滚的屁股上拍了两拍。女主角不但没生气，还小手一伸朝男主角裤裆那儿，捏了两捏。妈呀！冯艺羞红了脸，赶紧把自己漂亮的眼睛闭上。等冯艺睁开眼，马导已走过了她躲藏的那棵丁香树。不容多想，她一个箭步跳出丁香树丛，用颤抖的声音叫了声：马导。

马导的汽车停在离拍摄地点不远处，他请冯艺上车，说有事车上谈，车上谈。马导带着冯艺沿雀城的滨河大道，兜了一圈风，吃完饭又重新回到丁香花园。路上，冯艺问他的剧组还需不需要人。要啊，马导启动藏在络腮胡下的嘴唇，微微一笑说，想当演员？你看我行吗？冯艺闪动着谨慎的目光问道。马导的脸盘很大，梳着背头。他面色苍白、神情忧郁，看上去比照片上年纪要大一些。吃晚饭时掉下的一小片青菜叶，一直挂在嘴角的胡子上。冯艺几次想伸手摘下那片青菜叶，想想又嫌那个动作过于亲昵。雀城的风呼呼地灌进车窗，吹乱马导的背头的同时，也时不时撩拨着冯艺的短裙，稍不留意裙子就会被该死的风吹上来，露出穿了丝袜的大腿。马导非常随和，一点没有大牌导演的架子。开车兜风，停车吃饭，还给她讲了演艺界的许多趣闻佚事，让冯艺听得入了迷。她想：马导的手，不会也像男主角那样，在我的屁股上拍两拍吧？如果那样我可不好意思去他那个地方捏上两捏。她所担心的事情，并没有发生，在没进丁香花园之前，马导的确很像一个正人君子，这也使冯艺放松了警惕。车开进丁香花园后，一轮明月已悄悄爬上西山山头。马导下车，替冯艺打开车门。他们找了一个石凳坐下。丁香花园四周静悄悄的，微风吹来的丁香花香，令冯艺心旷神怡。马导说当演员不容易,导演说哭就得哭,导演说笑就得笑。冯艺说我不怕。马导问叫你去吻男主角也不怕?当时冯艺面红了没有?肯定红了,只是雀城的夜色悄悄地遮挡了她的羞涩罢了。沉默了一会儿,冯艺说不怕。真不怕?马导的手搭到了冯艺的腿上,她浑身打个冷战,笑着挪开马导的手。冯艺,马导摁灭手里的烟卷,说过来,让我瞧瞧你的腿。你知道吗?马导一把将冯艺搂进怀里,做梦似的开始喃喃自语:你的腿太美了,简直天生就是为当演员长的。啊,小艺艺。马导的大胡子埋进了她的胸脯,手从小腿一路摸上来。马导说,小艺艺啊,明天,明天就让你出镜,给你一个角色,不过那个角色,一上来得学会接吻。来吧,先排练一把。马导,不……冯艺扭动身子,说我不会。谁天生会的?不会可以学嘛。马导说来,抬起头,我来教你。马导的胡子贴上来前,冯艺身上一点点力气都没有了。不过最后,她还是抬起手臂,摘下那片青菜叶……待他们在丁香花丛中的呼吸逐渐平息下来,洁白的丁香花瓣雪花似的铺了满满一地,借着马导点火抽烟的光亮,冯艺看到身下洁白的丁香花瓣,洒上了殷红的血迹。这个细节,马导也发现了。他搂住冯艺坐在丁香花瓣铺就的地毯上,一边舔去冯艺眼睫毛上的泪珠,一边安慰冯艺说,没事的,为艺术献身的女人总得要闯过这一关。

后半夜临走前,冯艺凭借明晃晃的月光,一片片拾起染了血的丁香花瓣,放进她那把天堂牌太阳伞中,然后合上提着上了马导的汽车。来到雀城滨河大道的时候,月亮已经落到西山后面去了。马导停下车,又要了冯艺一次。冯艺想只要能出镜,多一次,还不跟喝杯凉水一样?

第二天,冯艺果然在《丁香花儿开》里演了一个角色,前后三秒钟。马导要求身穿洁白纱裙的冯艺,从丁香花丛跑出来,一头扑进一个男演员的怀里,再慢慢地踮起脚尖,轻轻地、轻轻地阖上眼睫毛,做出一副忘情的样子,然后递上嘴唇……“开拍”令下,冯艺开始奔跑,她神色慌张地扑进一个男人的怀里,抬头一瞅,那个男演员不是别人,竟是马导！

三

起先谁会料到，冯艺到雀城的第二天，她的前夫、我的老同学，那个以研究汉画著称于世的朱文宁，会突然闯进我的办公室呢？

那天见到冯艺后，我的脑子混乱如麻，吃饭饭不香，喝水水不甜，脸色灰蒙蒙的，看不出一丝血色。怎么，被爱神丘比特之箭射中了？晚上回家，费小莹见我一脸不高兴的样子，对我说，失血过多了？我没有理会她的调侃，径自脱掉被细雨淋湿的衬衣，进了卫生间，准备用凉水冲一冲发昏的大脑。水龙头还未拧开，费小莹便大声嚷嚷着推门进来，她说，梁家兴，想找感冒啊？上个星期刚感冒过，难道你忘了？她善意的提醒，让我想起自己孱弱多病的体质。费小莹说得没错，尽管她说话的方式值得商榷，但其表达的意思却让人没有理由可以拒绝。在与我结婚以前，费小莹有过一次漫长而刻骨铭心的爱情。她深深爱着的那个男人，突然有一天厌倦了她，爱上了另外一个女人，并以闪电般的方式与之结婚成家，把费小莹干干地撂在了一边。整个故事梗概听起来，很像嚼得没有丝毫滋味的大大泡泡糖。因为有过一次深刻的经验教训，费小莹把相夫教子的工作进行得如火如荼、细致入微。她的长相和冯艺相比，虽然差了一点，但非常耐看。费小莹是一个热爱家庭、喜欢大声说话（或许同她小学老师的职业有关）、性格温顺的女人。她打心眼里鄙视冯艺，却从不在我面前说三道四。她认为一个女人一生中最大的幸福就是有个好老公，再有一个聪明活泼的孩子。人活着图什么啊？费小莹不止一次躺在我怀里说，不就图个幸福平安吗？她的潜台词我明白，梁家兴，好好过日子吧，人嘛大不了几十年光景，折腾来折腾去有什么意思啊？费小莹进厨房打开燃气热水器，又过来推开卫生间的门，笑着问我，老公，要不要帮帮忙啊？那天晚上，她的兴致似乎特别高，从我一进家门，眼神里便有了那种我熟悉的暗示。想起出门时自己的允诺,我说想洗,进来好了。一起洗完澡,我先上了床。费小莹裹着浴巾去了末末的房间,每天临睡前她都要看看女儿,盖盖被子,否则她不会安然入睡。过了一会儿,她走进卧室,关掉灯,躺在我身边。见我不吭气,她把脸贴在我胸口,问我:见到冯艺了吗?见了,我说她又结婚了。

她疯啦!费小莹“腾”地坐起来,晃动着惊愕的乳房说,和谁?祝秋军,一个胖老头儿,我说看样子像个小官僚。她问:孩子判谁了?我答不知道。他们来雀城是旅游结婚的?要是那样,我们可得随点礼啊。说完,费小莹的乳房不晃了,又在我的身边躺下,问那个胖老头是不是很有钱啊。看样子是,我说。她嫁来嫁去的是不是有瘾啊?原来听你说,她和朱文宁不是过得好好的吗?费小莹侧过身说,怎么说离就离了呢?孩子比末末还大一岁呢。这句话说完,我的心跳不知怎么加快了,假使冯艺那个震得我浑身发颤的消息属实,一定与她那天忘情的告别演出有关。如果没有记错,事前我曾提醒她最好采取点措施(单位发放的避孕套、药膜一应俱全,放在卧室的床头柜里),冯艺“嗯哼”一声,摇摇头,长腿一撩就把我的身子吞了进去,然后贴在我的耳边说,我可不想吃胶囊儿!听听,什么话儿。后来闲着无聊想起冯艺这句有关房事的台词,常常搞得我忍俊不禁。

用不着多费口舌,我的家庭生活过得正如费小莹所希望的那样:幸福平安。其实,只要费小莹、女儿末末感觉不错便行了,我本人无所谓。十多年的婚姻生活,我和费小莹从没红过一次脸、打过一次嘴仗,更没动过末末一个手指头。每日上班或下班,吃饭或睡觉,的确十分平安,但谈不上幸福。幸福到底是个什么玩意儿,至今我还没有领悟其准确含义。总之,我过得十分平安,准确地说应当是平淡。因为平淡了,所以我和费小莹没什么故事,还是接着说朱文宁吧。

对那天朱文宁的贸然闯入,要说我没有吃惊,那是假的。当时,我正坐在藤椅上看《雀城晚报》社会版,没看几条消息,只听办公室门“吱扭”了一声。我一抬头,朱文宁推门进来,上来握住我的手,大声说道:

仁兄啊，终于找见你了，我还以为见不到你了呢。他的手心很烫，湿漉漉的，握手时显然用了劲，捏得我指关节“噼啪”作响。坐啊文宁，我不敢正视他犀利而明亮的目光，低声说怎么说来就来了，连个招呼也不打？朱文宁一米七八的个头，不胖不瘦，剃个有棱有角的小平头，一对弧线分明的眼眶里，浅浅地镶嵌着一对黑色眼珠，那会儿正居高临下地骨碌在我的脸上。终于他松了手，走到我身边的沙发旁，屁股还吊在半空中就“嗵”地掉下去，把那只年久失修的人造革沙发弄得“吱吱嘎嘎”地叫了半晌。

你的沙发真有意思。朱文宁接过我递上的一次性纸杯，说，还会唱歌呢。

不知为什么，朱文宁的这种幽默让我感觉颇不舒服。我又不好提醒，怕伤了老同学的面子。再说他的突然造访，让我百思不得其解。是专程来雀城寻找冯艺的，还是专门要和我谈谈他儿子的事情？说实话，大学四年加上来雀城的三年，朱文宁和我的友谊，谈不上有多么深厚，也没什么不快，应当属于君子之交淡如水的那种。尽管他和冯艺的婚姻，在我心里产生过一点小小的芥蒂，但这点芥蒂，很快因他们离开雀城和我娶了费小莹而烟消云散了。

离开雀城后，朱文宁调入省文物研究所，冯艺则进了省群众艺术馆。起初，他们的小日子，虽说不上奢华，但绝对衣食无忧。第一年，他们生下了大胖小子朱海浪，等活泼可爱的小海浪上了小学，据说因不满朱文宁的早出晚归，冯艺又哭又闹的，跟他大干了一仗。我受够了。冯艺发疯似的把他的衣服、书籍，扔出五楼的窗口，一边扔一边对朱文宁大声嚷道，你走吧，走得远远的，你知道吗我受够了，要不是因为有了小海浪，这日子我一天都过不下去！站在客厅门后的朱文宁，抱着息事宁人的态度，听凭冯艺歇斯底里地不停吼叫，瞧着被冯艺扔出窗外的书籍，他的心疼得一揪一揪的，想上前阻止，又怕两人交手，没轻没重的弄得不可收拾。想扔就扔吧，朱文宁打开房门，沿楼梯一路跑下楼，去附近小商店买了把手电筒照着，把冯艺扔下的东西，一件件归类,整理好堆在墙根,然后蹲在墙根抽烟,想等冯艺冷静下来,再抱着东西上楼。他一支烟没抽完,五楼窗口探出一个脑袋,扯着嗓子叫了起来:朱文宁,你听着,我数一二三,你不上楼,我就从五楼跳下去!

不!朱文宁瞧着五楼凌空探出的身子,拼出吃奶的劲大喝一声:我这就上楼!他气喘吁吁地一口气跑进家门,一把抱住趴在窗台上的冯艺,往后使劲一拽,两人一起滚到了身后的沙发上。

啊,吓死我了。他抱住冯艺的头,上气不接下气地说,真是把我吓死了啊。

你要不上来,冯艺擦了把眼角的泪水,说我就死给你看,你以为我不敢?

敢,谁说我的"阿庆嫂"不敢啦?他说你不怕吓着了小海浪?

送你妈家去了。顿时,冯艺破涕为笑了,脸上又有了那种诡秘的笑容,她问朱文宁,你在不在乎我?

这还用问?他捏了捏她翘翘的鼻尖。

还弄你那破汉画?她问。

小亲亲,什么叫破汉画?这我就听不懂了,朱文宁争辩说,那是我的工作,是我亲爱的饭碗,不研究,喝西北风去?再说,我研究的是什么?是汉文化,是我们祖宗的历史!你怎么能叫它破汉画?冯艺啊,你是雀城人,那神秘美妙的汉画,在我们这个地球上独一无二,你应当为自己生于雀城,长于雀城,为自己的老公研究雀城的汉画,感到骄傲才对!

少给我来这一套,一说起汉画,你的唾沫星子就到处飞溅。冯艺娇嗔地瞪了他一眼,跳下沙发,去卧室拿来一本杂志,翻到第 35 页,递给朱文宁说,你看看北京的这个诗人,玩旧家具都玩成亿万富翁啦。文宁,你写的诗我看过,比杂志上这人强了不止一百倍,你又懂古文化,学学他还不是小菜一碟?不是我冯艺爱财,我穿旧点,吃差点,没啥,你总得替小海浪想想啊,今年他七岁了啊,眼睛一眨,就大了,凭你我那么一点死工资，到时候怎么供他上大学？一晃结婚快八年了，咱家银行存款还不够五位数，你说我着急不着急？晚上，你好好看看这篇报道，汲取点营养，咱在省城也想办法弄一家，吃老祖宗一把，难道不可以吗？

冯艺的字字句句，铿锵有力，像一挂点燃的鞭炮炸响在朱文宁的心窝。他频频点头称是，说我想想办法。就是嘛，冯艺把脸贴在他胸膛，说别人能挣，为什么我们不能？我们又不比别人少胳膊缺腿。好了好了，他对冯艺说，洗洗早点睡吧，我下楼把东西抱上来。不嘛，冯艺撒了个娇，说要去，我们一起去。两人跑了两趟，把堆在墙根的衣物和书籍抱上楼，再归类整理好，已经是深夜十二点多了。他们躺在床上，谁也没有说话。那天晚上的月亮很好，圆圆地挂在窗外。兴许是吵累了，不一会儿，冯艺轻轻的鼾声，就飘进了朱文宁的耳畔。

瞧着窗外宁静如水的月光，朱文宁一点睡意都没有。他爱冯艺和小海浪，更爱他的汉画。他正在以《雀城汉画拓片全集》为蓝本，写一本题为《灵石之言》的书稿。他实在没有时间泡在庸碌的日常生活里，惶惶不可终日。说老实话，朱文宁没有丰富的业余生活，他的业余时间大都贡献给了查阅资料，面对拓片的苦思冥想和写作。每一幅拓片，尽管线条简洁，但它描述出来的生活图景和神话传说，却活灵活现得让人难以置信。一幅拓片，就是一个故事或传说。简单地叙述一下画面上的故事，即使写得再精彩，也不是朱文宁所要从事的工作。他要另辟蹊径，找出石刻线条背后的东西！再掘一寸，则见真金。他的研究和写作正处于非常关键的时刻，致使他暂时忽略了冯艺和小海浪的存在。从踏进雀城汉画馆大门的那天起，朱文宁就被那些馆藏汉画深深地震撼了，太漂亮了！那些采用阴阳笔法凝固在石板上的图画，犹如闭月羞花、沉鱼落雁的国色天香，令他不敢正眼直视。当朱文宁第一次粗粗地把馆藏的汉画浏览一遍之后，大概有一年多时间，他再没有踏进青砖红瓦的汉画陈列馆大门一步。作为一个学历史出身的人，他深深知道，要弄明白石刻线条背后博大精深的文化内涵，即使倾其一生，也未必能弄出个所以然来。他渴望目睹汉画的芳容，内心又有某种说不清的恐惧，有好几次他都踏上陈列馆大门的台阶了，最后又退了回来。在这种莫名其妙的犹豫之中，朱文宁写起了诗歌。一首接一首的诗歌，陪他消耗了许多孤寂时光的同时，也让他躁动不安的灵魂得到了安抚。应当说，朱文宁的诗歌在我看来，一点不比《星星》诗刊发表的作品逊色，但他不谋求发表，事实上也从没发表过一首。既然是写给自己看的，我就弄不懂当初他为什么要把诗歌本子给我阅读了，难道仅仅是为了得到我这个老同学的认可？以我对诗歌的理解，充其量不过是个爱好者而已。但是，据说就是那本藏匿在朱文宁曾祖母嫁妆里的诗歌手稿，读得已为人妻的冯艺女士热泪盈眶，思绪飞扬，不能自已……一不小心，爱上了一个会写诗的人。

> ……我是谁/是祖母睫毛上悬挂的童话/是破旧的老水车哼唱的歌谣/啊，我是谁/是你眼眸深处的一泓清泉/正在滋润你多情善感的梦幻……

要知道，那是上个世纪八十年代中叶，一首诗歌的力量，足以摧毁一个少女的矜持、腼腆，然后悄然溜进石榴裙，以阳光般灿烂的方式，俘获她们心灵的同时，也俘获她们的肉体。那就是语言艺术的魅力。如果说那个时代少女的贞洁献给了艺术，且不论里面有没有肮脏的东西，起码还有接近心灵的东西存在。但后来没几年时间，做父母的若想吓唬自己的小女儿，肯定会说你哭，叫你哭！再哭，长大把你嫁给诗人！一听要嫁给诗人，小女孩吓坏了，哭声戛然而止！撒个娇求父母，不嘛，要嫁，起码要嫁个黄世仁啊！

扯远了，还是回到朱文宁。冯艺给的那本杂志，他天天带在公文包内，一度成了朱文宁每日必读的圣经。在公交车上、在办公室里、在午睡的间隙，只要有空，他都拿出来翻翻，想从文章密密麻麻的字里行间捕捉到与冯艺的期待相关的灵感。一个月后，朱文宁记住了文章每一个文字的排列顺序,并达到倒背如流的程度。有时候他两眼注视着方块文字,痴痴地,一盯就是半天,直到泪帘模糊了他的视线,他才会慢慢合上杂志,瞧一瞧杂志封面的女郎。他回归现实的目光,会在女郎迷人的笑靥里逗留一会儿,养一养早已酸涩的眼球。

因为过于沉迷冯艺推荐的文章,朱文宁把写作《灵石之言》的事,抛在了脑后。冯艺说得没错,他不想让她成天闷闷不乐。心情好的时候,冯艺的笑容,比那个封面女郎阳光多了。她唧唧喳喳的谈笑声,时而清脆悦耳,时而柔声细语,不知多少次抚平过他内心的皱褶。更何况,还有小海浪。他长得多么可爱啊,脸蛋上生着一个深深的酒窝,红润的小嘴"吧唧吧唧"地一说起话来,那个忽闪忽闪的酒窝,就会跳进朱文宁的视线里,真是迷死人啦。若是朱文宁在单位遇到点挫折,或是事业上碰了一点壁,一回到家,瞧一瞧小海浪的酒窝,脑子里再复杂的疙瘩都会迎刃而解,化为乌有,消失在省城日益浑浊的空气之中。

自从朱文宁意识到问题的严重性后,一连三个多月,他除了上班混个工资,其余的时间不是在家啰里啰唆辅导小海浪的功课,就是帮冯艺料理家务。小海浪的功课,在他们102班上出类拔萃,因而朱文宁的辅导,自然引起小海浪充满稚气的嘲弄。研究汉画,我不如你,说起学习,你不如我,小海浪说爸爸,我给你出道题,一棵树上有九只麻雀,记好了啊,九只,"砰"的一枪,小海浪做出一个打枪的姿势,说打死一只,你说说,树上还有几只麻雀?一只也没有,朱文宁摸着儿子的脑袋说,全飞走了。错错错,小海浪拍起小手欢快地叫来冯艺当裁判,我爸说树上一只麻雀都没有,简直笑死人了。最后,儿子晃动着小脑袋,说还有一只麻雀,哪儿去了?掉地上了呀,朱文宁笑着回答。错,小海浪说那只麻雀还在树上。怎么会呢?朱文宁问。它被树枝挂住啦!小海浪拉住冯艺的手说,你说说我爸笨不笨啊!朱文宁恍然大悟,不好意思地摸着儿子的后脑勺说,我怎么就没想到另外一种可能性呢?后来冯艺问他,那篇文章看得怎么样了?想考我?朱文宁打开公文包,把杂志递给冯艺,说看好啦,从最后一个字开始,我背了啊……朱文宁兴致所至，一连背了三段，没想到冯艺把书朝地上一摔，说光会倒背如流有屁用！

会背，的确没有屁用。屁是无用之用。

接下来，在冯艺惊世之言的驱使下，没隔多久，朱文宁在省文物研究所打开电脑，无意中在新浪网上读到西北某地盗挖古墓的消息，当天他给所领导请了假，回家问父亲借了三万块钱，顺路买了一把杀猪用的柳叶刀，然后打电话给冯艺，撒谎说到上海参加一个学术研讨会，要个把月才能回来。冯艺说去吧，路上小心点。把能够想到的一切准备停当以后，朱文宁背上旅行袋，只身一人于当天深夜踏上了西去的列车。

四

窗外的阳光渐渐暗下来，我提醒朱文宁说时候不早了，回我家，尝尝费小莹的手艺如何？没想到朱文宁两眼一瞪，对我说男人之间的事，叫女人在中间插一杠子是什么意思？

朱文宁到来没多久，趁他不注意，我关掉手机，又把办公桌上的电话线顺手拔掉。这样一来，我心里安静了一些。否则，假若这个时候，祝秋军打来电话，我该如何应对是好呢？

茶几上的烟灰缸里堆满了朱文宁扔进去的烟蒂。他身穿黑色棉质T恤、米色西装短裤，从T恤和短裤折叠的印痕来看，衣服显然是新买的。坐在沙发上，朱文宁经常变换跷起的二郎腿，不论怎么跷，他脚上的皮凉鞋和黑色丝袜，都随某种节奏晃动在我的眼前。有两次，我起身给他续茶时，无意中发现了他丝袜上粘贴的商标，心想，朱文宁啊，什么时候你变得如此“细心”了？不就是来趟雀城，用得着如此郑重其事的吗？有一阵子，他没说一句话，只是两腮一瘪一鼓地吸烟。瞧着雾似的悬浮在他面前的缕缕青烟，我心里一阵紧张，曾有过一种无法言说的恐慌：怎么，他想摊牌了吗？停了一会儿，他突然摁灭手里的烟头,起身走到我办公室的门口,提过随身携带的背包,放在办公桌上,解开背包的绳带,从里面掏出一瓶红星二锅头、两包麻辣牛肉干、一袋花生米、四根双汇牌火腿肠、一盒金枪鱼罐头,笑着对我说,本来准备晚上吃的,不如咱哥俩提前搞了。

这哪行呢?我从藤椅上起身,捂住朱文宁的手说,来雀城,说什么也得让我尽点地主之谊,咱不尝费小莹的手艺了。走,出去随便找个地儿,找个小姐陪陪。

小姐?朱文宁抬头,褐色的眼珠透出一缕兴奋的光芒,他说,家兴啊,没想到你还喜欢小姐?

你不喜欢?我强行把他带来的东西装进背包,对他说:这年头,不喜欢小姐的人可是凤毛麟角。

我就是凤毛,就是麟角!他又一屁股坐到沙发上,说要去你去,我不去那种地方。

好了好了,不找小姐不就行了吗?我起身拉住朱文宁的袖子,说走吧,找个小包厢,咱哥俩喝喝酒,说说话。

你是瞧不上我买来的东西?朱文宁把头枕在沙发靠背上,说我知道你看不起我,一直都是这样。你坐下来,我们心平气和地好好谈谈,我怎么让你瞧不起了呢?

天地良心。我差一点惊叫起来,对朱文宁说,瞧你把话说哪儿去了?文宁!好好,从现在开始,一切都听你的。你想想,大老远的,你从省城来我这儿,我不表示点心意,要是让费小莹或别的朋友知道了,还不骂死我?

你瞧,朱文宁说,说白了,你还是怕别人骂你。显然,你没我活得真实,我就不怕你骂我,谁骂我我都不怕,有什么可怕呢?他赌气似的从沙发上腾地站起来,走到办公桌前,把我塞进背包的酒和食品,一件件取出来,对我说快给费小莹打个电话,请个假!免得回家上不了床,那样可就惨啦。

既然朱文宁把话都说到这种份上了,我若是再坚持自己的意见,显然就没意思了。趁朱文宁拆开食物包装，开酒瓶往纸杯里斟酒的间隙，我插上电话线，往家里挂了电话，告诉费小莹晚上不回家吃饭了。费小莹问我：是请冯艺吃饭吗？我说这是哪儿跟哪儿呀。你要是请她，不让我作陪，只能证明一个问题，费小莹说，证明你心里有鬼！行了行了，我随手摁掉电话，再次拔下电话线。我怕旁边的朱文宁从费小莹的电话声里听出冯艺来了雀城。妈的，我心想，打发走朱文宁，明天把末末送到岳母家，带着费小莹外出度假去。

我们坐下来后，朱文宁举起酒杯，和我象征性地碰了一下，说家兴啊，好些年没这么喝过酒啦。

平时我很少沾酒，要不了几口白酒，我的脸会从额头一直红到耳根。兴许是借红星二锅头的酒劲，我整整憋了一下午的话，终于在和朱文宁碰到第六杯的时候，从我的嘴里冒了出来。我问他是不是和冯艺离婚了。

离婚？朱文宁嘴里含着酒，不停地点头，说嗯嗯，离了，你才知道？

什么时候？我问。

去年过春节的时候呀！朱文宁说话的语气，听上去很轻松。也许酒在他血管里发挥了意想不到的作用，他的脸色不像刚进我办公室时那么凝重了，有了一些亮色，表情也生动了许多。他抹了一把流到嘴边的酒，说离了好啊，一人吃饱全家不饿。

小海浪呢？我问。

嘿，朱文宁两眼盯着我说，那小子聪明极了。他把小海浪关于麻雀的故事津津有味地向我重复一遍后，脑子突然一亮，说家兴，再给你猜个谜儿，太阳从东方升起，打一字。你先猜猜。我开动脑筋想了半天，笑着朝他摇头。笨了吧，“旦”字，元旦的“旦”。哈哈哈，你瞧瞧多么形象啊，出这个字谜时，小海浪才五岁多一丁点儿，你说说，这小子的脑子管不管用？

聪明。我说过得好好的，离了干吗？

问得好！朱文宁拿起一块麻辣牛肉干扔进嘴里，一边嚼一边瞧着我说,这个问题提得有水平,有机会遇见冯艺了,你可以问问她。在此,我不想多费口舌。这次来雀城,没别的意思,你知道,这么多年来我一直在研究汉画。在雀城能研究,在省城也同样可以,本来我可以不跑这一趟,坐车多累啊,还时刻冒着出车祸的生命危险。你别笑,车祸这种事情说来就来。“砰”的一撞,人说玩完就玩完了。别以为人可以主宰一切,可以自以为是,可以他妈的目中无物。人这个东西,有时候脆弱着呢!你想想,雀城通往省城的高速公路修通后,哪天没有车祸发生?据不完全统计,平均每天一人,一年下来就是三百六十五个冤魂啊,死了的还好说,反正两眼一闭,人走了。可那些活着又缺胳膊少腿的人,或变成植物人的,就生不如死了啊!不瞒你说哥们儿,一想到吃人的高速公路,我就害怕,一个寒战接一个寒战,打得我睡不着觉。你别笑,少出门没错儿,你看这些年我来雀城的次数明显少了吧。

他喝完一口酒解释说,我不是怕坐车,是怕高速公路啊。他停下话题,点起烟,深深地吸了一口,然后仰起脖子,将烟雾吹向空中。窗外的天黑了,远处的街道亮起了灯光。他说起小海浪时,脸上流露出来的自豪和骄傲,说明他爱自己的儿子,如果像冯艺所说的那样,我无法想象一个养了别人儿子这么多年的人,在做过 DNA 检测,证实不是自己的骨肉之后,还能和他儿子真正的父亲坐在一起喝酒、说话儿。既然不是这样,为什么冯艺会一口咬定,小海浪是我的儿子呢?我见过小海浪,尽管次数不多,但印象深刻。那小子长得虎头虎脑,脑袋瓜长得很像日本动画片里的一休,左脸蛋一个深深的酒窝,双眼皮儿,乍看上去脸形、眉眼都非常像冯艺。我记得有一年他们一家三口回雀城,冯艺抱着正在咿呀学语的小海浪问我长得像谁。因为当时朱文宁在身边,我随便胡诌了一句,各采精华。冯艺把脸贴近小海浪说,你再仔细看看,对比一下?说还是像我吧,像我多漂亮啊,还各采精华呢,你说说朱文宁的精华在哪儿?

沉默了一会儿,朱文宁突然说,家兴,你把办公桌上的包递给我。

他接过包，拉开包内的拉链，取出一沓彩色照片，对我说你看看这个，漂不漂亮？

青铜器？我说。

没错，他说叫天马踏壶。这可不是一件普通的青铜器，你仔细瞧瞧四周的纹饰，简直精彩绝伦、妙不可言啊。要知道，这东西埋藏在黄土之下，距今整整三千年了，竟然完好如初！的确如此，照片上的青铜壶，泛着毛茸茸的暗绿色的光泽，一只展翅欲飞的天马，前蹄高高扬起，后蹄踏在镂雕的双层莲瓣之上。壶两侧的双耳各长一条镂空小金龙。小金龙回首卷尾，一副栩栩如生向上爬行，又返顾观望的样子。壶身的正背两面，各有一条盘龙，盘龙吐舌卷尾，长着四只虎爪，两条龙看上去正在负重行进。整个天马踏壶遍布龙凤合体、蟠螭、虎及各种精细、生动的纹饰。凭我早已还给大学老师的那一点历史知识，只能看个热闹而已。我笑着把照片递给朱文宁，问他不是一直在研究汉画嘛，怎么对青铜器又突然感起兴趣来了？他略作思考，没有直接回答我的问题，端过茶几上的酒杯，一口干掉，然后长长地吁出一口气，猛地抬起头，两眼直视我的眼睛，说我把它卖掉了！

你疯了！我说，你知不知道那是犯罪啊？

五

这就是那次朱文宁西去之行的“成果”，作为一个研究汉文化的专家，当他踏上西去列车的那一刻，他肯定明白自己在做什么。然而，来自冯艺的压力，可能是迫使朱文宁作出这种无奈抉择的重要原因。他找不出正当的理由，去拒绝冯艺的要求。的确，朱文宁，一个堂堂正正的男子汉，靠领着如女人月经一样准时到来的不多不少的薪水，根本无法让他深爱的老婆和儿子过上富庶、体面的日子。朱文宁再三对我强调，如果撞上好运，就做一次。一次，绝无仅有的一次！他瞧着窗外陌生的西部高原，缓缓地闭上了眼睛。

同列车的人，如果细心一点，可以从他闭眼的刹那间，看到两道泪光。

按图索骥，他很容易找到那座烂记心头的小县城。出了公共汽车站，一路风尘仆仆的朱文宁，先找了一家能洗澡的小旅馆住下。旅馆不大，四周环境十分幽静。登记完房间后，他出了旅馆大门，留了两千，将其余的本钱就近全部存在了银行。回旅馆前，他闻见了陌生的羊肉泡馍的香味，心想反正要吃，不如提前把肚子打发了，晚上洗个澡，好早点上床睡觉。进了泡馍馆，他要了一瓶二两装的黑山老窖、一碟水煮花生米、一盆麻辣牛肉，外加一碗羊肉泡馍。半小时之后，他吃完饭回到旅馆，问旅馆的老板娘能不能洗个热水澡。老板娘亲自领他来到浴室门口，笑着问他，先生，要不要找个小姐一起洗洗？不不，朱文宁嘴上说不不，心却悸动起来。很便宜的，老板娘说，刚从白镇来了个小姑娘，她伸出一个手指头，这个数可以陪你一晚上啊。白镇？朱文宁问。是啊，老板娘说，要不叫来你先看看？好好，朱文宁更感兴趣的，不是那个陌生的农村女孩，而是那个叫白镇的地名。他转身对老板娘说，洗澡就算了，过一会儿叫她来我的房间一趟吧。

朱文宁洗了澡，回到房间的时候，那个女孩果然坐在沙发上了。女孩抬头朝他微微一笑，说大哥，这么快就洗完了？朱文宁支吾着，关上身后的门，在女孩身边的沙发上坐下，问她，你是白镇的？对啊，女孩偷偷抬起眼睛瞟了他一眼，说大哥是怎么知道的？朱文宁懒洋洋地靠在沙发上，对女孩说，站起来，让哥哥欣赏欣赏。女孩起身，脱掉身上杏黄色的风衣，颇有几分顽皮地转了一圈，对朱文宁说，听大哥的口音，是外地人？是到我们这儿出差来的吧？没错，朱文宁点燃一支烟问女孩，白镇离这儿远吗？远，咋不远？坐车得一个小时呢。女孩眨动着眼睛问他，想去白镇？随便问问，朱文宁说，你今年多大啦？你猜猜，女孩咬住涂成红褐色的嘴唇，做出一副撒娇的样子说，你猜猜嘛。二十吧？朱文宁随意胡说了年龄，没料到女孩高兴得蹦起来，一下子坐到沙发扶手上，用一对结实的乳房蹭着他的肩膀，模仿港台影视里的声音说，老公啊，你猜得真准！胡说，叫大哥还差不多，怎么一下子成老公了呢？朱文宁故意沉下脸。肩膀那儿传递过来的感觉，让他一阵心慌意乱。女孩长相一般，但她脱掉风衣后，一身紧身的黑色衣裙，似乎遮挡不住她呼之欲出的青春气息。她裸露在外的手臂，肤色说不上白皙，可给人的感觉相当健康。女孩见他没有拒绝，两只手臂小猴似的高高举起，顺势一滑，整个身子滑进朱文宁怀里的同时，两臂也已环绕上他的脖子。

后来，朱文宁睡了一觉，半夜醒来时，发现女孩小猫似的蜷缩在身边，他说，怎么不睡啊？睡不着，女孩仰起脸，在他胡子拉碴的下巴上亲了一口说，白天睡多了，晚上就这样。嘿，她转过身，一条腿跨上他的腰部，说，醒了陪俺说说话吧。好啊，说什么呢，小妹妹？嗯，说啥哩？女孩扑闪着眼睛说，大哥一定是个读书人吧？何以见得，他俯下头嗅了嗅女孩乌黑的头发说，从哪儿看出来的？手啊，她说，你的手摸得人家好舒服好舒服哟，一点茧子都没有，光得跟泥鳅似的。哈哈，他说，看不出你原来是个小人精。知道吧，女孩说，到年根儿，我要嫁人了。嫁人？他惊愕地瞧着女孩说，嫁人，还出来做这种事儿？弄点嫁妆，她说，反正第一次给了他，再给别人点也亏不了啥，再说挣一点是一点，现在我们农村结一次婚也不容易。说得轻巧，他说，不怕你对象知道，休了你？哼！谁休谁还说不定呢。女孩说，他整天在死人堆里刨食，说不定哪天就埋进黄土里去了。一出来浑身臭烘烘的，难闻死了，哪有大哥你身上的气味好闻啊。什么？朱文宁问，在死人堆里刨食？嘿，难怪是城里人，女孩说连这个都不懂，盗墓呗。嗬嗬，盗墓，朱文宁说他胆子不小啊。告诉你吧，前两天他弄了一个什么壶，跑进城屁颠屁颠告诉我，说发财了！我当时骂了他一通，做你个大头梦去，凭一个破壶能发财？他说至少值一万哩。听到这儿，朱文宁心里一阵窃喜，他说值不值那个价，要看是什么成色啦。大哥，你要是懂，明天去白镇帮他估个价。女孩说，我就不信，一个破壶会值一万块钱儿！好啊，反正待着也没多少事，他说，不如去看看吧。真的？女孩一兴奋撩开身上的被子,滚上了朱文宁的身子,说骗人是小狗!

是小狗!朱文宁一把搂过女孩。那种折磨人的欲望,重新在他血液里奔突,他感觉自己的心都快跳出来了,那咚咚的声响,暴雨似的敲击着他绷紧的心房,奏出一种朱文宁早已陌生了的欢快乐曲。他开始在女孩的身上狂吻乱摸,女孩半推半就的,说不要嘛。啊,轻点,大哥轻点好吗?你弄疼我啦,对,小心点。噢,就这样,对了,就这样。他吻着女孩绯红的脸蛋,心想他妈的,不要白不要,反正老子付过钱了。

第二天,他和女孩去了白镇,见到了女孩的未婚夫,一个老实巴交的小伙子。女孩那天表现不错,她在未婚夫面前谈笑自如,仿佛昨晚什么事都没发生过似的,没露出一点破绽。朱文宁如愿见到了那个天马踏壶。壶身不大,比现在家庭用的电热水瓶大不了多少。他弯腰提起壶耳,感觉了一把重量,凭经验判断估计不会超过六十斤。壶身上的黄土还没风干,看来的确挖出没几天。他轻轻拭去一片黄土,眼睛马上被上面精美的纹饰弄得闪闪发光了。透过随身携带的放大镜,迎着窗外的阳光,朱文宁又全神贯注地瞧了两遍。随即,他在心里估出天马踏壶的价值。他坚信自己的判断,对小伙子说你出个价吧。小伙子看看身边的未婚妻,咬着牙说一万,一分钱不能少!再少点,他笑着对小伙子说,八千怎么样?这玩意儿表面看不像真家伙,是不是赝品,得弄回家用仪器去测。嘿,小伙子急了,他说老师,你是真的不识货?这可是我大前天晚上,刚从虢国墓里弄上来的,你再仔细瞧瞧。九千,他说,看在你未婚妻的面子上,再给你加一千。不行。小伙子瞥了一眼正在朝他使眼神的女孩,说要不是她多嘴,我还想叫一万五呢!行行,他说,权当交个朋友,一万就一万吧。女孩见小伙子还有点犹豫,过去用身子蹭了蹭他的肩膀,带着娇气说快放话啊。行吧!小伙子对女孩说,要不是为了结婚,我还真说啥也不出手呢!瞧这货多滋润啊。

当天中午,他们把青铜器装进柳条筐,空隙处填上麦草,盖上柳条盖,再用铁丝把盖子周围箍好。女孩下厨做了三个简单的菜,西红柿炒鸡蛋、烧茄子、干煸豇豆,主食是菠菜面条。女孩端菜上桌的时候,不怀好意地笑着对朱文宁说,农村条件不好,将就着吃点吧,老公。女孩的一声“老公”,把坐在长条凳上的朱文宁吓了一跳,他脑子里立刻浮现出昨晚的情景,心里忍不住扑通起来。女孩可能也意识到了什么,她的脸上有了羞涩的笑容,斜睨了朱文宁一眼,对她的未婚夫说,衣柜里不是有瓶酒,愣着干吗,还不赶快拿来招待客人?小伙子憨憨一笑,去了里面的卧房,拿来一瓶简装白酒。斟酒时,朱文宁不想叫小伙子劝酒,故意少要了一点,说心意到就行了。女孩说,喝点,活活血。说着她举起杯,我敬城里来的大哥一杯,我干了,你随意。女孩果然把手里的一满盅喝了,她一亮酒盅,说,大哥随意喝点,总算是个心意嘛。好好,朱文宁举起酒杯,说,祝你们即将到来的婚姻幸福美满。不过,我就这一杯,喝完吃面条,好吗?还是城里来的大哥会说话,女孩又给自己斟了一杯,三个人“当”地一碰,全都饮掉了。

吃完午饭,女孩和她的未婚夫开着机动三轮,把朱文宁送进了县城的小旅馆。付了账后,朱文宁额外给女孩和她的未婚夫一千作为劳务费,要他们在天黑之前收五吨当地的苹果,雇辆卡车装好后来旅馆。要知道,当地盛产苹果,女孩和她的未婚夫只用了两个小时就顺利完成了任务。当地苹果五角一斤,拉到省城一块出手,差价抵掉运费和已支付的劳务费,还略有结余。

等到太阳快要落山的时候,朱文宁坐上装载苹果和暗藏天马踏壶的卡车,踏上了奔赴省城的征程。

临走的时候,他望着车窗外女孩和她的未婚夫,感觉像做了一场梦似的。他们站在小旅馆的树荫下,向他招手告别。卡车开出一段距离后,他忍不住打开车窗,回首瞧了他们一眼。他看见那小伙子在女孩被牛仔裤绷紧的屁股上摸了一把。这个镜头,让朱文宁坐在车里玩味了整整一夜。他想,女孩昨晚的表现,还真叫人有点销魂呢。

六

马导离开雀城前，介绍冯艺结识了雀城师范学院艺术系的丁主任。马导和丁主任，属于一起尿过炕一起下过乡的铁哥们儿。丁主任身材很瘦，白白净净的，戴一副金丝边眼镜，仿佛浑身每一个细胞都透出浓浓的书卷气儿。马导对冯艺说，你的艺术气质不错，先在丁主任这儿上学，学点东西，等机会稍微成熟，我会请你赴京拍片的。听说不能跟马导回北京，冯艺心里有点不舒服，但嘴上又不好说，因为马导说过，要做一个好演员，必须经过严格的艺术训练，他让自己上艺术系，不正是为将来的明星梦做铺垫吗？你会忘了我吗？冯艺心头酸酸的，仰起脸问马导。不会的，马导俯身吻着她一头秀发说，瞧你想哪儿去了，我的小艺艺。那个时候，冯艺平生第一次尝到了离别的滋味，她送走马导以后，一个人跑回梅里胡同 76 号，睡在父母的罗汉床上，哽咽成了一个让人可怜的小泪人。

大约两个月以后，冯艺戴上了雀城师范学院的校徽。她学的是音乐舞蹈专业。开学的第二天，学校正好放映马导拍摄的彩色宽银幕故事片《丁香花儿开》。那天晚上，冯艺早早吃完饭，洗了澡，把自己打扮一新，来到学院礼堂。她心情激动得不得了，一遍遍在心里想象同学们看到那个三秒钟镜头的情景。电影的确非常好看，随着故事情节的展开，一种凄美的情调紧紧抓住了冯艺。男女主角曲折感人的爱情，让冯艺的情绪起伏跌宕，默默垂泪。当男主角站在女主角开满丁香花的墓碑前，献上一束黄色康乃馨的时候，冯艺忍不住失声痛哭起来……影片在一片飘零的丁香花瓣中悄然结束后，冯艺抹掉眼角的泪水，才想起电影中没有自己和马导接吻的镜头。她打电话给马导，想问问是怎么一回事，没想到接电话的竟是马导的老婆，她告诉冯艺马导携带《丁香花儿开》，参加法国戛纳电影节去了，最快也得一个月才能回国。后来冯艺差不多把这事忘掉的时候，她从《大众电影》里再次看到了马导的照片。与以前不同的是，照片上的马导表情刻板，四周加了厚厚的黑框。马导出车祸死了。当时，冯艺愣了半天，因为她无法接受这么残酷的一个事实。不过，这回她没哭出声，只是眼角出现了两滴泪花。

马导的死令冯艺有点失落，但依然处于花季的冯艺，显然没必要为一个亡灵搞得悲悲切切成天不开心。因此，没过多久，她便把马导忘掉了。说实在的，冯艺并不怨恨马导，尽管他的死使她的明星梦想破灭，但他活着的时候，至少使她跳出了可恶的倒班苦海。

上大学以后，冯艺的美中少了些清纯，多了些风韵。她不再穿那些花里胡哨的裙子和被社会贬斥的奇装异服了。冯艺发现，这个世界没什么比少女皮肤更美的东西了。于是她扔掉带进学校的化妆品、指甲油、香水之类的玩意儿，淘汰掉过去的衣裳，穿上纯色的衣裙，以一种素面朝天的姿态行走在校园里。她那种染上书卷气息的小样儿，吸引过多少驻足回首的目光啊。

与此同时，雪花般滚烫的情书，一封封飘进冯艺的床头。她红着脸读完，然后拿到卫生间点火烧掉。冯艺珍惜来之不易的学习机会，她不想卷入那些剪不断理还乱的情丝中去，影响自己的学业。

这种情况可能过了不到一年，她惊讶地发现，自己竟然神不知鬼不觉地爱上了丁主任。丁主任是个有妻室的男人，他略显阴郁的眼神透过镜片看她的时候，每次都能看得她脸红心跳。丁主任喜欢回忆往事，喜欢不紧不慢地向她叙述有趣的孩提时光。每次讲到下乡当知青时做过的偷鸡摸狗的事，他总要捏一捏冯艺的鼻尖，说那时候肚里没油水，嘴馋得成天流清水哈喇子。有时候，他也谈起死去的马导，但冯艺不爱听，她会伸过小手捂住丁主任的嘴巴，把食指放在自己柔软的嘴唇上，发出“嘘嘘”阻止的声音。她和丁主任的关系悄悄保持了一年。每到周末，在丁主任的办公室、在郊外的麦田、在公园僻静的小树林、在西山的丁香花园等能够避开耳目的地方，他们都要来上一次幽会。中间，冯艺为丁主任做过两次人流，第一次她感觉挺可怕的，到第二次就没什么了,像被某种东西碰了一下。第二次做完手术,冯艺微笑着走下病床,哼起她一向喜爱的《甜蜜蜜》,若无其事地走出了雀城第二人民医院。

世上没有不透风的墙,冯艺的地下爱情,最终还是被丁主任的老婆发现了。那个一脸菜色的女人找到冯艺,要她立即断绝和丁的来往,否则闹得满城风雨了,等待她的唯一结果就是开除!冯艺知道事情的轻重,她对丁的老婆说,嫂子对不起了,我把他还给你还不行吗?断绝了和丁主任的来往,冯艺有好几天怅然若失,似乎命中注定她的爱情像朝霞中的一朵浮云,又像丁香花瓣上露珠映现的星光,美丽而又缥缈。

差不多就在这个时候,我大学毕业回到了雀城。在一次同学聚会上,我遇到了冯艺。对我这么一个只会读书、情场失意的生瓜蛋子,冯艺暗送过来的一两个秋波,电得我浑身发麻,顿时连北都找不着啦。有同学向我反映,冯艺是个水性杨花的女人,快成公共汽车了。后又进一步责问我,天涯何处无芳草?偏偏你要和她好。在我看来,那些多嘴多舌的人,纯粹是打着红旗反红旗,吃不到葡萄说葡萄酸,等冯艺的水性杨花溅落到你身上试试?

要讲冯艺的故事,不能不牵涉到我,但我们之间实际上没多少故事可讲。冯艺留给我梁家兴的,与其说是故事,不如说是感觉更为恰当。而感觉这种东西,虽然鲜活,可意会,却难以言传,且琐碎得一塌糊涂。啰唆起来,还不没完没了?

的确,和我过于短暂的婚姻,再一次证实了冯艺的水性杨花。但她所给予我的幸福时光,的确与众不同。一个人一生,拥有那样的时光能有几次?像我这样碌碌无为,靠写干巴巴的雀城地方志为生的一介书生,活到现在,被冯艺爱过,接着又被小学教师费小莹爱着,还有什么不知足的呢?

冯艺与我的婚姻生活基本可以忽略不提。二十四岁那年,冯艺嫁给朱文宁的同时,也嫁到了省城。据我所知,婚后他们的小日子一直过得还不错。现在回过头去想，要不是冯艺大吵大闹了那么一通，逼迫朱文宁背叛了作为一个文物研究者应有的良心，怎么会闹到后来那种不可收拾的地步呢？

我能够理解冯艺。在没有真正进入繁琐的日常生活之前，她始终生活在一种浪漫而唯美的状态之中，小海浪的提前到来，叫她还没品尝出两人世界的乐趣，便匆匆忙忙地进入到了做母亲的角色。毫无疑问，她爱小海浪，从他懵懂初开，到幼儿园到小学，倾注了冯艺多少心血啊。她带他学完钢琴学英语，学完画画学书法，天天围着小海浪转，弄得她曾一度冷落了朱文宁。这种状况，一直持续到小海浪上小学二年级。儿子上学以后，她发现自己的时间顿时多了许多。每天对着镜子，看着里面没有光泽的皮肤，脸上越生越多的鱼尾纹，被小海浪吸吮得黑黑的乳头，一起身耷拉多长的乳房，冯艺在感叹光阴无情的时候，又拾起被她丢弃多年的化妆术。一天她进省城枫丹白露购物中心遛了一遭，一件东西没买，不是看不上，而是惊人的价格，吓退了她将那些化妆品和时装内衣据为己有的欲望。回到省群艺馆，和同事们谈起枫丹白露购物中心的价格，却遭到她们唧唧喳喳的一顿嗤笑。这年头，谁还用国产货？她们说冯艺你试试这个，感觉一下，爽呆了吧？谁谁家啊，刚换了套房子，光装修花了十二万。就是，现如今，啥都是他妈的假的，只有钱才是真的。以前，冯艺也听到过如此这般的纷纷议论，可能是没有入耳吧，或是内心不屑她们如此庸俗的话题，她没怎么在意。从省群艺馆回家的路上，冯艺越想越生气，一咬牙重进枫丹白露购物中心，她破费掉五千元，买回全套法国化妆品，两套意大利小天使牌的套裙、文胸和内裤。回家试试，效果非常令人满意。晚上回家原打算给朱文宁一个惊喜，没想到那天晚上，他竟然在省文物研究所写了一夜的《灵石之言》。第二天放学，她把小海浪送到他爷爷家，做好了同朱文宁谈谈的准备。

至今，冯艺也不知道朱文宁从哪儿弄来那么多钱。整整二十六万美金啊。折合成人民币，两百万还出了头。为慎重起见，他们利用三十年按揭贷款的方式，在省城最繁华的银水河畔买了一套三室两厅126平方米的高层住宅。旧房出手十七万，取一万美金折合人民币八万多，原来家庭存款三万，三项加在一起总共有二十八万多可供支配。房子首付人民币五万，以后每月还款不到两千。冯艺算过，二十五万美金往中国银行一存，光吃利息用来还贷都花不完。一切都按计划安排好，小两口花九万装修房子，花五万更换了全套家具和家用电器，花两万给朱文宁买了一台写作用的IBM手提电脑。手提电脑朱文宁不要，是冯艺硬拖着他去买的。小样儿，冯艺说不写书啦？如今写书的谁没个手提电脑？写不写无所谓，没事提个电脑，瞧着都带劲儿！剩下的全花在了一家三口的衣着打扮上。当然，冯艺用掉了其中的大头。

银水河畔的住宅楼高三十层，冯艺挑选了阳面的第十九层。搬进新居那年，正好是冯艺第三个本命年。虽然没有住上花园别墅，但瞧着宽敞明亮的房间，冯艺心满意足，毕竟，她有爱自己的老公，有聪明可爱的小海浪，还有如此漂亮的房子和银行数字不小的外汇存款。如果现在再对朱文宁有什么要求，显然太过分了。两人的工资放在一块两千多块，因不必考虑存款，花销起来，她完全可以做到随心所欲了。事实上，冯艺也不是一个大手大脚惯了的人，因为梅里胡同一家人拮据的日子，多少让她耳濡目染了一些平民意识。能够过上现在这种幸福生活，对她来说绝对是一个梦想。眨眼之间，梦想变成了现实。尽管来得有点突兀，让人难以相信自己的眼睛，但事实摆在那儿，由不得你不信。两口子睡在床上，她曾不止一次以色诱的方式，问起朱文宁美金的来历，每次他都若有所思地说，这个问题对你来说毫无意义，你问它干什么呢？告诉我嘛，冯艺娇嗔地依偎在朱文宁怀里撒着娇，我想知道嘛。逼急了，朱文宁又会把以前说过的话重复一遍，说不是给你讲过吗，英雄不问出处。凭女性天生的直觉，冯艺判断朱文宁弄来的这笔巨资，定有他的难言之隐。

然而，搬进新居的生活似乎并没能给朱文宁带来快乐。他好像进入了恍惚迷离的梦境，成天把自己关在书房里，坐在IBM跟前，不着边际地胡思乱想。更令冯艺吃惊的是，一向对她身体贪得无厌的朱文宁，从先前的每周三次，依次递减，到后来竟连每月一次都保证不了。他沉默寡言，目光经常盯着房间的某个地方发呆，即使被冯艺硬拉着上了一米八宽的席梦思大床，他也总是直挺挺躺着，任冯艺使尽娴熟的十八般武艺，好不容易唤醒他的身体，到末了，冯艺还未感觉到性生活的乐趣，朱文宁就会在一种毫无激情的状态下，草草了事。起初，冯艺并没怎么在意，她悄悄地想办法来分散朱文宁的注意力，隔三差五煲一罐加了枸杞、冬虫夏草、鹿茸、红枣的老母鸡汤给他喝；星期天或傍晚，她拉着他和孩子，一起坐电梯下楼，到银水河畔和附近的红枣公园散步游玩。朱文宁对来自冯艺的照料，来者不拒，却丝毫不能理解她的良苦用心。一次小海浪问她，爸爸最近怎么啦？老看着我发愣。冯艺说小孩家家的，瞎操心什么，好好把你的学习搞好。这种不温不火的日子差不多过了一年之后，冯艺憋不住了。有一天她见朱文宁都深夜十二点了，还不上床睡觉，她拧开卧室隔壁书房的木门，悄悄来到朱文宁身后。IBM电脑液晶屏幕上出现的内容，把冯艺吓得愣在了书房中央，半天没有醒过神来：他竟独自一人在观看色情影碟！

这就是你要写的《灵石之言》？冯艺的身子哆嗦了一下，责问的话音未落，眼角的泪水就滚出了眼眶。

你不想看看？挺过瘾的！他说。

关掉！还不赶快关掉！冯艺闭上眼睛，几乎尖叫起来：丑死啦！你个流氓。

流氓？你说我流氓？冯艺本意是想说一句调情的话，因为电脑屏幕上那对金发碧眼的波斯猫，正激情奔突，表演着令人耳热心跳的性舞蹈。可以想象，尽管眼前出现的情景，的确出乎冯艺意料之外，但如此逼真的性爱镜头，不可能不在她心里引起某种急剧反应。长久以来，她向来对朱文宁写书的事不感兴趣，况且他写的又是死人堆里挖出来的那档子事。还灵石呢，不就是一堆刻刻画画的麻石板吗？然而，在此以前，朱文宁研究汉画的论文，频频亮相于大陆、台湾、香港著名文物研究刊物，朱文宁多次去海外参加学习研讨活动，已逐步成长为一个海内有名望的青年专家。虽然那种虚幻的光环，没能给家庭带来多少实际利益，但看到周围的同事和朋友都对朱文宁取得的成就流露出钦佩的目光时，她会情不自禁地戴上那顶色彩迷离的光环，逢人就絮叨替他做宣传，好像生怕别人小觑了朱文宁。当然，冯艺又不想让老公终日沉迷于书桌案头，忽视了自己的存在。她离不开他，哪怕终日无所事事，只要朱文宁能晃动在她视线所及的范围之内，对她来说也是一种莫大的安慰。当初她高价给他买手提电脑，与其说供他写作，不如说是为了拴住朱文宁这个人。

冯艺闭上眼睛以后，朱文宁从皮转椅上弹起来，他穿过她的身旁，把书房的木门关上，又手舞足蹈地上来一把搂住冯艺。我叫你骂我流氓，他从牙缝里蹦出的声音听上去有些狰狞，他说，我是流氓，我怕谁？冯艺惊恐地睁开眼睛，浑身一激灵，打了个冷战，她正想对他说你怎么了的时候，朱文宁手里的毛巾，不知怎么就塞进了她张开的嘴巴。嗯嗯，她拧动着身子，试图从他的身子底下挣脱。嗯嗯，文宁你怎么啦？快放开我！她在心里大声喊叫着，没办法，塞上毛巾的嘴巴，除了能通过鼻腔发出那种哼哼声之外，根本无法阻止他粗鲁的动作，只好任凭眼角的泪水静静地流淌。他剥掉冯艺身上的睡衣，抬起她的双腿，还没等冯艺反应过来，就刺进了她的身体。你听，电脑里叫床的声音，多么动听啊……他一点不顾冯艺的感受，独自一人喁喁自语，说你喜欢听，我知道你喜欢听，是吗？叫起来啊，叫起来前面就是蓝天了，你看天空多么蓝啊，叫啊，叫一声你就可以融化在蓝天里了……啊，冯艺，你倒是叫啊，我怎么听不到你的声音了。冯艺躺在地毯上，没有动弹，透过被泪水模糊了的视线，她看不清正甩动乱糟糟头发，一边耸动身子一边喋喋不休的男人。他怎么了？神经了吗？当这个不祥的想法掠过冯艺脑际的时候，她两手撑着地毯，腾地直起身子，抱住朱文宁的脸，趁他不注意的时候，一把抽出嘴里的毛巾，拼命吮吸着他脸上的泪水。文宁啊,咋了?你究竟咋的?她抓住他的头发,摇晃着问他,文宁你到底怎么啦?这个时候,朱文宁的身子不动了,两只呆滞的眼珠,一动不动地盯着冯艺,问她,你是谁啊?我是你老婆啊,冯艺说,文宁,我是你老婆!不对,他摇摇头,说我没有老婆,我没有儿子,我什么都没有了!你有,你看看,这是你的书房,书桌上是你的手提电脑,书架上是你的书,冯艺松开抓住他的手说,文宁,你是不是想哭?想哭,就大声哭出来吧,别憋在心里,把自个儿憋坏了。哭吧,想哭就哭吧。不。一丝不挂的朱文宁,猛地从地毯上站起来,身子剧烈抖动,龇牙咧嘴嘿嘿地笑着。嘿嘿,叫我哭,没门儿,他说我凭什么要哭,我笑还来不及呢。哈哈哈。他刺耳而怪戾的笑声,像一颗颗呼啸而来的冰雹,瞬间就把坐在地毯上的冯艺打蒙了。就在这个时候,朱文宁大笑着打开书房的木门,纵身一跃,拉开客厅的防盗门,直奔楼梯间而去:哈哈哈——叫我哭,没门!

文宁。冯艺追到敞开的大门口,被屋外的冷风一吹,才意识到自己没穿衣服。她回卧室套上裙子出来。小海浪穿着短裤站在客厅门口,问她:你和爸爸吵架了?

没你的事!冯艺大喝道,回你的床上睡觉去!

爸爸书房放的啥呀,吵死了。小海浪嘟噜着嘴,进了自己的卧室。冯艺怕自己走后儿子偷看,又转回书房,一把拔掉手提电脑的电源线。她拉上防盗门,来到电梯间,电梯停运。他是沿楼梯跑了?冯艺九曲十八弯,一路跑下十九层楼梯,踏上楼下花园的草坪时,身子晃了两晃,倒在了厚厚的青草上。

醒来的时候,她看到小海浪正光脚蹲在自己的身边。妈妈,小海浪说,一个月前,爸爸带我去了省人民医院。去医院干吗?冯艺起身一把搂过儿子问。说是验血,小海浪说,我和爸爸都抽了一点。验血?冯艺说好好的,验什么血?谁知道呢?爸爸再三交代不让告诉你!噢,妈妈知道了,冯艺说小海浪,今天不去上学了,好好一个人在家待着。你爸爸跑了,我得去找他。回家后你给爷爷打个电话,让他中午过来给你做饭好吗?

嗯。小海浪懂事地点点头。

冯艺整整找了一天。在省城的大街小巷她找了个遍,都没打听到朱文宁的下落。晚上,拖着疲惫不堪的身影回家后不久,她接到白马精神病院打来的一个电话,告诉她朱文宁疯了。

随后,她翻箱倒柜,一直折腾到深夜两点,终于在 IBM 电脑里,从朱文宁的日记中看到其中的秘密:DNA 肯定弄错了!错错错!小海浪,他怎么可能不是我的儿子呢?

七

那天,雀城的阳光非常明媚,瓦蓝的天空悬浮着几朵散淡的白云。骑车上班的路上,没走多远,我的脊背和额头就渗出了那种细小的汗珠。太阳升得很高了,路两旁高大的悬铃木即使浓荫蔽日,也让人感觉不到丝毫凉气的存在。兴许那天晚上和朱文宁在办公室喝酒,回家太晚的缘故,早晨费小莹叫了我三次,我一转身又睡了过去。再次醒来,一看表差一刻十点。

那天晚上朱文宁临走前,有了醉意蒙胧的神态,但看上去脑子还算清楚。我要他跟我一起回家住。不了,他说你走吧,我登记了旅馆。在哪儿?我问,远吗?他把黑色背包往肩头一搭,握住我的手说,家兴,天马踏壶的事,我说漏嘴了。放心吧,我说文宁,相信我。嘿,他说我翻过刑法,捅出来的话……他把手掌架到脖子上,笨拙地拉了几下,说我的小命全交给老弟啦。再见了,他招手要了一辆出租车,上车后摇下车窗,交代我路上小心点,费小莹要是找麻烦的话,把责任推他身上好了。我笑笑,和他道了一声晚安。

整个谈话喝酒的过程中,朱文宁始终没有同我正面交锋。每每涉及关键问题,他总是王顾左右而言他。他这种虚与委蛇的谈话方式,对我来讲,大大抵消了来自冯艺的那个消息的真实性。她为什么要说小海浪是我的骨肉呢？她说你休想甩掉我，又是什么意思啊？如果冯艺说的是真的，那么为什么朱文宁只字不提此事？此外，他们来雀城仅仅是游玩？冯艺看上去有点像，因为她身边有一个祝秋军，他们真的结婚了？若是，说明冯艺寻找异性的目光，也太他妈的没有品位了吧？朱文宁说来看汉画，最近几年来雀城的汉画又没新的发现，难道是旧梦重温？这些问题，像缺氧的晕头鱼，在我脑子里蹿来跳去的，弄得我整个晚上都没怎么睡觉。

来到办公室，我打开窗子，透了几分钟新鲜空气，给自己泡了一杯信阳毛尖，又把朱文宁吃剩的东西清理干净。然后打开空调，坐在藤椅上，插上昨晚拔下的电话线。茶杯里嫩绿的芽儿，正一面舒展慵懒的身子一面吐出淡淡的清香。

电话就是在这个时候打进来的。喂，请问是梁家兴同志吗？我说是，请问您是哪位？电话里那个陌生男声说，我们是省白马精神病院保卫部的，请问朱文宁昨天找过你吗？找了，我说他是昨天下午来的，有什么事吗？是这样，梁家兴同志，你的同学朱文宁是个严重精神病患者，前天从我们医院逃走了，请你协助我们将他捉拿归院。什么？你说他是神经病？我像触电似的提高了嗓门，有没有搞错？嘴上虽这么说，但回想起昨晚朱文宁说过的话、做过的事，心里原有的疑团，顿时有了合乎情理的解释。知道他住哪儿吗？电话里说了解情况的话，请你一定配合我们的工作。他住哪儿，我的确不知道，但可以肯定他住在雀城！说完，我又把昨晚喝酒的事，向电话那头做了简明扼要的说明。最后，在他们的要求下，我们互留手机号码。

后来，闲着无聊的时候，我回想起整个故事的来龙去脉，始终对一些问题困惑不解：已经在白马精神病院住了一年零八个月的朱文宁，是如何从壁垒森严的精神病院成功逃脱，并追随冯艺和祝秋军来到雀城的？其实，一年前在白马精神病院，当朱文宁起草好离婚申请书，隔着栅栏递给探望他的冯艺时，曾一脸真诚地对她说，我给你和小海浪丢人啦，离吧，我不想让我的儿子有一个神经病爸爸。冯艺接过离婚申请,仔细阅读一遍,有些胆怯地瞅了朱文宁一眼,说是我对不起你,我不配做你的老婆。她把离婚申请折叠好,放进小坤包,又掏出手帕拭去挂在睫毛的泪水。她说,文宁,放心在这儿养病,我会把小海浪养大成人的。你知道,他说,小海浪是我活着的全部理由,不知道他长大后会不会恨我。不会的,冯艺说,要不过些日子,带他来让你瞧瞧。不!朱文宁差一点惊叫起来,他双手捂住脸颊,说求你了冯艺,我不想让他看到我现在这副样子。可他吵吵着想见你怎么办?骗他说我去美国讲学好了。好吧,冯艺起身握住朱文宁的手,问他,能最后吻你一次吗?不!朱文宁惊慌地抽回手,忽然手舞足蹈地哈哈大笑着,还做出刮自己脸皮的样子,说羞羞羞,羞不羞,这边不羞那边羞。哈哈哈,他笑得前仰后合,指着冯艺对旁边探视的人说,她想吻我呢,哈哈哈……说完,突然趴在栅栏下的大理石台面上,两眼盯着冯艺说,别吻我了,我嘴臭!再次目睹朱文宁发病的状况,冯艺彻底心灰意冷了,她掩面哭着跑出探视室,坐在白马精神病院的石凳上,失声痛哭起来。既然是你朱文宁主动提出离婚的,那么冯艺嫁什么人,哪怕嫁个弱智、疯子、叫花子,又碍你朱文宁什么事,用得着醋意大发,一刀结果掉人家祝秋军的小命?这个祝秋军尽管不讨人喜欢,但他在死了妻子之后,想续个弦,也属人之常情啊,更何况,他和冯艺还处于恋爱阶段。这年头,恋爱可能是同居的近义词。冯艺之所以娇滴滴地叫他一声老公,也可以理解嘛,都睡到一张床上了,叫一声老公,说矫情也好,说做作也罢,都没什么啊。白镇的那个小女孩,不也口口声声叫过你朱文宁老公吗?你小子如此的小肚鸡肠啊!

白马精神病院保卫部的干警,很明显迟了一步。令他们始料不及的是,正当他们和我通电话的时候,朱文宁背着他的小黑包,已走进了丁香大酒店的大堂。那天,朱文宁衣着整洁,头发打了摩丝,小分头梳得一丝不苟。进了大堂,他对里面漂亮的小姐颔首致意,整个一副绅士派头,以致后来对雀城警方回忆起朱文宁步入酒店大堂的情景时,尚未从惊恐中醒过劲来的大堂小姐,几乎异口同声地说,谁能料到如此书卷气十足的人,会是个精神病呢?

他揿响了912房间的电铃。电铃叮咚的时候,祝秋军正坐在抽水马桶上出恭。昨天不知吃了什么东西,早晨起床后,肚子里一股气接一股气,直往外冒,弄得他便意不断。冯艺曾要陪他去看看医生,他一手捂着高高隆起的肚子,一手习惯性地挥了挥,说肚疼不是病,是屎和屁在搞派系斗争,屙掉它,就安生了。听到电铃声,冯艺打开房门,见到了朱文宁。顿时,她像被雷击似的愣在那儿,脸色煞白,似乎身上的血液全都停止了流动。倒是朱文宁镇静自若,他没有理会冯艺的惊诧,径自踏上房间的驼色地毯,四下瞧瞧,然后对依旧愣在门口的冯艺说,怎么?不欢迎?这时,坐在马桶上的祝秋军听到了室内的动静,他说小艺艺,谁来了?冯艺不知怎么回答,转身关上门,朝眼前的朱文宁十分难堪地笑了笑,说,你出来了?朱文宁坐在杏黄色的真皮沙发上,跷起二郎腿,说还是这儿凉快,没想到雀城的天气这么热。文宁,冯艺低头瞧着自己的脚趾甲说,有什么话单独和我说好吗?祝秋军呢?朱文宁说,别以为躲到雀城来,就找不见他了。你知道他的名字?这回轮到冯艺吃惊了,她和祝秋军认识到现在,关系始终处于半隐秘半公开的状态,成天囚禁在白马精神病院的朱文宁,怎么会知道他的名字?

正说着话,卫生间传来冲水的声音,接着祝秋军提着裤子从卫生间出来。他说,小艺艺,找我的吗?朱文宁瞧着比他想象中还要肥硕的祝秋军,脸色一沉,对冯艺说这儿没你的事,回里屋去!冯艺站着没动。你是谁?祝秋军看了看眼含泪光的冯艺,问朱文宁。睁大眼看好了,朱文宁腾地从沙发上跳下来,站到祝秋军面前,说老子就是疯子朱文宁!

文宁。冯艺尖叫一声。

你给我滚!祝秋军愤怒了,腮帮子上一边一嘟噜肥肉晃晃悠悠的同时,他的肚子也被气得一鼓一鼓的。他指着朱文宁的鼻尖骂道:滚出去!

老兄,放客气点啦。朱文宁膝盖一抬,直截了当撞向祝秋军的肚子，说谁滚现在还说不定呢！

文宁。冯艺跑上来一把搂住朱文宁，恳求说，饶了他吧，都是我不好，想打人，打我好了！

被膝盖击中肚皮的祝秋军，身子朝后打了好几个趔趄。来自腹部的疼痛，令祝秋军嗷嗷地乱叫不已。像头发怒的狮子，祝秋军拼命甩动着脑袋。肯定是甩动频率过快了吧，头顶的假发，尿布似的飘落到驼色地毯上，露出被怒火烧红了的头皮。祝秋军没有跌倒，他飞起一脚，朝朱文宁裆部踢来。朱文宁眼疾手快，一把将冯艺推向身后的沙发，然后身子一闪，成功躲过了祝秋军的偷袭。但祝秋军的老拳跟着挥了上来。这次朱文宁没能躲过，只听"咚"的一声，他的嘴角流出了鲜血。祝秋军、冯艺他们谁也没料到朱文宁西装短裤后面会掖着一把柳叶儿刀。刀很锈了，一点都看不出令人胆战的寒光。穿上了枣红色锈衣的柳叶儿刀，看上去尽管有点像土老帽，可在朱文宁的手里一点也没影响到其功能的发挥。兴许，祝秋军发出了惨烈尖叫；兴许，连尖叫都没来得及发出，他笨重的躯体，就倒在了驼色地毯上。

后来雀城传说，朱文宁拔出柳叶儿刀后，贪官祝秋军的血喷涌而出，先冲上丁香大酒店 912 房间的屋顶，又哗哗地流向驼色地毯，渐渐地把房间的地毯都洇红了；还有人传得更玄，说是从 912 房间流出的血，穿过丁香大酒店的走廊，坐上电梯，淌过大堂，把坐在大堂沙发上正等待客人的小姐，吓得花容失色，惊叫一片。她们眼睁睁地瞧着血流，奔向旋转玻璃大门，汩汩的，最后把整个红墟大道都染红了。看到被血色染红的红墟大道，雀城的民众不但没有惊慌失措，反而欢欣鼓舞，奔走相告：快来看贪官的血啊……全都是民脂民膏啊……

这种传说，或许是因为雀城民众受加西亚·马尔克斯《百年孤独》影响过深，私自杜撰的，显然不足为信。事实上，当白马精神病院保卫部干警打电话通知我，并和我一起赶到丁香大酒店的时候，雀城的特警已破门而入，控制了现场。

需要补充的是，在梅里胡同长大的雀城女人冯艺，那天并没有受到伤害。雀城警方调查清楚整个案子以后，把冯艺放回了省城。从此，冯艺发誓要带好儿子朱海浪，再不去做那种红杏出墙的事儿了。男人，让她伤透了心。

而朱文宁呢？原告律师认为，尽管他的确是精神病患者，但从他时刻关注冯艺的私生活，到模仿冯艺父亲冯德贵的声音，打电话给冯艺，弄清她来雀城的日期和住址，再到成功逃离白马精神病院来判断，整个过程滴水不漏，显然是经过精心谋划的。由此原告律师认定，在此谋杀过程中，朱文宁有一定行为责任能力，并建议法院遵照刑法的某某条某某款，判处朱文宁十到十二年有期徒刑。朱文宁的律师则当庭拿出朱文宁入驻白马精神病院以来的全部病历，辩驳道，法律讲的是证据，原告的证据是什么？是推理。如果仅凭推理，就对一个公民作出处罚，那不是和法律开了一个天大的玩笑吗？经过将近一年的审理，朱文宁被免于刑事处罚，重新送回白马精神病院。

两年后朱文宁精神康复出院，被冯艺重新接回银水河畔的家中，两人洗了鸳鸯澡，接着上了床。房事生活进行完毕以后，精疲力竭的朱文宁躺在冯艺怀里，说一切都结束了，回想起来，我好像做了一场梦。

2003 年 5 月 3—22 日　北京

紫薇别墅

一

最近一些日子，酒足饭饱，醉意蒙胧，依偎进舒适豪华的凯迪拉克真皮座椅里，再瞧着城市流光溢彩的街头，马万山最想去的是什么地方？到金丝雀听巫紫叶唱歌儿。越过司机毛栗子的后脑勺，马万山瞧见凯迪拉克像海豚似的，从红墟大道黑色的沥青路面浮上银河立交桥，顽皮地换一口气，又滑进了金丝雀永远暧昧的灯光之中。虽然，浮在桥面的时间很短，但马万山的目光，还是亲密接触到了矗立在银河立交桥中央的巨幅广告画，那上面有一个娇艳欲滴的女人，灯箱光亮将她迷人的笑靥和洁白如雪的牙齿，刻进了城市深不可测的夜空；同时刻进的还有她接近于完美的背臀曲线，以及沿曲线飘动的音符般的文字：银河集团总公司。这个女人名叫汪嘉丽，是银河集团的形象代言人。每次路过冠名“银河”的立交桥，目睹汪嘉丽美目顾盼的风姿，马万山虚化了的视线就会呈现出一片斑斓的色彩，让他浸泡在酒精中的心房久久难以平静。这是一种弥足珍贵的感觉。说实在的，对于一个曾经沧海年过半百的老男人来说，还有什么能拨动他的心弦呢？

与往常一样，毛栗子把车驶进金丝雀的后花园。一个身穿枣红色制服、肩披绶带的保安，满脸堆笑，一路小跑着迎了过来。黑色的凯迪拉克在这个草坪如茵、绿树成荫的花园有个固定的泊位。不论马万山来不来金丝雀，凯迪拉克的泊位都享有不被别的车占有的尊严。泊位紧临花园北墙，是一个爬满葡萄藤叶的拱形空间。藤萝上挂着一嘟噜一嘟噜五颜六色的满天星，整个泊位的空间，看上去像一个神秘而幽静的童话世界。保安的笑脸上跳动着鲜红的粉刺，他文质彬彬地拉开马万山的车门，左手迅速搭在车门的上框，右手做出一个欲搀扶马万山下车的姿势。当然，马万山是不会接受一个保安搀扶的，他挥了挥手，示意保安离开。保安退了一步，让出足够马万山下车的空间，说欢迎光临金丝雀。面对千篇一律的鹦鹉学舌，马万山露出一个不置可否的笑容。他含义不清地朝保安点点头，走出了葡萄藤架，沿着铺满卵石的花园小径，向金丝雀贵宾楼的大门走去。

马万山步履稳健，瘦长的身上，一身板正的梦特娇藏青色西装。一踏上贵宾楼红色大理石台阶，他就被伫立在玻璃门后的礼仪小姐迎了进去。“欢迎光临金丝雀。”小姐朝马万山深深地鞠了一躬，笑容可掬地来了一句。小姐身着一袭米黄色的旗袍，鞠躬时旗袍的分叉处春光乍泄。马万山挺了挺腰板，分开西装的下摆，两只手插进裤兜，用眼睛的余光瞟了一下那片春光，他的手臂就被金丝雀的老板朱小旗拉住了。马董啊，朱小旗异常亲昵地叫道，好些天没来听歌了吧？这些天真忙，马万山轻描淡写地扫了一眼朱小旗，说你知道什么叫日理万机吗？略知一二，略知一二，朱小旗说。他见马万山没有握手的意思，便松开拽住衣袖的手，做出一个请的手势，说巫小姐的演出马上开始，请，这边请。朱小旗一直将马万山送进歌厅，招呼小姐过来，要了一壶马万山喜欢的龙井，低声与马万山耳语几句后，便退出了歌厅。马万山坐到沙发上，捧起侍应小姐沏好龙井茶的宜兴紫砂壶，轻轻吮吸一口。一股龙井茶钟灵毓秀的清香，立即盈满了马万山的舌苔和鼻腔。听歌的时候，马万山喜欢捧一壶龙井，时不时啜上一口。兴许是年龄不饶人的缘故，最近两年多来，马万山的夜生活，早已养成了滴酒不沾的习惯。尽管平时不论是应酬还是日常生活，他总要喝几杯茅台，但总是适可而止，这个度马万山掌握得很好，从不越雷池半步。况且，听歌、聊天或泡妞的时候，再喝啤酒、干红、咖啡、鸡尾酒、饮料什么的玩意儿，往往会败坏马万山的胃口，冲淡茅台带给他的那种飘飘欲仙的奇妙感受。歌厅内灯光幽暗，人头攒动。歌厅中央高高的圆形舞台上，一群妙龄少女正在轻歌曼舞。她们轻灵的舞姿、舒展的笑容、飘动的水袖、水蛇一样扭动的腰肢，在舞台灯光的映照下，似乎在向人们讲述一个属于青春的童话。

正当马万山想寻找一点感觉，来好好欣赏一下属于这些胴体的青春时，高运开那小子不知从什么地方冒了出来。他鬼鬼祟祟地坐到马万山的沙发上，慢慢抬起头，把脸一点点移近马万山，笑着说："哈哈，果然是老爷子。"

"运开？"马万山将紫砂壶的壶嘴从唇边移开，惊诧地看着高运开说，"就你一个人？"

高运开晃了晃手里精制的啤酒瓶，举起酒瓶对着嘴唇吹了一阵，随后打了个酒嗝，朝离马万山不远的吧桌招了招手。马万山看见一个女人立即起身向他们走来。高运开显然有点醉了，他喝酒与招手的动作看上去轻飘飘的。他左右看了看，视线自然落到了马万山的紫砂壶上："嘿，我说老爷子，怎么带个夜壶来听歌啊？"

"外行了不是？"马万山又吮了一口温度适中的龙井，说，"紫砂壶和上好的龙井。要不你也来一壶，品品？"

走过来的女人对马万山莞尔一笑。她身着柔软的羊绒套裙，淡紫色的那种，露在外边的是两条圆润的胳膊。高运开指着马万山说，小鹃，快过来，你知道这哥们儿是谁吗？说出来准要吓你一跳，他说，马万山知道吗？他就是大名鼎鼎的银河集团的马董事长！女人主动伸手与马万山握了握，笑着说真是百闻不如一见。她说，我叫马小鹃，原来与马董是一家子啊！真是不胜荣幸。还没等马小鹃说完，高运开就把伫立身后的侍应小姐叫过来，吩咐她，再要十瓶克露娜，然后转向马万山说："咱哥俩今天来他个一醉方休。"

"运开，你知道听歌时我是不喝酒的。"马万山说。

"上来再说，上来再说。"高运开示意马小鹃落座，他说，"克露娜，巫紫叶。啤酒、音乐，高雅……是不是啊？"

马小鹃在对面的沙发上坐下，拢了拢散落在肩头的长发，一张白皙的线条分明的脸蛋上，始终挂着浅浅的笑意。

克露娜上来的时候，灯光骤然停了，整个歌厅顿时陷入了难以适应的黑暗，只有吧桌玻璃杯中的烛光，跳动出星星点点的光亮。一时间，所有的人敛声屏息，所有的目光四下里探寻着，没等他们醒过神来，一束妖冶的灯光突然划破寂静的黑幕，呈现在光束中央的是一个低胸、紫衣、长裙的女孩。她一手拿着黑色的麦克风，一手提着裙子的下摆，扑闪着乌黑明亮的眼睛，目光里闪烁出葡萄一样香艳而又圆润的气息。她颔首微笑，环顾左右，向观众致以亲切的问候。每次，马万山最爱看的就是巫紫叶闪亮登场的过程。在他看来，幽暗与光束之间出现的仿佛不是一个歌女，而是一首诗，一幅画，一个梦境，一只精灵，一抹幽谷间的雾岚……当她亭亭玉立在舞台中央时，雨点般的掌声和尖厉的口哨声忽然平地而起，将马万山的耳膜震出一阵嘶鸣。他狠狠吸了一大口龙井，可能是喝得过猛过快了吧，下咽的时候，有一两股龙井茶水滑出了嘴角，滴到洁白的衬衣上。马万山没有在意，他怎么可能在意这种芝麻细节？高运开也不可能注意这种绿豆细节，他这会儿和马万山一样，真恨不得立即再生出两只眼睛好好欣赏一下巫紫叶呢。马小鹃淡然一笑，把马万山失态的举止收进了眼帘。随着一段悦耳又略显伤感的吉他声响起，巫紫叶放下裙子的下摆，微微侧过脑袋，眼睛顿时流动出蜜汁似的黏稠的目光，她唱的是一首中文版的《乡村的路带我回家》。巫紫叶的歌声平静、和谐，带着淡淡的感伤，有点沙哑的嗓音，模仿出了这首经典美国乡村音乐的精髓。

"好听。"高运开放下酒瓶，突然想起了什么，对马万山说，"哥们儿，怎么没带个舞伴来啊？小鹃，陪……陪老爷子跳一曲。"

马小鹃笑着把手伸过来，马万山说：“你们跳，你们跳，我听歌。”

高运开也不再谦让，接过马小鹃递上的小手，双双进入了舞池。高运开搂着马小鹃的细腰，一步步摇晃着身子，一会儿便摇出了马万山的视线。就在这时，巫紫叶看到了马万山，她一边唱，一边走下中央舞台，径直来到马万山面前，隔着吧桌的烛光弯下腰，握了握马万山的手。在临松手的那一瞬间，马万山感觉到了来自巫紫叶指间的力度。他低声说了一句，唱得真棒！巫紫叶浅浅一笑，起身，松开马万山的手。她没事似的睨了马万山一眼，便去握临桌那些早已伸过来等候在空中的手了。每次演出，巫紫叶都要和她的听众，进行一次会心的交流。这种交流，已经构成了她演唱风格的一个有机部分。瞧着她渐渐离去的背影，马万山不知怎么有了那种心猿意马的感觉，他眼前浮现出了巫紫叶俯身时露出的深深的乳沟。应当说，最近一个多月来，这是马万山第十八次来听巫紫叶唱歌，他对巫紫叶的乳沟，可以说已经是相当熟稔了。往常目睹时，马万山从未有过出轨的邪念，他宁愿相信那是一对玄妙而神圣的艺术品，也不愿让自己的邪念玷污了她的存在。而今天，显然不同了，他听见了自己的心跳，感觉到了自己呼吸的局促不安，觉察到了自己血液的奔突和燃烧。一种意外的震惊，深深地撼动了马万山一米八○的身躯。他又轻轻呷了一口龙井，努力使自己镇静下来。这种感觉的出现，难道和高运开有关？这个城市商业银行的董事长，这个城市高市长的大公子，这个乳臭未干的毛头小子，最感兴趣的只有两件事，那就是金钱和美色。不能再等啦，马万山想，他拿出手机，写下一条短信息：紫叶演出结束到金丝雀后花园葡萄车库来，马万山。发送，他摁下 OK 键，信息自然顺利抵达了巫紫叶的手机。她的手机，此刻正懒洋洋地躺在化妆室的红色小坤包内养神呢。

马万山做完这个令人振奋的小动作，高运开和马小鹃又回到马万山的身边。高运开嬉笑着接过侍应小姐打开的啤酒，迫不及待地又灌了一气，他说，“哥们儿，这唱歌的妞儿，是……是谁啊？”

“巫紫叶。”马小鹃生气地噘起嘴唇，说，“不是跟你说过了吗？”

“你走开。”高运开用酒瓶指着马小鹃，一脸怒发冲冠的表情，他说，“听到没有，老子要你滚开！爷们儿说点话儿，也轮到你多嘴多舌？”

马小鹃表情平静，她说了句你们坐，我正想去楼下喝杯咖啡呢。说完，一甩长发，嗒嗒地离开了马万山他们。

“你喝多了。”马万山说，“运开。”

“妈的，粘上了甩都甩不掉。”

“马小鹃，我看不错。”马万山说，“运开，凭我的直觉，她真是不错。”

“真的？”高运开眼睛一亮，说，“要不送你玩两天？”

“开玩笑，又开玩笑了不是？”马万山说，“我这一把老骨头，怎么还玩得动啊？”

“谦虚，谦虚。”高运开把油光发亮的脑袋，再次探近马万山。突然，他发出一阵干涩而古怪的笑声，说，“难道比老爷子还老？”

“又玩笑了。”马万山说，“怎么可能和老佛爷同日而语啊。”

“嘿，我说老爷子……马董事长先生，真是，真有你的啊，弄得老爷子整天乐不思蜀。”高运开晃动着酒瓶，压低嗓门说，“你说说，你老爷子奉送上的汪嘉丽是不是有什么魔法？”

马万山说：“要想知道梨子的滋味，就得亲口尝一尝。你小子不是尝过了嘛，还来问我？逗我玩呢？”

“玩笑，玩笑而已。”高运开的一双小眼睛四下瞅了瞅，说，“老爷子，你这算不算性贿赂啊？”

“哈哈哈。”马万山爽朗地大笑起来。他的笑声，把正在舞台中央演唱第二首歌《阳光照在我肩上》的巫紫叶吓了一跳。她的歌声一时中止了，羁留在马万山迟迟不肯散去的笑声中。那会儿，巫紫叶不知发生了什么事情，她手持麦克风，嘴唇跟随音乐的旋律翕动着，就是发不出一点声音。歌厅内所有的人都愣住了，一起等待马万山笑声的降落。马万山起身看着巫紫叶，用他明亮的目光鼓励她继续演唱下去。

巫紫叶感觉到了来自马万山目光的温度，她说真不好意思，我要把这首歌重新唱一遍，献给在座的各位，让阳光照在我们共同的肩上。她的话音一落，雨点般的掌声就经久不息地响了起来。马万山问身边倚墙而立的高运开，说：“你说算不算呢？”

“玩笑，玩笑啦。”高运开说，“老佛爷，他……他也是人啊。”

二

晚上，石树弄了一个油炸花生米，美滋滋地饮了几盅酒。感觉不过瘾，还想再喝点时一看酒瓶光了，他十分生气，飞起一脚把那个酒瓶踢进了床底。他新租的房子很小，至多四个平方。房子是依临街围墙搭建的披屋。靠墙摆了一张铁床，临门一个煤炉，煤炉旁堆放着锅碗瓢勺、油盐酱醋。石树抹了把嘴，坐在门口。邻居正忙着做饭，有女人的家总是热气腾腾的，飘出一股股油煎葱花的香味。石树嗅了嗅，心里涌起一股说不出来的感觉。他的女人王杏花在三百里开外的碾子沟，一年难得见一次面。昨天，他写信告诉她，刚搬了新家，特意用着重号告诉她是一人一间。最后，石树发出深情的召唤，来看看俺吧，俺想你想得不得了了。石树没有透露他新找的工作，目的是想给王杏花一个意外、一个惊喜。别墅保洁员，就是给她说了她也弄不明白，石树想。经过百花别墅社区管理中心接近十天的培训，石树基本弄懂了别墅保洁员的工作职责，简单归纳一下无非就是扫地、清理垃圾、擦玻璃三项。扫地早中晚各一次，要做到不见一丝纸屑、一个土疙瘩、一粒鸟屎。擦玻璃要做到一尘不染。百花别墅社区管理中心的赵主管那天指着石树问，石树你说说看什么叫一尘不染？石树抓耳挠腮了半天，磕磕巴巴地说：“就是……就是……要擦得像人的眼睛一样明亮吧？”赵主管对石树露出赞许的目光，他兴奋地一拍大腿，说：“对，我们就像要保护自己的眼睛一样保护好紫薇别墅！”擦玻璃三天一次，工作量不是很大。最叫石树头痛的是，每天早晨四点必须出工，可一想到每月六百的工资,石树心里也就坦然了。钞票又不是街上的垃圾,不吃点苦,钞票会自个儿长腿跑进你兜里来啊?而明天凌晨四点,石树要开始新的工作了。一想到杏花,一想到新的工作,石树一下来了情绪,他锁上门,拧开门前的自来水龙头抹了把脸,一路小曲地出了院子。

他想走一走,感觉一下到紫薇别墅的时间,以便决定明天几点钟起床。其实,石树知道紫薇别墅的位置。出了他住的院子,穿过一个菜市场,朝右拐个弯,过了滨河大道,再穿过一片榕树林和绿草茵茵的高尔夫球场,就可以见到城市著名的紫水河了。紫水河,碧波荡漾,绕着那片密不透风的榕树林向南拐了个大弯。沿紫水河湾分布着一幢幢小别墅,虽然它们式样各异,但都是青砖红瓦,一幢一种花卉,并用这种花卉命名,如紫薇、海棠、石竹、墨兰……一百幢别墅,一百种花卉。一式的白色栅栏,栅栏内草坪如茵,草坪的中央花池娇艳绽放,吐露芬芳。石树一路东张西望,很快来到紫薇别墅的白色栅栏跟前。他撩起衣袖瞅了一眼腕上的电子表,心算了一下路上用去的时间,心里不知怎的嘿嘿一乐,不多不少正好半个钟头。透过雾蒙蒙的夜色,他看见紫薇别墅只有一楼西头的那个窗口透出一些微光。显然别墅的主人还没有回家,透出灯光那个窗口,可能是佣人住的屋子。石树的判断,来自在录像厅观看的香港言情故事片,大厅金碧辉煌,木地板锃光瓦亮,尤其是那种圆形的席梦思大床,又暄又大,再配上一对男女主人公在上面滚来滚去……男人突然伸手关掉床头的壁灯,就传来女人娇滴滴的呻吟……每每看到这样的情景,石树的心会像拖拉机似的突突个不停,他的血液会像失控的野马似的狂奔不息,一种名叫哆嗦的感觉,会跟电流一样通过石树年轻而强壮的身体,弄得他不能自已。

站在紫薇别墅白色栅栏跟前的这种联想,使石树的心头涌起一股酸辛的苦涩。活了三十多个年头,石树还是第一次感觉到了漂泊的滋味。他离开碾子沟,离开杏花,离开石黑豆、石红豆、石小豆三个孩子,来到这个举目无亲的城市到底为什么?钞票。每当追问这个问题的时候,石树脑子里首先蹦出的就是这两个字。他不想否认钞票对自己、对自己碾子沟老婆孩子的重要性。漂到这个城市五年多来，他在建筑工地挖过沟、搬过砖，帮居民小区掏过大粪，工闲时间，还背着蛇皮袋挨着楼洞去找能够换钱的垃圾。石树能够做的就是这些，做最苦最累的活儿，流最多最臭的大汗，把换来的钱留一部分自个儿开销，余下的全部寄回碾子沟。晚上拾回的垃圾，他第二天去废品收购站卖掉，再用换回的钱去买彩票。他不止一次梦见自己彩票中奖的激动人心的场景。在那种千篇一律的梦境里，他看见自己泪流满面接过沉甸甸的包裹，那里面装着石树数都数不清的钞票，透过包裹的缝隙，他能从钞票油墨迷人的清香中闻出一丝丝酸腐的汗臭。经石树长期捂过的那种大额钞票都有那种酸腐的汗臭，但石树从不嫌弃，每天睡觉前，他总要偷偷摸摸地把白天捂在身上的两三张百元大钞，塞进荞麦枕头里。而钞票蕴含的那种酸腐的汗味，会透过窸窸窣窣的荞麦壳，一波一波飘入石树的鼻腔，进入石树的梦境，只有这样他才能睡得安稳。同屋一起住了十多个工友，谁能保证每一个都是君子？安稳入睡以后，石树电视剧一样连续的梦就开始了：在城市新买的房子里，石树悠然自得地点起一支烟，坐在沙发上，跷起二郎腿，眺望着落地窗外城市永远暧昧的夜景；早晨，石黑豆、石红豆、石小豆唧唧喳喳地喝了牛奶吃了面包，背起书包，雀跃着去学校念书。每每想到这种情景，石树脸上就会浮现出得意而幸福的表情。这种时候，王杏花通常是要披着浴巾从浴室出来的，她的头发湿漉漉地披散在光滑的肩胛上，迈着录像带里女主人公风骚的步子，一点点接近心跳不止的石树。更让人意想不到的是，王杏花走着走着，裹在身上的浴巾如水似的泻到她的脚踝。此时此刻，石树还等什么？他知道他该做什么。凭着本能的冲动，他一把抱起王杏花，走进卧室将她重重地掼在又长又宽的席梦思大床上。一次完了，杏花还不依，悄悄对他说，这床睡着，真是美透了，石树。她说再给我一次吧，石树，我还想要你。说完，王杏花又会翻身骑到他身上，像毛片里的香港艳星一样扭起她的身子，一样恣意，一样浪荡，一样销魂，一样妙不可言……来啊，石树，快点，再用点劲，喔儿喔儿。快啊，就这样，对，就这样……石树喔儿喔儿叫唤着。等那种一泄如注的梦中激情消散之后，石树就醒来了。神志清醒后的石树，意识到刚刚过去的一切，不过是在他想象中曾经发生的一场美梦而已的时候，那种失魂落魄的情绪实在是难以言表。剩下的时间，他就只好瞪着无光的眼睛，去瞧无边无际的城市夜色了；再不，就只好去感受一下那种内裤被精液弄湿后凉飕飕的滋味了。

石树喔儿喔儿的叫声，有一次惊醒了同室的工友。睡眼惺忪的工友们还以为在播他们熟悉的毛片呢。他们听了一会儿，感觉不对劲，明明睡在自己的床上，怎么可能出现那种毛片里才有的声音呢？窗外的建筑工地机声隆隆，借着工地透进简易工棚窗口的光亮，他们找到了那个叫声的发源地。劳累了一天，又睡了一觉的工友们，都被石树的叫声弄得兴奋起来，他们蹑手蹑脚地围拢在了石树的床前，一边聆听着石树的叫声，一边欣赏着他忘乎所以的表情。中啊，一个四十多岁姓吴的工友低声嘟哝着，香港的导演咋就不把他请去哩？旁边一个新来的毛孩子问姓吴的工友，说吴叔，石树哥在干啥哩？干啥？姓吴的工友一瞪眼说，在办事儿！办事儿？新来的毛孩子不依不饶，说在办什么事儿，不会是说梦话吧？梦话？大伙一愣，“轰”的一声大笑起来，他们的开怀大笑声惊醒了石树。石树“噌”地一下撩开被子，坐了起来。大伙笑着散开，纷纷钻进各自的被窝，像夏天的青蛙一样“喔儿喔儿”地鼓噪开来。

兴许受到某种惊吓，要不就是石树发现美梦幻灭正失望着呢，他怒气冲冲地跳下床，站在两排高低床中间，大声吼了起来：“叫甚哩？你们叫甚哩？喔儿喔儿的，叫甚哩？”

“喔儿喔儿。”工友们并不理会石树的叫嚣，他们一边叫一边哈哈大笑。

“神经哩！”石树摇了摇脑袋，说，“深更半夜的，乱吼吼个啥哩？”

“瞅瞅你的裤衩！”不知谁来了一句。

经这么一提醒，石树的脑子清醒了，裤衩正凉凉地贴在他的小肚上。顿时,他的脸烧到了耳朵根。好在室内的黑暗掩饰了石树的难堪,他任凭工友们的嘲讽和尖叫,一声不吭地上床,在被子的掩护下脱下裤衩,又从床底下摸出一条干的换上。重新躺进被窝以后,石树的眼睛渐渐潮湿了。他想起在建筑工地搬砖、挖沟的日日夜夜,人晒得乌龟似的,一个月除了吃,也省不下几个子儿。等领完这个月的薪水,石树想,我就他娘的炒了这个建筑工地的鱿鱼,我一个大男人就不信找不到好一点的事做!等一稳定下来,就去租个单间,把王杏花和豆儿们从碾子沟接过来,让他们享受几天城市的日子。五年多了,石树第一次坚定了这个平时不知出现过多少次的念头,但总是苦于找不到合适的机会。接过来住哪儿?招待所、宾馆住不起,总不能让一家五口露宿街头吧?那还不被警察弄进城市收容所?娘儿几个一到城市里就被弄进监狱住几天,再被遣返回碾子沟,那石树的人就丢大啦。

“看什么呢?”石树被一个底气很足的男声吓得一哆嗦。他手扶紫薇别墅的白色栅栏,把视线从别墅上收回来。站在石树面前的是紫薇别墅的保安。他冷冰冰地说:“把身份证拿出来,叫我瞅瞅。”

“身份证?”石树慌了,他记得身份证在枕套内藏着,但他还是装模作样在衣兜内摸索了一阵。石树没有掏出身份证,却摸出赵主管发给他的蓝色胸卡。胸卡是吊在脖子上的那种,上面印着紫薇别墅的彩色照片和石树的照片、名字。他把胸卡递给保安的时候,发现保安的胸前也吊着一张一模一样的胸卡。他说:“俺只带来这个。”

“噢……”保安接过石树的胸卡在眼前晃了晃,一抬头露出轻蔑的表情,说,“新来的?”

石树点点头。

“你喝酒啦?”保安嗅了嗅鼻子,说,“怎么,想酒后上岗?要不要让我给赵主管打个电话汇报一声啊?”

“不不不。”石树说,“求求你了,小兄弟。千万别打电话,俺以后再不喝了。”

“怎么求我?”保安一仰脖子说。

石树想了半天，脑子可能是短路了，实在想不出什么理想的招儿，糊里糊涂来了一句："俺请你喝酒。"

"我看你是活腻啦。"保安伸手推了石树一把。石树往后打了个趔趄，嗫嚅着嘴唇一声没吭。凭感觉来者不善，石树知道眼前的保安在找他的茬儿，他可不想因喝酒的事，将煮熟的鸭子放跑了，他知道那只鸭子的分量。尽管石树的心里很不服气，凭他的个头，凭他在建筑工地练就的肌肉，打翻眼前这个手无缚鸡之力的小子，石树自信那叫小菜一碟。但是石树不想动手，一动手他就玩完了。石树嗫嚅了一阵后，说："饶了俺吧，俺明天四点还要过来扫地哩。俺就是过来看看，没别的意思，只是想熟悉一下环境。"

"妈的，我看你还有点不服气！"保安当胸给了石树一拳。按照惯例，一般情况下守护别墅的保安都要给新来的保洁员上一课，给点颜色让他们瞧瞧。本来是明天早晨四点的工作，没想到提前让保安遇上了，看来只能提前干啦。保安大喝一声："还不给老子跪下？"

石树一听要自己跪下，跪下，不就是两腿一弯吗？他不让俺请他喝酒，还省得破费，不就是一跪吗？石树想，请一次客没个三百二百下不来。妈的，要是跪一跪就一了百了，为什么不跪哩？大臣们还下跪呢，俺石树算什么东西呀，充其量不过是一介草民而已，还在乎一跪？想着想着，石树果然两腿一弯，跪在了这个趾高气扬的保安面前。不仅跪下了，他还莫名其妙地"咚咚咚"三声，用脑门在水泥石板上叩了三个响头。这下，他可以原谅俺了吧。

正如石树预料的那样，保安的确原谅他了。但出乎石树意料之外的是，保安恶狠狠地对正仰起脸察言观色的石树啐了一口腥臭的唾沫：

"滚开，你这头垃圾猪！"

三

那天晚上，马万山弄不清高运开为什么那么兴奋。人有的时候就是有一些没有来由的举止，更何况是泡在酒精中的高运开呢。巫紫叶唱完那首《阳光照在我肩上》，朝热情的观众深深鞠了一个九十度的躬，谢幕，提着裙子离开的时候，马小鹃回来了，没事似的冲马万山嫣然一笑，坐到了高运开的身边。按照惯例，巫紫叶一个晚上就是两支歌，不论观众感觉过不过瘾，她都要离开金丝雀赶往另一个歌厅。你不是喜欢巫紫叶的歌吗？对不起了，请明天晚上继续光临金丝雀吧。余下的节目，对马万山来说显然构不成吸引力。他起身和高运开打了个招呼，没想到那小子竟当着他的面，轻描淡写地点了点头，把手伸进了马小鹃的裙子。马小鹃可能感觉到了马万山的目光，慌乱中，用俯下的身子挡住了高运开的手。马万山健步离开歌厅，坐进了凯迪拉克。司机毛栗子早已恪尽职守地等在那儿，他问马万山，巫紫叶今天唱的是什么歌？约翰·丹佛。马万山说她唱了约翰·丹佛，等一会儿，让她给咱俩再唱一遍。司机毛栗子还没听明白马万山的话音，从反光镜中，他就看到一个女人的身影正向凯迪拉克走来。一看到那个美丽的身影，再联想到马万山的话，聪明的毛栗子下车拉开后座车门，退到了一边。巫紫叶对毛栗子笑了笑，弯腰钻进了凯迪拉克，坐到了马万山的身边。

车门"啪"地扣上，毛栗子上车，点火，倒车，他的动作干净利索，一气呵成，还没等巫紫叶有什么感觉的时候，凯迪拉克便驶出金丝雀，浮上了银河立交桥。

"紫叶。"马万山叫了一声，手很自然地搭到了她的腿上，说，"打个电话把下个场子给我取消了。"

巫紫叶没有拒绝马万山的手，她感觉到他的手心很烫，一股湿热的气流正隔着丝袜渗进她的毛孔。她一抬头，做出一个顽皮的笑容，说："怎么？乡村的路带我回家呀？"

"紫叶……"马万山说，"其实，你已经回家了。"

"我想送你一件东西。"巫紫叶肩头一侧，红色小坤包就滑到了腿上。这个红色小坤包是马万山一个月以前送给她的。那是马万山第一次在金丝雀听巫紫叶唱歌，听着听着就被她迷人的歌喉与鹤立鸡群的风姿迷住了。巫紫叶的歌一唱完，他便叫人把她请到金丝雀的豪华茶室，喝茶聊天。马万山记不起当时都聊了些什么话题，可能没少说恭维话。一见漂亮的女孩，马万山的恭维话就特别多，常常说得她们喜笑颜开，逗得她们前仰后合。那天告别后，他总感觉巫紫叶身上缺少点什么。是什么呢？马万山开动脑筋想了一阵，灵感乍现，坤包，一个红色的小坤包。他立即给在意大利的朋友挂了个电话，一星期以后，红色小坤包寄达。收到坤包的当天下午，他给朋友汇去了两千美金。巫紫叶拉开红色小坤包的拉链，取出一条领带，说："不知你喜不喜欢。"

毛栗子打开车顶灯。在柔和的灯光下，马万山看见那是一条大红的丝绸领带，上面绣着三朵马万山最喜爱的紫薇花，紫白色的。三朵玲珑美丽的紫薇花，两朵大的一上一下，中间被一朵小的连接着。"太漂亮了，紫叶，从哪儿买来的？"

"这么说你喜欢？"巫紫叶兴奋地拍起小手，说，"国产的，我可买不起意大利的名牌啊。"

"简直是工艺品。"马万山指着上面的紫薇说。

"说出来吓你一跳。"巫紫叶说，"猜猜看，谁绣的？"

马万山思索一阵，说："肯定不会是你吧。"

"为什么？"巫紫叶生气地嘟起嘴，说，"那你说是谁绣的？"

"真的是你？"马万山瞥了她一眼，"没想到你还有这一手。"

"没想到的事还多着呢。"巫紫叶娇嗔地笑了一下。

巫紫叶，一个艺术学院刚刚毕业的学生，能歌善舞，还能说一口流利的英语。二十出头，一种稍谙风情，又流光溢彩的年龄。属于上世纪八十年代新一辈，是被父母娇养惯了的一代独生子。可乐、炸薯条、比萨、米老鼠、唐老鸭，伴着他们度过了无忧无虑的孩提时光。到了读书的年龄，耳朵上挂着便携CD唱机，听港台流行歌曲，看进口美国大片，晚上没事儿捧一本琼瑶的小说，看得泪水涟涟。她们大胆、新潮、追求时尚，喜爱各式各样的名牌产品，从内衣到裙子，从围巾到皮鞋，从香水化妆品到卫生巾，都要用当下最流行的，电视广告出现频率最高的那种。她们靠透支青春，玩命挣钱，再透支消费掉，有报纸说她们是城市白领中的赤贫一族。她们一见面，互相的问候语不是"吃了吗"而是"绯闻了吗"。她们把某跳水明星视作婚姻的榜样，幻想有朝一日能够像她一样，先上车后补票。有一个像父亲一样的男人疼着、爱着、呵护着，应当是一件相当美妙的事情，况且这个男人还有雪花一样纷纷扬扬的钞票。至于往后的性生活和不和谐，不是她们关心的根本问题。性嘛，无处不在，只要想，还愁找不到吗？巫紫叶就是这样的女孩。她嘴上不说，但心里幻想着接近马万山。当她接过那个意大利的红色小坤包的时候，就想踮起脚尖吻一下马万山饱经风霜的额头。她之所以没有这样去做，是因为她还不了解马万山的底细，她不想让自己轻浮、唐突的举止，引起马万山的反感，弄不好适得其反，聪明反被聪明误。矜持、羞涩、娇嗔，巫紫叶想，兴许是对付像马万山这样的情色猎手的最好武器。

此刻，正踌躇满志地坐在她身边的马万山，对巫紫叶而言，犹如她曾经试图阅读又难以卒读的《尤利西斯》一样艰涩难懂，又如同乔伊斯让布吕姆一日之间的意识，不停地流啊流，流出一部令世人震惊的鸿篇巨制一样，巫紫叶同样弄不懂马万山是如何凭借瘦弱的身子，不停地滚啊滚，滚出一个叫城市钦羡、仰视的珠峰般高高耸立的财富雪球。马万山是一个什么样的男人？一个城市的榜样。还在巫紫叶念高中的时候，银河集团的广告就开始轰炸城市的眼球了，一个身材瘦削、目光坚韧、微笑自信、永远西装革履的男人，开始通过电视里的剪彩仪式闯入巫紫叶的视野，并引起她强烈的好奇心。进入城市艺术学院音乐舞蹈系以后，她的女同学，一群艳若桃花、美似天仙的女孩子，津津乐道地品评着马万山，用她们娇嫩的嘴唇、秋波一样媚人的目光，谣传和关注着马万山的绯闻。“他离婚了吗？”她们相互打探。“他怎么还没离婚呢？”她们惊叹马万山对婚姻如此呆板的坚守。她们唏嘘，她们感叹，甚至在夜深人静的时候，爬上想象之梯，攀缘进马万山的私生活，其结果无非是给她们带来无止境的失落和绝望。“不就是一个糟老头子吗？”巫紫叶记得在一次集体失望之后几个女生的见解：“不就是有几个钱吗？人嘛，睡不过三尺见方，吃不过一日三餐，天天吃黄金啊？真是一群迷了魂的大傻×啊，也不开动脑筋想一想。他的零件久经沙场，不累啊，不老啊……”“老可以吃伟哥嘛，别吃不着葡萄说葡萄酸啦。”“对，色诱他，让他吃；掏空他，等两眼一闭走人了，我的妈呀，你就是亿万富婆了啊，就是武女皇面首成群了啊。咯咯咯……”面对这种对一个城市偶像的讥讽、嘲弄、妒忌甚至歹毒的邪念，巫紫叶往往不屑一顾。她没有她们那种激烈的情绪，她们麻雀似的唧唧喳喳的叫唤，原本就是一些毫无根据的无端猜测。巫紫叶不想加入她们浅薄的唾沫飞溅中，她唱歌，她弹琴，她跳舞，她刺绣，她背英语单词，她幻想有朝一日能够成为大红大紫的明星。但是，现实永远没有梦想那么美好。就在巫紫叶临近毕业的前几天，年近五旬的父母双双失业，家境日渐拮据，每月政府救济的最低生活保障金，只能勉强让一家人果腹度日。面对突然的家庭变故，一向开朗、宁静、无忧无虑的巫紫叶，再也坐不住了。她开始出入城市著名的歌厅试唱。出乎她意料的是，她甜润而又美妙的歌声赢得了城市小布尔乔亚们的强烈喝彩，一支歌两百，一家两支，一晚赶五家，一个月就是三万元收入。一个月后，她消费整整一万元犒劳自己，将那些心仪已久的CD香水、雅诗兰黛化妆品及夏奈尔内衣、套裙，买了回来，把余下的两万元交给母亲。当时母亲惊异地问她钱从哪儿来的，巫紫叶说唱歌挣的。

“唱歌能挣这么多？”母亲问。

“以后还会更多。”巫紫叶趴在母亲的肩头，说，“妈，你没听说过一个歌星出场费一次十万吗？”

“歌星？”母亲依然充满疑问，她说，“你不还不是歌星吗？”

“妈。”巫紫叶说，“这钱绝对干净。”

“一个月三万？挣钱真的那么容易？”

“这叫投资回报。”

“我投什么资了，要这么大的回报？”母亲望着巫紫叶。望着望着，母亲的眼睛就湿了，她轻轻捧着巫紫叶的脸说，“紫叶，答应妈，今后再也不要去那种乱七八糟的地方好吗？”

“妈。”巫紫叶生气地噘起嘴说，“看你想哪儿去了。我只是唱歌，又不做那种见不得人的事。”

“我就是不让你去那种地方！”母亲的眼泪簌簌地落到巫紫叶的脸上，她说，“你爸爸正在想办法，我们会挣到钱的，日子会一天天好起来的。紫叶，听妈的话，找个正经工作，好吗？”

“妈，唱歌就不是正经工作了？啥时候，我带你和老爸去见识见识我做的是不是正经事！”巫紫叶急了，说，“充其量，那叫卖艺，不卖身。”

其实，父母的担心并不是没有道理。第二天晚上，巫紫叶带着她的父母开始了五个场次的演出。她的演唱效果出乎他们的预料，那种掌声，那种鲜花，那种兴奋的呼哨，那种类似中央电视台春节联欢晚会的演唱，打消了父母的顾虑。巫紫叶的报酬，总是一场一兑现。看到晃动在女儿眼前的钞票，他们不信也得信了，一种油然而生的自豪感浮上了他们的脸颊。那天晚上五场演出结束，已是午夜时分，他们乘出租车回到家，母亲立即进厨房给巫紫叶做了她最爱吃的米酒滚蛋。父亲坐在一边抽着烟，他一向沉默寡言，对巫紫叶溺爱有加，把她视为掌上明珠。显然，他的烟抽得很沉闷，到后来，他摁灭烟头后，对巫紫叶说：“我还是忍不住想送你两个字：自爱！”巫紫叶从冒着热气的米酒碗上抬起头，她记住了来自父亲的箴言，咬着下唇点了点头。可是让巫紫叶意想不到的是，一天在金丝雀演出结束的时候，她接到了马万山的邀请。当时，正在后台化妆室里更衣的巫紫叶愣了。马万山，真的是他吗？她换好衣服，对着镜子又细心地补了妆。瞧着镜子里浮现出红晕的脸蛋，不知怎么巫紫叶的心跳就加快了，她感觉呼吸急促，还有那么一点不知所措。马万山，那个电视里的马万山，他要见我？巫紫叶手提演出装，走出化妆室，在侍应小姐的引领下，梦一样步入了金丝雀那个古朴典雅的茶室。第一次见到真实的马万山，巫紫叶就被他充满沧桑感的面孔征服了。茶室内灯光朦胧，而他的目光犀利明亮。巫紫叶扑闪着眼睛，她看见他把手伸过来的时候，心头更加不安，糊里糊涂伸出了自己的手，蜻蜓点水似的握了一下。马万山就脱下西装，交给身后的侍应小姐，他灿烂一笑，说："你的歌，棒呆了。"

而今天晚上，当巫紫叶从手机里读到马万山的信息时，连续多日的预感得到了证实。她想要是马万山不主动来约，那条花了整整五个下午绣制的领带，恐怕就要永远待在红色小坤包里了。坐进凯迪拉克，她就有走进一个蓝色梦境的感觉。凯迪拉克游动在城市浓重的夜色之下，明亮的车灯穿过稀薄的夜雾，朝巫紫叶向往已久的百花别墅游去。她把头靠在马万山的怀里，她能够听到他咚咚的心跳，还能感觉到他略带酒精气味的温热鼻息。她感觉有点累了，她什么都懒得去想。前面就是榕树林了，巫紫叶的眸子里闪动出水似的柔情，她看见凯迪拉克拐了个弯，车灯的光亮里一个男子正吃力地扶着白色栅栏站起来。还没等巫紫叶看清那个男子的面目，凯迪拉克就在保安毕恭毕敬的注目礼下，驶进了紫薇别墅。

四

谁能想到偌大的紫薇别墅，居住的只有马万山和女佣葵花两个人呢？他看出巫紫叶非常喜欢这个地方。她喜欢伫立在落地窗前，眺望紫水河的波光和倒映在水面的依依柳丝。这是一片鱼翔浅底、烟波浩渺的水域，散落在朝南凸起的河岸线上的百花别墅，是马万山的得意之作。上个世纪末百花别墅落成时，卖得异常火爆，九十九朵花被城市富豪们一抢而空。一朵紫薇,他留下了。紫薇所在的位置,并不是整个河岸线最好的。汪嘉丽当时就动员他留牡丹,牡丹位于河岸线最前端正中央,是一个三面环水的绝佳风水宝地。但马万山没要,把花中之王给了高运开,弄得银河集团的形象代言人惋惜不已。那时马万山淡淡一笑,一头雾水地对汪嘉丽来了一句:你懂什么叫做历史吗?马万山所说的历史这个词语,和他所想表达的意思显然有点差距。准确的表达应当是,你了解紫薇别墅脚下那片土地的过去吗?

那片土地的过去是什么?是他的第一声啼哭,是他玩过的尿泥,是他手脚耳朵上鲜红的冻疮,是他的梦和梦中的老屋。"谁道花无百日红,紫薇长放半年花。"小时候,在老屋小院东南角那片紫薇花下,马万山背诗写字,每遇微风徐来,紫薇花舞燕惊鸿,给老屋阴郁的日子增添了一丝丝亮色。家中就马万山一个孩子,从他开始懂事起,老屋晦暗的空间里,很少能够听到愉快的笑声。父亲是城市第一中学的教师,舞文弄墨构成了他生活的主要图景。经常出现在报刊上的随感,没有给他带来声誉,反而让他遭受了数不清的不白之冤。"右派"的帽子没有压弯他的腰,却压得"我是一个光荣纺织女工"的母亲抬不起头。看到书生气十足的父亲依旧没事似的,坐在紫薇花下和马万山一起写字、背书,母亲心头的愤怒就不打一处来,于是父母之间开始了那场没完没了的战争,直到有一天,母亲趁父亲和马万山不在的时候,发疯似的把父亲发表过的文章、书架上的全部藏书,甚至稿纸、钢笔、墨水,全部收罗到老屋小院的青石板上,浇上煤油,划着了火柴。谁说一个弱小的民间女子没有思想、没有眼光,她具有前瞻性的革命行动,让后来度过三年困难时期再遭遇"文化大革命"的父亲避免了更大的浩劫。望着蓝色的火焰、听着书籍燃烧时发出的哗哗的声音,脾气不好的母亲一边跺脚,一边嘟囔:"我叫你看! 叫你看灰去!"父亲下班回家,看到那堆在风中翻动的黑灰,自然立即明白发生了什么事情。他跌跌撞撞地跑进了老屋,很长时间没有出来。马万山悄无声息地走进父亲的书房。父亲出人意料地冷静。他没有冲正在灶屋做饭的母亲大吵大嚷，只是用有些呆滞的目光瞧着马万山。马万山记得那天父亲的书房格外昏暗，透过窗棂照过来的一缕霞光，正好落在他失神的脸上。父亲那一年三十七岁，要是换个时代，这个年龄正是一个男人的黄金年华，可那个时候的父亲像霜打的花蕊，彻头彻尾地蔫了。他一摇一晃扶着墙朝马万山走过来，摸着马万山的脑袋说："烧了，全烧了……"父亲把这么一句话重复了七八遍以后，两行浑浊的泪水就夺眶而出了，身子晃了晃，面条似的瘫倒在马万山的脚下。那天晚上父亲滴水未进，一个人独自关在空空荡荡的书房里，在幽暗的灯光下，翻开青灰色的中山装的胸前口袋，哆哆嗦嗦地取出随身携带的圆珠笔，伏在写字台上奋笔疾书。已经九岁的马万山，面对来自父亲母亲的突发事件，一时不知所措。直觉告诉他，母亲点燃的火焰，毁掉的不仅仅是父亲钟情的书籍和文房四宝，还直接烧掉了父亲的精气神儿。隔着窗棂，瘦小的马万山看着煤油灯下父亲虾米似的身影，如豆般跳动的灯光，将他黑黢黢的身影如大山似的，压向躲在窗子外面的马万山。他不知道父亲那天晚上在写什么，一页又一页，仿佛他有紫水河一样流也流不完的话。看着看着，马万山的瞌睡上来了，他手握着窗棂，尽最大努力不让自己的眼皮合上。他想用自己的目光监视父亲，就在那一刻马万山混沌的头脑闪过一道亮光，他看见自己突然长大了，长大成一个男子汉，顶天立地，傲岸挺拔，像雪松似的巍峨屹立在风雪弥漫的梦境。马万山两手紧紧握住窗棂睡着了，直到第二天早上，过于妖艳的阳光照到紫薇上，他都没有醒来。他是被一种焦煳的气味呛醒的。他的咳嗽声惊动了正在焚烧纸片的父亲。父亲烧掉的是他流了一夜的话语。他走出书房来到马万山面前，露出一种令人发怵的笑容，他说："烧了，一缕青烟，什么都没了。"令人不可思议的是，这是马万山听到的父亲最后一次有声有色的话语，在此后五年零六个月漫长的岁月里，父亲再也没有说过一句话，他变成了一个实实在在的哑巴，一个失语者。他病休在家，靠微薄的一点生活补助金维持生计。起初的几个月里，马万山的母亲还念着一日夫妻百日恩的古训，带着孩子似的父亲四处求医问药，慢慢地她就开始感到厌恶，开始早出晚归，到后来夜不归宿也自然成了她的家常便饭。她把离婚申请写好后，递给父亲。那天，马万山的父亲正躺在紫薇的阴凉里，闭目养神。他没事的时候，喜欢一个人待在紫薇旁边，似睡非睡，听风儿拂动花叶的声音，或透过花枝去眺望支离破碎的天空。父亲接过离婚申请，目光顿时一亮，对站在一边的妻子和马万山露出了少有的笑容。他从妻子手中接过预先准备好的钢笔，欣然签上马大宁三个龙飞凤舞的字。母亲带着马万山和他的父亲去街道办事处，办了离婚手续。母亲抱着马万山痛哭流涕一番以后，回家给爷俩做了最后一顿晚餐，她一口也没有吃，马万山也只是扒拉了几口，倒是父亲胃口大开，他不仅大快朵颐，还将母亲打来的半斤散装白酒，全部喝光。第二天，母亲悄悄地走了，临走时要马万山好好听爸爸的话，可能是想到前夫已经是哑巴了，母亲自嘲地笑了一下，说我会回来看你的。后来，母亲嫁给了从朝鲜战场转业到纺织厂的老兵。那是一个战斗英雄，立过一次一等功、三次二等功，还接受过伟大领袖金日成将军的亲切接见，并从金日成将军手中接过他的一级英模勋章。据说，他的身上有三十二处弹片，一到阴雨天气留有弹片处就疼痛难忍，只好靠酒精麻醉神经，久而久之养成了酗酒的恶习，不喝酒还好，一喝醉立马变得凶神恶煞，经常把马万山的母亲揍得遍体鳞伤。三年之后，母亲因为难产，在一片血光之灾中溘然离去。听到这个消息后没隔几天，父亲就仰卧在绽满紫薇花朵的树下，用一瓶超剂量的安眠药抹掉了自己的生命。当马万山放学回家时，呈现在他眼前的情景构成了他终生难忘的记忆。紫薇树上的花朵，红的、白的、淡紫的，一瓣一瓣雨丝一样离开枝头，纷纷飘落到父亲身上，起先落得很慢，在绛色如血的夕阳里，慢慢离开枝头，显得有点犹豫不决。马万山清楚地记得，那是 1967 年 8 月 23 日傍晚，那一年他十五岁。那天他刚和红卫兵们游街批斗完班主任，从城市第一中学回家，就目睹了眼前那个惊心动魄的场景。班主任姓国，是父亲的同事。国民党在大陆惨败龟缩到台湾的时候，国的父亲，那个国民党军队的中尉,没来得及安排家属子女,便孤身一人远走了天涯海角。“反革命特务分子”,理所应当成了班主任被游街批斗的理由。马万山正想着回家把白天的经历讲给父亲听呢。站在老屋的小院里,马万山已经意识到发生了什么事情,他没有上前去惊动安睡的父亲,只是用感觉记录了当时发生的一切。紫薇的叶子一动不动,花瓣离开枝头时,发出“啪啪”的声音。“啪”,落一瓣。“啪”,又落一瓣。……渐渐这种声音的节奏越来越快,马万山也分辨不出“啪啪”的声音了。太阳掉进紫水河的那一瞬间,紫薇树飘下了最后一片花瓣,所有的紫薇花全部落到了父亲身上,将他的身躯淹没了……

“花瓣雨……”巫紫叶喃喃自语,将脸贴在马万山的胸口。她抬起眼睛,目光有了那种令人爱怜的潮湿的迹象。女人和女人是多么不同啊。马万山俯下头,亲了亲巫紫叶的眼睛,一不小心,他的舌尖碰到了挂在巫紫叶睫毛上的泪花。她听懂了发生在紫薇别墅泥土底下的故事。同样的故事,他给汪嘉丽讲过。同样是在紫薇别墅,同样是在一个房间,同样是睡在一个大床,同样是在疯狂做爱的间隙。马万山的故事受到汪嘉丽的质疑,她一连说了三个不可能,说话的语气还带着一丝嘲讽的意味。她说亲爱的,别给我讲那伤心的过去好吗?她撩开身上的被子,起身打开卧室的音响,在透过金丝绒窗帘缝隙而来的阳光里,一丝不挂地在马万山面前跳起了艳舞。汪嘉丽姣好的面容,细柔的腰肢,凹凸有致的身材,鱼鳞般光滑水灵的皮肤,的确是天生一块跳舞的材料。她是一个来自大连的时装模特,有着东北女性特有的丰腴和白皙的肤色。马万山是应邀而去参加大连国际时装节的。那天,汪嘉丽一上台亮相,就吸引了马万山的眼球。通过朋友的介绍,当天晚上,他就把汪嘉丽请到了香格里拉酒吧,第二天汪嘉丽便随马万山飞回了他所在的城市,签约成了银河集团的形象代言人。汪嘉丽有着扎实的舞蹈基础,因此,跟随音乐狂放的节奏,她没有衣物遮挡的舞姿,香艳而奔放,犹如鬼魅丽影,不停地挑逗和攻击着马万山的视线,让他兴奋,让他不可自制,让他一瞬间就掉进汪嘉丽的温柔陷阱。通常，汪嘉丽的卧室艳舞，是马万山下一次做爱的前奏。汪嘉丽是个异常聪明的女孩，她想给马万山带来快乐，想用肉体的欢愉去赶走他记忆的阴霾。“让我们兴奋起来吧。”汪嘉丽跳到床前，接过马万山递上的手，身轻如燕似的跨上马万山的身子，开始了汪嘉丽性舞蹈的另一种迷人的境界。汪嘉丽是他离婚后走进紫薇别墅的第一个女人，那是他将前妻送到洛杉矶紫薇别墅后不久发生的事情。洛杉矶的那幢紫薇别墅，是对马万山国内这幢别墅的克隆。这是后话，不提也罢。那一次，汪嘉丽使用了她所掌握的吹拉弹唱的各种招法，也没能使马万山勃起，最后她几乎绝望了，只好承认色诱失败，无奈地含着马万山的耳垂说：“没关系，亲爱的，明天吃点伟哥试试。”叫汪嘉丽没想到的是，她的床笫之言，使马万山作为一个成功男人的尊严受到了极大的伤害。他没有责令汪嘉丽离开紫薇别墅，却一点点以实际行动开始冷落她。他早出晚归，开始泡吧和酒吧女人们调情，甚至花钱买花，在酒吧的包间，在凯迪拉克的后座，开始了马万山一生中最为放浪形骸的日子，一度还染上了梅毒，弄得他担惊受怕，惶惶不可终日，怀疑可能是染上了艾滋病病毒，去医院做血液检查，医生告诉他一切正常。放浪之后的马万山再也不敢拈花惹草了，又重新睡到了汪嘉丽身边。巫紫叶抱住马万山的头，将他的脸紧紧贴在自己丰满的乳房上，说：“真是可怜见的。”

紫薇别墅的泥土，就这样成了马万山内心隐秘的圣地。遵照父亲最后的遗言，马万山将父亲的骨灰撒进了紫薇花丛，让他永远和依旧鲜艳的紫薇花瓣安睡在一起，蝶化为新的泥土和紫薇花瓣。当第二年六月紫薇重新吐出新蕊的时候，马万山发现紫薇花丛下的泥土又恢复到了原有的状态，丰腴而肥沃，蚯蚓打出一个个潮湿洞穴的同时，在紫薇树的根部也留下了一堆堆絮状的粪便。马万山要走了，他要去一个叫碾子沟的地方上山下乡。背起行囊，锁上老屋的木门，马万山依依不舍地回望着身后的紫薇花丛。

他总疑心紫薇枝头的花瓣间浮动着父亲曾经被火焰吞噬的灵魂。

本来，马万山是可以不上山下乡的。他是个独子，按规定可以留城，但父亲自绝于人民的无法饶恕的罪行，恰好成了马万山接受贫下中农再教育的最佳理由。坐在去碾子沟的敞篷解放卡车上，马万山第一次见到了李小菁，那天她穿一身草绿色的军装。李小菁脸色黝黑，一头齐耳的短发，藏在军装里面的胸脯挺挺的。她盘腿坐在马万山的身边，满脸广阔天地大有作为的豪情壮志。卡车在红旗招展、锣鼓喧天的欢送声中，离开了城市，等颠簸进黑山山脉的时候，已是黄昏时分。他们，被早已等候在山垭口的碾子沟革委会主任石土根接下车，跟在石主任的身后，沿着崎岖不平的山路，摸黑走进了碾子沟，一个地处黑山山脉皱褶中的山村。

山路在石主任电筒昏暗的晕光里向前延伸。年方十八，性格开朗，对山村怀着浓厚兴趣的李小菁，一直跟在石主任的身后，问长问短。那天在敞篷解放卡车上，马万山同李小菁之间曾经有过几句简短的交谈，他知道李小菁毕业于城市二中，父母在纺织厂工作。马万山没有向她透露自己的身世，对于自己家庭的情况，他感觉有些难以启齿。事实上，他也不想让同车的知青听到。由于卡车的颠簸，他们的身子难免经常碰到一起，长这么大，马万山平生还是第一次和一个陌生的异性挨得如此之近。李小菁的肩背靠上来的那一瞬间，那种碰撞和随碰撞带给马万山的来自李小菁的温度，立即让马万山十七岁的心狂跳不止。就是这种心跳，使马万山感觉到与李小菁某种心理上的天然接近；就是这种接近，使后来的马万山遭遇了说不尽的苦难。

事情当然和石主任有关，他在碾子沟是个一言九鼎的人物。用碾子沟社员的话来讲，石主任一咳嗽，黄狗吓得往回走。每天，他天不亮起床，嘴里含着口哨从村西吹到村东，把知青和社员纷纷赶下田，然后自己回家睡个回笼觉。上下午再各吹一遍出工哨，石主任基本就完成了一天的主要工作。余下的时间，他要么坐在村部办公室，要么挨家挨户巡视一遍，村里稍有姿色的女人，就在石主任这种不知不觉的巡视中，被他睡了。一天上午，石主任差人把李小菁、王芳、朱桂莉、孔六芬、汪小景五个女知青，叫到他的办公室，下达命令：你们不用下田劳动了，给我排练《红色娘子军》。李小菁原来是城市二中的文艺宣传队骨干，曾获得城市文艺宣传队积极分子的光荣称号。她女扮男装的洪常青，一招一式，英姿飒爽。听到这个激动人心的消息，李小菁自然高兴得不得了，她想这样一来，一可以避免日晒雨淋枯燥乏味的田间劳作；二可以发挥特长，说不定在碾子沟演出成功，再到其他村巡回演出，一出名就可以离开碾子沟，进个县歌舞团什么的。她问石主任，真的吗？石主任立即宣布李小菁为碾子沟《红色娘子军》演出团团长，每天记一工二分，其他演员一律一个工分。石主任的决定，招来一些流言蜚语，说他又要开始拈花惹草了，怕是女知青要遭殃了。马万山自然也有同样的担心，他把听到的碾子沟的议论对李小菁讲了。李小菁一瞪眼，说他敢！说完，来了一套虎虎有生气的拳路，说他要敢，我就揍扁他！马万山不懂拳术，可直观看来，李小菁的那套防身拳，弄得马万山眼花缭乱，他问李小菁，这玩意儿管用吗？嘿，李小菁一出手，就腾起身子，两掌一亮，以迅雷不及掩耳的速度，将接近一米八〇身高的马万山，撂倒在玉米地里。

“万山！”看到马万山从高高的田埂滚进玉米地，李小菁急了，她一个箭步冲进玉米地。可能是腿脚被什么东西绊了一下，李小菁的身子晃了晃，正好迎面扑进马万山的怀里。那个时候的马万山的脸“刷”地就红了。他感觉到了一种柔软的碰撞，那种来自李小菁胸脯的迷人的力量，虽然只有短短的一瞬，却像木桩似的坚硬地打入了马万山的记忆。那是马万山作为一个男人对女性身体最为亲密的接触。他想，他闻到了李小菁发际温热的气息，一种类似阳光下青草的微妙气息；他想，他看到了李小菁乌黑的眼眸中掠过的一丝羞涩。还感觉到了什么？后来马万山想不起来了，因为那一刻委实太短暂了，几乎让人来不及有所感觉，一切就结束了。李小菁拉起马万山的手说：“我只是想跟你开个玩笑。没事吧，万山？”

没事。一个大小伙子，不过是从田埂滚进玉米地而已，怎么会有事呢？事实上，事情发生在第二天一早醒来：马万山遗精了。与此同时，耳边传来了石主任怪异的哨声。起床后，他问自己，昨晚梦见李小菁了吗？得出的结论是似乎梦见，又似乎没梦见，他平生第一次关于一个男人成长记录的记忆，竟然如此模糊不清。

《红色娘子军》的排练如火如荼。排练场设在村部办公室门前的三棵古槐树下。古槐树浓荫蔽日，正是排练的最佳场所。石主任捧一壶柳叶茶，坐在门口，一边哼着《沙家浜》中刁德一演唱的小曲，一边欣赏着女知青美妙的舞姿。现在回想起来，营造歌舞升平的气氛，可能是所有政治家的通病。石主任，碾子沟的最高统帅，他的目光像炖在煤炉上的砂锅，越炖越稠，黏上了她们美丽而年轻的胴体。城里的女人就是不一样啊，看看她们的屁股，翘翘的，还有挺挺的奶子，水梨似的晃动在红色的戏装里。风迎面吹过时，她们的小腹和两腿之间的线条，逼真地呈现在石主任的目光里。这种情景怎么能不让人产生冲动？他把五个女知青在心里一个个过一遍，就被内心一个邪恶的念头弄得兴奋起来。他起身，一口将手里的柳叶茶饮了，回到办公室躺在竹床上，弄得竹床叫春似的吱吱嘎嘎乱叫一气。五个知青住在一个小屋，怎么才能把李小菁单独弄到竹床上来呢？晚上，约她出来谈工作？有什么工作可谈？更何况，她不出来怎么办？显然，没有两全其美的计策。对，晚上就让她们演出《红色娘子军》！石主任立刻一拍大腿，从竹床上跳下来，来到排练现场，清了清嗓门宣布道：晚上正式演出！他的命令，却遭到李小菁的强烈反对，她说不行，台词还没背熟呢！台词算什么？石主任一挥手，说不要台词就不能演了？我看行，世上没有人做不到的事情，只有想不到的事情。要演你演。李小菁生气了，她把手中平时爱穿的军上衣"啪"地甩在地上，说简直是胡闹！胡闹？石主任眼睛一亮，他想不演就不演吧，看来事情不用等到夜里了，他怒气冲冲地离开了古槐树。不一会儿，民兵连长和他手下的三个小喽啰，神兵天降，出现在李小菁她们面前。石主任嘿嘿一笑，指示道：给我把李小菁捆起来，押进村部受审！尽管李小菁身上有功夫，但毕竟抵挡不住四个小伙，她的手很快就被绳子捆住了。石主任对其他知青说，没你们的事，回家休息去吧。石主任抓住了李小菁的把柄，他弯腰捡起李小菁甩在地上的军上衣，对着军上衣上佩有伟大领袖头像的徽章瞧了瞧。铜质像章沾上一层薄薄的土灰，石主任轻轻地朝铜质像章“噗噗”地吹了两口气之后，嘿嘿，他龇牙咧嘴地乐了。铜质像章，随李小菁的军上衣一起掉到地上的那一瞬间，只是在午后的阳光里闪了一下，就被石土根敏锐的目光捕捉住了。

马万山听说李小菁被关进村部办公室的消息时，正走在下工回宿舍的路上。如果正如村里社员所说的那样，李小菁的事就大了。他没有回宿舍，径直来到了村部办公室。隔着窗子，他看见李小菁躺在竹床上，手脚被缚，嘴里还被塞进了什么东西。小菁，小菁，马万山轻轻叫了两声。李小菁听到马万山的声音，转过脸面对窗外的马万山，哼了哼，眼泪一下涌出了眼眶。马万山的小动作引起了民兵连长的警惕。那会儿，他正坐在石主任的办公室和手下小喽啰们猜拳喝茶。革命工作不敢有丝毫懈怠，就是玩儿，他的耳朵也在跟踪着屋外的动静。民兵连长推开门，看见马万山正趴在窗口上。这小子想干什么？是不是里应外合？民兵连长大喝一声，三个小喽啰立马冲了出来，把马万山绑到了古槐树粗大的树干上。麻绳从脚缠起，一圈圈地缠到了马万山的胸口，身子和手臂都被紧紧地缠到了树干上。什么叫纹丝不动？绑在树上的马万山的身子就叫纹丝不动，像嵌进树干的铁钉，几乎构成了古槐树的一个有机组成部分。村里人过来看热闹，表情有些漠然。毕竟李小菁犯的事太大了，他们不好说什么，弄不好一顶同情反革命分子的帽子扣上来，绝对不是不可能的。绑在树上的马万山，离石主任搁置竹床的那个房间不远，至多五十米左右的距离。月亮升起来了，把古槐树冠之外的露天会场照得明晃晃的。这个时候，石主任反剪着手出现了，他嘘嘘地把人们赶走。有一两个小伙子不识趣，迟迟不肯离开，石主任眼睛一瞪，骂道：再不滚开，老子把你们也弄到古槐树上去！眨眼之间，会场四周空荡荡的，鸦雀无声。马万山转动着眼睛,他的嘴里被塞进了臭烘烘的毛巾。那一刻,马万山表达愤怒的唯一途径,只能通过目光去实现。他看见石主任走进屋子。过一会儿,民兵连长和他手下的小喽啰们出来了。门吱的一声关上。小喽啰们离开了。民兵连长蹲在门口咂吧着烟袋。小屋的窗口飘出了煤油灯光。透过窗子玻璃,马万山可以看见石主任晃动的黑黑的背影。夜寂静得不能再寂静了,寂静的夜色里传出了哼唧哼唧的叫声。直到这个时候,马万山才弄明白屋内上演的不是审问,而是一场强奸。绝望了的马万山,将后脑勺狠狠地撞向树干。"咚咚咚"的声音先是一声比一声响,慢慢就一声比一声弱了。恍惚中,马万山听见门"吱嘎"地叫了一声,石主任出来了,民兵连长一猫身又钻进了木门。

"咚。"马万山的头又撞了一下树干。事情发展到目前这个阶段,他才真正发现,一切都是借口,一切都是谎言。碾子沟最有权势的两个男人,真正的目的,一切都清楚明了了。月亮啊月亮,你明晃晃的光亮究竟照耀着什么?十七岁的马万山任脸上的泪水纵横交错。"老子……老子……"他的心里除了老子、老子这个词以外,再也找不出恰当的字词来组成他的语言,表达他的愤怒了。石主任走到古槐树下,他是循声而来的,他想批评一下这个城里来的高个子知青。走近马万山时,他忽然嘿嘿地笑了起来,把要批评马万山的话暂时抛到了脑后。

"嘿嘿。"石主任干笑两声说,"两瓣,都他妈的是两瓣。城里的×和乡下×一样,两瓣。他奶奶的。怎么都他奶奶的两瓣呢?"

"噗。"马万山蓄谋已久的一口浓痰,准确地喷到了石土根的脸上!

五

离百花别墅不远有一个河心岛屿,名叫紫水岛。这儿四面环水,绿树成荫,鸟语花香。你站在岸边眺望紫水岛,没什么特别之处,一片水雾蒙蒙的山林而已。但令人叫绝的是,不管阳光如何灼热,不管干旱持续多长时间,紫水岛始终云雾缭绕,紫气盈盈。城里老一辈人说,紫水岛什么地儿？那是一个城市的魂儿。传说1939年12月8日，占领城市的小日本得知守军司令胡水泊和他的随从龟缩进紫水岛后，连呼愚蠢啊愚蠢，暗自得意纵然你胡水泊有三头六臂也插翅难逃啊。于是小日本连夜调来轰炸机，妄图炸平紫水岛，将胡水泊一网打尽。叫小日本意想不到的是，那天傍晚紫水河升起了百年不遇的大雾，探照灯的强光直指紫水岛，引导轰炸机投下比羊屎蛋还要多的炸弹，竟一颗都未曾命中紫水岛。第二天小日本望着依旧笼罩在灿烂阳光中安然无恙的紫水岛，敬畏之感油然而生，说中国的，神！不愧是龙的故乡啊。石头可以炸碎，房屋可以炸塌，谁见过魂儿炸飞的？魂儿，当然炸不飞，但可以先在魂儿上挖沟、修路、造房，然后吃饭、喝酒、睡觉、唱歌、跳舞、桑拿。一座掩映在苍松翠柏之间的现代化的紫水岛水晶宫娱乐中心，眨眼之间就星星点点缝缀在紫水岛美丽的魂儿上了。幕后老板是谁？这个人，现在正坐在马万山的面前，他就是我们城市的商业银行行长高运开先生。

傍晚时分，马万山接到高运开电话时，正在书房的笔记本电脑前，通过互联网过问儿子马达那边的事务。他对今年二十五岁的儿子马达很放心。这小子通过伊妹儿传来的照片，一副踌躇满志的样儿，满脸浓浓的络腮胡，掩映着轮廓分明的嘴唇，一双鹰似的眼睛洋溢着淡淡的笑意。从儿子浮现在液晶显示屏上的照片，马万山看见了自己年轻时的影子。马达从小聪颖过人，他毕业于麻省理工学院，如今正管理着美国的银河集团，他在通信、电子商务、软件开发等几个项目上大显身手，把美国的银河集团弄得欣欣向荣、蒸蒸日上。与李小菁的婚姻，最让马万山感到幸福的就是，她给他生了一对金童玉女。要知道，被碾子沟再教育成精神异常的李小菁，经过提前回城医治之后，逐步从过去的阴影中走了出来，但已没了过去那种热情、开朗的性格。1974年10月1日，还在碾子沟下乡的知青马万山，出人意料地同李小菁结了婚。一年后马达出生，五年后马颖问世。马颖更是伶俐可爱，正在哈佛商学院攻读工商管理硕士学位。五年前，马万山和李小菁离婚,得到儿女的一致支持,因为李小菁突然精神失常了,经常歇斯底里地大喊大叫,并扬言要将马万山送上断头台。她说,我不稀罕你的钱,伟大的马克思主义早就教导过我们,资本每时每刻都流淌着人民的鲜血。最令马万山害怕的不是李小菁的吵闹,而是她知道的秘密实在太多了。婚后一直都是好好的,李小菁怎么说疯就疯了呢?难道是因为马万山在外面搞了一些腐化,睡了一些女人?李小菁轻蔑地瞧着马万山说,你们男人,一有钱一有权,就变成人不人鬼不鬼的玩意儿了。那个时候,马万山的银河集团在建的百花别墅正进行得热火朝天,他生怕后院起火,立即打电话要儿女回国,把李小菁接往美国,责令马达最好把李小菁送进一座二十四小时监护,并与世隔绝的精神病院。"你妈,可能不是故意的。"马万山对儿子说,"可防患于未然绝对有必要,在我去美国之前,要绝对保证你妈不得与国内有丝毫联系!你懂我的意思吗?"马达遵命把母亲李小菁送进了洛杉矶一家绝对可靠的私人精神病院,院方保证二十四小时监护,隔绝一切和外界的来往,让病人得到最好康复,并和马达签订了治疗合同。治疗费每年五十万美元。几乎与此同时,马达按照父亲的要求,在洛杉矶市郊买地兴建了紫薇别墅的美国克隆版。马万山在电脑上写下一行字,问马达,那边的紫薇花开了吗?当然。儿子回了一行字说,稍等一下,爸,马上给你看现场直播。果然,笔记本液晶屏上一片娇艳的紫薇花浮了出来,花枝间萦绕着美国早晨淡淡的薄雾。正当马万山准备好好欣赏一番的时候,案头的电话机突然响了起来。

"运开?"马万山揉了揉有点酸涩的眼睛,说,"最近忙什么呢?老见不到你的影儿。"

"同样的问题,我正想问你呢。"高运开说,"据可靠情报,听说老兄金屋藏娇了啊。"

"只许高兄放火?"马万山说,"我点点灯总可以吧?"

"玩笑,玩笑。"高运开轻松一笑,说,"重色轻友,重色轻友,老毛病又犯了。怎么样,出来坐坐?"

“哪儿?”

“紫水岛。”高运开说,“快艇正在对岸的码头等着你呢。”

“还有别的人吗?”马万山的潜台词是那个马小鹃在不在。尽管在金丝雀的那天晚上马小鹃冲他友好地微笑过,但他对马小鹃的印象并不怎么样,总觉得那微笑的背后潜藏着某种风花雪月的东西。高运开欣赏女人的品位着实不敢让人恭维。

“就咱俩。”高运开说,“有要事商量。”

“好吧,我马上就来。”

巫紫叶陪马万山沿檀色的木质楼梯下楼,葵花正拿着毛巾擦洗家具,她做得总是那样尽心尽责。听马万山说,她来自离碾子沟不远的另一个村子。她的父母,一对老实巴交的农民,在马万山被绑在古槐树下蒙受不白之冤之后,曾给过他和李小菁暗中关怀,给马万山送药和吃的东西。后来,葵花来到城里打工,无意间听说银河集团的老总曾在碾子沟下过乡,贸然找了过来。马万山二话没说,将她领进了紫薇别墅。巫紫叶把头靠在马万山胸前,依依不舍地说,不能推掉不去吗?马万山说去去就回,没办法,人在江湖身不由己啊。我等你回来,巫紫叶说要不我就不睡。好了好了,马万山低下头,瞧着小鸟依人般的巫紫叶说,晚上回来听你唱《乡村的路带我回家》。他在巫紫叶仰起的脸上吻了吻,随后走进了早已等候在门口的凯迪拉克。

现在,高运开就坐在马万山的对面,中间隔着的是色香味俱全的美味佳肴,一盘清蒸水晶鲍鱼,看上去玲珑剔透;两小碗燕窝羹,香气扑鼻;极品茅台一瓶,是马万山平时爱喝的酒。酒已分好,一人一玻璃杯。侍应小姐已经退出。餐厅位于接近紫水岛顶部的一个斜坡上,环境幽静而不乏神秘色彩。透过玻璃窗望去,一片湖光山色,渔火点点。马万山还是第一次光临这个别墅餐厅。紫水岛,马万山上来过几次,因交通不便,再加上此地为高运开的势力范围,不便多来。他笑着对高运开说:“老弟,如此胜地美景,保密得可以呀。”

“见笑,见笑。”高运开端起酒杯,“当”地与马万山碰了一下,说,

“保密说不上，刚刚折腾完，这不就请老兄过来了嘛。喝，喝。”

马万山品了一口，眼睛一直瞧着高运开。这个高公子大概有三十岁了吧？马万山记得从认识他的那天起，他的脸总是潮红的，一种成天酒色过度的光泽。灯红酒绿，酒绿灯红。美酒加美女，走马灯似的换了一遍又一遍。而今天，没有美女相伴左右，倒真是个例外了。说实在的，马万山从骨子里瞧不上这个毛头小子，要不是有他老佛爷的庇荫，他能有如鱼得水的今天？五年前，为拿下紫水河湾那片风水宝地，马万山给老佛爷在美国花旗银行的账户打进了一百万美金；而为了获得城市商业银行的低息贷款，给了高运开一幢牡丹别墅。尽管额外增加了百花别墅一千万的成本，但整个百花别墅项目运作下来，马万山还是进账了整整一个亿。这就是生意，马万山觉得没什么不好。凭马万山五十多个人生春秋的经验，他知道没什么东西坚不可摧，权力当初可以强暴李小菁，现如今金钱可以奸污权力。1980 年冬天，马万山在石主任的百般阻挠下，成为最后一个离开碾子沟的知青，临走时他冷静地走到石土根面前，给石土根留下了他永远弄不明白的一句话：“我比你年轻。”年轻是什么？年轻就是资本。马万山回城靠摆小书摊起家，做成书店，到做盗版的产供销一条龙，用了不到十年的时间，就掘到了他人生的第一桶金，算起来将李小菁吓了一跳，整整做了一千万。而此时，“扫黄打非”风声鹤唳，马万山立刻金盆洗手，拿出一百万破财免灾。风平浪静之后，马万山一算时间，正好应了一句老话，叫君子报仇十年不晚，他觉得他应当回碾子沟看看石土根和民兵连长了。他亲自驾车带上同道的几个铁哥们儿，在一个月黑风高的夜晚悄悄潜入了碾子沟，一打听石土根和民兵连长三年前过春节时喝了假酒，当场就一命呜呼了。这多少让马万山感觉失望，说好来看看他的，怎么好自食其言呢？哥们儿找来镐锹，掘开了他俩的坟包，浇上汽油，两个碾子沟曾经不可一世的人物的遗骸，就这样被马万山亲自点了天灯。完成了这件事之后，马万山的内心平静下来。他开始投资实业，建了一个奶牛场和奶制品厂，成立了银河乳业公司。银河品牌的奶制品迅速走俏市场，中央电视台银河乳业的广告，天天轰炸城市人的眼球。望着生意兴隆、财达四海的壮观景象，站在银河集团公司总部办公室大楼巨型落地玻璃窗后的马万山想：有时候，我的心眼是不是小了一点？

马万山举着酒杯，主动和高运开碰了杯，说："好酒，真是好酒。"说完一口下去了大半杯。

当然高运开不能示弱，他的一口喝得恰到好处，稍微比马万山的酒杯深一点。"老兄，今天请你来的意思是……"

"直说好了。"马万山看着高运开，说，"咱哥俩谁跟谁啊。"

"你瞧，来紫水岛是不是不方便啊？"高运开抿了一口酒，说，"市里决定建一条观光索道。"

"新鲜。"马万山说，"鄙人只见过山上索道、河中桥。新鲜！"

"外行了吧？"高运开睁大眼睛，脸上始终带着笑意，他说，"金沙水拍云崖暖，大渡桥横铁索寒。河上建索道古已有之，新鲜个鸟蛋啊？"

"决定了？"马万山问。

"感不感兴趣？"高运开压低声音道，"五千万投资。"

"老弟的意思是……"

"不用你投一分钱啦，"高运开说，"我投啦，不就是五千万吗？商业银行支持城市建设义不容辞啊。"

"你的意思……要我担保？"马万山问。

"老爷子也是这个意思啦。"

"别啊呀啊呀的跟我说话。"马万山佯装不高兴，说，"产权归谁？"

"当然是紫水岛水晶宫娱乐中心啦。"

"算过回报吗？"马万山凭直觉知道这是一个没有市场的项目，紫水岛虽然在本市有些名气，可毕竟不是西湖，谁来坐你的观光索道？"我们冒风险是要讲回报的，老弟！"

"幼稚！幼稚不是？"高运开低声说，"建好后一卖了之，九千万如何？利润你三、我七如何？"

“卖给谁?”

“老爷子啦,”高运开指指头顶的天花板,“对啦,老爷子和汪嘉丽这会儿正在楼上呢,要不要上去晋见一下?”

“算了算了。”马万山把杯里的酒喝了,说,“运开,天色不早了,有事明天再说吧。”

“你说算了算了,”高运开一口把杯里的酒喝干,说,“是什么意思?”

“容我再考虑几天。”

“几天?”高运开追问。

“一个月。”

“好。”高运开握住马万山的手说,“一言为定!”

高运开把马万山送上了快艇。河面升起了浓浓的大雾,快艇雪亮的灯光穿过大雾,呼呼的风声吹动着马万山有些稀疏的头发。初夏的紫水河,怎么会有如此浓重的大雾呢?一种不祥的预感悄悄浮现在马万山的眼前。他是在紫水河边长大的,一般情况下,夏天的紫水河总是疏疏朗朗,遇上细雨蒙蒙的天气,雨雾也不会如此浓郁,更何况他来的时候,水面平静如镜,只是漂浮着淡淡的水汽。快艇很快平安地将马万山送抵对岸,他心头的一块石头才算落了地。他站在岸边眺望着对面的紫水岛,出现在他视线里的除了牛奶般黏稠的大雾之外,竟连一星点灯光都看不到了。

马万山想:到时候了,不能再迟疑啦。

六

从紫薇别墅下班回家,路过菜市场时,石树花两毛钱买了一把叶子发黄的小青菜,准备回屋下面条。他取下煤炉封门时,一眼看见了那个皱巴巴的信封。信是王杏花写来的,她告诉石树,她娘病了,要人照顾,来不了了。看完信,石树心头的气不打一处来,一把将信扔进了煤炉。好不容易有个单间睡了，即使过来住一天，再赶回碾子沟也好让人艳羡一把呀。面条下了满满的一塑料盆。呼噜呼噜，石树风卷残云似的把面条吸进肚里。热气腾腾的面条和小青菜汤，弄得他满头大汗。他到门口冲了一把凉，躺到竹席上时，心里头还在生王杏花的气哩。

长这么大，石树还没养成午睡的习惯。他在竹席上翻来覆去，又滚出了一身臭汗。睁着眼睛，他一边瞧着头顶的石棉瓦，一边竖起耳朵听围墙外面汽车的刹车声。阳光，此刻正煌煌地照在石树的屋顶，一些灼热的光线透过石棉瓦之间的缝隙钻了进来。躺了一会儿，石树觉得睡在床上不如上街走走，看看街头的西洋景来得过瘾。他翻身起床，拉开枕套拉链，想取点儿钱，可石树在那堆荞麦壳里摸索了半天也没有摸到一张像纸的东西。怎么，都花完了？他额头的汗水，"啪嗒啪嗒"落到枕套上。最后，他把手从荞麦壳里抽出来，被汗水沾上的荞麦壳，蚂蚁似的钻进了石树手背上浓重的汗毛。

"他妈的。"石树很少学城里人来一句他妈的（碾子沟的骂法一般是他娘的，激情振奋的时候，一般要骂他奶奶的），他对着挂在泥墙上的镜子问自己："得弄点钱花花啦，石树！"

石树锁上门从屋里出来，走进小院强烈的阳光中，他的身子打了个寒战，剧烈地抖动了那么几下。他捏着裤兜内仅剩的五块钱纸币，不停地从手心渗出的汗都快把纸币浸透了。石树把手拿出来闻了闻，一种异常强烈的腥臭味，立刻被热烘烘的阳光带进了石树的鼻腔。他不知道那股腥臭，究竟来自那黑乎乎的五块钱，还是来自自己的手心。

出了小院，正午的阳光，照在黑色的沥青路面上，照出一个个金光闪闪的斑点。石树深一脚浅一脚的，带着他的身子游动在城市的街头。他的目光注视着过往的行色匆匆的人们。一些染着栗色头发、露出肚脐眼、身着小背心的女人，与石树擦肩而过的时候，他就能够兴奋地启用自己所有的感觉器官，去近距离感受一个女人给他带来的快感。程序大体是这样的：一个女人迎面走来了，石树装着没事的样子眯缝起眼睛，一点点靠过去，目光最先接触的是高跟凉鞋或松糕鞋，鞋里的脚有的穿着丝袜，有的光着露出花瓣似的脚趾甲；目光上移，是丝袜和裙子。在毛片里，石树见识过女主角丝袜的穿法，不是绷上雪白的大腿根，就是连裤穿，把小屁股蛋绷得紧紧的，跟什么都没穿似的。近了，近了之后怎么办？近了，石树就要做深呼吸，一口气可以吸一分半钟，绝对不是吹牛，有手腕上的石英电子表为证。那一口气吸进了城市汽车的尾气、灰尘、阳光，更重要的是吸进了女人身上的香气儿，那香气儿麦芒似的弄得石树直想打喷嚏，但一般情况下涌上鼻腔的气流都被石树镇压下去了。这是石树的绝活，屏住气使劲往肚里一咽，喷嚏就咽下去了，没什么秘不可宣的，石树可不指望这个绝活申请什么专利。其实，喷嚏还是打出来舒坦，可人总要讲点文明礼貌不是？一个喷嚏出来，无数鼻涕、口水组成的小雨点，喷到香气袭人的女人身上，怕是太牲口了一点儿吧？石树是人，所以要把喷嚏咽进肚里。吸完香气以后，石树的目光是要落到她们晃动在阳光下的小牛皮鼓似的肚皮上去了。在那个杏仁似的小肚脐上，迅速地剜上一眼，石树立即就会找到那种喘不上气来的感觉。这种时候，往往到了擦肩而过的那一瞬间，凭着石树高人一头的身材，他的目光能够轻易溜进小背心下，从容不迫地欣赏一下乳罩的花边，和那些深浅不一的肉沟沟了。在那种极其短暂的过程中，石树体验了一番令他血液燃烧的感觉以后，还意犹未尽怎么办？回头，回头好了。石树果然回头，再剜上一眼那些翘翘的、结实的屁股。后来，石树实在控制不住了，他会像刚刚完成一系列热身动作的运动员，故意做出不小心的样子，去撞一下迎面而来的女人，然后微笑着说声对不起。遇上脾气好的女人，倒也不在意，还会回头冲他一笑，露出雪白的牙齿说声没关系。可林子大了什么鸟没有？不久，石树遇上了一个小巧玲珑的女人，石树的肩膀刚刚撞到她，还没等他开口说对不起的时候，女人杏目圆睁，回首朝石树啐来一口腥臭的唾沫，轻蔑地骂道："眼瞎啦？想吃老娘的豆腐啊？"

“豆腐?”石树咕哝一句。想吃老娘的豆腐是什么意思?

“老娘的豆腐,随便哪个能吃?”女人不依不饶。

“谁说俺想吃豆腐了?”石树觉得和女人吵两句怪有意思的,他说,“俺最讨厌吃豆腐,没得嚼头。”

“呸。”女人一仰脖子,望着街头越聚越多的看热闹的人,指着自己的胸脯说,“把我的咪咪撞疼了,还说不想吃豆腐?”

“咪咪?”石树一愣,“咪咪是什么东西?”

一阵哄堂大笑。

女人感觉不对,再下去显然对她不利,看热闹的全是虎视眈眈的男人。她耸了耸肩,朝石树掷地有声地扔下三个字:“垃圾猪!”

“垃圾猪?”石树瞧着女人钻进人群的身影,问看热闹的人,“猪就是猪,垃圾猪,是什么意思啊?”

“连这都不懂,还出门混事儿?”有人说,“告诉你吧,顾名思义,垃圾猪,就是吃垃圾长大的猪。”

吃垃圾长大的猪?石树看了看陆续散开的人群,怎么也弄不懂这年头还有吃垃圾长大的猪。弄不懂就不弄!想来想去,头疼。石树离开了。他连回头瞧都没瞧一眼那几个傻瓜一样望着他背影的人。“豆腐”“咪咪”“垃圾猪”,石树小和尚念经似的咂吧着嘴,玩味着这三个听来的新鲜词儿。尽管“垃圾猪”一词从保安嘴里听到过,但在心里细细玩味还是大姑娘上轿,头一回。保安除第一次见面给过石树难堪之外,再不曾难为过石树。两人抬头不见低头见,相安无事。只不过石树每次进紫薇别墅院子工作,提前把脸笑成一朵花似的罢了。俗话说伸手不打笑脸人嘛,这个道理保安还不懂?太阳依旧在头顶照着。灼人的热浪,吸去了石树身上渗出的汗珠儿。他的嘴巴咂吧了一阵之后,觉得有点渴,又舍不得破开兜内的五块钱买瓶饮料喝喝。好在杏花没来,真要来了别说盘缠没有,就是吃喝都成了问题。快三个月啦,赵主管就给发了三百块工资。他说工资是一个子儿都不会少的,中心先给存着,年底一把给,一把给多好,厚厚的一沓,数都数不过来,多好啊。赵主管说得悦耳动听，嘴角还泛起了白色的泡沫，先是一点儿，后来泡沫越积越多，最后可能嫌影响说话，伸出舌头左右一扫，嘴角的泡沫就被他扫进了嘴里。

昨天下午，石树觉得手头拮据，想单独找赵主管通融通融，看能否弄几个工资出来先花花。石树自认为赵主管对自己还凑合，时不时要在百花别墅保洁工大会上表扬他一把。他说，看看人家石树同志，把紫薇别墅擦得窗明几净，花园扫得想挑根杂毛都找不到。应当说，赵主管的评价实事求是，一点也没有夸张。石树是怎么工作的？是用心。虽说扫地不是复杂活儿，可要想扫得干干净净、一尘不染也不是件容易事儿。树叶、纸片、灰尘是活的，风一吹，雨一淋，稍不用心，鹅卵石小径、花园草坪，就会被那些乱七八糟的东西弄得有碍观瞻。还有玻璃，想把玻璃擦干净容易吗？主人家绝对不能进，得从楼顶扯一根麻绳绑在腰间，吊在半空中，先用毛巾伸到挂在腰间的小水桶里蘸湿，擦一遍；再用干毛巾擦一遍，甚至两遍或者三遍，才可能达到一尘不染的效果。擦完大大小小十八个窗户，没一整天时间，谁也甭想弄完。擦窗子的活虽然累一点儿，但隔着粗壮的钢筋防盗网，石树的目光偶尔可以透过厚重的窗帘缝隙，窥视一下别墅内部的西洋景，对石树来讲，那比在录像厅看毛片还过瘾。檀木地板，镶着金条（其实是铜条，不过金光闪闪的，石树断定那是金条也不足为怪）的楼梯，又大又宽的白色大床。一见到这种曾经在他梦中出现过的大床，石树自然而然就有了那种猥亵的眼神。那个老头真他娘的艳福不浅啊，他奶奶的，在这么大的床上老牛吃嫩草，想想都过瘾，别说成天睡一起弄事了。石树见过紫薇别墅的主人，那个大热天也奶奶的西装革履的男人，瘦嘎嘎的，满脸跟蛋子皮似的枯搐着，就是这么一个老东西睡的那个女人，真他娘的光彩照人，一点也不比香港毛片里的女明星差。那腰身，那脸蛋，一点都不差，还能弹一手好听的钢琴，有时候弹着弹着还会跟着唱起来。奶奶的，那歌唱得真是好听啊。起初，石树还以为放的是磁带呢，但透过窗帘缝隙再仔细一瞅，她红红的小嘴一动一动的。到这种时候，石树才看清歌声的确是从她嗓门里发出来的。不是她唱的，难道钢琴会唱？根据石树对女人的经验判断，紫薇别墅的女主人，今年至多二十岁出头，真是他奶奶的嫩啊，嫩得跟刚出缨的苞谷一样，一掐肯定要流一股水儿。这年头，好×都叫钱和老头日了。记得有一天上午，快十点钟了吧，他擦到卧室窗户的时候，尽管卧室窗户有该死的窗帘，一层红一层黑还有一层薄纱，拉得严丝合缝，可吊在窗外的石树还是发现了一个针眼大小的漏洞。自然，石树的目光就不能不探进去看一看啦。女主人蜷缩在那张又大又宽的床上，老男人不在旁边。这会儿，老男人一般早已坐上他那个又大又黑的乌龟壳出了紫薇别墅，可能是上班去了吧。女人的身上盖着毛巾被，躺在那儿也看不到什么内容。就在石树贴在针眼大小的漏洞上的眼睛正要绝望地离开的时候，床上的女人猛地翻了个身，毛巾被一时滑落下来，女人的屁股正好呈现在石树的视线里。肉肉的，中间有一条细细的白色小布条儿。那会儿，石树实在受不了了，吊在半空中，正对着窗户把手伸进裤裆，一边瞅着女人的屁股，一边用手指解决了自己的问题。

叫石树始料不及的是，昨天下午，他推开赵主管办公室的大门，把自己的想法胆战心惊地说了一遍，赵主管竟一点面子都不给，指着大门说："滚。都他妈的来问我要钱，我问谁去要！"

一看赵主管发了脾气，石树就不能再说什么了。滚就滚吧，都做了三个月活儿了，总不能为争两句，就把欠的一千多工资弄泡汤吧，那才叫得不偿失呢。石树慌慌张张地退到门口，一转身还将额头"咚"的一声碰到门框上。这一碰不要紧，石树发现一个女人坐在门口的沙发上，头发乱乱的，正低头扣着扣子。石树轻轻把赵主管办公室的大门带上，来到走廊上时，看到脚下丢着一个小纸片，可能是出于某种职业性的习惯，石树拾起小纸片顾不上扫一眼，便塞进了裤兜。难怪赵主管发脾气呢，你小子坏了人家的好事，不发脾气才叫出鬼哩！石树想。

小纸片这会儿就待在石树的裤兜里，和那黑黑的五块钱在一起。

闲着没事,石树把纸片拿出来,准备扔掉。事情往往就在走投无路的时候,才会出现转机,出现惊人的灵感,要不人们怎么老讲车到山前必有路呢?石树拿出早已被他闲极无聊时揉成一团的纸片,就在欲扔未扔之际,石树明亮的眼睛在阳光的照耀下,看到了纸团上黑黑的文字。他找个树荫底下,展开纸团一看,原来是报纸一角。报纸上说一个打工仔写信给当官的,指定某某时间,把钱转到某某银行账号,逾期则向纪委举报。这一招还真灵,半年之内敲诈到了二十万元。我的娘亲啊,写写信就弄了二十万?石树差一点惊叫起来。再接着往下看,打工仔被警方一举抓获,还被判了十二年有期徒刑。看完,石树脑子一闪,突然来了灵感。娘的,咱怎么就想不到这种妙不可言的招儿呢?紫薇别墅那老头好些天没见过啦,可能出差在外吧。真他奶奶的天赐良机,何不敲一敲那个女人?不要因为看了她的屁股,对着她的屁股在空中玩了一把打飞机,就不能敲了是不是?石树精神亢奋地收起纸条,毫不犹豫地走进邮局,破开五块钱买了两个信封、一张八毛钱邮票,花掉了一块二毛钱,转身就往自己的住处赶。路过菜市场,石树眼睛一亮,看见一片亮闪闪的小尖刀,突然止住了脚步。他和摊主讨价还价,最后用剩下的钱买下了小尖刀。不一定刺刀见红,防防身总是必要的。

石树回到小屋,参考纸片上的报道,写下了他后来一生中最得意洋洋的文字:“今晚上十二点,紫薇别墅后院榕树林见。带上十万现钞。不准带人,要不我不会出来。逾期就把我掌握的你们非法所得,举报到纪委。后会有期,不见不散。”写好,装进信封,贴上邮票,又在信封写上本市百花别墅区,收件人写上紫薇别墅主人亲启。完成这一系列工作以后,石树一看表,离晚上上班时间只有四十分钟了。他锁上门来到街头,找到一个邮筒,把信塞进一半时,石树又取了回来,心想妈的,让邮递员送晚上能送到吗?石树啊石树,你真是个大傻瓜。他把信又抽了回来,装进衣兜,悄悄走进紫薇别墅,跟往常一样做完该做的工作以后,第一次敲开了紫薇别墅的不锈钢防盗门。

门开了，出来的是葵花。石树见过面前的女佣人，他把信递给葵花，说："有人送来一封信，要交给女主人。"

七

一周以前，马万山去了美国。临走前，他要走了巫紫叶的身份证和十张一寸的标准照，说是要给巫紫叶办出国护照。一听说马万山要带她去美国，巫紫叶抱住马万山，仰起脸，满脸的诧异。亲爱的，巫紫叶有点不相信自己的耳朵，说出国？是啊，马万山跟父亲似的拍了拍巫紫叶的脸蛋，说美利坚合众国，想不想去啊？真的？巫紫叶立即跳起来，抱住马万山的额头，小鸟似的吱吱喳喳亲起来。马万山要绕道北京，待一天，交代朋友办好巫紫叶的护照，再从首都国际机场直飞洛杉矶，预计十天以后返回北京，再取回巫紫叶的护照。

巫紫叶送马万山到城市的红枣机场。在凯迪拉克后座上，巫紫叶一直依偎在马万山的怀里。马万山把紫薇别墅的保险柜钥匙交给她，说缺钱了就从柜里拿。马万山说密码嘛，就是小亲亲的生日，1979 年 10 月 18 日。巫紫叶说，自己没什么事，其实用不着钱的。马万山抚弄着巫紫叶的头发，说一般情况下保险柜都有二十万，谁说得准什么时候要用钱呢？虽然想不出要用钱的地方，巫紫叶从马万山手里接过钥匙时，心里还是美滋滋的，这说明，他已经把她当老婆一样对待了。等我一回国，马万山说如果我想娶你的话，你不会拒绝吧？巫紫叶娇嗔地望着马万山，说我一时一刻也不想离开你，又说你就不能带我一起走吗？我的小傻瓜，马万山轻轻点了巫紫叶的额头一下，说我三年前就拿到了美国绿卡，身上有长期商务护照，你没有就登不了机，懂吗？等我回来，我们一结婚巫紫叶小姐嫁给的就是美国公民马万山了，晓得不啦？马万山想逗一逗巫紫叶，免得泪光涟涟的，看着让人伤心。

当巫紫叶看见马万山乘坐的航班腾空而起，直插蓝天的时候，她强忍在眼眶的泪水，真的就“唰”的一声夺眶而出了。

随后，巫紫叶陷入了一种惆怅和期待交织的情绪之中。自从走进紫薇别墅之后，巫紫叶的生活就发生了戏剧性的变化。她不再去赶场唱歌，弄得金丝雀和她曾经赶过场的四个歌厅老板，快把她的手机打爆了。他们对巫紫叶说，再不出面救救急，我们怕要关门了。虽然他们说得有点夸张，但因巫紫叶的缺席，歌厅的营业额急剧下降却是一个不争的事实。她关掉手机，断绝了与外界的一切联系。到这种时候，巫紫叶才发现原来自己并不喜欢浮华和喧嚣，那种舞台灯光和来自观众的鼓噪，曾一度让她找到过自己存在的价值，但毕竟那不是长久之计。其实，她骨子里渴望的是一种平静而闲适的生活，而恰恰在紫薇别墅她找到了这种生活的存在。马万山的故事让她着迷，她不相信那是真的，在她看来，那更像是一个冬天的童话，起伏跌宕、引人入胜，又令人不寒而栗……还有那么一点难以解读。

回到紫薇别墅，巫紫叶坐进了琴房。她打开钢琴，十指抚过黑白相间的琴键，可跳动的音符，总是乱糟糟的，一点节奏感都没有。本来，她想模仿克莱德曼，演奏一曲《水边的阿狄丽娜》，那是她钟爱的钢琴小品之一。水边的阿狄丽娜，多么美丽的一个诗句啊。潺潺的流水，明媚的阳光，浓雾萦绕的森林。阿狄丽娜走来了。她站在河边欣赏着自己水中的倒影。云絮流过她波光闪闪的碎影，五颜六色的花瓣淌过她美丽的脸颊……喔，水边的阿狄丽娜……那天巫紫叶站在紫薇别墅的窗口，眺望着夜色中被细雨笼罩的紫水河。眺望的时间一长，巫紫叶的视线慢慢就虚化开了，她看到了阿狄丽娜，一个正婀娜多姿走向水边的女人。喔……阿狄丽娜，我就是水边的阿狄丽娜。巫紫叶退到钢琴边，以一种典雅、幽静、飘逸的音符浮现出她心中的阿狄丽娜。在那种清澈而缠绵的水影中，巫紫叶看见了马万山布满沟壑的额头，她知道那是用岁月之刀雕刻而成的，深刻而又严峻。她喜欢他的额头。比起那种油头粉面的奶油小生来，曾经沧海的额头，更可爱可敬，更能体现一种无法言说的魅力。她看到了额头下那双犀利的眼睛，他的目光自信、坚毅、智慧，还时不时泛出一点小小的狡黠。面对这样的目光，你能做什么？巫紫叶闭上眼睛，任凭手指以音符的方式，抒发她对紫水河和紫水河边的阿狄丽娜的暗恋。不知什么时候，马万山走出了书房，来到巫紫叶的身边。一天中的黄昏时分，是马万山雷打不动的时间。这段时间，他总要把自己关进书房，和远在美国的儿子马达聊天。说是聊天，其实是谋划他们马氏家族的未来。待在书房的时候，马万山不愿意巫紫叶陪在身边，他说那是一个男人的秘密。巫紫叶知道马万山站在身后，她故意不作表示，依然敲击着琴键。弹着弹着，她感觉马万山高大的身子慢慢地俯下来，在她耳边说："水边的阿狄丽娜？"

"你知道？"巫紫叶转身扑进了马万山的怀里，紧紧搂住马万山的脖子，亲吻着马万山的耳垂说，"亲爱的，我就是你的阿狄丽娜。"

"紫叶。"马万山喘着气，说，"这两天，你好像有什么心事。"

巫紫叶摇摇头，说："看你想哪儿去了。"

"你真迷人。"马万山说，"特别是有点幽怨的时候。"

"真的？"巫紫叶微微一笑，说，"是不是把我们的事跟马达他俩说了？"

"哈哈。"马万山轻轻地捏了捏巫紫叶的鼻子，说，"我说你有心事吧。"

"知道吗，亲爱的？我真有点害怕你的目光。"

"我的目光有什么可怕的？"马万山故作夸张地瞪大眼睛，顽皮地说，"不就是两个黑眼珠吗？"

"说了吗？"巫紫叶温柔地摸了摸马万山的下巴，说，"我想知道。"

"没有。"马万山看着巫紫叶，他不忍心对眼前的这个女孩撒谎。他说，"紫叶，难道你没感觉到吗？我可能真的爱上你了。"

"可能真的是什么意思？"巫紫叶的眼里飘动出疑惑的目光，她说，"可我，越来越觉得离不开你了。万山，知道吗？每时每刻，只要不见你晃动在我眼前，我就失魂落魄的。"

“来吧。”马万山不知哪来的劲，一把将巫紫叶抱了起来。枕在马万山臂弯里的巫紫叶眼睛一亮，看着马万山永远剃得铁青的脸颊，心里有一点小紧张、一点小惶恐、一点小甜蜜。她感觉到了来自马万山的灼热的气息。她缓缓合上眼睛，被一个男人紧紧地抱在怀里，一点点移向卧室，是一种多么幸福的感觉啊。她想让他永远这样抱着，感受着来自他臂膀的力量，感受着来自他腹部局促的气流。喔，多么幸福的阿狄丽娜。巫紫叶浑身柔若无骨，像一团白云似的被马万山放到床上。“来吧。”她伸出细长的手臂，低声地说，“来吧，亲爱的。”真的，那种时候，巫紫叶感觉自己差不多就要飞起来了。她不想离开马万山。她紧紧握住他的手，接受来自他身体的坚实的力量，一种让她眩晕、沉醉的力量，一种让她飞翔、坠落的力量。喔……来吧。巫紫叶的声音低得都快听不清了，她说，亲爱的，来吧。

都五天过去了。巫紫叶一天天翻着床头的日历。五天了，他怎么就不打个电话过来呢？有好几天，她想听一听马万山的声音，忍不住拨通了他的手机，但里面一个温柔的女声告诉她，您呼叫的用户已关机。不让别人打，巫紫叶在心里埋怨马万山，你就不会打个电话回来？她知道马万山这次去美国，特别隐秘，临走前，他专门交代巫紫叶不要告诉任何人。即使有人打电话问起，也要巫紫叶对人谎称他到北京检查身体去了。他没有告诉巫紫叶他出国的真正目的。巫紫叶感觉那是男人的事，不过问也罢，免得引起他的猜忌。再过五天，他不是就要回来了吗？懒散惯了的巫紫叶，到了这种时候才感觉到时间的紧迫。一想到马上要远走他乡，巫紫叶的眼前就浮现出父母略显苍老的身影。她下楼和葵花简单交代一声，就驾驶着马万山送给她的小菲亚特红色跑车，冲出了紫薇别墅的白色栅栏。

回到家，巫紫叶和父母东拉西扯，嘘寒问暖了一阵。她要他们注意饮食，早晨起床后到紫水河边呼吸点新鲜空气。父母曾经激烈反对过她住进紫薇别墅，但知道女儿铁了心，并早已成了马万山的人，知书达理的父母也不再反对了。巫紫叶取出银行卡，那上面有她唱歌以来积存的五万块钱。她将身份证号码和银行密码告知父母。父母说啥不要，推让了一阵，母亲没办法只好收下了，说留给紫叶以后做嫁妆吧。

父母留她吃了晚饭。母亲做了她平时最爱吃的糖醋排骨。吃饭时，父亲破例拿出一瓶红葡萄酒。母亲不高兴了，说你不知道紫叶是开车回来的？父亲一向以妻管严著称，他觍着脸说，一小盅，一小盅没事的。父亲真的就给巫紫叶斟了一小盅红葡萄酒。事后，巫紫叶回想起来，她不得不承认亲情之间是存在通感的，要不，平时从不喝酒的父亲，为什么在那天突然拿出红葡萄酒来呢？望着酱红色的糖醋排骨，巫紫叶一点胃口也没有，她象征性地吃了一点儿，和父亲碰杯的时候，有一滴泪水掉进了酒杯，巫紫叶一仰脖子把红葡萄酒喝了。父母送她下楼，目送她的车驶出纺织厂破旧不堪的生活小区。

离开父母前，巫紫叶的两眼有了湿润的迹象。她坐进她的小菲亚特红色跑车，正准备离开那座红砖砌就的五层条式公寓楼的时候，想到自己可能永远要离开三楼东头那个灰蒙蒙的窗口，巫紫叶情不自禁地流下了泪水。毕竟她在那个窗口背后生活了整整二十二个年头了啊。

她无心欣赏城市美丽的夜景。天空的乌云低垂着，瞧不见星星和月亮。车内的收音机预报了城市今晚的天气。阴，最低气温二十七度，有雷雨大风。巫紫叶驾驶的小菲亚特红色跑车，是她住进紫薇别墅的第二天，马万山带她去选购的。那时巫紫叶还不会开车，但她驾车的悟性很高，认认真真地学了二十天，一考试竟然通过了，拿到了小车驾照。现在，她只想早点回到紫薇别墅，说不定什么时候马万山的电话就会打过来的。

她把小菲亚特红色跑车停进车库，打开不锈钢防盗门，走进紫薇别墅灯火辉煌的客厅，正准备躺在沙发上小憩一会儿，葵花走了过来，将一封信交到了她的手上。

巫紫叶拿着信回到卧室。她不愿当着葵花的面看信。说实话，这个碾子沟附近村子的女孩给巫紫叶的印象并不好。她的目光隐藏着某种敌视巫紫叶的东西。女人的感觉是敏锐的。躲进卧室以后，粗心的巫紫叶看到那行用深蓝墨水写成的文字，顿时傻眼了。她翻来覆去把那行文字读了一遍又一遍。看来，马万山真的出事啦。巫紫叶想给马万山打电话，一串熟记心头的号码拨出，巫紫叶再次听到那个令人绝望的声音：对不起，您呼叫的用户已关机。无论怎么样，这封信不能落入第二个人的手中。巫紫叶拿起打火机，点燃信纸，扔进了马万山的烟灰缸。火焰燃烧着，冒出一股黑烟。就是在这个时候，巫紫叶还是可以发现信封上存在的破绽的，一个没有邮戳的信件。可对年轻的巫紫叶来讲，那会儿，她唯一的想法就是保护亲爱的马万山，哪顾得上去研究信封呢？信封被她点着了。她来回晃动点着了的信封，直到化为灰烬才把它扔进烟灰缸。巫紫叶担心烟灰缸的灰烬会出什么问题，又端着烟灰缸，走进卫生间，倒进了抽水马桶，一摁开关，看着疾速旋转的水流彻底将灰烬冲走，巫紫叶的情绪才平静下来。她下楼找到正在看电视的葵花，问她："信是谁送来的？"

"一个男人。"葵花一抬眼睛。她本来是想说出紫薇别墅那个保洁工的，可一想到男主人才出去几天，巫紫叶就搞起鸿雁传情的勾当，葵花心里的气就不打一处来。她说："怎么，有事儿？"

"没，没什么事。"巫紫叶说。她不想让葵花知道信上的内容，就说："早点睡吧。"

巫紫叶重新回到卧室。她想起马万山临走时对她说过的话，说不定什么时候就要用钱的，这不，要用钱的事情真的说来就来了。她再次摁下马万山的手机号码，关机。到这个时候，巫紫叶的脑子已经乱作一锅粥了。她靠在床头，盯着床头柜上的电话机。她是多么希望马万山能把电话打进来啊。但是，越是迫切的愿望越难实现。靠在床头的时间一长，巫紫叶不知怎么就迷迷糊糊地睡着了。一觉醒来，她发现墙上石英钟的指针已指向晚上十一点四十分。她立即起床，打开保险柜取出十万块现金，装进一个黑色塑料袋。再抬头一瞅石英钟，已是十一点四十九分了。巫紫叶给马万山打了最后一次电话，还是关机。她下楼，打开车库，驾车驶出紫薇别墅白色栅栏的时候，城市的天空下起了瓢泼大雨。

巫紫叶开车出门的情景，被躲在紫薇别墅玻璃后面的葵花尽收眼底。她嘿嘿地暗笑两声，心想果然不出所料，回来一定禀告老爷，给她点颜色瞧瞧。

八

石树爬到巨大的榕树上，找了个树杈坐下。十点左右，他就来到了紫薇别墅后面的树林。在围墙后面待了一阵，抽了三支烟。晚上就着凉水啃了一个昨天剩下的凉馒头。一个凉馒头，显然解决不了肚子的问题，不一会儿，他就有了饥肠辘辘的感觉。好在饥肠辘辘是石树经常感觉的事情，忍一忍就过去了，并不影响他体能的正常发挥。天黑漆漆的，有一点儿伸手不见五指的味道。石树来到紫薇别墅后面的围墙时，天下起了毛毛细雨。紫薇别墅的后围墙很高也很厚，是用大块大块青砖砌成的。后围墙的后面是一条很窄的小路，专为进入榕树林晨练的人们提供方便。天气真是不错，天又黑，还下起了雨，真是人不助我天助我啊。肯定是由于下雨的缘故，榕树林里鸦雀无声，可以听到单调而又乏味的“沙沙沙”的雨声，听上去一点儿都不过瘾。大约十一点钟的时候，榕树林下过一阵雷阵雨。“哗哗”的雨水，瞬间就将石树淋了个透湿。后来，石树的烟瘾犯了，一摸裤兜纸烟全部成了烟糊，拿都拿不起来。

他掏出一把湿乎乎的烟丝塞进嘴巴，一点点嚼着。辛辣的烟草弄得他直流口水，还呛出了几滴浑浊的泪水。后来，石树想，那根本不是泪水，怎么会是泪水呢？显然是雨水，是顺着头发流下来的雨水。到城市这么多年来遭的罪，他奶奶的比紫水河的水还多，流都流不尽，谁见过我石树流过泪？就是老爹石土根喝酒喝死，后来又被仇人点了天灯，谁见我石树流过泪？

对今天晚上的行动，石树早构思好了。要是那个老男人来了，就冲他的蛋子那儿狠狠踢他狗日的一脚，叫他奶奶的老牛吃嫩草。要是他胆敢负隅顽抗，他奶奶的就一刀结果了他。说不定这也叫为民除害呢。谁他妈的知道他的钱是从哪儿来的？弄不好全都是民脂民膏，这种事说不定啊。凭两只手就是累死累活，到头来两眼一闭，也买不起这个城市一套两室一厅的房子啊。还想让王杏花和豆儿们住别墅、睡又大又暄的席梦思床呢，做大头梦去吧。要是那个女人来了，就方便多啦。她多漂亮啊，只要她如约把钱带来啦，我石树也要讲点良心，绝对不动刀去伤害她。我弄的是钱，是钞票，又不是别的什么东西。

雨越下越大。正当石树把构思好了的东西，跟碾子沟的黄牛一样来回反刍的时候，汽车的灯光照了过来。石树赶紧贴住榕树的树干，心怦怦地，把事先准备好的黑布袋套在头上。这个黑布袋是他平时买馒头用的，现在，套到了他头上。眼睛那儿挖了两个孔。在他住的那个小披屋里，对着镜子，石树欣赏过自己套了黑布袋的模样。无论怎么看，他都觉得自己像电影里的蝙蝠侠。

汽车靠紫薇别墅青色的后围墙停下了。石树看清了，是那个女人的小红车。这么说那个老男人没回来？石树突然感觉有点失望，他原先构思好的方案，看来无法实施了。奶奶的，石树想，有点不过瘾。他的目光把四周巡视一遍。没人，绝对没有人。豆大的雨点“啪啪”地打在榕树叶上。他看见那个女人打开车门，四下张望。她没有下车。她是怕被雨水淋湿，是吧？就在这个时候，石树以迅雷不及掩耳的速度跑出榕树林，一道雪亮的闪电划过沉重的夜幕。接着，石树听见女人一声刺耳的尖叫，随后她的尖叫声就被随之而来的一声响雷湮灭了。石树跳到车前，用变调的嗓门问：“东西带来了吗？”

“啊啊。”那女人啊啊两声，哆嗦着从驾驶座旁边提出一个黑袋子。

“打开瞅瞅。”石树发出命令。这同样是他构思的一部分，生怕弄回家一看，全他奶奶的是一沓沓裁好的报纸。

一沓一沓。在车内灯光的照耀下，石树看清了，的确是十沓红红的百元大钞。石树一把夺过黑色塑料袋。女人胆战心惊地问："我可以走了吧？"

"走吧。"石树咕噜一声。石树这一咕噜不要紧，他的目光不知怎么就溜进了女人的胸口。看见深不可测的乳沟，他的脑际突然想起白天那个小女人对自己的嘲弄。

"等等。"石树一把拽过小红车门，说，"等等。"

女人惊恐地瞪大眼睛，说："别伤害我，你要的东西，都给你了。"

"少废话！"石树话音一落，他提着黑色塑料袋，身子就扑到了女人身上，把她压到身下。前排汽车座位晃了两下，"嘎啪"一声脆响，倒了下去，给石树的行动提供了足够施展才华的空间。"别动，俺背后有刀。"套着黑布袋的石树说，"别叫，俺就不会伤害你。"他能够感觉到女人的哆嗦。他摸到了女人丰满的乳房，他捏了两把。没有多少时间允许他可以细细感受、慢慢欣赏了。他一把抓过女人的衣裙，一使劲就纸似的被他全都扯掉了。石树的手立即伸到女人的两腿之间，掏出自己的家什，粗暴地闯了进去。

可能只有短短的几十秒钟，一切就都结束了。结束之后，石树提起黑塑料袋，迎着风雨，没命地奔跑起来。他不知奔跑了多长时间。最后，石树肯定是被什么东西绊倒了。他撞到了墙上，被碰得头破血流，昏了过去。天快亮的时候，他从一个激灵中醒来，发现那个黑色塑料袋仍然压在他的身下，便不由自主地露出一个会心的微笑，心想他奶奶的，城里的女人和王杏花一样，也不过就是他奶奶的两瓣嘛，没什么了不起的啊。

九

马万山如期回国。一星期以后，他偕夫人巫紫叶，直接飞抵洛杉矶，住进了克隆版的紫薇别墅。

走进地处大洋彼岸的洛杉矶紫薇别墅的白色栅栏，巫紫叶发现这儿的紫薇花，显然比国内开放得更加鲜艳，花瓣的色彩更加丰富，更加惹人怜爱。

在飞机上，巫紫叶告诉马万山，他去美国期间，她取了五万块钱给她的父母（她把给父母的银行卡又要了回来，补进了保险柜。她不想让马万山了解发生过的一切事情，直到永远永远）。马万山说紫叶，太小气了嘛，区区五万怎能报答父母的养育之恩？马万山说，等稳定下来，你同不同意把我的岳父岳母大人接到美利坚合众国啊？巫紫叶扑进马万山的怀里，在飞机上和马万山进行了一场马拉松式的长吻。要问他们亲吻的距离多长，四千三百公里总是有的吧，弄得周围的老外不停地竖起大拇指："中国的夫妻，恩爱。"

马万山转移了国内银河集团的所有财富，连用一亿三千万银河集团办公大楼作抵押，从高运开的城市商业银行贷来的货款，也全被马万山转移到了美国。

通过互联网，马万山以匿名信的方式，举报了高运开父子。一年之后，坐在美国紫薇别墅的马万山，从中央电视台第四套国际频道上，看到了高运开父子。他们一审被判死刑。按照国内法律，如果不出意外，要不了多长时间他们将被押赴刑场执行枪决。当然，高氏父子受审的时候，涉及了汪嘉丽，她作为证人出场时依旧那样光彩照人，坐在满头白发的高老佛爷旁边，她宛如一朵怒放在枯树枝头的鲜花。当初，高老佛爷瞄上了银河集团的形象代言人，他马万山自然要忍痛割爱，以博得老佛爷的欢心，麻痹高氏父子的神经……马万山盯着电视屏幕，慢慢地闭上了眼睛。一点点不易察觉的泪光，从他鼓鼓的眼袋中间闪了出来。

在此之前，巫紫叶发现自己有了身孕。她执意要做人流，马万山坚决反对，结果两人大闹一场，几乎到了婚姻快要崩溃的边缘。巫紫叶的理由是，怀孕期间，她喝过酒，感过冒，发过烧，吃过药，万一生出个弱智怎么办？最后，还是马达的劝说起了关键作用。他说继母的话言之有理，老爸，现在做了，到时候再生一个不就得了。通过马万山在香港的朋友的帮助，巫紫叶在香港顺利堕胎。又一年之后，巫紫叶再次怀孕成功，又过十个月，她给马万山生了一个可爱的大胖小子，取名叫马中国。

与此同时，国内的检察机关查证：马万山从国内非法转移的财富高达一亿美元。目前，有关方面正在向国际刑警组织积极申请，准备对马万山发出红色通缉令。政府也正在积极努力，寻求通过外交途径，引渡马万山。马万山的律师说，对于投资移民，此种引渡诉求很难成功，即便通过美国法律诉讼成功，那也将是一场十分漫长的马拉松式的长跑，诉讼期长达二十年也不足为怪。

十

当然，还有碾子沟来的石树。他真的把王杏花和他的豆儿们接进了城市。在城郊接合部，石树花六万块钱，买了一套二室一厅一卫一厨的二手公寓楼，七层，五十一点一五平方米。现在，他们一家正在积极申报城市户口。

碾子沟的人都说，石树那小子啊，本事说大就大啦。

2002 年 8 月 23 日—9 月 9 日　南阳

一家三口

苟且生

我说我没病，他们硬说有，硬说我的脑子出了毛病。这种事，本来无中生有，可说的人一多，便跟真的一样，叫人有口难辩了。后来，我想啊想啊，终于明白这种事和偷情差不多，不露出马脚，便相安无事，一旦马脚暴露传了开来，要想洗去那些飞溅而来的唾沫星子，可不是什么容易的事情。就像洗猪下水似的，随你怎么洗，都有一股隐隐约约的猪屎味儿。

谁愿意嚼舌头，嚼去好了。我总不能把他们的嘴巴堵上吧。众所周知，嘴巴的功能有二：一是说话，二是吃饭。若是为了不让人说话，而将嘴巴堵上，还不要人命啊。我的意思是说嘴巴堵上了，饭吃不成，人就会挨饿，饿的时间一长，要死人的。况且有时候嘴巴是堵不上的。张志新的嘴巴谁也堵不上。为了不让她说话，最后只好血淋淋地割断她的喉管。由此可见，想堵上一个人的嘴巴，不是一件随随便便能办成的事情。其中的道理，虽然如同一杯白开水似的清澈见底，但金乌街能够喝出白开水滋味的，可能也就我苟且生这么一个人了。注意，我是说可能，没有说一定。在没有发现其他人之前，苟且生可能就是一加一等于二的永远存在。

问题是整个金乌街没人相信我的话，连耿阿茜都不信，就别说其他人了。她曾经是我的老婆，后来嫁给了萱草堂药房老板孔阿贵，住在离我家不远的金乌街89号。我住68号，中间差二十一个号，正好是我女儿苟菲菲如花似玉的芳龄。苟菲菲和我住在一起，她不喜欢孔阿贵。九岁那年，女儿毅然决然地拒绝了耿阿茜的无理要求，女儿说我讨厌秃头，你知不知道？她对耿阿茜叫道：叫我和那个孔秃子住一个屋子，没门儿！当然没门儿。我对耿阿茜说住得又不远，都在一条街上，想见菲菲还不跟喝口凉水一样容易？耿阿茜气急败坏地瞪大眼睛说，还不是你在背后搞的鬼！她一把拽过我的衣袖说，跟我走，离婚去，离不掉我就不姓耿！离婚，不就是离婚吗？我甩开耿阿茜的手说，走就走，有什么了不起！我们一前一后走在金乌街上。路过萱草堂药房时，孔阿贵瘦小的身影在橱窗背后晃了一下，鬼鬼祟祟的。耿阿茜走在前面，她肯定看到了孔阿贵，要知道她的视力比我好，鹰一样明亮犀利，不像我天生一副近视眼，看什么都模糊不清，混沌一片；只有看书的时候才能明察秋毫，清晰地将一个个活蹦乱跳的文字，映进自己的脑际。我看不清金乌街，看不清孔阿贵，更看不清耿阿茜。这个与我同床共枕十多年的女人，竟然红杏出墙和孔阿贵搞到了一起，弄得整条金乌街满城风雨之后，又铁了心和我离婚要嫁给孔阿贵。我不是说她嫁给孔阿贵有什么不对。我这个人很开通，过不下去了就不过，没什么了不起。更何况，耿阿茜都睡到萱草堂孔阿贵的床上去了，你不让她重新嫁人是不是不近人情啊。即便到现在我还弄不懂，金乌街那些离婚的主儿为什么要大吵大闹，弄得街坊四邻不得安生，有的甚至要闹到法院，成为金乌街茶余饭后的谈资才肯善罢甘休。没意思，那样做用现在一个时髦的词来讲，彻头彻尾“傻×”一个，大家说是不是啊？我就不闹不吵，即使耿阿茜在坚持要苟菲菲跟她一起嫁到萱草堂这个问题上，疑心我搞什么鬼，扯着嗓门责问我，我也不想跟她吵。责问就责问，还能把我吃了不成？我笑着告诉耿阿茜，至于菲菲愿不愿意跟你走，最好的办法是征询一下她的意见。她问我愿不愿意。我不置可否地耸了耸肩，两手一摊，用肢体语言告诉她：天啊，我怎么知道？终于，耿阿茜憋不住了，她鼓起勇气走进菲菲的小屋，以一种磕磕巴巴的语气，向她的宝贝女儿表明了她的想法，令她难堪的是她的想法遭到了菲菲的严词拒绝，最后只好灰溜溜地退出女儿的房间，把遭受的窝囊气全都朝我撒来。她义愤填膺，嗓音乖戾，露出一个泼妇标准的嘴脸，说苟且生，明人不做暗事，你搞的什么鬼我心里清楚得很，别以为我不知道，菲菲还小，要是有个什么三长两短，你小心点！她在吓唬我哩。我心里偷偷一乐，我苟且生是吃饭长大的，又不是被人吓唬大的。你耿阿茜怀疑我背后做文章，不过是以小人之心度君子之腹罢了。你这个小人耿阿茜，也不打个招呼就偷偷摸摸睡到孔阿贵的床上，还有理了不成？还没等我脸上浮现出动人的笑容，耿阿茜就一把扯住我的袖子，走进了金乌街，要和我去打离婚证。

这一离就是十二年。离婚证蒙着一种天蓝色的塑料皮。离完婚后的当天，我把离婚证丢进小阁楼的壁柜，再没看过它一眼。要不是后来壁柜进了老鼠，将离婚证咬成了一堆碎屑，我还真想不起自己曾经领过这个狗屁证书呢。瞧着被老鼠的犬牙利齿弄得面目全非的离婚证，我心里又偷偷乐了一回。随后我找来簸箕和扫帚，把掺杂了老鼠屎尿的那堆碎屑，清理干净，重新还壁柜一个整洁雅致的环境。但谁会想到，当我端着簸箕下楼走出家门的时候，会遇上孔阿贵的儿子孔小贵呢？

孔小贵站在女儿菲菲的窗前，把脸贴在窗户的玻璃上，"菲菲""菲菲"地轻声叫唤着。他一边叫唤，一边耸动着被牛仔裤绷紧了的屁股。我把簸箕里的碎屑倒进街头的垃圾箱，"啪啪"地用簸箕敲着垃圾箱。"啪啪。"我故意用劲敲，想借此引起孔小贵的注意。"啪啪。"又敲两下。等我回到门口，那小子不但没有理会我的抗议，还一如既往地"菲菲""菲菲"叫唤着。要知道，上午的金乌街人来人往的，他孔小贵贴在人家的窗户玻璃上，亲昵地呼喊着人家大闺女的小名，简直太过分了！我走过去，“啪”地将簸箕掼在地上，拍了拍孔小贵的肩膀，对他说：“叫什么叫！”

“啊！”孔小贵的身子激灵一下，回头嬉笑着对我说，“是苟叔叔啊。”

“瞎叫什么呢？”我说，“你没见菲菲正在睡觉？”

“我们约好要出去玩的。”他把手插在牛仔裤的兜内，两只胳膊肘弓一样弯着，踮起一只脚，漫不经心地晃动着脑袋，说，“是菲菲让我来叫的。”

“她不睡到太阳八丈高她会起床？”我说，“你小子来得太早啦。”

“再晚怕来不及了。”

“做什么呢，急得跟猴子似的？”我说。

“苟叔叔，您快进去把她叫醒。”他推着我的身子往门口走，又接着说，“事关重大，以后告诉您，以后一定告诉您。不告诉您，我是一只小小小小狗。”

“我不叫，要叫你去叫。”我说。

“算我求您还不成吗？苟叔叔。”

“我不去，要去你去。”

“我又是敲，又是叫，菲菲就是醒不来。”说完孔小贵使出一个撒手锏，他从西装口袋里摸出一盒精品玉溪塞到我手里，又说，“苟叔叔，菲菲不会出什么事儿吧？”

俗话说，伸手不打笑面人。面对嬉皮笑脸的孔小贵，我有什么权利拒绝他的要求呢？我对他说，进屋你自己叫去吧，并交代他以后来找苟菲菲别偷偷摸摸的，叫金乌街的人看到了，说不定又会弄出数不清的流言蜚语呢。孔小贵频频点头，脸上还浮出一些羞涩的笑容，他说：我是怕惹您不高兴哩。进屋后，来到菲菲的卧室门前，我朝孔小贵努努嘴，说要叫你自己叫。“笃笃。”他敲了两下，门开了。苟菲菲身穿睡衣，睡眼蒙眬地从里面走出来，对孔小贵说，晚了吧？梦见什么好事了啊,孔小贵说,叫了半天也叫不醒,他说再晚事情就要泡汤了。苟菲菲嫣然一笑,退回卧室,关门换上裙子,坐到梳妆台前,三下五除二把染成火红色的头发收拾停当,一路小跑着进了卫生间。卫生间在孔小贵落座的沙发后面,隔了薄薄的一堵墙。尽管苟菲菲进去后关了门,但她坐到马桶上哗哗哗的尿声,还是清晰地送到我和孔小贵的耳畔。不雅,太不雅了。我瞟了孔小贵一眼,发现他的目光中闪烁出一些兴奋的内容。妈的,这小子一定听出哗哗哗的声音意味着什么啦。我拿出他贿赂我的玉溪,拆开,抽出一支递给孔小贵,故意说,这烟贵吧?贵。孔小贵支棱起耳朵,随口说一支五块。点燃烟后,我莫名其妙来了一句:“这屋子啊老了,隔音不好。”

“嘿嘿。”孔小贵喷出一口烟,笑着说,“嘿嘿。”

“嘿嘿。”我说,“嘿嘿,是什么意思?”

“我不敢说。嘿嘿。”

“是怕她听见?”我神秘兮兮地把嘴贴近孔小贵的耳朵说。

“您不怕?”他低声问我。

“嘿嘿。”嘿嘿完了以后,没等我把脑子中突然冒出的想法告诉孔小贵,苟菲菲就从卫生间焕然一新地出来了。她脸蛋粉扑扑的,隐隐地透出两片漂亮的红晕。她掠了掠被水濡湿的刘海,红唇一动,笑着对孔小贵说,我们走吧。她背起平素携带的小包后,发现了我的存在,她说中午你上街买点吃,我不回家。我微笑着点点头,在接受来自女儿苟菲菲的指令时,我习惯微笑着朝她点点头。金乌街的人都说,苟且生啊你千万别笑,不笑的时候你很正常,一笑你就玩完了。什么话,笑不笑还不是我的自由?这帮狗杂种真是吃饱撑的,连一个人笑不笑都要管一管,不管他们心里就发痒,就难受,就彻夜不眠,跟寡妇身体似的寂寞难当了?我知道他们的潜台词是什么,但我就是不说,就是要笑,对天笑,对地笑,对金乌街笑,对我的宝贝女儿苟菲菲笑,他们还真能把我的蛋子咬掉了?我就不信。因此,我微笑着目送他们离开金乌街 68 号。那天街头的阳光明媚,孔小贵修长的身影看上去挺出色的，他挽着苟菲菲的手臂，不时俯下头和她交头接耳，说到高兴处，甚至还伸手摸了一把苟菲菲翘翘的屁股。太不像话了！要摸，也不能在金乌街的光天化日之下摸啊。下次孔小贵再来，我一定要把个中的道理给他讲清楚，毕竟我老苟吃的盐巴要比他多海了不是？要摸什么时候不能摸？在金乌街当众摸一把恐怕妈妈的太过分了。

我是看着孔小贵长大的，一如我看着苟菲菲长大一样，没什么特别之处。从现在往回看，他们的成长历程，对我来说跟变戏法差不多少，有句话不是这样说的嘛：眼睛眨一眨，老鼠变成鸭。孔小贵，过去一个吸溜着鼻涕的臭小子；苟菲菲，过去一个扎着羊角辫的丫头片子，在我感觉眼睛还没怎么眨一眨的时候，就变成匪夷所思的“鸭”了。不是我不明白，这世界变化快。你看看，走在金乌街上的孔小贵，跟电视里的歌星似的人五人六的，趾高气扬，精神抖擞，和苟菲菲搂肩搭背，还要摸一摸她的屁股。我点燃孔小贵奉献的玉溪，眯起眼睛，瞧着他们渐渐淹没在人群里的身影。

在我透过淡青色的烟雾的视线看来，摸在菲菲屁股上的不是孔小贵充满力量的手，而是水红色的钞票。这年头，兜里没几个子儿哪个女人的屁股会随随便便让你摸？况且是在众目睽睽之下。别说是正处于早晨八九点钟太阳状态的孔小贵了，就是在金乌街吃百家饭、穿百家衣的流浪老汉赵富宝，要是摔个跟头捡个金元宝或中个彩票头奖什么的，进理发店剃掉油腻腌臜的长发，再去桑拿一把，换上皮尔·卡丹西装和锃光瓦亮的皮鞋，在金乌街遛一圈，谁能打保票焕然一新的赵富宝屁股后面不会是美女如云？谁又能保证那些如云的美女，不会像苍蝇似的轰炸赵富宝这个有缝的臭蛋呢？苟菲菲当然是个美女啦，是美女都有一个毛病，就是喜欢钞票。谁见过哪个女明星跟在一个衣衫褴褛的叫花子后面屁颠屁颠的？没有吧？绝对没有。这是一个浅显的道理，我就不啰唆了。我想细细品尝一下孔小贵的玉溪。一口烟吸下去，我努力让烟在肚里多待一阵子，让烟在里面转啊转啊的多转儿圈，等实在憋不住了需要换口气的时候，我才让余下不多的烟通过鼻腔徐徐而出。说实话，孔小贵的玉溪烟真是不错，烟味醇厚、浓郁，让人回味悠长。我当然知道这种烟的价格了，号称极品玉溪，一般在金乌街西头临近红墟大道的金孔雀精品大世界才能觅其踪影。现在，在金乌街能够从西装兜里掏出极品玉溪的都是些什么鸟？一些油头粉面、大腹便便，让金乌街的苍蝇一不小心都要闪瘸腿的主儿。他们终日有香车美女相伴，或出入星级酒店，或藏匿在娱乐中心的包房纸醉金迷，真他妈妈的让人看了生气。生气有什么用？没用。哥们儿，有本事你也来试试啊，谁也没把你的腿脚绑起来。干瞪眼吧，这年头，让人干瞪眼的事情多着呢，动不动生气，还叫人活不活？我苟且生就不生气。正因为我从不自己气自己，金乌街的人们就瞅不惯我，说我脑子出了毛病，一说就说了十二年，至今仍没有不说的迹象，看样子还要持续说下去。十二年，不短啊，一个轮回啊，人这一辈子有几个轮回啊？瞧着被我吸到过滤嘴的烟屁股，我的心里突然亮了一下。我的心里经常会突然亮一下，这是没办法的事，只要那么一亮，一定要发生点什么事儿。我把玉溪烟屁股扔在地上，又踏上一只脚，碾了一下。那个曾带给我美妙享受的玉溪烟屁股，被我碾得扁不拉儿的，像蝗虫尸首似的躺在金乌街68号门口的青石板上。

回到屋里，推了推菲菲卧室的木门。木门锁上了，她的木门永远是锁上的。无论在不在，她都把木门锁得紧紧的，十二年来一次疏忽都没有。我推了推她的木门，可没有窥视她的想法，只是电话机装在她的房间，万一门没锁上，我就给耿阿茜打个电话，和她约个时间说说话儿，这就是我脑子突然亮起的想法。我又拧了拧门锁，再次确认门锁上了，便只好瞧着冷冰冰的门锁发呆。这时，我不由得想起过去的一些事情，一件又一件的，接踵而来。譬如：耿阿茜嫁给孔阿贵以后，每次和孔阿贵在金乌街抬头不见低头见的时候，他总是小心谨慎地用眼睛的余光瞟我一眼，那眼神儿跟偷了别人东西似的。我觉得实在是没必要啦，孔阿贵是孔阿贵，耿阿茜是耿阿茜，各是各的事。如果不是耿阿茜硬要送到你的床上，你孔阿贵就是有通天的本事，也别想把她睡了，我还不了解她？她可是咱们金乌街有名的美人，当初能瞅上我，和我结婚，而不是你孔阿贵，是因为我念过医学院，并且是金乌街人民医院的中医大夫。不服不行啊，耿阿茜那时候心里是有杆子秤的。那时候，苟且生能从众多梦想娶她的男人中脱颖而出，凭的是什么？凭的是我救死扶伤的崇高职业。不是吹牛，没有病退之前，金乌街谁敢拍着胸脯说没吃过苟大夫开出的药方？我，苟且生什么人儿？金乌街响当当的苟氏中医世家第二十一代正宗传人，谁为明朝开国皇帝朱元璋开过药方？祖宗苟天道也！遥想苟氏当年，名声显赫极了。即使到了新中国成立后公私合营前，金乌街从东数到西，一路数过来，整条金乌街共计九千九百九十九个门牌，哪一个不是登记在苟氏家产簿上？当然，这些苟氏房产后来都贡献给翻身农奴得解放的贫民了。我这样说，并不是有什么怨言，即使当年苟氏家族繁荣昌盛的时候，全家人居住的大院也不过是整个房产的区区一小部分而已，说白了就是我曾经做过大夫的金乌街人民医院，一个庭院深深的地方。其余的房产还不是租给别人住？租给别人和分给别人，对我来说没什么本质上的不同，谁住得了那么多房子？谁花得了那么多房产换来的数都数不过来的真金白银？因此，我始终认为我的祖先不够聪明，甚至说得上贪得无厌，建那么多的房子干吗？收那么多的租金干吗？弄得一圈人都眼红你，恨不得天降大祸于苟氏，天天咒你骂你，那种日子好过得了？人嘛，睡，不过三尺见方；吃，大不了一日三餐。自古以来谁见过吃金条屙白银的主儿？就是天天睡锦绣绸缎，到头来还不得四脚朝天赤条条来去无牵挂？算了，算了，我这人不能想事，一想事头就痛。我揉了揉太阳穴，又朝苟菲菲卧室的木门瞅了一眼。

走，找她去。我就不信她还能把我从萱草堂撵出来不成？

锁上门，来到金乌街上。我现在居住的金乌街68号房子，是沿街而建的三间两层小楼，红砖黛瓦，古朴典雅。房子当然是苟氏家产的一部分。据说是父亲苟兴家专门为养小妾而建的，民国二十七年建成时成了金乌街一大美景，后来房子分给了我们苟家。父亲看到祖传的家业被瓜分一空，又看到他心爱的小妾被解放出来，嫁给一个曾给苟家大院看门的小男人，父亲苟兴家被鸦片弄得一塌糊涂的身子，很快便在抑郁不安的心境下，一命呜呼了。那是1953年冬天。那一年，我一岁零三个月。不敢想，真是不敢想啊，稍不留神五十年过去了，还没感觉活出什么滋味，五十年就过去了啊。天哪，我望着楼顶瓦片夹缝中生出的蒲公英，脑子里原先那些混沌不清的想法，忽然之间理出了某种头绪。就在这个时候，我身后的另一扇门打开了，租了我家房子开网吧的女老板杨小玲出现在门口。她穿着碎花的睡衣睡裤，手里端着一个红色塑料盆，嫣然对我一笑说："好在看了一下。要不，洗脸水差一点泼到你身上了。"

她们总有睡不完的觉，真是叫人眼气呀。苟菲菲要不是有事被孔小贵叫醒，哪一天她不是睡到现在这个时辰？我朝杨小玲笑了笑，说，就是泼到我身上也没关系，不就是点洗脸水吗，权当洗个澡罢了。她走到我身边，说苟叔看你说的。她弯腰把洗脸水泼到墙边的花池里。弯腰时，她饱满的屁股出现了深深的臀沟。对于这种机会，我是不会轻易放过的，我的目光苍蝇似的立即盯了上去。在金乌街上午过于灿烂的阳光里，杨小玲美妙的臀沟，在碎花睡裤的掩饰下，给我的视线带来了深深的震颤；尤其那散落在她臀部的碎花，幻化出粉的、紫的、红的、黄的色彩，构成了一座姹紫嫣红的袖珍花园。那一刻，我仿佛嗅到了那些花朵的芳香，那香气起先若隐若现的，后来愈来愈浓郁，和金乌街的阳光一起沁入了我的肺腑。不知怎么那一刻我的心跳加快了速度，呼吸也变得急促起来。杨小玲回过身，她提着红色塑料盆站在我的面前，挺了挺她呼之欲出的胸脯对我说，苟叔看什么呢？没，没看什么，我不知道那一刻我的脸是不是红成了猪肝色，但从我嗓子里发出的声音嗡嗡的，可能只有我自己能够听见。我说我要走了，对杨小玲来了句匪夷所思的再见，就转身朝金乌街89号萱草堂走去。这时候，一小滴眼泪，虫子似的慢慢爬过我的脸颊。我伸手用食指刮了一下，狠狠往身后一甩，就把那该死的眼泪虫摔到了尘土飞扬的金乌街上。

我走进萱草堂，这是我十二年来头一次走进萱草堂。谁也不能阻止我走进萱草堂，我是金乌街的居民，是萱草堂的顾客。我想好了，要是耿阿茜不欢迎我，给我一个冷若冰霜的脸色，我就从兜里掏出苟菲菲给我的零用钱，买上三钱当归二钱红枣一钱天麻，回家炖鸡吃，做一回萱草堂真正的顾客。店内的草药、中成药、西药，滋阴壮阳药，还有那些乱七八糟的男女性玩具，卖给谁不是卖？说句良心话，对耿阿茜、孔阿贵经营的萱草堂药店，我没有微词，反而觉得是有利于金乌街有利于居民的大好事。除了金乌街人民医院，孔阿贵的萱草堂几乎垄断了金乌街整个中成药市场，他的药比正规医院便宜，而且货真价实，这正是萱草堂立于不败之地的重要秘诀。我相信，萱草堂的日益丰盈和精明的耿阿茜有着最直接的关系，因为她毕竟曾是一个堂堂的金乌街人民医院著名中医大夫的妻子，毕竟和我有过十多年的夫妻生活。她耳濡目染了来自苟且生的药理知识。要知道，那个时候我一切正常，还没被别人说成脑子出了毛病，我开出的处方一沓又一沓，根治了多少疑难顽症啊！肯定数也数不清。跟一望无际的麦田似的，谁数得清麦田里有多少粒麦子？况且，我开处方时有一个毛病，一向雷打不动要把处方本子垫上复写纸，开出一张复写一张，然后带回家供日后研究之用。后来，这些处方复写件被耿阿茜拿进了萱草堂，和她一起嫁给了孔阿贵。反正苟且生是用不上这些处方的，谁敢吃一个脑子出了毛病的人开出的处方？即使这个处方千真万确，具有药到病除的功效，谁又有那么大的胆量以身试药呢？拿走就拿走了，又不是给别人。耿阿茜毕竟是苟菲菲她娘，我曾经的老婆，一个与我同床共枕的女人。她把她的青春，一生中最好的年华都贡献给了我，我怎么好为那些对我一点儿用处没有的知识产权，同她斤斤计较呢？我总爱说算了，算了。除了空气、食物、睡眠、时间和水，我认为这个世界对我来讲没有不可算了的事情。

我走进萱草堂明亮的玻璃大厅，没有如期见到耿阿茜和孔阿贵。站在玻璃柜台后面的是一个女孩，她身着蚂蚱绿色的大褂，走过来对我说："先生，买药吗？"

"不买药。"我说，"我要找你的老板娘。"

"老板娘刚出门，好像买菜去了。"

"孔阿贵呢？"我问。

"听你这口气真像有事呀，"她漂亮的凤眼往上一挑，说，"孔老板也买菜去了，你去菜市场找找看？"

"当然有事啦，"我说，"没事，跑到萱草堂闻药味啊？"

"咯咯。"她放下挑起的眼梢，微微掩嘴一笑说，"想不到你这个人还挺逗的。"

"你知道我是谁吗？"我走近玻璃柜台，从兜里摸出玉溪烟对她说。

"谁？"她说，"我怎么会知道？"

"苟且生。"我点燃烟后，想起应当绅士一把，便将玉溪烟送到她面前，示意她要不要来一支。显然，我的举动吓了她一跳，她赶紧往后退了一步，连连摆手说"闹闹闹"。我故意调侃她说，"闹闹闹"是什么？她告诉我是英语"不不不"的意思。我点点头，两肘支在玻璃柜台上，缓缓吐出一口烟问她："苟且生你都不认识？"

"什么苟且生、猪狗生的。"她显出了某种不耐烦，我能看出来，我又不是傻子。我说："小姐，苟且生就是本人，不是汪汪汪的那个狗，是一丝不苟的那个苟。今后说话要注意尊重别人，小时候老师没教过你吗？"

"你是不是脑子灌水啦？"她的凤眼再次愤怒地向上挑了挑，从她香艳逼人的红唇白齿之间蹦出三个掷地有声的音节："神经病！"

"神经病？"她骂我神经病，她怎么知道我有神经病？显然她是认识苟且生的，认识装作不认识，这是不是就有点意思了啊。就是嘛，在金乌街谁要是说不认识苟且生，才是天下一大奇闻呢。她不理我了，将我晾在一边，独自走到玻璃柜台的另一头，瞪着人来人往的金乌街，没头没脑地瞧了起来。正当我还想和她说点什么的时候，孔阿贵从装草药的枣红色柜子后面走了出来。他先是一愣，随后便热情洋溢地迎了上来，握住我的手说苟老哥真的是你啊。他引着我在临街玻璃窗下的那排橡木沙发上坐下。来来来，快请坐啊，他说真是稀客，稀客啊。当然我要坐下了，还跷起了二郎腿。如果苟菲菲和孔小贵真的成了，那么我就是萱草堂的岳泰，跷一跷二郎腿还不是当然的。小雪啊，孔阿贵对依然伫立在柜台后面的那个女孩说，还愣着干吗？赶快沏茶啊。孔阿贵坐在我的对面，敬我一支玉溪烟，又赶紧掏出打火机给我点上，然后瞧了瞧窗外的阳光对我说："阿茜该回来了啊。"

叫小雪的女孩沏好茶恭敬地递到我手上。我看到她嘴角动了动，好像说了声对不起。尽管那声音低得几乎听不见，但意思到就行了，难道还非得人家对着麦克风广播一下？我咧了咧嘴，冲她一乐，以一个上了年纪者的宽宏大量，对她递上的茶杯表示了某种感谢之后，便将目光转到孔阿贵光亮的脑门上，我说："我有事想找耿阿茜谈谈。"

"好啊，"孔阿贵抬起眼睛，琢磨了一下我的意思，而后笑着说，"早该坐在一起说说话了，一晃十二年过去了。石头也该化成泥巴了，是不是啊？"

我点点头，喝了口孔阿贵的铁观音，对他说："一眨眼菲菲长成大姑娘了。你知道耿阿茜她是菲菲的亲娘。"

"这我能不知道？"孔阿贵低头看了看皮鞋，他说，"菲菲这两年懂事多了。"

"你知道耿阿茜她是孔小贵的继娘。"我说。

"当然，他和阿茜处得挺好的。"

"可你知不知道，"我一抬眼睛，我想我的眼里闪出了一片光亮，那光亮把孔阿贵的身子刺得哆嗦了一下，我压低嗓门说，"我发现他们在搞对象！"

"啊呀，苟老哥啊，"孔阿贵笑着说，"我当什么事呢。"

"怎么，你知道？"

“嗯。”

“耿阿茜也知道?”

孔阿贵又“嗯”了一声。

这个时候,耿阿茜提着菜篮子走进了萱草堂。耿阿茜的到来消除了孔阿贵的尴尬,他喜滋滋地招呼耿阿茜过来,他说阿茜啊,看看谁来了? 她走过来,把菜篮子放在脚边,吃惊地盯着我一言不发。我对她笑笑。她对我咧了咧嘴,说,你来做什么? 他有事想找你谈谈,孔阿贵说我还有点事,先走一步,你们谈,你们谈。说完孔阿贵朝枣红色的草药柜后面走去,他有点佝偻的身影,很快就消失不见了。耿阿茜没有坐下来说点什么的意思,她站在我对面静静地瞧着我,眼光冷冰冰的,让我感觉很不舒服。她的身子显然比以前胖多了,麦青色的连衣裙上传来香水和草药混杂的气味,齐耳的短发可能刚刚染过,乌黑发亮的,看上去跟假的似的,与她胖乎乎的脸蛋很不相称。按照自然规律,她的头发应当和我差不离儿,黑发中夹杂一些白发才对。

“说啊,想和我谈什么?”耿阿茜用脚尖碰了碰菜篮子,说,“我知道你是来找麻烦的。”

“找麻烦?”我说,“我怎么会是找麻烦呢?”

“说实话,是不是为菲菲和小贵的事来的?”

“你知道还问我做什么?”

“他们真是天造地设的一对啊。”她说,“整个金乌街对他们能够相爱都赞不绝口,难道你苟且生还有什么不同意见? 再说啦,婚姻是孩子们自己的事,就是你有不同意见,我劝你聪明的话就让你那该死的意见沤在肚里,最好别喷出来。”

“谁说我有不同意见?”我说,“我没有。”

“既然没有,究竟想和我谈什么?”

“你知道……”我喝了口茶,过去那种对耿阿茜莫名其妙的恐惧,让我欲言又止,我偷偷用眼睛的余光瞟了她一眼,鼓起勇气说,“你知道,菲菲她……她把钱看得很死,我的意思是……”

“给你几个子花花?”耿阿茜的眉梢一翘,说。

“如果方便的话,能不能借几个……”

“借?说得好听,什么时候能还啊?”

“有了就还呗。”

“要多少?”

“你看着给吧。”我瞧着耿阿茜连衣裙前面那个鼓鼓的裙兜。她总是喜欢把钱包装在裙子前面的兜内。这我知道,一个人养成的生活习惯是不会轻易改变的。事实上正如我预料的那样,耿阿茜从裙兜里掏出钱包,抽出一沓递到我手上,说:“念你头一回张口,给你一千,再张口可没有了啊,省着点花吧。”

我接过钞票赶忙塞进屁股后面的裤兜,生怕耿阿茜反悔,又把它们夺了回去。这时候,耿阿茜走到我身边坐下,提起茶壶给我的茶杯续了水。她说且生啊,我看你的脑子比先前清爽多了。十二年了,她说你知道吗,十二年晃一晃就没了。我问她你发这些感叹是什么意思?十二年晃一晃怎么会没了呢?耿阿茜啊这是起码的常识,你都不懂,时间是永远不会没的!只不过晃成了历史罢了。她说我不想同你争论,即使到现在我也弄不明白,我们生活十多年一直好好的,怎么你的脑子说出毛病就出毛病了呢?胡说。我提高了嗓门,她应当知道,我最讨厌人家说我脑子有毛病。我说我的脑子从来没出过问题,你说我有毛病,不过是你找个同我离婚的理由罢了。你别以为我不知道,你以为我苟且生是个傻瓜?错、错、错!金乌街人民医院说我脑子有毛病,是因为那个狗屁朱大年院长嫉贤妒能,想控制金乌街人民医院,想霸占苟氏家族的那个深深庭院,供他和手下的护士寻欢作乐。别以为别人都是傻子,我说好在老天有眼,他狗日的朱大年判了个无期徒刑,我离开金乌街人民医院才短短五年,他竟然搞了五百万,你说说他黑不黑?你说的都是哪儿跟哪儿啊。耿阿茜说,朱大年贪污受贿跟你苟且生丝毫关系没有,她说:“你说说,当初你开的药方为什么把好端端的一个人吃死啦?”

耿阿茜犀利的银针深深刺痛了我的穴位,我立即变得哑口无言,灰溜溜地和耿阿茜道了别,离开了萱草堂。

揣着耿阿茜恩赐给我的那笔巨资,我来到金乌街上,步子不知怎么轻灵了许多,腰板也挺得直直的,嘴里还飘出了邓丽君小姐的靡靡之音。街头没有镜子,要是有,对着镜子瞧一瞧,我想我一定认不出映在镜子里的苟且生了。一种人模人样的感觉,让我从未有过的尊严滑翔在金乌街不算宽阔的街道上。见着人,不管认识不认识,我都向他们报以一种甜蜜的微笑。熟悉我的人会说苟大夫遇上什么大喜事啦,这么高兴?当着我的面,金乌街的大人小孩从来都叫我苟大夫,至于背后是不是叫我苟神经、苟疯子,我就管不着了,但我喜欢他们叫我苟大夫。尽管十二年我不曾开过半个字的处方,但他们的一声苟大夫叫出的亲切叫出的尊重,会让我眼前的时光滴滴溜溜倒回去十二年,甚至更多一点。那个时候,我是多么风华正茂、年轻有为啊,满头青丝,脸上一点点皱纹都没有,一天看一百个病号,写一百份处方,回到家帮耿阿茜洗一脚盆菲菲的尿布,从来不知疲惫两个字是什么滋味。现如今,身体的功能显然不如从前了,即使心情愉快,迈出的步履也没了以前"咚咚"的充满活力的声音了。一个人有没有"咚咚"的步履,我认为无关紧要,重要的是兜里不能少了钞票。我用手捂着屁股后面的裤兜,尽管裤兜的纽扣扣上了,但用手捂一捂时刻感觉那种鼓鼓的存在,当然是十分必要的。这年头金乌街世风日下,一个个时髦的男女小扒手身怀绝技,只要碰你一下,你兜里的钞票就可能成了他们晚上寻欢作乐的资本。

我走在金乌街喧嚣的街头,街边酒店飘出了诱人的香味。先生,吃饭吗?伫立在酒店廊柱下的迎宾小姐,身穿金丝绒旗袍,露出迷人的笑容看着我说,先生,欢迎光临。我没有理会她们的微笑,一面瞧着正午阳光下自己短小如豆的身影,一面继续漫步欣赏酒店迎宾小姐的笑容和旗袍开衩处时隐时现的风景。东瞅瞅西望望,感觉比躲在金乌街68号小阁楼里，谛听老鼠咀嚼东西的声音愉快多了。我走着，漫无目的，自由自在，除了担心时髦扒手盯上我屁股后面的裤兜以外，我没有任何精神负担。再往前走，就是金乌街大酒店了，走过一片装修得奇形怪状的酒吧，谁会料到遇上赵富宝呢？

"嘿，"赵富宝的声音把我吓了一跳，他坐在一个名叫紫螳螂的酒吧门口，他说，"老远看着就像你。"

酒吧的门脸是用剖开的原树装饰的，涂满了黑乎乎的沥青。赵富宝盘腿靠在紧挨酒吧的一棵石榴树下。他欠了欠身子，脸笑成一朵花似的瞧着我，说："人逢喜事精神爽啊。苟大夫遇上什么好事了？说出来让我也高兴高兴。"

"吃了吗？"我问他。他摇了摇头。平时遇到赵富宝，我总要问候他：吃了吗？这种问候用语，对绝大多数的人来说显然不合时宜。现在，两个人一见面要问对方吃了吗，还不让人笑掉大牙？可对赵富宝那就不一样了。我认为，他一天中最大的事情就是一日三餐，晚上再找个避风的地方，一觉蜷缩到天光大亮，一天也就过去了，然后重新开始一日三餐……如此明日复明日，明日何其多，把属于他的光阴一点点蹉跎到魂归西天，那个名叫赵富宝的老头，一个沿金乌街乞讨为生的人，一定会悄无声息地消失在金乌街的记忆之中。我说："正好我的肚子也咕咕叫了。"

"要请我吃饭？"赵富宝起身走出石榴树荫，伸出舌头舔了舔有些发黑的牙龈，笑着说，"多要一点，吃剩下的给我行吗？"

"走。"我说，"跟我走，我请客。"

"玩笑，玩笑吧？"赵富宝晃荡着手里的布兜，发出丁丁当当的声响。布兜里装着他吃饭的家什，一个搪瓷钵，一个调羹。他从不用别人家的碗筷。金乌街的人家或饭店有残羹剩饭，往往朝赵富宝递上的搪瓷钵里一倒，他会说出一连串的谢谢，然后开始享受搪瓷钵里的美味佳肴。金乌街谁都不知道赵富宝来自什么地方，问他，他说北边，再问他北边的什么地方，他说北边的北边。再问，他的回答同样让人哭笑不得,他说中国的北边,要么就说北边的中国。我想,他之所以和金乌街的人们打哈哈,一定有他难以诉说的隐衷。还有人问他,怎么没人养你啊,你的儿女呢?他说死了。老婆呢?他说没了。嘿,我说赵富宝老婆没了是什么意思?他说跟人家跑了呗。跑哪儿?可能是爪哇国吧。没办法吧,金乌街的人们要想在赵富宝身上找点乐子,看来也不是一件十分容易的事情。一天,金乌街派出所王警察嫌赵富宝影响市容市貌,要查一查他的身份证。王警察想如果他有身份证,肯定有编号和住址,那样就能够把赵富宝扫地一样彻底扫出金乌街了。王警察找到赵富宝,十分威严地问他:你的身份证呢?丢了。赵富宝说,要不你行行好,给俺办一个金乌街的身份证?说完赵富宝两膝一弯跪到了王警察面前,鸡啄米似的嘟噜着说,行行好,给俺办个金乌街的身份证,俺求求你了,俺给你烧香,俺给你建庙。俺实在不想离开金乌街,求求你别撵俺走。俺这些年在金乌街一不偷、二不抢、三不调戏妇女。俺在这儿不过是为了混口饭吃,俺还能活几个年头啊,再说了,俺还是可以为金乌街做点贡献,俺晚上不是天天在给金乌街看门吗?你把俺当作金乌街的一条狗吧,一条行将就木的老狗……呜呜呜……赵富宝的老泪纵横终于换来了王警察的恻隐之心,他说看你说的都是什么乱七八糟的,最后他告诉赵富宝,我不管了,你愿意待就待着吧。

“玩笑?怎么会是玩笑?”我摸了摸屁股后面的钞票,生气地看着赵富宝说,“什么时候见我苟且生开过玩笑?这客啊我是请定啦!”

“不……不是这个意思。”他说,“饭店不会让俺进的。”

“走吧。”我说,“饭店不让进,我们就摆在金乌街上吃!”

起身走几步就是金乌街大酒店了,我们一步步登上高高的台阶。来到酒店门口的时候,一个身板挺拔的保安上来,礼貌地拦住了赵富宝,他指指我说这位先生能进,而你不行!他的,我指着赵富宝问保安怎么不行。他的,保安说衣衫不整,还光着脚丫。我低头一瞅,赵富宝果然光着油黑腌臜的脚丫。我立即向保安解释说,我们是进去吃饭的,并告诉他吃饭用的是嘴,跟光不光脚丫没有关系。保安说光着脚丫影响客人的食欲。不行,绝对的不行!保安的脑袋摇得跟拨浪鼓似的,他建议我们真要吃饭,可以去别的酒店试试。没办法,我只好领着赵富宝走下金乌街大酒店高高的台阶。一边走我一边埋怨赵富宝,你就穷得连一双鞋也没有了吗?他笑着说天热,穿鞋烧脚。

接下来,我们连续找了几个酒店,都被他们挡在外面。到了最后一家,老板说吃饭可以,要连碗筷一起买下。我说行。老板又说不能在酒店内吃,我说行。于是,我和赵富宝盘腿坐在金乌街的树荫下,开始你一盅我一盅喝了起来。赵富宝坚持要用他的搪瓷钵,他要我把每个盆子的菜往他的搪瓷钵里拨一点,他说你是医生,最知道健康的重要性,他说他虽然没什么病,但无论如何要防患于未然啊。我满足了赵富宝的愿望,碰了第一杯酒以后,我说:"老赵头啊,你念过书是吧?你有文化是吧?"

"认识几个字。"赵富宝把盅里的酒一口饮尽,说,"字又不能当饭吃是吧?"

"怎么不能?"我举例证明说,"想当初,我苟且生是写处方的,是不?处方上写的是不是字?字不仅可以当饭吃,还能够治病救人!"

赵富宝想了想,说:"有道理,有道理。来,我们再干一杯。"

我又喝了一杯,说:"凭感觉,你老赵头以前是个人物哩。"

"啥?还是人物哩!"赵富宝的脸在酒精的作用下变得红彤彤的,他说,"不过会唱几句戏文罢了。"

"戏文?"我一听立即肃然起敬,又给赵富宝斟满一盅酒,一起干了之后,说,"什么戏文啊?"

"嘿,"赵富宝说,"那都是解放前的事啦。"

"来一段我听听?"我说。

尽管我对京剧是外行,但被酒弄得兴奋起来的赵富宝果然起身,在金乌街午后的阳光下,一招一式地比划起来,他来了一段过门,咚咚里个锵,锵锵锵,锵锵锵。随后,一舞他见不到白色的衣袖,用一种沙哑而凄凉的声音唱了起来:

走一步看三步
分不清哪是人间哪是天堂
俺富宝盼娘子
一天天望眼欲穿
看邻人袅袅炊烟
人欢马叫心情爽
怎无奈俺富宝
孤零零一人守空房
娘子……娘子啊
等等俺，等等俺
到天堂
才晓得什么是
糟糠之妻不下堂

苟菲菲

金乌街上的人都说我父亲的脑子有问题。要说问题，可能有一丁点儿。要我说，也就是介于某种有或没有的中间状态。十多年来，他雷打不动地早早起床为我准备早餐，烧饼、油条、豆浆、牛奶、面包，每天都不重样；然后，要严格按照《家常菜谱》精心烹制午餐和晚餐，且一丝不苟地执行一荤一素一汤的标准。说实话，父亲做的菜肴比起母亲来可口多了，绝对的色香味俱全，不像母亲那样粗制滥造，孔小贵就说继娘做的菜一点儿长进都没有，难吃死了。我知道，母亲做菜不是炒而是煮熟的。不分什么菜，到她手里，全部照固有的程序进行，即倒进没有起烟的锅内撩几下，往锅里浇一瓢水，盖上锅盖一煮，算好了。而父亲不同，他蒸煮烹炒，是遵照逐渐烂记心头的菜谱进行的，如同他以前开出的处方一样精确无误。

凭父亲做菜的手艺，谁能相信他脑子有问题？但有时候，他往往会出现一些莫名其妙的举止，又不得不让人感觉他的脑子确实有一点异常。昨天下午发生的事情你说气不气人？他竟然请金乌街的叫花子赵富宝坐在大街上喝酒。要请谁不能请，去请一个叫花子，还津津有味地欣赏赵富宝唱的什么狗屁京戏，你说是不是见鬼了？这件事都是母亲惹的祸，不给便罢，一给，给他一千，这不是找事吗？我早就说过，男人不能有钱，一有钱非得弄点是非出来不可。这就是我要把钱看紧一点的理由，倒不是我在乎那几个钱。没有我从上高一开始当家理财，家里说不定穷成什么样哩。他倒好，一顿饭吃掉三百多，连饭店的盘盘罐罐都买下来。我和饭店老板据理力争："天下还有这种事？在饭店花钱吃饭，不让进屋吃不说，还要花钱买你的盘盘罐罐？"

"他是在请谁啊？"老板不让，说，"他要是请你，我还巴不得呢，一定会把你侍候得美美的，跟上帝一样。你问问大伙，他请的是什么人？一个叫花子！我们的饭店可不是为叫花子开的。"

"都是花钱是不是？"我说，"请谁不是请？叫花子怎么了？叫花子也是人！"

孔小贵在身后扯了扯我的裙子，低声说，少说两句行不行？我说："不行！他这不是欺侮人吗？凭什么要买他的盘盘罐罐？"

"那可是你爸同意的，"老板两手一摊，做出一副无可奈何的样子，说，"他不同意，我敢张口要这个钱？打死我也不敢呀！"

"不敢就别要！"我说，"吃的钱一分不少，我来付。"

老板愣了一下，看到围观的人越来越多，他指着石榴树下的那堆餐具说："这可怎么办？这可怎么办？一堆被叫花子用过的餐具，谁还敢用啊？今后谁还敢来我的酒店吃饭啊？"

一听老板这样嘀咕，父亲不愿意了。他扶着石榴树摇摇晃晃地站起来，对老板说："富宝可没碰一下你的餐具，你没看见他的搪瓷钵和调羹？"

"爸。"我叫道，不满地瞪他一眼，用皮鞋踢出一股灰尘说，"反正我可不想买这堆脏不拉几的东西回家。”

老板显然也是一个精明的主儿，他见我横下一条心，语气缓和了一些，吩咐手下的人找来一把铁锹。一看拿来铁锹，孔小贵不愿意了，他用身子护住我，问老板叫人拿铁锹是什么意思，老板说没意思，没意思。老板的手臂一挥，他手下的人直奔石榴树下的那堆餐具而去。老板说我要把它们砸了，全当花钱听个响儿。

付了餐费，总共三百零五块八毛，我和小贵叫了辆出租车，把烂醉如泥的父亲弄上车时，老板手下的人还在丁丁当当砸着餐具，仿佛不砸它个稀巴烂，难解他心头之恨似的。砸吧，砸吧，要是愿意砸成粉末心里才高兴，你砸好了。出租车开出一段距离以后，我回头从车窗里看到晃晃悠悠的赵富宝，心里立即升起一种想要呕吐的感觉。平时遇上他，金乌街的人谁不是唯恐避之不及；即使往他搪瓷钵里倒饭菜，谁不是捏住鼻子或屏住呼吸，生怕他身上的气味败坏了吃饭的胃口？而车上呼呼大睡的这个人，竟然花钱请他喝酒吃饭！他是在玩扶贫济困，还是在搞终极关怀啊？

回到家，把父亲弄上他住的小阁楼，放下蚊帐，并在他的床头摆了一个塑料盆，好供他呕吐时使用。整个过程，父亲连哼都没哼一下，他喝了多少酒喝到了什么程度，可想而知了。孔小贵问我，苟叔是不是有什么心事啊？天知道他有什么心事。我懒得回答他如此幼稚的问题。我想赶快洗个澡，弄掉沾在身上的酒气。臭烘烘的，难闻死了。

孔小贵和我一起下楼，他的手又隔着裙子在我的屁股上摸了一把。楼梯拐弯的地方，一束紫红色的晚霞通过对面大楼的玻璃反射过来。最近，他老爱动手动脚的，跟我讲一些手机上看来的色情笑话。我明白他的意思，他是在挑逗我跟他上床哩。这样说，尽管直白了一些，但绝对的一针见血。倒不是我这个人不开通，都什么年代了，男女上床的事儿，早就和喝水一样简单了。渴了喝，喝了又渴；渴了，再喝不就完了。说到底那种事儿，不就是肉跟肉愉快地碰了碰吗？都是身上的肉，碰哪儿不是碰啊？但对孔小贵来说就不同了，我不是不让他碰，只是感觉还不到时候。我不知道为什么，追根溯源可能和爱有关，跟想嫁给他有关，跟对他有种冥冥的期待有关。我想，要出于纯粹玩一玩的目的，我对男人的要求并不高，干净、强健，外带看着顺眼，再遇上黯淡一点的灯光，玩一次第二天各奔东西的一夜情，我想我不会拒绝此种诱惑的，一如我拒绝不了夏奈尔时装、欧柏丝化妆品和毒药香水。

“你去隔壁网吧玩一会儿。”我对孔小贵说，“我想洗个澡。”

“我不去。”他说，“我想跟你一起洗。”

“去你的！”我伸手点了一下他的额头，说，“我洗完再叫你过来洗。”

“那好吧。”他做出一个无奈的鬼脸，起身朝隔壁的网吧走去。

屋顶装有太阳能热水器。进入卫生间，我脱掉裙子以后，感觉浑身疲乏无力。我打开水龙头，放了半浴缸热水躺了进去。水很烫。不一会儿，卫生间里弥漫起了淡淡的水雾。我躺在浴缸里，瞧着被水雾弄出的水红色的灯光，脑子像正在播放的盗版影碟，出现一幅幅杂乱无章的画面。画面的景象很不流畅，死机、停顿、闪烁不止的色彩斑斓的马赛克时常出现，但我依然瞧得兴致勃勃，毕竟那是关于我过去记忆碎片的再现。亲历、欣赏、熟悉、咀嚼、回味，应当说是我当时心境的真实表达。看着看着，我的视线就和浴缸周围的水汽一样朦朦胧胧的了。我闻到了阳光透进水中的那种温馨的气味，甜兮兮的，花粉似的刺激着我的嗅觉神经，让人感觉痒痒的，直想打喷嚏。

后来，我想我可能睡着了，做了一个梦。我看见孔小贵不知什么时候，走到了我的浴缸旁边，他坐在马桶上，对我露出一脸的坏笑，意思像是在说，菲菲啊，你不让我进来，最后我不还是进来了吗？我赶紧用毛巾捂住露出水面的乳房，娇嗔地骂他：羞不羞啊你，快给我出去！再不出去我要喊人了啊。喊啊，菲菲你喊，他说我就是要让金乌街的人都知道，我孔小贵和苟菲菲在洗鸳鸯浴呢！什么？什么？鸳鸯浴？我撩起一捧水，朝孔小贵的脸上泼去，我说，你这个坏东西，老实交代，是不是找小姐洗过？小姐？他觍着脸皮问我，你说小姐是什么意思？你心里清楚，我说还不是澡堂子里的小姐。越说越离谱啦，他说，菲菲，你骂人也不能这样骂啊，我要去法院告你诽谤，你知不知道。那你告诉我，从哪儿见过鸳鸯浴的？我说，不会是无师自通吧？看你，他嘿嘿一乐说，是从港台毛片看来的。嘿嘿，不过自觉接受一点启蒙教育而已，而已……真是不好意思，嘿嘿……男人有时候就是这样直言不讳，天知道在欣赏过港台毛片后，他有没有找街头的小姐实践一把。孔小贵笑着，他脱掉佐丹奴T恤，露出强健发达的胸肌。透过浴缸周围温热的水雾，我看到他胸口那簇时隐时现的胸毛。那种诱人的黑色，毛茸茸地挑战着我的视线，让我心跳加快，让我呼吸急促，让我的力气像刺破的气球瞬间飞离了我的身体。

与此同时，我的身体浮出水面，先是平滑的腹部和并拢的大腿，尽管我紧紧闭着双眼，但我脑子里的另一双眼睛，却能够清晰地看到，他的目光正被贪婪、兴奋、战栗、惊奇这些词汇占据着。我能感觉到他的慌乱、他的不知所措，如同凭栏远眺一片美妙无比的风景，不知从何处入眼观赏似的，除了发出一阵愕然之后的赞叹以外，接下来就跟傻瓜一样愣在那儿，与风景一起构成别人目光中的风景了。来啊，我闭上眼睛呼唤着，来啊小贵。悬浮在水面的身体开始了含义逐渐明朗的扭动，宛若溪水中的花蕾，一点点绽开天生丽质的鲜艳欲滴，再被掺进了阳光的风儿轻轻撼动着，那是一种多么叫男人怜香惜玉的情景啊。我就是溪水中的花蕾，正期待或渴望小贵的阳光和风儿的深入和撼动。来啊，我再一次发出深情的呼唤，小贵，你到底来不来啊。显然，我生气了，睫毛上挂上了晶莹的泪珠，可无论我怎么呼唤，他总是站在马桶旁边，被一层不可穿破的水雾阻挡着，和我保持一种永远不可接近的距离。怎么啦，小贵？我叫了起来，声音绝望而怪异，情急之下睫毛上的泪珠滚进了我的嘴角。我第一次尝到了自己泪水咸湿的滋味，我一把扯过和我一起漂浮在水中的毛巾，向他砸去："怎么啦，你这只大呆鹅！"

就在这时候，我的色情洋溢的梦境，被一阵急促的敲门声赶走了。“笃笃，笃笃笃。”我听到卫生间外面传来孔小贵的声音：“怎么了，菲菲？”

“哦，没事，马上就完了。”

“天黑啦。你是不是睡了一觉啊？”

“睡一觉咋啦，我就不能睡一觉？”

“一定梦见我了吧？”

“梦见个鬼！”

我说我梦见个鬼，说完吓了自己一跳。我问自己：真的梦见鬼了吗？要是真有鬼，那也是自己心中的鬼。

应当说，萱草堂在母亲和孔叔的精心经营下，日渐兴隆，创下了不错的家业。但再好终究是一爿店而已，每日开门都是差不多的收入，跟金乌街著名的肉打狗包子一样，再怎么做一天卖出去两千笼海了吧？也不过是两千笼的收入，刨去成本算一算，能做成什么气候？如何把萱草堂做大做强呢？不止一次，孔小贵用类似电视里的著名企业家的口吻，对母亲和孔叔说，唯一的办法是走出金乌街！世界大着哩，他说我们绝对不能成为金乌街的井底之蛙。在我看来，他说，萱草堂守在金乌街二十年了，怎么样？不过是小小金乌街的小小萱草堂而已，尽管小日子过得还不错，但一切都是暂时的，等同仁堂、九芝堂把店开到金乌街，试试看，到时候我真是替萱草堂的命运担心啊。

无疑孔小贵的演说敲动了母亲和孔叔的心弦，好在孔小贵是省中医学院的科班出身，说起来和父亲苟且生还是校友呢。母亲和孔叔同意他的想法，但要求他稳扎稳打，一步一个脚印去做事。母亲说你和菲菲去开拓金乌街以外的市场，萱草堂暂且由我和你爸打理，毕竟我们要靠萱草堂吃饭啊。知我者，继娘也！孔小贵情不自禁地来了一句，引起了我们哄堂大笑。我提醒他别太得意，做生意赚钱没你想的那么简单。闯啊，他拍着胸脯说，闯出一条血路来那才叫刺激呢。

怎么闯？孔小贵和我泡在一起三天三夜，商量啊，弄计划啊，想象啊，构思啊，终于在闯法方面达成一致。一是打出百年老店萱草堂的牌子，占领金乌街以外的城市其他市场，继而扩大到周边省市，主要经营手段是推销萱草堂草药；二是扩张萱草堂，建立加盟连锁店；三是等资金积累达到一定规模以后，建立萱草堂制药公司。瞧着形成文字的图腾书，孔小贵仿佛看到了灿烂辉煌的明天。他一把搂住我，在我的脸上吻着、吸着，把满是烟味的唾沫弄了我一脸。他一边吻，一边用手拉开我裙子背后的拉链，用滚烫的手心抚弄着我的后背，扯动着乳罩的搭扣。扯着扯着，搭扣就开了。

这个时候，我竭力控制着自己，不让身子软下去。我知道女人的身子一软下去，就完蛋了，就要束手就擒了，就只好乖乖地举起双手向男人投降了。我推开他，拢了拢被他弄乱的头发，说："孔小贵，你很内行啊。"

"内行？"他装糊涂，说，"什么内行？"

"解搭扣。"我说，"捏着捏着就开了，你的手上长眼睛啦？"

"我看看。"他瞧着手指说，"天啊，我的手指真是长出眼睛来了啊。"

孔小贵的手指上当然不可能长出眼睛来，那是他胡说八道，逗我玩儿，但他真正的眼睛却瞄准了城市卫生局长兼城市第一人民医院院长莫启河先生。那是一个五十多岁的男人，一身的西装革履，戴一副价格不菲的金边眼镜，与大多数身居要职而养尊处优、大腹便便的男人不同，莫启河的身材瘦条条的，从背影看上去很像日本国的小泉纯一郎。促使孔小贵想起莫启河的原因，是他上中医学院时一个名叫徐山仁的同班同学。这位仁兄曾做过莫启河三年秘书，后来终究撇不下自己的专业，放着秘书不做，做起了城市第一人民医院的医生。徐山仁介绍我们认识莫启河的过程很简单。他事先同莫启河约好，并按约定的时间把我们领进了莫启河的办公室。莫局长，他说这二位是我的同学，想拜访一下您。莫启河从办公桌上抬起头，轻描淡写地扫了我们一眼。徐山仁说莫局长,还有几个病号等着我呢,你们谈,你们谈,我先走一步。说完徐山仁便退场了。孔小贵和莫启河交换了名片。之后,两个人坐在那儿一边聊天,一边吞云吐雾。我在一边赔着笑脸,一种恬静的笑脸。我,自信我笑容的魅力,男人的目光很少能躲过它的诱惑。在他们闲谈的间隙,有那么几次,我敏锐地捕捉到了莫启河朝我投来的目光。他坐在孔小贵的对面,因此他的目光是越过孔小贵的头顶朝我闪过来的。那是一种异样的目光,一次比一次灼热,一次比一次含义丰富,最后他可能实在忍不住了,问孔小贵,这位小姐怎么称呼啊?孔小贵立即起身介绍说,我的未婚妻苟菲菲。好啊,好啊,莫启河转动着皮转椅,说年轻就是好啊。

这时候,我走到莫启河办公桌前,把随身背的露易威登小背包从身后移到前面,利用身子作掩护快速拿出一个牛皮纸信封,塞到他的面前。没想到就在这个时候,他办公室的门突然被推开了,进来一个亭亭玉立的女士。我正担心自己冒失的举动可能引起莫启河的不满时,他没事似的拉开抽屉,正好趴在牛皮纸信封上的胳膊肘往后轻轻一移,牛皮纸信封就滑进了他的抽屉。整个过程水到渠成,浑然一体,简直可以叫天衣无缝。那个女士放下一摞文件夹,说了声莫局长您忙啊便匆匆离开了。他推了推桌上的文件,笑着说:“天天看不完的文件。”

到这种时候,我感觉需要退场了。我让我的脸露出妩媚的笑容,说莫局长,您忙您的,不打扰了。好好好。说着他起身从皮转椅上站起来,目光顺势从我裙子的领口溜了进去。隔着办公桌他把手伸过来。我来不及多想,把露易威登小背包往身后一甩,立即把手递给了莫局长。他的手心汗津津、滑溜溜的,一只手握着晃着,另一只手又搭了上来,握着晃着,他说好好好,恕不远送了。松手的那一瞬间,他稍微使了点劲,让我感觉到了某种力量的存在,却又恰到好处,不至于弄疼女士娇嫩的纤纤素指。这个情场老手!我在心里骂着的同时,作为对他手掌力量的回报,我假戏真做,抛给他一个足可以让他心旌摇荡的媚眼。

要知道,那个牛皮纸信封里装有一万元现金。究竟装多少合适,我和小贵争论了半天,我的意思是细水长流,而孔小贵主张玩就玩它个心跳。没有一把手,他朝我伸出五个手指头,再翻一番,怎么套得住狼?我说等感觉差不多了,再玩个心跳也不迟。说实话,孔小贵给出的数字的确吓了我一跳。我和父亲省吃俭用,五年多来从父亲退休金里扣下的,以及房屋出租的收入,加在一起,还不及他的五个手指头翻一番呢。难道他手指上长出的眼睛真他妈的瞎了?他说,一个手指头,我可送不出手,要送你送。我送就我送,我嗔怒地瞪他一眼说,我还要笑着送出去。大家都看到了,我不仅送出去了,莫启河还握住我的手迟迟不想松开呢。可怜的莫启河啊,就是打死他也不敢相信吧……当他若无其事地将那个厚厚的牛皮纸信封顺进抽屉的时候,我那个露易威登小背包内的针孔摄像机,早已神不知鬼不觉地记录了那个真实的过程。我没有把这个秘密告诉孔小贵,因为在我看来孔小贵虽然具有出色的商业灵感,但缺乏将灵感变作现实的足智多谋。当然,当文火煨肥羊煨到一定火候,我会给他一个意外的惊喜。我要用现实告诉他,离了荀菲菲,萱草堂的未来可能是纸上谈兵。针孔摄像机是我购置的,送出去的是萱草堂的。不是我故意要把事情分得如此之清,毕竟我和母亲与孔小贵之间有着一种常人没有的特殊关系。我想个中的道理不言自明。我荀菲菲嫁进萱草堂绝不是吃白食来的,我有投资,可能还是最为关键的投资。针孔摄像机很小,位于背包的最底层,针眼大小的摄像头隐藏在露易威登小背包底层顶端的某个地方。在强烈的一片红色之中,一般人根本意识不到那个陷阱的存在。而露易威登小背包的上层,填满了我的粉饼、香水、唇膏、睫毛夹、退毛剂、口香糖、梳子、纸巾、卫生巾之类的东西。当然,后来又添进了避孕药膜和安全套。而孔小贵最大的好处是不翻女人的包,那些日子,他天大的心事是如何啃下莫启河这块坚硬的骨头,连平时骗我哄我的热情也随之降了温。

怎么样？他对我抱怨说，我说要玩玩个心跳，你就是不信！我说，你就知道急，急有什么用？没听说过吗心急吃不了热豆腐。啊，热豆腐，孔小贵说着上来一把将我拥进他的怀里，脸贴着脸和我耳鬓厮磨，他说我多想尝一尝菲菲的热豆腐啊。他的身子紧贴着我，隔着薄薄的裤子他用下身凸起的部分，来回在我的腹部摩擦、移动，像鼓槌一样敲击着我的心房，不停地冲撞着我的感觉，一点点撕裂着我固守多年的马其诺防线。我呼吸急促，把脸颊紧紧靠在他毛茸茸的胸口，一边倾听他强健有力的心跳，一边嗅着蕴藏在皮肤毛孔中的气息，热烘烘，犹如窗外灼热的阳光炙烤着我的感觉。我流泪了吗？可能，那会儿我一定抬起泪水涟涟的眼睛，看到孔小贵气喘吁吁的嘴巴和他那种过度扭曲的脸颊。到这种时候，一个健康女人的身子不软才怪呢，那是一种无法拒绝的软，那是一种控制不了的软，那是一种令人心颤的软。为了提防那种软来得太快，我举起双臂环抱着孔小贵长长的脖颈，递上嘴巴一刻不停地吮吸着他烟味浓郁的舌尖，用轻盈的身子主动迎合着孔小贵，积极配合着来自他凸起部分的摩挲和敲击。“来吧，小贵。”我喁喁私语，“来吧，小贵。”男人有时候就是那么脆弱，那么不堪一击，不就是在莫启河那里受到一些挫折，不就是一来二去同莫启河混熟了，还奉献上了五万块现金，至今没有得到起码的投资回报吗？孔小贵听到我的私语后，惊诧地瞪大眼睛，问我：“真的吗？”

当然是真的啦。我近乎放荡地引导着孔小贵，一点点朝身后的布艺沙发移去。那是在萱草堂二楼的一个房间，房间的四周摆满了孔小贵的医学书籍。时间是午后一点。一片令人眩晕的阳光，透过茶色玻璃照进来，弥漫在色彩艳丽的布艺沙发上。阳光里悬浮着数不清的尘埃，猛地望去，布艺沙发上的阳光，如同金光闪闪的纱帐。走进纱帐……走进布艺沙发……还等什么呢？那一刻我的身子云一样悬浮在阳光之上，开始了某种生动无限的云舒云卷；恣意、夸张、起伏、震颤，心甘情愿地接受来自孔小贵的阳光一般通体透明的馈赠、渗透和浸润。我想我快要疯了，可疯狂中暗藏着清醒，趁他不注意的时候，我的手接近了布艺沙发上的露易威登小背包，掏出一个安全套，黑色的。我喜欢黑色。用牙轻轻一咬，扯开，我对他说戴上！没想到他吃惊地看着那个黑色套套说："不戴，第一次，我可不想穿着雨衣洗澡。"

什么话？仔细想一想，他的话倒也有几分道理。毕竟是第一次，还隔着一层。第一次发生肉跟肉碰一碰这种事情儿，还隔着一层，多对不起孔小贵，对不起我们之间的爱情啊。好在露易威登小背包里还有药膜。我取出来递给孔小贵，告诉他轻轻放进去，别弄疼了我。

"菲菲，"他用嘴唇轻轻含着我的耳垂，说，"我来了。"

有第一次就有第二次。如同露易威登小背包内的针孔摄像机一样，不真实地记录那种事情，闲置在那儿，说什么也是一种莫大的浪费。它已经被我使用了五次，每次觐见莫启河先生，我总要它陪伴着我。这种隐秘的拍摄，带给我的是一种类似偷情的快感，想不做都难。我弄不清莫启河对于进贡的无动于衷的笑纳，和女人尝了性事的鱼水之欢的滋味有什么异同。要命的是，我一向引以自豪、号称固若金汤的马其诺防线，在孔小贵过于猛烈的火力轰炸下，彻底崩溃了。那种令人销魂的波涛，无时无刻不在惊涛拍岸，冲击着我脑海的堤岸。

而恰恰在我最需要孔小贵的时候，他要去云南大理出差了。云南大理是萱草堂固定的货源地。萱草堂平时与那边联系靠的是电话、传真和银行往来。最近一个时期，那边不知出了什么问题，供货总是拖拖拉拉的，弄得母亲和孔叔坐卧不宁。于是，母亲决定要孔小贵过去看看，和那边的药商走动走动，加深一下感情，顺便发一批货回来。原本我是准备和孔小贵一起去的。去香格里拉、丽江古城、玉龙雪山看看，来一次向往已久的罗曼蒂克之旅。但我的想法遭到母亲的强烈反对，她说你不在家守着你爸，说不定还要弄出什么乱子来呢。事实证明，母亲的担心并不是什么空穴来风。不知从什么时候起，父亲老是往隔壁杨小玲的网吧跑，一泡一天的情况屡见不鲜。渐渐地，我发现父亲瞧杨小玲的目光有一些异常，甚至还有一点发呆的意味了。

最近，金乌街文化市场的管理部门，对网吧的管理越来越严，明确规定未成年人不得入内。杨小玲的金色年华网吧，一向是靠未成年人而生存的。那些金乌街的学生，每每下课或遇上礼拜天，都要在金色年华网恋、聊天、斗地主、玩游戏，不停地消耗着他们水一样多的金色时光的同时，也在向杨小玲提供着一份相当不错的收入。

杨小玲芳龄二十三，比我大一点。她不是金乌街的土著。她家住在城市的北郊，父母是一家制药厂的下岗职工，家境很不宽裕，还有一个弟弟在念大学。她开网吧挣的钱，除留一些生活费和零花钱以外，一部分补贴家用，一部分供正在念大学的弟弟。十八岁那年开始，杨小玲和一个比她大十岁的男人非法同居了一年零三个月，后来那个男人不知从哪儿弄了一把猎枪，学张君冒天下之大不韪抢了一把银行，没料到马失前蹄，被城市行动神速的警察当场击毙街头。随后警方调查证实，整个事件与杨小玲没有丝毫关系。男人火化的那天，杨小玲悄悄地潜入了男人的亲属队列，目睹了整个尸首化作灰烬的过程。走出火葬场，瞧见那个曾经叫她又恨又爱的生命化作缕缕青烟升入蓝天之后，杨小玲就毅然决然地离开了生她养她的城市，走了，去了经济发达的南方某个城市。对于她闯荡南方的经历，杨小玲从未向我提起过，不提，一定有什么难言之隐，当然我也不便追问。不管怎么说，她租下我家的房子开网吧一年多来，我们相处得不错。她是一个十分守信用的女人，每月准时把房租交到我的手里，从不拖拖拉拉的。引起我注意的是，一年多来她那个位于父亲隔壁的房间，从来没有一个男人出入。在没有体味到性事醉人的魅力以前，我感觉独守空房并不怎么可怕，但自从马其诺防线被孔小贵突破之后，寂寞孤单的杨小玲自然就引发了我的同情和怜悯，尤其是在金乌街文化稽查人员将正在金色年华上网的少年儿童清理出网吧的那个下午，我从杨小玲的脸上看到了无奈、焦虑和无所适从的表情。

面对稽查人员可能出具的巨额罚款，杨小玲苦苦哀求，她说少罚点吧，就是罚得网吧倾家荡产，我也交不出这么多钱啊。稽查人员可能被杨小玲的泪水打动了，他们说看你认错态度不错，这样吧，罚一千允许你正常开业。如果下次再发现娃子进来，到时候就别怨我们不客气啦。好好好，杨小玲露出一副感激涕零的表情，赶紧走进网吧后头的小黑屋子，爬上木梯，上小阁楼提下一个小黑包。小黑包里面装的全是一元、二元、五元的小票子。稽查人员瞧着又脏又破的小票命令杨小玲去银行兑换成大的。这时候站在一边的父亲出面打抱不平啦，他指着杨小玲的那包小票责问稽查人员："你敢说它们不是人民币？"

"我们谁说它们不是人民币啦？"稽查人员中一个胖子声色俱厉地说，"苟疯子，这个地方轮不到你啰唆，装什么装啊？就是烧成灰，我也能把你苟疯子认出来！"

"哈哈哈。"父亲不但没有生气，还鄙视地瞅了他们一眼，说了声你们等着，就上了他的小阁楼。下楼的时候，他颤颤巍巍的手里捏着一把钱。这一定是父亲的私房钱，上次母亲给他的钱，自然被我没收了。我对他说，母亲给的还是你的，我不会花一分一厘的，你放心好了。没了，再问我要，一次一百。给多了，说不定你还要弄出什么乱子呢。而这会儿，父亲竟然捏着一千块水红色的百元大钞，"啪"地拍到桌子上，说："不就是钱吗？我苟疯子给你们。不过，以后说话要有说话的样儿，嘴是用来吃饭说话的，不是用来放屁污染环境的！"

胖子受到父亲的嘲弄，正想上来再理论几句，被他身后的同伴挡住了。显然那个人是他们的领导，他将胖子拨拉到一边，接过桌上的罚款，笑着对父亲说："这老先生的话中听。我看批评得对，批评得好，批评得及时。谁以后再敢胡说八道，别怪老子不客气！别以为老子不敢开你们，谁以后再动粗，老子第一个开他娘的。老先生，不好意思，公务实在繁忙，劳驾你老人家代交啦。余下的事你们算账，你们算账。"

金乌街目睹这场稽查风波的人，都说苟大夫的脑子的确越来越清爽啦。这年头，群众的眼睛越来越亮，他们心里的一杆秤，能够称出好坏、是非的分量。如果把稽查胖子和父亲的话放在一起，傻子都能够分出谁他妈的是疯子。

接下来，杨小玲擦干眼角的泪花，锁上网吧的木门，提着小黑包去附近的银行兑换了大票子，回来数出十张给父亲。父亲接过票子说：“小杨啊，有什么困难尽管张口好了，好歹邻居一场，是不是啊？”说完父亲扭过脸，冲坐在一边的我微微一笑，又说，“是不是啊，菲菲？”

“当然。”我坐在门口的石榴树下，对杨小玲说，“我爸说得对。有事吭一声，千万别客气。”

杨小玲搬个椅子坐了过来。网吧被人一查，里面空空如也，客人都跑光了。坐到石榴树荫下的杨小玲心平气和了一些。染成栗色的长发随意地披在她浑圆的肩头，脖颈上挂着一条细细的铂金项链，与所有视美如眼睛一样珍贵的城市女人不同的是，杨小玲胸口吊着的不是色彩迥异的宝石，而是一个令人心惊的黑色的骨雕骷髅头。

我拨弄着手机，顺便瞧一眼躲在杨小玲乳沟里的小骷髅头。原本应当闪烁珠光宝气的地方，吊着一个苍蝇似的玩意儿，怎么看怎么刺眼。父亲进屋去了，可能要去准备晚餐。临走时他静静地站在屋檐下，眼珠一动不动地盯着对面楼房的屋顶。顺着他的视线望去，对面屋顶除了几株随风摆动的蒲公英以外，就是湛蓝的天空和一些旧棉絮似的云彩了。我看着杨小玲，她微微一笑，那笑容中多了苦涩的成分。她说菲菲，要真不让小孩进了，这网吧可能办不下去了。没事，我说活人还能叫尿憋死？瞧你说的，她抬起眼睑看着我说，说不定什么时候人就会被尿憋死的。嘿，我说小玲，为什么不找个人嫁了，我说金乌街有句话你知不知道，学得好不如长得好，长得好不如嫁得好，小玲姐你这么漂亮，嫁它个钻石王老五，还愁今后生计？咯咯咯，杨小玲掩嘴而笑，说，菲菲，你真的不知道，如今呢，嫩的有力没钱，老的有钱没劲。不说嫩的，说老的。这老的啊，讲究的是家中红旗不倒，外面彩旗飘飘。哎，我朝杨小玲侧过身子，嬉笑着在她的耳边说，杨姐，要有人出一万一个月包你，你敢不敢干？去你的！她伸出拳头擂了我肩膀一把，反问我说，你敢不敢？我瞧着金乌街渐渐黯淡下来的阳光，说：

“敢,闲着不是闲着?”

正说着,挂在胸口的手机响了,响声来自我挺拔的乳房之间。我不喜欢把手机炫耀在衣服外面。我喜欢它和项链一起吊在深深的乳沟里,走起路来一晃一晃的,会给我带来一种愉快的碰撞,如同上帝之手抚弄着那片曲线别致的皮肤。电话是莫启河打来的。一听是他的声音,我立即离开杨小玲,离开金乌街 68 号,向萱草堂的方向走去。把孔小贵送上火车以后还没出车站月台,我便拨通了莫启河的手机,对他说如果方便的话,想约他出来吃顿饭。当时他说好啊,菲菲,他说这两天实在太忙,到时候我请菲菲小姐啦,不知给不给面子啦?那我等着好啦,我说到时候我会给你一个惊喜的啦,莫大哥。那天打完电话,仔细一想吓了我一跳,不仅匆促中叫着甜甜的酸酸的“莫大哥”,还要给他一个惊喜,一个什么样的惊喜啊?鬼才知道呢。在焦虑地等待莫启河电话的过程中,有一个念头遏制不住地蹿出我的脑子,跟秋千似的在我眼前荡来荡去。牌终究是要摊的,我想,牌无论如何是要摊的。一边走一边打手机是金乌街的时尚,我走出一段距离,又退回来的时候,正好说到回头见。

“好好,再见。”我“啪”地合上手机,塞进领口对杨小玲说,“烦死了,非得要我去赴宴。”

“哟,有人请吃饭还烦呢?”杨小玲的心情好多了,她冲我一笑说,“肯定是位先生吧?”

我冲她做了个鬼脸,含义不明地笑了笑,只身回屋洗了澡,换了内衣和裙子,又坐在梳妆台前化了妆,整个过程一气呵成。瞧着镜子里漂亮的人儿,我眨巴着眼睛,怎么看怎么不像自己,倒像一个过于妖艳的日本艺伎。我侧过身子,瞅了瞅身后裙子的效果。夏奈尔鹅黄色的裙子利用自身的重量,恰到好处地勾勒出了美妙的臀沟。透出裙子而来的是范思哲牌紫罗兰色的内裤;而粉黛尔浅黑色的丝袜,更是将高跟皮鞋上摇曳多姿的两腿儿,修饰出令人眩晕的光泽。随后,我对着镜子,朝腋下、颈部、发际、胸部和内裤上喷了点毒药牌香水。面对焕然一新的人儿,镜子里的苟菲菲满意地笑了。我挎上露易威登小背包,正准备出门的时候,父亲走了过来,他说:“怎么,要出门?”

“爸,你自己吃吧。”我说,“我出去有点事儿。”

“哦,早点回家啊。”

“嗯。”

“菲菲。”父亲站在门槛上叫了一声,露出一副欲言又止的样子,他说,“今天,你真是漂亮极了。”

“漂亮吗?”我一扭身来了个一百八十度的大转弯,轻轻咬着下唇问父亲。

“嗯。”

这时候,金乌街的天色黯淡了下来,两边的街头亮起了霓虹灯。我招手要了辆出租车,对司机说:“雪狐大酒店。”

出租车司机放下计价器正准备走时,我回过头,一眼看到了父亲。他依旧站在金乌街 68 号屋檐下。父亲扶墙而立的身影,看起来有点儿佝偻,有点儿灰暗,有点儿弱不禁风,宛如一张风吹雨淋后依然挂在墙上的告示。

雪狐大酒店的嫣红厅,位于这座城市标志性建筑的第十八层。从窗口望出去,城市错落有致的灯光星星点点的,花朵一样绽放在毛茸茸的夜色里。嫣红厅屋顶数不清的玻璃球葡萄似的垂挂下来,玲珑剔透地辉映着金黄色的灯光,把整个餐厅照得通体透亮,金碧辉煌。嫣红厅的小姐推开门,将我引进的时候,莫启河正站在窗前眺望着城市的夜色。他笑着迎上来,握住我的手,说:“菲菲,迟到了啊。”

“怎么?”我把露易威登小背包挂在衣架上,回眸对他嫣然一笑:“等急了?”

“小姐,上菜。”莫启河坐下,对嫣红厅的小姐说。

我在他对面坐下。他说没征求你的意见,先把菜点了,到时候不合口味,只好劳驾菲菲小姐亲自点啦。我颔首微笑着,朝一向自信的莫启河送去恰如其分的秋波。菜很快上齐了，六菜二煲。小姐报出的菜名，平时我听都没听过。什么阿拉斯加海狗啦，日式澳洲龙虾三吃啦……冬虫夏草乳鸽煲啦，马来西亚燕窝煲啦。瞧着面前精美绝伦的艺术品，我实在不忍下箸破坏那种带给视觉的美好感受，我说："这是菜吗？能吃吗？"莫启河的身子往后一仰，哈哈大笑起来。他举起面前斟满玛爹利的玻璃杯，和我碰了一下，说："小姐，需要的时候，会叫你的。"

小姐退出了嫣红餐厅，轻轻把门带上。莫启河端着玻璃杯，慢慢靠近嘴唇，他的目光透过镜片兴奋地朝我的脸上投来。我稍稍吮吸了一口杯里的酒液，在心里反复提醒自己，菜可以多吃，酒万万不能喝多。

"再来一点，"莫启河举着酒杯，一口饮掉了一半，他笑着说，"喝得太少了。"

"怎么样？"我又抿了一点说，"够了吧？我不能喝，一喝脸就红。"

"红了好啊，什么叫艳若桃花？"他说，"至少把胭脂省了啊。"

"还是多吃少喝吧，莫局长。"我起身拿起勺子盛了一碗燕窝羹，递给他说，"我饿得肚子咕咕叫了。"我起身弯腰给他舀煲里的羹时，他的目光溜了过来，我能感觉到那种目光的热量。他的目光最初落在我圆润、肉感的手臂上，随后沿手臂向上，滑过我的肩胛，最终溜进了夏奈尔裙子的领口。吊在胸口的手机似乎理解了他的心思，在我作俯身动作的时候，手机利用自身的重量把领口的缝隙撑开了许多。他接过小碗，目光依然无法离开我的领口，他说："菲菲，今天你真是漂亮呆了。"

"真的？"我故意整理了一下领口，意在告诉他，刚才他的目光我感觉到了。我端起酒杯，走到他跟前，同他轻轻碰了一下，说："为了你的好听话，小妹说什么也要敬你一杯。"

"好啊。我喝酒怕冷场。"他正准备站起来喝时，他的肩头被我一只手轻轻摁住了，我说，"莫大哥没听说过吗，屁股一抬喝了重来？"

"啊，站还是要站的嘛。"站起来，他接过酒杯，目光再次居高临下地直接闯入夏奈尔裙子的领口。他一定看到紫罗兰色的文胸了吧？这次，闯入领口的目光来不及多作停留，莫启河就把那种过于灼热的目光收了回来，瞧着我鼻尖说："站着喝一半，坐着喝一半好吗？"

一口气他把杯里的酒喝干，趁我再次给他斟酒的时候，他的手鬼鬼祟祟地伸进了我的裙子。我突然一惊，扭了一下身子，把瓶里的酒洒到了桌上。我的身子趔趄了一下，手握酒瓶对莫启河娇嗔地一笑说："一杯不成敬意，一条腿不能走路。好事成双。这一杯，我陪你干了。"

"说的是真话？"

"当然。"

我真的喝了满满一杯。随后，我们开始品尝面前的美味佳肴，吃着吃着他的椅子就一点点移到我的身边。他夹起一筷白嫩的澳洲龙虾肉，蘸上日本芥末，说菲菲，捏着鼻子，张开嘴巴。他把澳洲龙虾肉递进我的嘴唇，又说快闭上嘴，别喘气，轻轻地嚼。啊，对，就这样轻轻地嚼，小心呛出眼泪啊。我像一个听话的小学生，按照他的吩咐去做。毕竟，我第一次吃这种东西，压根儿不得要领。一股芥末浓郁的气味窜进我的鼻腔，直冲我的嗅觉深处而来，我忍不住立即低下头，抓过一张餐巾纸，捂住嘴巴，打出了一个响亮的喷嚏，随后就咳了起来，眼泪、鼻涕像开了闸的洪流喷薄而出。哈哈哈，莫启河笑着拍着我的后背，说还真呛着啦。咳了一阵，我捂着鼻子抬起头，顺势倒进了他的怀里，伸出小手捏了捏他的鼻子说："都是你干的好事！"

"来，再喝一杯顺顺就好了。"莫启河端起酒杯，递到我嘴边。我一点点吮吸着，那种滋味犹如吮吸孔小贵的舌尖，淡淡的苦涩背后有一种强烈的迷醉，深深地将我裹了起来。我感觉身体内部有一股气流在回荡，在奔突，在喧哗。我吮吸着，一面像婴儿那样吮吸，一面感受着一只手十分骨感的抚摸。那个时候，我可能缓缓地闭上眼睛，也可能让自己的睫毛挂起了晶莹的泪花。眼前这个男人的手指也和孔小贵的手指一样长着眼睛吗？隔着手感柔软的夏奈尔吊带裙，那只手越过挺拔的峰峦和沟壑，走过平原，最后停留在一片曲线优美的山丘，轻轻摩挲出一种微风掠过林间的沙沙声。再往前……啊，我突然睁开眼睛，透过泪帘，用雾一样朦胧的视线，睨了一眼这个额头有着深深皱纹的男人，一口将杯里剩下的酒液吸进肚里。此时此刻，我捉住那只欲罢不能，还想得寸进尺的手说："我的脸喝红了吗？"

"灿若桃花。"

"真的？"趁他不注意，我一个鹞子翻身，离开了他的怀抱，站起来侧身对莫启河说，"你知道，莫大哥，萱草堂……啊，怎么说呢，陷入困境了啊。"

"没有吧？"他的手再次伸进我的裙子，在我光滑的大腿上摸了一把说，"我派人调查过啦，萱草堂在金乌街很有名气啊。和这样讲诚信、讲质量、讲信誉的老字号药店建立长期合作关系，正是我求之不得的事情啊。"

"这么说，你同意啦？"我忘乎所以地扑在莫启河的肩头，张开红红的嘴唇，轻轻地含着他火热的耳垂说，"什么时候能签合同啊？"

"这不是简单嘎嘎啦。"莫启河摸出一支烟，我立即抓起打火机，打着点上。他慢慢吐出一股没完没了的淡青色的烟雾说，"那不是想什么时候签就什么时候签啊。"

"真的？"

"真的假不了，假的真不了。"他说，"我的傻妹妹。"

"又逗我玩不是？"

"怎么叫逗你玩呢？"莫启河一手搂住我的腰肢，一手端起面前的酒杯，示意我再喝一口。这种时候，我当然要喝了。合同是我和孔小贵梦寐以求的，马上就要签了，还不值得好好庆祝一番吗？我顺势坐到莫启河的膝头，笑着含起一口玛爹利，慢慢仰起脸，示意他张开嘴巴。莫启河的嘴巴张开了，露出生满烟垢的牙齿和一个黑黢黢的洞口。我的嘴唇噘起一个小小的圆圈，嘴巴稍稍一用劲，从我两个洁白的板牙之间的缝隙里，蹿出一股深红色的玛爹利，直奔莫启河的嗓子眼而去。兴许我这个性感而漂亮的动作一下震住了莫启河，他立即瞪大眼睛，慌乱中明白了那股酒液所创造出的惊艳之后，他就开始某种真实的品尝了。品尝完那股涓涓而来的酒液，他说："菲菲，我想听听你的意见，第一批订多少啊？"

"至少，"我瞧着他的眼睛，极力开动脑筋，快速琢磨他的意图，最后想起曾和孔小贵私下议论的数字，对初出茅庐的我们而言，那绝对是一个天文数字。我伸出一只手，学孔小贵的样子在他的眼前翻了一番，说，"至少得这个数吧。"

"哈哈哈，"他走到衣架那儿，手在墙上拧了一下，一扇房门就打开了，他说，"请进，菲菲。绝对的商业秘密，进屋谈。"

那一刻我什么都明白了，莫启河设计了一个美丽的陷阱。吃饭、调情、合同、房间、席梦思大床……这些毫不相干的词汇，当它们突然展现在我面前的时候，它们就像春天的花园，那么姹紫，那么嫣红，那么繁花似锦。我取过露易威登小背包，屁颠屁颠地尾随莫启河清瘦的背影，走进了那个房间。谁能放弃走进那个房间的机会？我不能。多少天来，多少年来，我盼啊盼啊，眼睛都快盼瞎了啊！我等的不就是这么一个短短的瞬间吗？门，我进去了。门，"啪"的一声扣上了，清脆得如同上帝之鸟的一声啼鸣。莫启河半躺在红色的真皮沙发上，朝我招了招手。于是我摇晃着猫步，走过厚厚的充满古典情调的波斯羊毛地毯，坐到了莫启河的腿上。他一手搂着我，一手移到裙子的背带上。这种时候，夏奈尔长裙充满灵性地滑了下来，一对被范思哲文胸修饰得十分挺拔的乳房，便一览无余地呈现在莫启河的面前了。

我顺势移动身子，正面搂住了他的脖颈，瞧着桌子上的一个黑色公文包，说："我想，合同一定在包里吧？"

他侧身打开黑色公文包，取出合同文本，翻开第一页，我的眼睛顿时闪出一道雪亮的光芒，犹如划过乌云密布的天空的闪电，立马捕捉到了那个让人目瞪口呆的数字。真的，呈现在我视线深处的是一个平时我想也不敢想的数字：三千万。天哪，三千万。三后面七个零啊，我的天哪。差一点，我就要惊叫起来了。所幸的是，正当那股情不自禁的气流喷到我嗓子眼的那一瞬间，莫局长，莫院长，莫启河，莫先生，莫大哥，他、他、他递上的嘴巴正好堵了上来，紧紧贴在我的嘴唇上。惊叫的声音是被堵回去了，可那股疾速奔来的气流并没有消退，而是天马行空，奔腾不息，弄得我的身子筛糠似的抖动不止。菲菲，他离开我的嘴唇说，去洗个澡吧。不，我撒了个娇，说，要洗一块儿洗嘛。哈哈哈，鸳鸯浴，他玩笑似的说道，知我者菲菲也，我最喜欢鸳鸯浴啦。

"真的?"我轻轻地一跳，离开他的身子。夏奈尔长裙水似的流到地毯上。我走出脚下那片美丽的色彩，伸出手，一把将莫启河从沙发上拽了过来。

不论从哪个角度去感受，浴室都是一个奇妙而充满艳情的地方：温热的水雾，橙红色的灯光，纵情歌唱的哗哗热水。巨大的圆形浴缸像一个小型游泳池，给我们提供了足以施展才华的舞台。兴许是出于一种本能的羞涩，当我褪去内衣，把露点的身体彻底暴露在一个陌生男人的目光里的时候，没等他作出丝毫反应，我就跳进了那个天蓝色的巨型浴缸。水雾中，脱了衣裤的莫启河，没有了往日的气派，他腆着微微隆起的小腹，一步步地朝我走来。正当他弯下身子小心翼翼接近浴缸的时候，我顽皮地浮出水面，一把将他拉进了浴缸。溅起的水花，顷刻间淹没了我们的身体。莫启河显得有点急不可耐，一下水，他就紧紧搂住了我。我要了一个小小的花招，身子朝水中一缩，就轻盈地逃过了他环绕上来的手臂，鱼一样自由地溜走了。来回玩了几次，莫启河多少有点愠怒了，他"噌"的一声蹿出水面，站在浴缸中央，脸上带着往日的威严叫了起来："菲菲，你在哪儿……"

"在这儿呢。"我浮出水面嬉笑着叫道。而这个时候，搁在浴室洗脸池上的露易威登小背包正在拍摄，它要记录下我和莫启河先生鱼水之欢的全过程。过一会儿，上席梦思大床前，一定先把合同签了。我想，一定要把整个过程拍摄下来。事情和我预想的一样，出了浴室，在莫启河喜形于色的引导下，我们签下了合同。随后，我们开始在那张舞台一样宽阔的席梦思床垫上，翻云覆雨，雷电交加了。属于我的合同文本，此刻正在露易威登小背包里，瞪着两只迷人的小眼，瞧着针孔摄像机呢。在莫启河的身上，我扭动着腰肢，丝绸似的恣意飘动着；我听见了我的喘息，感觉到了胸前手机的跳动。我想，那个时候的苟菲菲出色的表演，一点也不比孔小贵后来让我观看的港台毛片中的女主角差。幽暗的灯光下，莫启河先生瞪着醉意蒙眬的眼睛，正“叶儿叶儿”享受着性的快感，他一遍又一遍叫着：“就这样……就这样……我的菲菲，我的心肝，我的小鸟儿……”莫启河先生的表现，让我十分满意。正当那种名叫高潮的东西来临的那一刻，晃在我乳房中间的手机突兀地响了起来。

电话是孔小贵从大理打过来的。那一瞬间，我俯下身子，用乳房抵住了莫启河正叫唤着的嘴巴。孔小贵问我，菲菲忙什么呢，哼哼唧唧的？

“耳朵有毛病啊？”我兴奋地尖叫起来，“没听见我正在签合同吗？”

耿阿茜

吃完饭，阿贵照例和往常一样，拿来销售的流水账和现金，走进卧室，坐在幽暗的灯光下，和我一起盘点萱草堂一天来的经营情况。算完账后，他坐在椅子上没多久，一对藏在老花镜后面的眼睛就一眨一眨有了睡意，呼吸也随之变得粗重起来，时不时公鸡似的来一两声响亮的呼噜，弄得人一惊一乍的。我把现金锁进床头的保险柜，以便明天一早存进银行。不知从什么时候开始，他养成了这种似睡似醒的坏习惯。每逢遇到阿贵的这种状态，我对付他最好的办法就是咳嗽。“嗯哼”这么一咳，阿贵的身子准要一激灵，然后对我露出尴尬笑容，说：“怎么又睡着啦？”

“老头子，”我坐到他的身边，低声说，“你说说，小贵和菲菲怎么一夜之间,就把萱草堂弄出这么大的名堂来了啊?”

“市场经济嘛,”阿贵垂下的眼皮猛地往上一挑,闪出一道光亮,他说,“不就是这个样子嘛。”

“别不懂装懂。”我说,“你跟我讲讲什么叫市场经济。”

“嘿嘿。”他笑着扶了扶滑到鼻尖的花镜,有点不好意思地说,“我心里知道是啥,嘴上还真说不出来。”

“就知道睡!”我白了阿贵一眼,拿来枸杞、红枣、当归、冰糖、天麻、茶叶,给他泡了一杯茶。阿贵喜欢喝这种甜兮兮的玩意儿。然后,接着唠叨他说:“一辈子你就学不会操心这件事。”

“活着有你阿茜操心,死后有小贵、菲菲他们操心。”他说,“落个轻松自在有什么不好啊,我的老婆。”

“去你的。”我捂住他的嘴,娇嗔地瞪他一眼,“你就不能拣点好听的说?今后再从你嘴里听见一个‘死’字,甭怪我耿阿茜不客气啊。”

“好了好了,我不说好了吧。”他啜吸着热茶,弄得“滋溜滋溜”直响。应当说,阿贵是个很不错的男人。他忠厚老实,三拳头打不出一个响屁来。他的父亲孔祥龙原先是金乌街荀氏家族大药房的学徒,新中国成立后开了一爿名叫萱草堂的小药店,一边开店维持生计,一边言传身教于阿贵。“文化大革命”后期,小药店关门,阿贵上山下乡走了,在乡下娶了个农村女人,生了独子孔小贵;十一届三中全会以后,萱草堂重新开张营业没两年,那个女人得了一场病,抛下阿贵爷儿俩和正日渐兴隆的萱草堂,走了。“那是一个苦命的女人。”孔阿贵说起前妻总是眼泪汪汪的,他说,“跟着我,她没过几天好日子。”有时候我想,人肯定是有命的。要不是荀且生的脑子有了问题,被金乌街人民医院劝退在家休息,就是做梦我也想不到要嫁给孔阿贵啊。那个时候,荀且生一个月的退休金才二百来块,日子过得捉襟见肘,身上连一条像样的内裤都没有,更别说衣裳了。一年到头除了春节时给菲菲做一身新衣裳,我时常要回娘家凑点,才可以过一个像样的节日。那些年一到晚上,我就以泪洗面,偷偷在被窝里哭啊哭的,从没一个知心的人安慰过我一句。苟且生赋闲在家,成天什么事情不做,只知道躲在小阁楼里写啊,画啊,要不抱一本砖头一样厚的书,在那儿啃啊啃的,啃什么呢?写什么呢?画什么呢?天才知道!他说他的脑子没毛病。可能吗?病是金乌街人说出来的吗?是我耿阿茜说出来的吗?请大家开动脑子想一想,一个人可以两耳不闻窗外事,一心只读圣贤书,可能吗?对苟且生来说,这种状态可是跟金乌街的日头一样真实,一样日出日落没有丝毫变化。他躲在小阁楼里,除了吃饭下楼,一天里从不跟我说一句话,晚上还不跟我睡一张床,十二年前我耿阿茜还不到四十岁啊,就让我一个人守活寡?有一次,我实在忍不住了,走进他的小阁楼,一面抚着他油腻腻的头发,一面用胸脯顶着他的后背,贴在他的耳边深情地叫了一声:且生!嗯?他的头连抬都不抬,问我你来做什么,没见我忙着呢?我忍着没生气,哼哼地晃动着身子,脱掉衬衣,把一对白生生的奶子暴露在他面前,轻声说,且生,我想你了嘛。他吃惊地转过身,目光轻描淡写地扫了我一下,说了一句让我暴跳如雷死心塌地要跟他决裂的话。

他说:“少来这一套,色诱我干吗?”

你听听,这是人说的话吗?这是正常人说的话吗?他比我大五岁,四十四五的样子,正是虎狼年纪,他一点不想床第之事,谁有什么办法?我总不能去强奸他吧。他不想,我想。我不惧怕金乌街的人说我耿阿茜是个坏女人,谁愿意啰唆,让他啰唆去好了。人有时候心一横,想写一个“八”字,不是多难的事情。于是,我三天两头往萱草堂跑,眼里瞅准了急需填房的孔阿贵,一个有心,一个有意,都是熟男熟女,没几天我们就在一个床上滚来滚去的了。阿贵虽然头发少了些,露出亮闪闪的脑门,显得有点老相,可他身体很好,头一回上床竟然要了我三次,弄得我后来都有点心痛了,摸着他汗津津的额头,劝他说:“别贪啦,留着青山在,还怕没柴烧?”

其实,我这个人对过日子的要求并不高,唯一的要求就是顺气两个字。说良心话,与苟且生结婚后最初的日子,我是顺气的,还可以说是心满意足。年轻的时候，我耿阿茜可是金乌街有名的美人儿，不是自我吹嘘，是金乌街公认的。十八岁那年，我家的门槛都快被提亲的媒人踏破了，其中不乏官宦子弟，但都被我拒之门外。因为那个时候，我心里早已把苟且生塑造成一个完美无缺的白马王子了。每一天晚上年轻的苟且生不请自来，在我的梦里秋千似的晃来晃去，晃得我心神不宁，辗转反侧到天亮，就迫不及待地走进金乌街人民医院，躲在树荫下面偷偷看一眼苟且生，然后装病去他的门诊，让他热烘烘的手指搭在我的脉搏上，让他命令我张开红红的嘴唇亮着红润的舌苔给他观察。第一次他看得很认真，他说阿茜啊，除了你的心跳快一点以外，我实在看不出和正常人有什么不一样的地方。我大胆地问他：真的吗？第二次的情景和第一次一样。到了第三次，我选择了一个临近傍晚的时分，来到他的办公室，正如最初构想的那样，那会儿他正准备下班。他笑着把我引到病号坐的方凳上，当他一如既往把手搭上我的手腕检查脉搏的时候，我禁不住说出了那句我不知在梦里重复多少次的语言："我没病，我就是想来看看你。"然后我的脸就红了。"噌，"苟且生后来对我说，"'噌'的一声你的脸立即红透了，跟着了火似的，吓了我一大跳。"他有知识，有文化，年轻，又看得一手好病，附近谁不为能看到苟且生的门诊而庆幸？整条金乌街有多少漂亮的女孩想嫁给他做老婆啊。之所以我能够从中脱颖而出，得益于我的胆子大，敢于闯进他的办公室表达自己的情感，还有一个重要原因是我的天生丽质帮了大忙。谁没有年轻过？因此我絮叨这些没什么心理负担，和女儿菲菲我都说过同苟且生的恋爱过程。有了第三次的关键性突破，第二天我们看了一场电影，是刘晓庆和陈冲主演的《小花》。像那个时代所有的恋人那样，在电影院拉拉手，出了电影院找个偏僻处接个吻，便昭示着两个人的恋爱关系正式确立了；而我耿阿茜与她们不同的地方是：看完电影的第二天晚上，我侍候年轻的苟且生上了床，和他神不知鬼不觉地发生了性关系。

"阿茜啊，"苟且生说，"你把我的魂勾住了。"

我想:勾住苟且生魂的与其说是我耿阿茜,不如说是我美妙无比的身体。我就是要勾住他,生怕他被别人弄跑了。十天以后,我们闪电般地走进了结婚的礼堂;两年以后,生下了活泼可爱的女儿小菲菲;九年以后,我同他打了离婚,嫁给了孔阿贵。那个时候,我最担心的是九岁的小菲菲,可她死心塌地不愿意跟我去萱草堂,她瞧不起我嫁给孔阿贵,说了一箩筐的难听话。她那么小的年纪,怎么会学来那么多的难听话?我疑心是苟且生教给她的。但话又说回来,当我提出离婚的时候,苟且生的表情静若止水,一点儿反应都没有,他说要离就离吧。至于菲菲嘛,他要我最好征求一下她的意见。我厚着脸皮去征求了,却遭到小菲菲连珠炮似的猛烈轰炸,女儿哭诉着说要嫁你嫁,扯上我干吗呀!最后,我含着眼泪离开了金乌街68号。在对待私人生活上,我有我的想法,我不可能,绝对不可能为了谁而放弃自己的生活,哪怕这个人是自己身上掉下来的肉。一个人的日子多么短暂啊,有时候你还没感觉过出什么名堂,黄花菜都凉了。出乎我意料的是,苟且生把女儿的生活照顾得非常仔细,他料理一日三餐,接送女儿上学、放学,直到她高中毕业考入市卫生学校,于去年毕业回到金乌街,我始终没操多少心,只是每年给女儿一万块生活费,用以补偿我内心的不安。菲菲大了以后,慢慢懂事了,她经常来萱草堂看我,我也时不时潜回金乌街68号,和菲菲窃窃私语一阵。我记不清了,可能是在她上市卫生学校的第二年,要不就是第三年,我向她诉说了我与她父亲离婚的理由,她听后通情达理地告诉我说:“后来我懂了。要是换了我,也要离的。”不过,菲菲告诉我,苟且生脑子清爽多了,她说其实爸爸脑子一点问题没有,只是有时候他的想法跟常人不大一样罢了。来萱草堂的次数多了,菲菲和小贵成了无话不谈的朋友。不,其实应当说是兄妹。从内心来讲,我期待一家人和睦相处,可出乎我预料的是他们毕业回到金乌街的第二天,就向我和孔阿贵正式宣布:他们恋爱了。这个决定遭到我的立即反对,“不行!”我几乎尖叫着说,“兄妹怎么可以恋爱?这还不叫金乌街笑掉大牙!”他们辩解说兄妹又不是亲的,甚至连表兄妹都不挨边，怎么不可以恋爱？我无言以对。我念过书，虽然文化不高，只是初中毕业，但他们说得在理，再一看面前站着的一对金童玉女，的确是很般配的一对。这时，孔阿贵在一边帮腔了，说孩子们的事，随他们去吧。

不随他们，又能怎样？回到金乌街一年多，荀菲菲做的唯一一件正经事儿，便是把金乌街68号房子从中间一隔，租给杨小玲开了网吧；而小贵呢，名义上帮助照料萱草堂，实际上一觉睡到上午十点，坐在萱草堂少爷似的一杯清茶喝半天，晚上不和菲菲玩到后半夜，绝不上床睡觉。瞧着他们无所事事，我心里着急，萱草堂一定要后继有人才对，毕竟在金乌街萱草堂算是老字号啦，我和孔阿贵都是五十开外的人了，还能做几年？当他们提出发展萱草堂的计划时，我第一个感觉可行，第二个感觉有些空洞，既然他们铁了心要做，支持应当是我义不容辞的责任啦。我给他们十万块流动资金，并在中国民生银行给他们开设了独立账户。就是玩砸了，权当交学费罢了，总比他们虚度光阴强吧。但谁能想到呢？事隔不到半年，他们账户上的数字，跟大洪水似的涨到了八百九十五万。天哪，八百九十五万！萱草堂经营快二十年了，流动资金、固定资产、存货，全部加起来刚及他们的零头啊！这种暴富能不叫我为他们担心？我对菲菲和小贵表达了我的忧虑，你猜他们说啥？他们说："妈，放心吧！让您老人家吃惊的事还在后头呢。"

"我胆小，别吓着我啦。"我说。

"妈，"菲菲淘气地伏在我的背上叫了一声，在我的耳边说，"没听过吧，现在叫一百万刚起步，一千万不算富，上了亿才叫数。"

"才叫数？"

"才叫数。"菲菲说。

"旁的连数都称不上？"我弄不懂，问他们，"一不是数？一百不是数？一千不是数？一万不是数？说说看，它们是什么？难道是狗屎不成？"

菲菲咯咯地掩嘴大笑起来，她说："妈，没想到你比以前幽默多啦。"

小贵那小子还在一边笑着，鸡啄米似的连声说："就是，就是……"

我听不懂儿女的话，更瞧不懂他们的笑容。那天晚上我躺在床上，总是不能入睡，一会儿瞅瞅透窗进来的月光，一会儿听听窗外石榴树窸窸的声音。金乌街的夜晚是那样沉静，像一个贪睡的孩子依偎在我的身边。这是我嫁入萱草堂以后，第一次出现如此严重的失眠。以往在萱草堂忙碌一天下来，头一碰枕头，浓重的睡意会像潮水似的将我深深淹没，即使孔阿贵想过房事生活，也不得不等到第二天早晨，他才敢小心翼翼拉过我的身子。今天怎么啦？我睁着眼睛问自己。我找不出答案，只觉得脑子里乱哄哄的，漫舞着数不清的纸片一样的东西。它们不停地撞击着我的脑壳，发出"吱吱嘎嘎"的声响。睡吧，我一再告诫自己：睡吧！就这样，我迷迷糊糊地挨到了天亮，中间可能小睡了一会儿，要不是孔阿贵拉过我的身子，把他的手伸进我的内裤，我怎么会突然惊醒了呢？

"去去去，"我没有来由地发起了火，"老不正经的东西！"

人活着有时候能风光一回，我想就值了。到金乌街走一走，问一问，这么多年来，谁的风光能跟菲菲和小贵媲美？他们的婚礼和新萱草堂药业有限公司成立仪式，选择在 11 月 18 日同时进行。在此之前，他们在城市滨河大道的紫薇花园购置了一套别墅，还开上了红色的本田雅阁，用的是银行按揭贷款，问了半天我才弄清楚，首付零头九十五万以后，这两样金乌街人们在梦中才会出现的奢华，就被他们轻而易举地享有了。妈妈，菲菲对我说，不懂了吧，这叫花明天的钱！她还给我讲了一个小故事，说的是一个中国老太存了一辈子钱，七十岁终于够买一套房子了，她买后住进去三天，房子还没住暖，两腿一蹬，死翘翘了；一个外国老太，年轻时按揭买了房，等老了还完贷款时，也走了，可她住了四十年又宽又大的住房。她问我，这两个老太的一生谁过得值？从她的语气来判断，她当然欣赏的是那个外国老太太。花明天的钱谁不会？关键问题是明天要能挣到钱。

对他们而言，明天的挣钱机器，我猜是新萱草堂药业有限公司了吧？新萱草堂坐落在城市著名的商业街红墟大道上，租了银河大厦第十九层整整一层的写字楼。远远望去，银河大厦顶端竖立着一幅巨大的广告画，绿草茵茵的背景上，萱草堂三个飘逸的金黄色大字异常醒目，画面上有一个酥胸微露的女人，她露出甜甜的微笑，目光明媚地眺望着红墟大道，从她红红的嘴唇雪白的牙齿之间，飘带似的飘出一行字："健康，是我的需要，更是您的需要！"广告上的女孩怎么瞧怎么眼熟，我问正在专心开车的菲菲，她是谁啊？菲菲说妈，猜猜，你肯定认识她。让我想想，我说。想了一会儿，我的脑子突然亮了一下，自言自语地说她没这漂亮啊！谁啊？菲菲顽皮地笑着问我。我说，是杨小玲吧？菲菲指了指红墟大道两侧的灯箱广告，说一百米一个，都是咱萱草堂的。她可是咱萱草堂的形象代言人了啊，漂亮吧？不开网吧她做什么呢？我说，她还住在你爸那个小阁楼的隔壁？房子没退，反正闲也是闲着，菲菲说网吧杨小玲早不开了，我帮她开了家广告公司，条件是包给莫启河做二奶一年。我问菲菲，啥叫二奶？菲菲说，二奶都不懂？二奶就是老婆以外的情人。莫启河是谁？我关心的是谁敢那么大胆，在老婆之外还要包个情人。菲菲说，妈，那不是你关心的问题！菲菲又说我没有亏待杨小玲，要不凭什么她能够做上我们萱草堂的形象代言人？广告一出来，菲菲说一夜之间杨小玲成了名人啦，现在啊，她忙得成天屁股不落窝。

11 月 18 日说来就来了。婚礼和新公司成立仪式如期进行，银河大厦前的广场锣鼓喧天，鞭炮齐鸣，彩旗飘扬。当请来的军乐队演奏出嘹亮的《婚礼进行曲》的时候，我的儿女——一对新人走下他们的红色本田雅阁，和红墟大道明媚的阳光一起微笑着，走向参加婚礼和新公司成立仪式的嘉宾。菲菲身着一袭洁白的婚纱，手挽着西装革履的小贵，穿过漫天飞舞的金箔纸屑，登上银河大厦高高的台阶，在婚礼司仪的主持下，向早已一字坐在那儿等候的我、孔阿贵、苟且生拜了高堂。我们做大人的纷纷递上红包，苟且生的脸笑得跟花一样灿烂。身着一身藏青色西装的他，比起孔阿贵来精神多了，毕竟他文化比阿贵高，稍微一拾掇，那种文质彬彬的书卷气就出来了。不像阿贵，西装到了他身上跟挂在衣架上一样，空空落落的，一点都撑不起来。作为一个上了年纪的女人，对于这种出自本能的比较，类似一道电光，闪过以后不会留下丝毫的痕迹。瞧着儿女们甜美的笑容、气派风光的婚礼，一种名叫幸福的感觉溢于言表，我握住孔阿贵的手，紧紧地握着，脸上如沐春风，可惜现场没有镜子，如果有的话，我想我的脸不知笑成什么丑样了呢。

还没等我有什么感觉，主持新萱草堂药业有限公司成立仪式的司仪，我们城市电视台主持娱乐节目的头号美人，婀娜多姿地走到话筒前，朝大家介绍起了来宾。她说："参加我们新萱草堂药业公司成立仪式的有：市委副书记、市长朱良志同志，市委常委、副市长伍是海同志……还有市卫生局长兼城市第一人民医院院长莫启河同志……"

随后，我的耳畔传来雷鸣般的掌声，这种情景我只在电视里见过，现在竟然身临其境，真实地感受着这一切。我揉了揉眼睛，靠近阿贵的耳边，问他，我是不是在做梦啊？阿贵摸了摸难看的秃顶，朝我露出一种轻蔑的目光，他用讥讽的口吻对我说："阿茜，怎么了，哪儿不舒服？"去你的！我在心里骂着，你才哪儿不舒服哩。我舒服得很，舒服得差一点把自己的名字都忘掉了。

苟且生一直瞧着我。他对新萱草堂成立仪式似乎没有对女儿的婚礼感兴趣。从他环顾四周、模棱两可的表情上，我能感觉出来。市长朱良志正在发表热情洋溢的讲话，他祝愿我市老字号萱草堂从胜利走向胜利，从一个辉煌走向另一种新的辉煌。市长同志笑容可掬，通过麦克风传出来的声音，跟磁铁一样吸引着我的耳朵，中听着哩！正当我听得五迷三道的时候，我感觉我的眼睛余光一晃，瞧见苟且生离开凳子，挺着身子走了。他径直走到银河大厦的西侧，对一个身着米色风衣围着长长白色围巾的女人说了一句什么。女人侧着背对着我，尽管距离不远，但我看不清她的眉目。女人看来没有理他，一甩耷拉胸前的白色围巾，离开了苟且生，选好一个地方重新站下，远远地望着主席台上。

到后来，婚礼和新公司成立仪式合二为一的宴会开始以后，我才认出了那个围着白色围巾的女人，她就是在金乌街68号曾经开过金色年华网吧的杨小玲。

事情巧就巧在宴会开始后，我们竟被安排和市领导们坐在一个大型餐厅内。餐厅摆有两张大型餐桌。我们坐在门口，市领导们坐在里面。事先，孔小贵和司仪说什么也不同意领导和我们坐一起，可朱市长摆摆手，说不要搞特殊化嘛，我看这个餐厅很不错，人多了热闹，再说我们正想见见令尊大人呢。这多不好意思啊，孔小贵赔着笑脸说。正当小贵和司仪为难之际，菲菲莞尔一笑，扶着朱市长的手臂说，我明白，朱市长是想与民同乐啊。哈哈哈，朱市长爽朗地大笑着说，知我者新娘苟菲菲也。朱市长带头，他的身后跟着一群领导，他们一一和孔家、苟家的亲属握手，频频说恭喜啦，恭喜了啊。我心存感激，你看看人家做大官的，哪有一点官架子啊。当司仪把我介绍给朱市长时，他握住我的手说："感谢你啊，培养了如此出色的一对儿女！"听完他浑厚的声音，我的眼睛不知怎么的就花了，一眨眼，竟挤出了两滴泪水。趁人不备，我低头抓过餐巾纸，悄悄地拭去了眼角的泪滴。

泪滴擦了，我眼睛一亮，瞧见了杨小玲。站在灯火辉煌中的杨小玲真是光彩照人啊。她跟在一个戴金丝眼镜的领导身后，冲我微微一笑，叫了我一声阿姨。我拉住杨小玲的手，摸着揉着说，原来是小玲啊！漂亮得连我都差一点认不出来了啊。瞧你说的，阿姨，变来变去还能变哪儿去啊？还不是原先那个丑样儿。她说完，松开了我的手，跟在菲菲和小贵身后坐到里面那张餐桌上去了。人们全都坐下后，餐厅顿时静下来，朱市长接过司仪递上的麦克风说："让我们共同举杯，祝福孔小贵先生和苟菲菲小姐新婚美满幸福，白头偕老，搞好计划生育，早生宝宝！”

掌声。接着是叮叮当当的碰杯声。背景音乐是我平时最爱听的宋祖英演唱的《走进新时代》。我举着酒杯，喜滋滋地看着阿贵和且生，说碰了，今儿个咱高兴。我监督着让在座的亲戚一杯干完，最后发现唯独阿贵的杯里剩了小半杯，我佯装嗔怒地一瞪眼睛，命令阿贵：喝干净！孔阿贵不好意思，对大伙笑笑，说老婆平时我滴酒不沾，你又不是不知道。就是醉了，你今天也要给我喝了！我有点激动，没轻没重地说，不就是点酒吗？阿贵没有争辩，这个人就是这样听话，他接过杯子一仰脖子，喝了一个底朝天，还亮给大家看看，笑着说干了吧，一点儿都不洒。接着，我提起酒壶给大伙斟满杯，吃了两口菜，端起酒杯，又说：“且生，我想敬你一杯酒。”苟且生毕竟是我第一个男人，他有礼有节地坐在那儿，让我又找到了和他曾经有过的那种美好的感觉。他起身，接过酒杯，脸“腾”的一下红到了耳根，他说要喝我们一起喝。喝就喝，我端起酒杯，“当”地同他碰一下，说肯定比请赵富宝喝酒爽多了吧。他嘿嘿一乐，露出整齐洁白的牙齿说：“你总喜欢哪壶不开提哪壶。”“哧溜”一声，我喝了，坐下不多长时间，我的眼前出现一阵短暂的幻觉，我仿佛看见了二十三年前自己的婚礼，看见了年轻的耿阿茜和意气风发的苟且生大夫喝交杯酒的情景。一杯红酒，一杯白酒，被他们掺进了胡椒面、辣椒水，还有酸得人牙直打冷惊的山西白醋。那是酒吗？简直是五味俱全的药水，一口下去，我就被呛得眼泪汪汪的了。好在苟且生没事似的，他的喝完，接着将属于我的红酒一口喝了，替我解了难。瞧着菲菲和小贵他们给领导敬酒的样子，再想想自己曾经拥有的过去，我的眼角再一次有了潮湿的意思。

后来，我可能又和谁喝了一些酒。酒这种东西，猛一喝感觉挺厉害，喝着喝着就跟水一样，可以来者不拒了。我记不清，究竟是和谁喝的，喝了多少，我醉了，肯定是烂醉如泥。等我一觉醒来，发现自己竟然躺在了金乌街人民医院的急救室里，一边打着点滴，一边戴着面罩吸着钢瓶里的氧气。“啊!”孔阿贵惊呼着,“菲菲,你妈醒了,小贵,你妈醒来啦。”

我是醒来了。我肯定会醒来的。我醒来后,第一眼看见的是透过金乌街人民医院玻璃窗而来的阳光。早晨的阳光,娇嫩而又脆弱,像一个矜持的刚刚出浴的少女那样,姗姗地走进了我的目光,走进了我的心房。医院花园里的鸟叫,栖息了白霜的树叶,枝头间若有若无的薄雾,使我的身子感到了一阵说不清来由的寒意。我静静地躺在洁白柔软的病床上,能够听到点滴汩汩地流进血管的声音。涌进鼻腔的氧气,让我的意识逐渐清晰,逐渐有了活力。菲菲、小贵,还有阿贵,他们兴奋地默默垂泪,一切都因为我终于醒来了。假如醒不了,说不定就走人了。人啊,我不就是喝了点酒吗?我可不想走,真的不想走。金乌街人民医院的花园外面传来了汽车的喇叭声、小贩的叫喊:“豆浆,热豆浆——”“豆浆,热豆浆——”新的一天就这么不知不觉地来了。我睁开眼睛,我想我的眼睛肯定是湿了。很久以来,我似乎对生活麻木了,对发生在周围的事情无动于衷了,很少这么感动过、流泪过了。

“豆浆。”我喃喃私语,“我想喝热豆浆。”

豆浆。他们买来一大钵子,我喝了。香甜可口。想喝,我随时随地可以喝,而苟且生喝不成了。他走了,用一根白色的长长的丝绸围巾,挽在他细长的脖子上,走了。他什么也没有留下,只字片言都没有,就走了,匆匆地走了。我爱过他,恨过他,后来差一点又爱上他的时候,他走了,连一声招呼都舍不得跟我打。豆浆。热豆浆。如果可能,我多想请他喝一杯热豆浆啊。他走了,喝不成了。我是个坏女人,一个天生的坏女人。一个女人的良心坏了,还有什么可以救药的呢?还萱草堂呢,药再好,能治病,可治不了人的良心。苟且生在他小阁楼的墙上微笑着。那是他青年时代的照片,英俊、洒脱,一脸自信的笑容。我爱他,我要把他挂进我的卧室,说不定在梦里就可以请他喝上豆浆,热豆浆了呢。

照片取下了。我和菲菲吃惊得一句话都说不出来。我们傻了。我们呆了。我们母女在那一瞬间成了一对十足的傻瓜。镜框后面的墙上是一个小洞。洞口外大里小,靠近隔壁墙面的是一个比针眼略大的小孔。那边一缕光亮正透过小孔而来。站在洞口,正好能够瞧见杨小玲落满尘埃的单人席梦思床垫。

2002 年 10 月 21—30 日　南阳

愣青变形记

一

接到吴大有电话的时候,愣青正懒懒地斜依在鸟衣街肥硕的枇杷树下,用一种虚妄的目光打量着街头的行人。

那个时候,他的手里正捧着时下流行的《一夜情》杂志,杂志里面真真假假、多情而浪漫的故事,弄得他心神不宁而又想入非非。那些用文字和图像讲述的故事,毕竟是一些可望而不可即的梅子,必须通过他的想象才可能达到望梅止渴的崇高境界。愣青觉得那种想象实在有点累人,不如直接把目光投向鸟衣街来得过瘾。鸟衣街的女人一点也不吝啬,她们愈穿愈短的裙子和裙子下面愈露愈多的丝袜,对无所事事的愣青来说,充满着无法抵挡的诱惑和魅力。

这是五月的鸟衣街,从枇杷树缝隙漏下的阳光,花瓣似的洒落在愣青的身上。他的身后就是他赖以生存的小店了,专门出售与性相关的商品。小店有一个美丽的名字,叫伊甸园。这个名字是愣青的得意之作,比起城市另外一些叫什么猛之虎、夜之露、性之花、爱之根的性品商店来,愣青的店名就显山露水,显得更有文化、更有诗情、更有画意了。

一般情况下，愣青不愿意待在伊甸园那个狭小憋闷的空间，晶莹透亮的玻璃柜台里陈列的那些物什，给他的感觉十分糟糕，灯光照耀下一个个印有煽情图片的男用或女用的盒子，充气以后惟妙惟肖的人体模型，以及这些东西散发出的令人窒息的气味，都让愣青的心头泛起某种无法排遣的浮躁。如果不是遇上寒风刺骨的天气或雨天，我们乌衣街的土著愣青先生，总是雷打不动地斜依在枇杷树下的躺椅上。当然有顾客来了，愣青会立马从躺椅上弹起来，以一种笑脸相迎的表情，将顾客迎进他的伊甸园坐下，然后恭恭敬敬地递上一沓印刷精美的产品宣传单。这个时候顾客往往会显得相当矜持，装模作样地翻动宣传单，指着其中的一张对愣青说，这个有吗？愣青微笑着点点头，从玻璃柜台中取出东西，把它装进一个厚厚的黑色塑料袋，再接过顾客递上的钞票，放在验钞机紫色的灯光下，一张张验过之后，顾客便走了。大多数顾客行色匆匆，那感觉就像做了什么见不得人的事儿。这种生意不需要太多的言语，整个交易过程十分短暂，根本用不着讨价还价。若是碰上戴着墨镜进来的女人，愣青更是一句话都不用说了。她们往往是用手指指玻璃柜台里面想要的东西，随后就从式样不同的坤包里数出标签上的价钱，交给愣青，将已购买的东西装进坤包，然后转身迅速离去。整个过程如同一阵吹进伊甸园的风，进来了，又出去了。与风不同的是，她们留下了钞票，那是愣青每日生活的必需，如果没人消费玻璃柜台内陈列的东西，愣青就只好去喝吹进伊甸园的西北风了。

在乌衣街永不停息的喧嚣声中，愣青移动了一下有些发麻的双腿，他身子的重量将木制的躺椅弄得吱吱嘎嘎叫唤了一阵儿。枇杷树晃动的叶片，在逐渐有了热量的阳光下泛起了富丽的光亮，早些天已经挂满累累果实的枇杷树，现在显得不那么丰满和沉重了。仿佛是一夜之间，挂在枝头的青色的枇杷果，就被乌衣街的人们采撷一空，晾晒在各自的家门口，时刻准备迎接咳嗽对他们健康提出的严峻挑战。愣青点上一支烟，看了看腕上的准点牌石英表。这块造型别致的手表是麻小丽送给他的。那是麻小丽和他上床的第二天，他们走进金鹰国际购物中心闲逛时，麻小丽一眼就看中了广告画上那个英俊外籍男子腕上的手表。准点牌石英表，创造爱情正点。也许是因为英俊的外籍男子，也许是因为煽情的广告用语，麻小丽眼睛眨都没眨一下，就在付款机上刷起了她的万事达卡。她买了一对，男式的给愣青，女式的留给自己。那是一对价格不菲的情侣表，他不知道麻小丽从哪儿弄了这么多钞票，要知道，这两块表的价格令当时的愣青委实目瞪口呆了一番。一万，整整一万元啊！即便放到现在，也等于伊甸园整整一年苦心经营的利润总额啊！石英表沙沙地继续着它的准点，而他与麻小丽却未能营造出爱情的正点。她走了，甚至连一声招呼都没跟愣青打，就走了。麻小丽犹如花瓣上的露珠，还没等愣青品尝出甘美的滋味，露珠就被城市的烈日蒸发得无影无踪了。要是她能够说一声再见，愣青想，我会把准点牌石英表还给她的。愣青抬起手腕，无精打采地瞄了一眼表盘上的指针。都快十点半了，还没有一个客人光顾他的伊甸园。这种百无聊赖的等待，使愣青的情绪失望到了极点。他起身离开躺椅，站在枇杷树下舒展了一下自己健壮的腰肢，把目光投向鸟衣街行色匆匆的路人。

就在这时，挂在腰间的手机突然蜂鸣起来，手机里传来一个沙哑的声音："喂，是愣青吗？我是吴大有啊。"

"嘿。"愣青一边嘿着，一边往伊甸园的大门走去，他说，"我当是谁呢，原来是吴老板，吴大哥啊。"

一听是吴老板的声音，愣青有些发蒙。这个人，在鸟衣街是个响当当的人物，他的钞票多得像梅雨季节的雨水，怎么落都落不完。而他掌握经营的酒店、广告公司、汽车美容、电脑网络等四个子公司，就是给他提供充沛雨水的云层了。愣青在鸟衣街见过的最好的轿车，基本上都是吴老板的。吴老板喜欢轿车，从最初的皇冠、蓝鸟到最近的奔驰、宝马，一辆接一辆，一辆比一辆豪华，一辆比一辆牵动着愣青一样的鸟衣街青年的眼球。吴老板成了他们顶礼膜拜的偶像，和对自己未来时光想象的最终目标。愣青能够结识吴老板,得益于吴老板的另一种嗜好,那就是他对伊甸园出售的所有男性用品的热衷。吴老板第一次走进愣青伊甸园的时候,穿的是一身黑衣黑裤,戴着一副显得有些夸张的蛤蟆镜。他不停地晃动着手中黑色的檀香型丝质折叠扇,对愣青递上的产品宣传广告流露出不屑一顾的表情。"唰"的一声,吴老板收起折叠扇,挥了挥他肥厚的手掌问:"你叫什么名字啊?"

"愣青。"愣青的脸上露出动人的媚笑,他说,"愣头青那个愣青,不过我老爹把中间的那个'头'掐掉了。"

"哈哈哈。"听完愣青的自我介绍,吴老板大笑起来,他说,"掐了'头'的愣头青。你爹真是好幽默,好幽默啊。"

"瞎幽默,瞎幽默而已。"愣青的媚笑收敛了一些,用眼睛的余光偷偷溜了两下眼前这个城墙一样高大的男人。吴老板很胖,凸起的肚子堆在鳄鱼牌皮带外边;一旦大声笑起来,他藏在黑色短袖下面的身体,就会起伏,就会抖动;裸露在外面的手臂莲藕似的,中间的皱褶清晰可见。那天,吴老板表现出的豪放之气,简直将愣青弄得瞠目结舌,跟傻瓜似的愣在那儿,半天都没反应过来。他听见眼前的男人说:"把所有的东西一样给我挑一件!"

愣青抬起眼睛,瞟了吴老板一眼,低声问:"女用的也要?"

"玩玩嘛,小伙子。"吴老板露出暗白色的牙齿,透过蛤蟆镜的目光,把愣青仔仔细细看了一遍,然后问愣青:"你知道什么叫逮住青春的尾巴吗?"

"当然知道了,我又不是白痴。"

现在,愣青坐在伊甸园的木质沙发上,跷起二郎腿对着话筒说:"吴大哥,有事儿,您只管吩咐。"

"最近,有没有进什么新的玩意儿啊?"吴老板以一种轻浮的口吻对愣青说。

"没有。"愣青说,"有了我还不亲自给您送去?"

"你的那些东西挺好玩的。尤其是那个爱丽丝,简直棒呆了!"吴老板嘿嘿地笑了两声，他说，“要不让你店里的那个小黄毛丫头再送点过来？”

“荷花她不在。”愣青心里想这个老色鬼，他怎么知道我店里来了个荷花？愣青说，“真的，我老爹住院了，她在照顾我爹。”

“没骗我？”吴老板的语速很快，浑浊的音节里充满着疑问。为了打消他的疑问，愣青对着手机狠狠地说，谁骗你谁是狗！对方似乎沉吟了一下，接着传来了吴老板粗重的笑声，他说：“我这会儿没什么事，小愣啊，我想请你吃顿饭，给不给我老吴面子啊？”

二

朱汀走下波音 747 的舷梯，红枣机场的热浪就裹了上来。他手提黑色密码箱，健步走出机舱的时候，迟疑了片刻。站在机舱门口，他看到了泊在不远处的那辆白色本田雅阁。他知道，白色本田雅阁轿车内坐着他的老婆白小景。她盼朱汀回家，早已盼得不耐烦了。要不是白小景没完没了地打他的手机，让他回家，朱汀真舍不得离开在深圳与麻小丽构筑的婚外生活，那真叫乐不思蜀啊。“回去吧，回去吧。”麻小丽俯在朱汀的耳边说，“真是只会叫春的母猫！烦死啦，烦死人啦！”朱汀对麻小丽这种过于犀利的语言，不置一词。之所以朱汀要搭上班机回到自己所在的城市，而把麻小丽继续留在深圳，不仅仅是因为白小景的声声催促，还因为鸟衣街有更重要的事情等待着他。

坐进白色本田雅阁轿车，朱汀把黑色密码箱放在旁边的座位上，侧头观察了一下白小景。她穿着米黄的上衣白色的裙子，一头染成栗色的长发，随意地泻在浑圆的肩头。白小景脸部的表情看上去相当复杂，透出一种深深的幽怨和淡淡的冷漠。她用白多黑少的目光斜睨了朱汀一眼，说是不是在那边另有新欢了啊？面对白小景这种过于敏感的问题，朱汀淡淡一笑，伸手轻轻地掠了掠她肩头的长发，说又多疑了不是？要不是顾老板软硬兼施，拖着不汇账，我早就回来了。深圳那个鬼地方你又不是不知道,热得人昏头昏脑的,身上总有消不下去的汗臭味。账汇过来了吗？白小景问朱汀。汇个屁！朱汀顺势瞟了白小景一眼说,那个小子不说给也不说不给,这年头真他妈的糟糕,欠账的成了大爷,你说说这叫什么理儿？

白色本田雅阁很快驶离了红枣机场,一路上白小景没有理会朱汀,她打开汽车CD,音质浑厚的汽车音响,立即飘起了朱汀熟悉的音乐。朱汀不懂音乐,那种舒缓的节奏与忧伤的旋律,永远是白小景的嗜好。在白小景喜欢的音乐声中,烦躁的白小景会变得恬静而楚楚动人,乌黑发亮的眼睛,也会随着音乐的持续而笼罩上一层若有若无的光晕。每逢这样的时候,朱汀的内心都会泛起某种怜爱的情愫,他会一边抚着白小景的肩胛,一边眯起眼睛,在透窗而来的阳光中,漫不经心地接受音乐的感染和熏陶。可遗憾的是,山水音响细水一样源源而来的音符,对终日敏感于商务活动的朱汀来讲,要他去慢慢悠悠地欣赏,真是难为他了。因为,跳动在白小景眼前的让白小景沉浸其中的音符,不管朱汀怎样用心去聆听,也寻找不到半点感觉。音乐对于朱汀永远是一种对牛弹琴。朱汀把头靠在真皮座椅上,车内空调徐徐而来的冷气,消去了他身上细小的汗珠。车窗外通往城市的高速公路在烈日的照耀下,泛着晶亮的光芒。朱汀一面嗅着白小景身上淡淡的香水气味,一面将目光投向城市灰暗的建筑群。朱汀不想说话,此刻他正在心里分辨着白小景与麻小丽体味的差异。一个淡雅,一个浓烈,都是朱汀喜欢的气息,但比较起来,麻小丽奔放、娇嗔、率真和恣意的激情,带给朱汀的是前所未有的神魂颠倒。

“喂,想什么呢?”白小景说。她手扶方向盘,抬起眼帘,瞅了一眼轿车前面的后视镜。从窄小的镜子里,白小景看到了朱汀满脸的疲惫之色,她故作轻松地耸了耸肩胛,意味深长地来了一句:“这些天,你辛苦了啊?”

朱汀从她的语气中听出了某种猜疑,他要她专心开车,别胡思乱想。叫我怎么不想啊？朱汀先生,白小景的眼睛突然有了湿润的迹象,她说一走就是十天,从没主动给我打过一个电话。你见过那个顾老板的,朱汀想在她知道的真实情况的基础上,努力将自己虚构的故事讲得更加真实一点,他说难缠啊,没完没了的酒席,就是不提一句还账的事,真是拿他没办法。要不下次咱俩一起去讨,不要回来,咱俩天天在深圳吃他,吃他个山穷水尽。没找个小姐腐蚀你一把?白小景疾速地扫了朱汀一眼,说别人还以为你是乐不思蜀呢。你们女人啊就爱胡思乱想,朱汀凑近白小景,把手放在她的腿上。隔着裙子,他又重温起了白小景身体所独有的那种微凉的滋味,他说:"开快点,我真是有点想你了啊。"

白小景把裙子底下的两腿并拢,并没有迎合朱汀的挑逗。她说朱汀你看,白小景努了努嘴唇,示意朱汀去看车前的后视镜。看到那辆灰色的奥迪了吗?怎么了?朱汀两眼盯着后视镜问她。它一直在跟踪着我们,白小景说,来红枣机场接你的时候,一上高速我就注意到它了,我快它也快,我慢它也慢。到了机场,我直接开进停机坪,它可能没有通行证,一定是停在别的地方啦。这会儿,它又跟上来啦。不会吧?朱汀眨巴着眼睛,说过了收费站,你把车停下,我倒要看看谁敢跟踪我的老婆。交费之后,白小景驾车滑行了一段距离,顺势把车泊在了收费站的护栏边。他们一起扭过头,盯着身后驶来的灰色奥迪。隔着白色本田雅阁的茶色玻璃,他们还没来得及回头,灰色奥迪就风似的吹过了他们的视线。"追上它!"朱汀说,"快啊,追上它!""呼"的一声,白小景一脚踩下油门,白色本田雅阁立即起步,发飙似的朝前面的灰色奥迪追去。令他们意想不到的是,白色本田雅阁就要追上的时候,灰色奥迪突然一个急转弯,下了机场高速公路,朝一个名叫河口的小镇奔去。尽管接近灰色奥迪的那一瞬间,朱汀透过茶色玻璃而去的目光,猎鹰似的迅速出击,无奈车速太快了,他没能看清灰色奥迪车内那个男人的模样。但细心的朱汀还是看到了他想看到的东西:豫R76545。朱汀掏出手机,一边念着,一边将这组数字输入手机,存了下来。

“来的路上,我就把它的牌号写进商务通了。”白小景说。她抬起手臂,掠了掠额头的头发,第一次对朱汀露出了会心的笑容,说:“明天你去交警队查一查!”

大约过了半个钟头,白色本田雅阁滑进了乌衣街后面的西山花园,绕过几座点缀在绿荫丛中的别墅之后,最后停在了七号别墅的白色栅栏前。七号别墅是朱汀夫妇营造的爱巢。三年前,白小景从城市师范的音乐舞蹈系毕业以后,没有服从分配去当老师,也没有找关系走后门去什么文艺单位,而是直接走进了七号别墅,开始了与朱汀的共同生活。七号别墅的主人朱汀有过婚史,并有一个正在贵族学校读一年级的儿子朱小涣,他们之间存在着十二个年头的年龄差距……这一切都没能阻止或延缓白小景义无反顾的选择。与其说白小景追求的是她理想中的爱情,不如说她选择了对某种生活的规避。她不想去奔波、去应聘、去接受一个个好色男人的提问。如果公司需要你的情感陪护,你愿意为之献身吗?她的女同学在应聘途中,不止一次遇到过如此下流的提问。这种应聘,让习惯了聆听贝多芬《小夜曲》或理查德琴声入睡的白小景不寒而栗。而那个时候,朱汀对她的追求正处于锲而不舍的阶段。一个成熟而富有的男性让情窦初开的白小景内心充满了理智与情感的激烈较量。这种较量的直接结果是理智占了上风。白小景从不掩饰自己对西山花园的向往。当她第一次怀着忐忑不安的心情,步入七号别墅灯火辉煌的大厅的时候,她就立即产生了梦幻般美丽的错觉。那是一个童话似的大厅,金光闪闪,一尘不染,充盈着芬芳而娇艳的温馨。一套古色古香的红木沙发,围绕着白色的电视柜。电视柜上是巨型的液晶彩电和一对上好的山水音响系统。白小景记得当时的背景音乐若有若无,播放的是时下最为流行的《泰坦尼克号》主题曲。站在七号别墅的大厅里,白小景感觉自己一下失去了重量。她扶着红木沙发的靠背,在一簇簇翠艳欲滴的热带植物后面,一眼就看到了那架摆放在落地窗下的钢琴。在大厅灯光的映照下,白色钢琴波光粼粼,云絮一样展现在白小景的面前,向她发出了那种只有她能够理解的召唤。朱汀,一个多么细心的男人啊。她回首亲昵地瞧了一眼洋洋自得的朱汀,一甩长发,款款地迎着那架白色钢琴走去。白小景打开琴盖,撩起长裙,坐在琴凳上。当她听见自己弹出的第一串音符的时候,她便感觉到自己真的是别无选择了。等待她的唯一结果,只能是被站在她身后的那个男人俘获芳心了。

回到七号别墅,朱汀要做的第一件事是去浴室冲个凉,以洗去身上的风尘和那种从深圳裹挟回来的汗味儿。女人的鼻子有时候比警犬还要灵敏,谁能保证白小景的鼻子嗅不出麻小丽的气味?朱汀从浴室出来的时候,腰间裹上了蓝白相间的浴巾。在朱汀离开鸟衣街的时候,白小景排遣孤独的最好方式,就是独自一人坐在白色钢琴前,让黑白相间的琴键,在她手指的跳动下吟咏出精灵一样冷艳的音符,以打发一天天接踵而来的寂寞时光。有时候,她觉得自己犹如覆盖了海蓝色琴布的钢琴,在没有手指弹奏的时候,看上去宛若一件毫无生机的陈设,弄得白小景的心里常常泛起某种淡淡的苦涩。朱汀嬉笑着走到白小景的身后,撩起她的长发,嗅了嗅,说:“小景,你弹得越来越好了。”

“怎么好?”白小景回头看了朱汀一眼说。

“好听。”朱汀说。

“怎么好听?”白小景故意追问。

朱汀想了想,说听起来有点像早晨的树林,有风声、水声、树叶的沙沙声,还有……还有鸟儿的啼鸣,小景对吗?朱汀的话音刚落,白小景就“噌”的一声从琴凳上弹了起来,她张开细长的手臂环绕上了朱汀的脖颈。她说谁说你不懂音乐?你懂啊亲爱的,来吧,你来弹吧,你一定会弹出这个世界最美妙的音符。白小景用她的嘴唇轻轻含住朱汀的耳垂,不停地喃喃私语。朱汀明白她传递过来的信息,隔着薄薄的裙子,他的手掌轻轻地滑过她细软的腰肢、微微上翘的臀部,和臀部下细腻光滑的丝袜。白小景柳丝一样扭动着她的身体。她吮吸着朱汀烟味浓重的嘴巴,以及来自他舌尖的那种淡淡的苦味。那种朱汀特有的苦味，如同煮沸了的艾叶，散发出灼热的清香，令她迷醉，令她癫狂，令她惊异，令她心甘情愿地走进朱汀精心为她营造的蓝色梦境。她喜欢朱汀雄浑的体味，一种微微的臭味中饱含着时隐时现的苦涩。自从进入七号别墅之后，白小景将卧室、盥洗室、浴室内所有朱汀还没使用或正在使用的男士香水瓶，统统扔进了别墅的垃圾通道。她要朱汀保持那种独一无二的体味，她不想让他受到外来气味的侵蚀。不知怎么，体味香艳的男人总让白小景疑心为风月场中的玩偶。兴许，那种时不时袭来的臭味，才能真实地表达一个男人的本色。她喜欢朱汀的本色，并为之沉醉。细细追究起来，可能是出于她身体本能的一种无法抵御的需要。“来吧，来弹吧……”白小景用染红的长长的指甲，轻轻划过朱汀的后背，说，“亲爱的，对对，就这样……”白小景的身子向后仰去，一点点地仰去。她一面拉着朱汀，一面慢慢闭上了乌黑发亮的眼睛。这个时候，她不愿让视线清晰地呈现出自己的需要，也许是出于某种羞涩，也许是为了某种情调，对于那种即将像大雾一样弥漫开来的过程的品味，重要的不是视线，而是她的嗅觉。几乎就在她启动所有的嗅觉神经的同时，裙子，一条价格不菲的丝质花裙，犹如充满灵性的瀑布，顷刻之间泻到了波斯纯毛地毯上。白小景的身体倒在了钢琴上，撞响了钢琴黑白相间的琴键。一时间，琴声的轰鸣回荡在宽大的客厅，犹如一阵飓风鼓起了朱汀身体的风帆。瞧着仰躺在钢琴上的白小景，朱汀惊愕了，他傻瓜一样伫立在那儿，竟一下不知道有什么事情等待着他去做。跟随她身体的晃动，钢琴发出一声声如泣如诉的呜咽。呈现在朱汀视线里的场景，使他的骨骼发出“噼噼啪啪”的声响。小景啊，他听见了自己内心的呼唤。我来了，我就要来了。他一点点靠近钢琴，开始用他的激情拨动着白小景身体的琴弦。她紧闭着眼睛，高高举起红色高跟鞋。在朱汀激情之水的冲击下，那红色高跟鞋宛若两面高高飘扬的旗帜。伴随着天籁般玄妙的琴声与白小景的低吟，朱汀先生开始了他最后的冲刺。他的血液在燃烧，他的骨骼在鸣响，他的呼吸在急促，他的心跳在舞动……他说：“我弹了啊，小景我真的会弹了。你听到琴声了吗？”

白小景突然睁开紧闭的双眼，睫毛上挂着若有若无的泪水，对朱汀说：“当然，这才是这个世界上最玄妙的乐章！”

三

愣青的老爹躺在床上，他蜡黄的脸色已经失去了光泽，凭直觉，荷花知道属于老人的日子不多了。忙碌了整整一天的医生已渐渐离去，急救室顿时安静下来。窗外的花园，蛐蛐儿在静谧的月光下，吱吱地鸣叫；闷热的天气酷似一个巨大的蒸笼，把荷花的身上弄得汗津津的，仔细辨别起来，还能从衬衣上闻出一种酸酸的气味。荷花真想找个地方洗个澡，换一身干净清爽的衣裳。后来，护士小姐进来了，她拔去老人手上的点滴针头，又悄无声息地离开。面对过于静寂的急救室，荷花有点害怕，她瞧着老人气若游丝的样子，一股阴冷的感觉沿荷花的脊柱一点点升起。她哆嗦着身子，一步步走向急救室门外的走廊。还没等走进走廊昏暗的灯光中，荷花便忍不住了，“哇”的一声，放声大哭起来。

“哭什么呢？”值班室的护士出来干预，“哭什么哭，人不是还没死吗？”

荷花瞅了一眼戴着口罩的护士，哽咽着问她自己能不能离开一会儿，她说她想回家洗个澡。护士“嗯哼”了一下，没说可以，也没说不行，便挺着她丰满的白大褂走了。荷花摸了摸长裤的衣兜，掏出一张方形卡片。愣青对她说过，将卡片插进街头的磁卡电话机，就能给他的手机打电话。荷花从没用过这张卡片，握住卡片以后，想洗个澡的愿望，变得越来越强烈。她战战兢兢地瞥了急救室的病床一眼，老人此刻可能睡着了，她在心里对自己说离开一会儿，只离开一会儿，我打个电话就回来。荷花一路奔跑着，来到城市人民医院外面的大街上，很容易就找到了立在街头的磁卡电话。遵照愣青的交代，聪明的荷花立即拨通了愣青的电话，她对愣青说，你能不能来医院替我一下，我想洗个澡。电话那边的愣青显然喝高了，他大着舌头说，啊，是荷花啊，你说什么？哦，想洗澡，你去洗好了。什么？要我去医院？我正有事儿忙着呢！医院不是有护士吗？什么？我爹快不行啦？难道我去就能行了吗？荷花，你别烦我啦好不好？想洗澡？洗去好了，这种事情也犯得着向我汇报？荷花还没听懂愣青的意思，极不耐烦的愣青就把电话挂了。对着嘟嘟的话筒又听了一阵，等确定没了愣青的声音，荷花的脸上早已布满丝丝缕缕的泪痕。这时候，正好有一辆出租车迎面而来，荷花想都没想，朝出租车招了招手，然后上车，对出租车司机说："乌衣街。"

"听你的口音，好像是山里来的吧？"出租车司机放下计价器，看了荷花一眼，说，"怎么？哭鼻子了啊，有人欺负你了吗？"

荷花抹了一把眼角的泪花，一时不知如何回答出租车司机的问题。她浑身无力地坐在出租车前排座椅上，将泪光涟涟的视线投向城市的夜晚。橙红色的路灯灯光从悬铃木粗大的树冠顶端落下来。在光亮流经的地方，飞舞着数不清的蛾虫。有的蛾虫，还傻乎乎地朝出租车的挡风玻璃撞来，等待它们的命运就可想而知了。瞧着从挡风玻璃滑落的蛾虫的尸首，荷花更加心酸起来，她感觉自己就像一只从山里飞进城市的蛾虫。回想起来，她走出碾子沟，走出黑山山脉，乘坐公共汽车来到这座城市的经历，那种新鲜过的感觉梦幻过的向往，到现在，剩下的只是一些模糊而又杂乱的记忆罢了。她是在咸鱼路人力市场遇上愣青的，他说他的伊甸园需要一个营业员，待遇优厚。那天中午，荷花在吃完一盘又辣又酸的凉皮之后，身上只剩一毛钱了。到了这座城市以后，荷花原打算做个保姆或去饭店打工，出乎她意料的是，她只身一人在咸鱼路人力市场等了整整三天，也没有等到一个雇主。当然，在荷花等待雇主的漫长过程中，也遇上了几个要她去桑拿室或歌厅做小姐的人，一瞧他们满脸坏水的样子，荷花就毅然拒绝了，她可不想去做那种丢人现眼的事儿，就是穷得要饭，也不做！大不了再回到碾子沟嫁人过日子。当拿定了主意的荷花站在愣青面前时,她用十分谨慎的目光瞄了瞄愣青,天真地说,你不会骗我吧?愣青见眼前的女孩心动了,立即从钱包里掏出五百块钱,递给荷花说,给,先去添几件衣裳,再洗个澡。就这样,来自黑山山脉碾子沟的女孩荷花走进了鸟衣街的伊甸园。当荷花洗了澡,换上裙子,以焕然一新的面目出现在伊甸园的时候,她的脸"腾"的一下,就被玻璃柜台中陈列的物什羞得通红了。她惊叫一声,在愣青的注视下跑到了枇杷树下。我不干,我不干,我怎么可能卖这种东西啊?荷花泪流满面,对走到跟前的愣青说,我不干,丢死人了。那五百块钱,我会还你的!说完,荷花走出了枇杷树浓重的绿荫,头也不回地向鸟衣街的深处走去。她行走在城市的街头,在阳光与灰尘中间,她看到忙碌的人们,一个个如同碾子沟觅食的蚂蚁,满脸的沧桑与疲惫。走累了,她便站在树荫下,望一望城市灰蒙蒙的天空。更多的时候,她留心观察的还是城市女人的装束。她们短小的裙子,越挺越自信的胸脯,辣椒一样奇特的高跟鞋,还有她们身上迷人的芳香,都看直了荷花观察城市的目光。这中间,她曾隔着玻璃观察了两三家像伊甸园一样的商店。站在柜台后面的女人,有的年纪大一点,有的与自己差不多少,她们若无其事,谈笑风生,与进去的客人讨价还价。她们能做,为什么我不能?荷花问自己。更何况,愣青那儿还有免费住房。伊甸园后面有一个小小的天井。天井后面的小屋,虽然生了许多青苔,但原先凌乱的屋子经过荷花一番精心整理之后,她真是喜欢上了那个地方,并有了舍不得离开的感觉。慢慢会习惯的,荷花一边对自己说,一边开始往鸟衣街的方向走去。那个时候,城市的傍晚已悄悄来临。望着越来越暗的天色,荷花的心里突然涌起一股辛酸的东西,要是赶不回去,就只好露宿街头了。她走进鸟衣街的时候,一辆出租车正好停在她的面前,愣青从车内探出脑袋,笑着对她说上来吧,我带你回家。当时,荷花"哇"的一声哭了……事后,她得知愣青接她回家的出租车整整跟了她一天,花了二百多块钱。二百多啊,她真的心疼了。她娇嗔地对愣青说:"你可真是大方啊。”

“还不是怕你丢了？”愣青从塑料袋里取出盒饭，说，“一天没吃东西，饿坏了吧？”

那个时候，荷花最大的感觉就是想靠在一个人的肩膀上痛痛快快地大哭一场，说一说连日来对城市的感受，说一说她的碾子沟，说一说她的过去和对今后生活的向往……她有多少话要说啊，一句又一句，气泡似的从心底冒出来，在那儿咕嘟，在那儿奔突，在那儿上蹿下跳，在那儿将她逼得不吐不快。但当她真正坐到愣青身边的时候，不知怎么的就一句话也说不出来了，只好把视线挪向了车窗外，像现在一样打量着陌生而又喧嚣的乌衣街。她真想早点回到自己的天井，用温水拂去身上的汗渍和浓浓的苏打气味。等什么都料理清爽以后，再打车去照料愣青的老爹，也不迟。

付了出租车费，荷花迅速从伊甸园的侧门，进了天井。天井很黑，一些邻近屋子透出的凌乱的灯光，犹如若有若无的薄雾笼罩着这个小小的天地。天井靠南的一个角落，一棵石榴树正吐露着娇艳的芬芳，在它满树的星星点点的花瓣后面，有一个小小的浴室，紧贴着荷花睡房的窗口。准备了要换的衣物，荷花就迫不及待地拧开了太阳能热水器的水龙头。在莲蓬头喷洒而出的温热的水流里，被水淋湿的碾子沟的女孩，感觉到了多日以来少有的舒爽，她任水流冲洗着她齐耳的短发，荡涤着她身上来自医院的气味。

洗了澡出来，荷花看见前楼的二层依然黑着灯。愣青显然还没有回家，这些天他都在忙些什么呢？自己的亲爹都快不行了，也不去医院看看？荷花回到自己的睡房，看了一眼床头的石英表，十点半。洗清爽了的荷花钻进了尼龙蚊帐，打开愣青给她挂在蚊帐顶端的微风扇，躺了下来。

起初，她是打算躺一躺，以缓解全身的疲乏。可能是体力透支过度的缘故，闭上眼睛的荷花，不一会儿就进入了深深的睡眠状态，等她一觉醒来的时候，城市新鲜的阳光早已挂上了睡房的窗棂。

四

“再来一杯?”吴老板靠在椅背上,瞧着愣青说。

吴老板坐在愣青的对面,餐厅的灯光照在他的脸上,辉映出一种暗红色的浮光。他举起酒杯与愣青碰了碰,嘴唇轻轻一嘬,“吱溜”一声,杯中的白酒便无影无踪了。见愣青的酒杯停在空中,吴老板笑着眯起了眼睛,他朝愣青挥了挥胖胖的手掌,说嘬了嘬了,不就是一杯酒水吗?愣青一闭眼,把杯里的极品风帆五粮液全部咕嘟了下去。没过多久,喝进肚里的酒精显示出了应有的作用,愣青感觉自己的体内好像游动着灼人的火焰,弄得他不停地去擦额头的汗水。而吴老板却没事似的谈笑风生,一个劲儿劝愣青喝。

喝酒的间隙,愣青总要把身子醉意蒙眬地靠在椅背上。这样,隔着桌上两个喝空的酒瓶,他可以清晰地看到吴老板的面部表情。吴老板的脸又胖又大,看上去宛若一个被水泡发的白面馒头。仅从吴老板往下嘟噜的两腮和天庭饱满的额头,愣青很难看出吴老板面部表情背后蕴藏的东西。于是,他努力去观察吴老板的眼睛。要知道,吴老板神秘就神秘在他的那双眼睛上。因为眼睑过于肥硕的缘故,他的眼睛已被挤成了一条缝儿。若不是吴老板故意表示他的惊诧,有意识地用力将眼睑撑开,愣青休想看到他眼睑下面暗藏的眼珠。瞧不见眼珠的面部表情,自然失去了应有的神韵,那感觉如同在瞧一堆蠕动的肉,怎么瞧怎么让人恶心。

“近来的生意,”吴老板嘴里含着中华烟,问愣青说,“如何啊?”

“混碗饭而已。”愣青看着从吴老板脸上的那嘟噜肉上弥漫开来的烟雾,说,“要不是大哥你的支持,可能早就关门大吉了。”

“瞧你,瞧你说的。”吴老板嘿嘿一笑,说,“你别说,那些玩意儿还真他妈的有意思。不试不知道,一试忘不了。”

说到这儿,吴老板的身子突然前倾过来,密不透风的眼缝中迅速闪过一道光亮，他说："真他妈的奥妙无穷啊……嘿！愣青，你试过吗？"

面对吴老板如此突兀的问题，愣青愣了。他狠狠地吸了一口烟，把肚里想好的话随烟雾一起徐徐吐出来，他说："吴老板，你可真会开玩笑。"

"噢，自己不用，光卖别人了？"吴老板说。

"我不是还没结婚吗？"愣青辩解说。说完以后，他感觉自己的辩解显然有点牵强附会，谁规定过没结婚就不能用了？

"没结婚不等于没有性嘛，"吴老板把前倾过来的身子退回去，说，"没结婚就更有用啦。不过，我是老啰。想当年，我在你这样的岁数，哪见过这些玩意儿啊！"

愣青摸了一把耷拉在脑后的小辫，做出一副迎合吴老板的笑脸。酒喝到现在，吴老板还没有亮明请他喝酒的意图。究竟他想干什么呢？可能是歇息了一气的缘故，愣青感觉身上的酒劲淡了些，他起身拿起餐桌上的酒瓶，把两个杯子斟满酒，然后对吴老板说，无论如何，老弟我都要借花献佛，敬老哥一杯。吴老板接过愣青递上的酒杯，把一道含义不清的目光掠过愣青的脸庞，他直起略显庞大的身躯，再一次发出"吱溜"的声音，饮尽了愣青的敬酒。

"啊，"吴老板有点夸张地"啊"了一声，他咂着暗黑色的嘴唇说，"这酒啊越喝越像水，你有这种感觉吗？"

愣青点了点头，努力猜想着吴老板这句话的含义。这时候，餐厅的门开了，进来一个身着白裙的小阿妹，她颔首微笑，两手平端着不锈钢托盘，托盘里面装着黄色的菠萝、红色的西瓜、淡青的苹果。见到小阿妹进屋，愣青虽说手持酒杯站在吴老板面前，但他的神儿却和目光一起，跑到小阿妹修长的腿上去了。小阿妹没穿丝袜，点涂了紫红色趾甲油的小脚，浮动着迷人的光亮。小阿妹身穿白色的小背心，胸脯一颤一颤地走到愣青的身边，准备往桌上摆放果盆的时候，一不小心，鼓鼓的胸脯碰了愣青一下。愣青当时一怔，在那种迷人的碰撞到来的瞬间，他的心也跟着莫名其妙地颤动起来。自从麻小丽离开以后，很少有这么近距离的机会观察一个充满青春活力，还有些妖冶的女孩。当然，愣青游动在小阿妹身上的目光和目光中的反应，全被吴老板收进了眼底。

“吴老板，”小阿妹莞尔一笑，说，“这是你要的水果。”

小阿妹站在吴老板身后，她先把果盘靠在桌子的边沿，弯腰腾出一只手来挪开转盘上的菜碟。她弯腰时，白色的小背心就开始往下垂了。下垂后的小背心腾出了足够的空间，使愣青的目光情不自禁地触及了那片乍泄的春光。黑色的蕾丝花边，绸缎般柔软的皮肤。那一瞬间，愣青呆了，再加上体内酒精的作用，他的血液顿时沸腾起来……他想到了麻小丽，想到了她红润的嘴唇，想到了她光滑的身体……这种触景生情的浮想联翩，使伫立在吴老板面前的愣青一时感觉无所适从，他猛地收回目光，一梗脖子，将杯里的酒倒进了嘴里。

就在他往下咽酒的时候，吴老板的眼睛突然睁开了，亮出一种醉意浓重的目光。与此同时，吴老板那肥厚的手掌，水到渠成地抓起了小阿妹的裙子。小阿妹扭动了一下身子，往后退了一步，一点生气的样子都没有。只是她粉嫩的脸蛋，掠过了几丝不易察觉的羞赧之色。“小阿妹啊，”吴老板对跳到身后的小阿妹说，“什么牌子的香水？差一点把我醉倒啦。”小阿妹嬉笑着，漂亮的凤眼往上一挑说：“不会吧吴老板，我可用不起那种毒药啊。”“小阿妹，今晚有没有人来约啊？”吴老板抬手指了指身后的愣青，说，“陪一陪我的朋友好不好啊？”

小阿妹立即朝愣青抛来一个媚眼，说：“不知道人家给不给面子啦？”

“这还看不出来？”吴老板端起餐桌上的茶水，轻轻地呷了一口，说，“你先到楼上开个房间，等着。我再同愣青先生说点事儿。一会儿他就去房间找你。”

小阿妹甩了甩披散在肩头的长发，说了声好啊，退出了餐厅。瞧着小阿妹扭动着猫步离去的身影，愣青的心跳马上加快，一想到过一会儿就可以领略小阿妹的滋味了，愣青的情绪顿时亢奋起来。他回到自己的座位上，正准备独自再喝一杯的时候，吴老板哈哈大笑起来，说："小阿妹绝对是个尤物啊！过一会儿，你再去好好品尝吧。不过，我更喜欢你的那个爱丽丝。那个尤物比真的还真，过瘾啊过瘾。"

愣青知道吴老板说的爱丽丝是谁。那是一个可充气的西方年轻女性的身体模型。爱丽丝过于昂贵的价格，阻挡住了愣青的好奇心。但有关爱丽丝的使用方法，愣青在夜深人静的时候不知温习了多少遍，到如今已烂记心头。遵照吴老板的要求，愣青带来了伊甸园中吴老板喜欢的东西，现在，它们就挂在餐厅门后的衣帽架上。

吴老板的脸上露出猥亵的笑容，他说："简直太他妈的逼真了！比他妈的麻小丽还要令人销魂！"

吴老板的狗嘴里吐出了麻小丽的名字，愣青的脑子"轰"的一声炸响。难道麻小丽真的和他有一腿？愣青僵滞在那儿，脸上的表情也仿佛凝固了。他用一种充满询问的目光，瞧着眼前这个身躯庞大而又富有的男人。在短暂的寂静中，愣青听到了腕上准点牌石英表发出的"滴滴答答"的声音。那声音短促而有力，暴风骤雨似的敲击着愣青的心弦。准点牌石英表的昂贵价格，似乎证明了它与眼前这个男人存在着某种联系。这种推导的结果，又恰恰证实了眼前这个男人的污言秽语的真实性。他真想冲上去，扭住这个男人的脖子，将心中的屈辱、愤怒、仇恨，以响亮的耳光予以表达。他狠狠地握起了拳头，甚至还欠了欠身子。但愣青被怒火点燃的情绪，最终没能迸发出来。他临阵脱逃了。理智告诉自己，现在，他面对的不仅仅是一堆坐在餐桌后面的能够活动的脂肪，而且是乌衣街的新贵，他的每一个细胞都散发着金钱塑就的威严，那种威严就像一座无法逾越的城墙，耸立在乌衣街的人们面前。愣青在自己这种微妙而压抑的情绪中，突然嘿嘿地傻笑起来。愣青一边笑，一边望着吴老板，说："麻小丽，嘿嘿嘿。吴老板，你可真会开玩笑，真人还没有假人销魂？我就不信。"

"你这个愣青，"吴老板从餐桌上摸出一支大中华，点燃说，"我还会骗你不成？”

吴老板眯起眼瞧着愣青，悬浮在他们中间的烟雾，让他们对望的目光变得扑朔迷离。吴老板说，愣青你知道朱汀吗？他现在的老婆白小景漂亮呆了。话说到这个时候，吴老板突然朝愣青招了招手，说你坐过来点。愣青起身站到了吴老板身边，把耳朵贴近他的嘴巴。吴老板静默了片刻，说，替你哥办件事儿？愣青问，什么事？说吧。找个机会，你给我把白小景办了，吴老板说我敢和你打赌，她一定比爱丽丝更令人销魂。愣青没料到吴老板会提出如此叫人吃惊的要求。他嗫嚅着嘴唇，结结巴巴地问吴老板，你要我把她办了是什么意思啊？这个办啊，不是办她的命，而是办她的身子，吴老板突然握住愣青的手说，不管你采取什么方式，把白小景办了就行。说着吴老板从桌子下面拿出一个公文包，拉开拉链，里面码着成捆的钞票，他说：“二十万，请你把她办了，怎么样？”

“这个价码是可以的，愣青。出二十万让你去嫖一把。”吴老板哈哈哈地大笑着，他说，“世上竟然有如此美妙的事情啊。”

“给我多长时间？”愣青又瞅了瞅桌上的黑色公文包，怦然心动了。他紧紧握着自己的手，将指关节握得吱吱嘎嘎地响；手心捏出的汗水，一刻不停地刺激着愣青的身体，一阵莫名的寒流沿他的脊梁滑过。他听见了自己应允的声音，那声音怪异而亢奋。无论从哪个角度来说，吴老板给出的价码，对生活在乌衣街底层的青年来讲，都是一个可望而不可即的天文数字。自然，这个数字，对于愣青同样具有无法拒绝的诱惑力。得到这笔钱，他可以偿还父亲住院欠下的巨额医疗费，可以找个女人结婚过一种人模人样的生活，可以到城市之外的地方走走，看一看外面的世界。在这种时候，愣青脑海涌起的想法，压得他喘不过气来，他故作轻松地耸了耸肩，对吴老板说：“给我一点时间，容我再想一想。”

“在这儿签个字吧。”吴老板从黑色公文包里掏出纸和笔，说，“签个字，这里的东西就归你了。”

愣青低头看着吴大有事先打印好的文件。文件就一行字：愣青签上自己的名字证明收到吴大有现款二十万元。这行文字，经愣青的脑子来回过几遍，觉得没什么不妥，他对吴老板谄媚地笑了笑，心想签就签了，他还能把我的蛋子儿咬掉不成？不就是愣青两个字吗？他从吴老板手里一把夺过签字笔，哗哗两下，"愣青"两个字草就而成。吴老板接过愣青的签名，仔细瞅了一遍，似乎没发现什么问题，他说："愣青，你的姓呢？"

"姓？"愣青说，"我怎么知道姓什么呀？我父亲叫愣方，我叫愣青，这还有错？"

"百家姓里面有姓愣的？"吴老板收起文件，把面前的黑色公文包推到愣青面前，说，"如果你骗了我，我吴老板是个有办法的人。好啦，快点上酒店的房间去吧，小阿妹一定等急啦。"

五

乌衣街上午的天空大雾弥漫，轻灵的雾气透过铝合金纱窗飘进来。朱汀坐在办公室里，他要处理连日来积压下来的事务。尽管朱汀不懂音乐，但在白小景的欢叫声中，他还是连续将她的身体演奏了三次。虽然经历了一夜的劳顿，但看到白小景脸上浮现出了迷人的红晕，朱汀感觉到了一个男人尽完义务以后的欣慰。其实，公司的事务也没多少需要朱汀亲自处理，在他离开乌衣街的日子，白小景把这儿的事情处理得井井有条，她比他想象的还要能干。朱汀看完公司的财务报表以后，心头偷偷一乐，起身走到窗前，眺望着窗外云絮一样流动的大雾。

离朱汀伫立的窗口不远，有一座高高的大楼。在一片低矮的青砖黛瓦的民房中，那座大楼突兀而起，看上去很像日本鬼子修建的工事碉堡。大楼外面贴着深蓝色的玻璃幕墙，晴天望去还没什么，若是到了雨天或阴天，黑沉沉的大楼怎么看都像一个正在凭吊亡夫的寡妇。

这座大厦的主人,就是鸟衣街响当当的吴大有了。朱汀看不上肥头大耳的吴大有,一个抓准了机会的暴发户而已。朱汀和吴大有没有多少交往,他们见过几次面,说过几句话,都是在城市工商联组织的联谊会上。凭借朱汀自己公司目前的发展势头,他认为超过或击败吴大有只不过是个时间问题。这种认识不是无根的浮萍,而是基于三个铁一样坚硬的事实:一是朱汀有着无人可以企及的公司背景,他的公司目前正受到来自深圳顾老板岳父的庇荫,而顾老板的岳父正坐在掌管这个城市的交椅上;作为生意场上的规矩,顾老板也如鱼得水似的受到朱汀在深圳的姨父的照应。朱汀的姨父,虽然说不上权倾一方,但他一点关照,便足以使深圳的顾老板春风得意了。二是公司的情报显示吴大有盲目扩张,欠下了银行大量债务,公司的负债率至今依旧居高不下。三是朱汀的公司正一点点啃噬着吴大有的势力范围,朱汀旗下的子公司办一个成一个,涉及娱乐、电子商务、超市连锁、地产等项目,已占到鸟衣街整个市场的百分之三十九点八。无论从哪个角度来讲,这都是一个可以引以自豪的数字。而这一切,仅仅是他从深圳杀回鸟衣街三年之后取得的。朱汀点起一支烟,深深地吸了一口,然后将烟雾一点点向铝合金纱窗吐去。烟,是朱汀灵感的源泉。许多不同寻常的主意,许多司空见惯的机会,都是在朱汀徐徐而出的烟雾中萌生或发现的。有时候,他疑心那些青色的轻灵的烟雾,说不定就是他思想之树的稍纵即逝的精灵,如不及时投入全神贯注的目光,老鹰扑食一样叼住它,事后恐怕只能后悔莫及,只能傻瓜似的望着烟雾中的精灵兴叹去了。

现在,上午八点二十五分,朱汀瞧了一眼悬挂在墙上的石英钟。再过五分钟麻小丽就要来电话了。这是他们在深圳分手时的约定,朱汀告诉她,不要打他的手机,不要把电话打到家里,他对麻小丽说最好是上午把电话打到他的办公室,因为这个时间谁也不会骚扰他,是属于他一个人的。朱汀告诉麻小丽的那个电话号码,是不需要秘书转接的,只属于朱汀自己。这个号码只有白小景、顾老板和他的老爸三个人知道。当然，目前给了麻小丽，让她同样享受到了朱汀赋予的特权。那天他躺在深圳的床上，轻抚着麻小丽平静下来的身子说，没办法啦，谁叫我是有妇之夫呢？你不知道吧。麻小丽抬起她裸露的手臂，缠上了朱汀的脖颈，她翕动着红润的嘴唇俯在朱汀的耳边说，人家就是喜欢有妇之夫，性感、成熟、经验丰富，哪像那些生瓜蛋子，弄得人半天醒不过神来。这么说，你有过那些生瓜蛋子了？朱汀突然佯装出一副吃惊的样子，把目光从麻小丽鲜艳欲滴的身上移开，说在你身上采蜜的蜂儿还不少啊！麻小丽含住朱汀的耳垂，随后又伸出她的舌尖，波斯猫似的亲昵地舔着朱汀的耳朵眼，说不过是一夜情罢了，穿了裙子，天各一方，谁也不认识谁，说白了不过是玩玩而已，身体需要嘛，总不能自个儿亏了自个儿吧。

听完麻小丽轻描淡写的辩白，朱汀不想再说什么，因为任何多余的话语，对充满诱惑力和火一样热辣的麻小丽来讲都是苍白的。她的裙子，她小鸟般亮丽的啁啾……她的欢叫，以及扭动的腰肢和麦浪般翻滚的波光丽影，都让朱汀神情迷离。每当销魂时分来临的时候，麻小丽身上散发出来的气味，更是时而淡雅，时而浓烈，充满着令人窒息的巫气，令朱汀为之沉醉。这恰恰是他从前妻、从白小景，以及别的女人身上从未得到过的体验。那些除了床还是床的日子黑白颠倒、颠鸾倒凤，充满着无尽的疲惫，飘荡着难以言表的销魂，交换着失去了又重新生出的力量。有时候，朱汀在心里偷偷问自己，睡在身边的一丝不挂的麻小丽，是一个真实存在吗？不，她不是，她是一个女巫，或者是一个深谙床第之事的天使。

在他们频繁交换力量的间隙，通过麻小丽的只言片语，朱汀大致了解了她的身世。要知道，在朱汀求学的时候，乌衣街逐渐成为城市集服装、药材、海鲜、调味品、鞋帽等为一体的批发市场，富甲一方。那个时候，朱汀住在另外的街道，离乌衣街大约有一公里之遥，但乌衣街是他上学的必经之路。每天上学或放学，朱汀的目光都在亲历着乌衣街的日渐兴隆和繁华。也许，在他这种日复一日的目光亲历过程中，朱汀见到过麻小丽。按现在的年龄推断,那个时候的麻小丽至多只有十岁,扎着羊角辫,戴着红领巾,正处于好好学习天天向上的孩提时代。麻小丽说,她父亲是做麻花糖的,就是饴糖加了炒熟了的黑芝麻白芝麻的那种,你小时候一定吃过,在整个乌衣街就我父亲做得出色,好吃,又脆、又酥、又甜、又香。因为父亲的生意好,我们一家四口的日子过得衣食无忧。麻小丽说,可谁能想到在我十七岁的那年,母亲突然得了绝症,在她住院期间,父亲花完了他多年来起早贪黑赚下的所有积蓄,还欠了一屁股债。麻小丽说那一年她正好高中毕业,家里的剧烈变故,让她根本无法顾及学业,不到一年工夫,功课就荒疏了。母亲去世之后,她的哥哥外出当兵去了,而那个以做麻花糖著称的父亲,还没等她母亲的骨灰凉下来,就勾搭上了一个臭名昭著的寡妇。那个寡妇,当然有几分姿色啦。要不,她怎么能够游移在乌衣街拈花惹草的男人之中,并靠这些男人活得有滋有味呢?兴许,她是厌倦了那种漂着的感觉;兴许,父亲早就和她有了一腿。总之,那个寡妇嫁给了麻小丽的父亲。说到这儿,麻小丽忽然咯咯地笑了起来,她一根一根数着朱汀的肋骨说,再说了,嫁给一个男人,并不妨碍一枝红杏出墙来啊,你说是不是?就是在那年夏天,麻小丽被乌衣街一个谁见了都要让他三分的男孩瞄上了。他的大号叫毛德平,绰号叫毛子。毛子如同俯身嗅花一样简单,在一个月黑风高的夜晚将麻小丽办了。麻小丽说,那些天她总是很晚才回家。在外面也没什么事情做,不是和朋友聊聊天,就是去舞厅没完没了地转啊转。她不愿意听见父亲和那寡妇叽叽咕咕调情的声音,当然,就更不愿意去谛听他们那张铁床的欢叫了。麻小丽说,她的睡房与他们的新房,只隔了薄薄的一层泥墙,她说那铁床叫起来的声音,吱嘎吱嘎的,真叫人受不了!父亲见她经常翻白眼,很晚才回家,也会从他焕发了青春或叫老骥伏枥的间隙,抽出一点时间和他的女儿谈谈心,做点思想工作,他对麻小丽说:"小丽,你妈走了,而我却还活着。无论如何,日子还得一天天过下去吧?"

听麻小丽说到这儿的时候,朱汀的眼睛里浮动出了些许泪光。不知怎么,他的鼻子被麻小丽的遭遇弄得酸不溜丢的,有了一点想哭的感觉。他说你父亲说得对啊,活人总不能为死人活着吧。听朱汀这么说,麻小丽有点生气了,做出一副嗔怒的样子,故意一使劲,揪了一下朱汀说:"你们男人都是这副臭德性! 除了脸胖点瘦点之外,关了灯,女人还不都是一样啊?"

"谁说一样啊,"朱汀立即翻身压在麻小丽的身上,说,"你就是不一样,你的身上有一股特殊的香味。我就是喜欢这种香味,快被它迷住了。你是不是要了什么花招啊,一到关键时候,就狐狸似的放出一种气味啊?"

"去你的,"麻小丽笑着,用食指点了点朱汀的脑门,说,"那不过是你的感觉出了问题罢了。"

"不过,毛子也说我身上有一种特殊的香味儿。"麻小丽说那是一个深夜,回家的时候我也不知道几点了,鸟衣街上没有一丝灯光,肯定是后半夜了吧,天黑得跟泼了墨汁似的,一步之外就什么都看不见了。现在想起来毛子的到来一定是命中注定的,你说是不是? 夏天,谁见过如此之黑的夜晚呢? 麻小丽说当时她有点害怕,一路上总担心遇到什么图谋不轨的人,走路自始至终踮着脚尖,生怕弄出一点声音,引起人们的注目。她就这样走啊走啊,一直走到能辨清自己家门口的那棵枇杷树下,麻小丽正暗自庆幸到家的时候,她娇小的身子就被毛子墙一样高大的身子挤到了枇杷树上,她的嘴巴被一只汗津津的手掌捂住了,她听见毛子压低了嗓门说:"小丽,我是毛子。最好老实点,一动,你的小命就呜呼哀哉了。"

麻小丽说她那会儿,哪还敢动啊,吓得连气都喘不过来,只觉得两腿之间被什么东西顶得生疼生疼的。她想说毛子啊,换个地方行吗? 可她的声音发不出来,因为她的声音被毛子的手掌捂回去了。麻小丽靠在枇杷树上的身子,一动也动不了。她的身子仿佛也成了枇杷树的一部分。但她的感觉还是敏锐的,她感到毛子撩起了她的裙子,还没等她发出本能的呼叫,尽管她的呼叫还是会被毛子的手挡回去,但她还是想叫，那种时候一个正常的女人怎么可以不叫呢？麻小丽说她正想叫的时候，突然涌起一阵钻心的疼痛……毛子就这样把麻小丽开了。那种刻骨铭心的体验，除了给她带来被火灼过似的痛楚以外，麻小丽说她就找不出第二种感觉来了。第二天，当她洗去裙子和内裤上的血迹，来到枇杷树前回想起昨晚的经历时，她的脑海一片空白。枇杷树下细碎的泥土上留下了几滴麻小丽的初次之血，若不细心还不易察觉，但麻小丽是细心的，在灿烂的阳光照耀下，那几点染血的泥土，很像几片被太阳晒枯了的花瓣。望着那几个暗红色的斑点，麻小丽欲哭无泪。就这样，她完成了一个少女到女人的简单过渡。她悄无声息地离开了父亲，离开了终日萦绕着甜腻腻麻花糖香味的小店，蛰居在毛子租居的一间简陋的平房里，过起了她的隐居生活。那些日子，麻小丽几乎足不出户，即便为日常生活所迫需要外出，她的头部总要裹上长长的方巾，再戴上宽大的墨镜。那副装束，总使她想起小时候看过的电影：一个女地下工作者的形象。

关于她和毛子接近一百天的日日夜夜，麻小丽是一句带过的。她说现在回想起来，简直如同一场噩梦。其实用不着多想，任何人居家过日子都需要金钱做后盾，麻小丽同毛子当然也不例外。在他们捉襟见肘的同居日子的后期，毛子花尽了原先的积蓄，他开始早出晚归，想办法弄钱了。也许，他的本意是让我开心，麻小丽说，让我过得像贵妇人似的。事实也正是这样，每当毛子弄到一笔钱，首先请麻小丽到星级酒店大吃大喝一顿，然后领着麻小丽采购各种名牌时装。这种大手大脚的突然暴富，使麻小丽产生了警觉，她想找个机会和毛子谈谈，别为了讨她的欢心而误入歧途。但是，还没来得及将她的想法付诸实施，毛子就被逮进了号子，落实到他身上的海洛因重达一千克。麻小丽对朱汀说，一千克啊，那是多少个毛子的人头啊。听到这个消息，麻小丽没有过激的反应，她拾掇一下屋里属于自己的东西，把它们装进几个塑料袋，扔掉方巾和墨镜，又以她真实的面目出现在了乌衣街错落有致的街头。

"后来呢?"朱汀问,他被麻小丽的故事打动了,他急切地又问一遍麻小丽,"后来呢?"

麻小丽说,后来没隔多长时间,城市电视台就播出了毛子贩毒团伙从重从快宣判的结果。一共五个人,四个死刑,一个死缓。不出麻小丽所料,毛子成了那四个倒霉蛋之一。那一天,麻小丽听到这个消息后,立即化了浓妆,叫了个出租车直奔公审现场。那天她化的妆夸张得像个舞台上的小丑。她的模样,引起了出租车司机的好奇,他问麻小丽说,演出马上要开始了吗?看把你急的。出租车还没接近现场,一个浩浩荡荡的车队在警笛的蜂鸣声中迎面扑来了。隔着出租车的玻璃窗,麻小丽一眼就认出了那个被五花大绑的毛子。被押在解放牌卡车车厢前端的毛子,表情漠然,可那双麻小丽所熟悉的眼睛却在不停地骨碌着,仿佛在寻找着什么。麻小丽知道他是在寻找自己,但她没有勇气打开出租车的玻璃窗,探出自己的脑袋。她缓缓地闭上了眼睛,对出租车司机说:"回鸟衣街吧,一切都结束了,一切都结束了。"出租车司机听了麻小丽的喃喃自语,感到十分疑惑,他问她:"戏还没演呢,怎么一切都结束了呢?"

"后来呢?"朱汀问。

"没有后来了。"麻小丽说,清澈的眸子里突然有两滴泪水从她长长的睫毛中夺眶而出。她说:"后来就是没有后来,像我这种人怎么会有后来呢?"

"朱汀,快,快抱抱我,"麻小丽说,"我冷,我冷啊。"

朱汀在烟灰缸里摁灭烟头。顽固的烟头,蝗虫般地冒出了几丝淡青色的烟缕。瞧着一点点散去的烟缕,朱汀的耳畔忽然响起了麻小丽那声情感复杂的呼唤:"我冷,我冷啊。"那一声呼唤像刚刚发生的一样,令他身临其境。"朱汀,快,快抱抱我,"她说,"我冷,我冷啊。"这句话,再一次闪过朱汀的心际,他努力驱赶着麻小丽的声音,如果再不将那声音赶走的话,朱汀想,我的心就快碎啦。他把目光投向那部蓝色的私人专线电话机。当电话机上显示屏的时间跳进八点三十分时,铃声在一串红色指示灯的闪烁下，蜂鸣起来。他迅速摘下话筒："是小丽吗？"

"什么，什么？"电话里传来的声音把朱汀吓了一跳，他立即意识到自己犯下了不可原谅的错误，正当他想着用什么言词来自圆其说的时候，电话机里传来了白小景的责问，她说："朱汀，小丽是谁？！"

六

第二天醒来，荷花来不及洗涮，直接赶往医院。当她气喘吁吁地闯入急救室大门时，发现那架高高的铁床上已经空空如也。一个医生模样的人走过来告诉她，那个老人已被送往太平间了。太平间？荷花不明白太平间是什么东西，就问医生。医生说太平间就是一个将死人冷冻起来的地方。随后，医生开始表达他的不满，他说姑娘，你们真是一点孝心也没有啊，你老爸人都不行了，孩子谁都没过来看他一眼，人活一辈子，生儿育女为了什么？不就图临终时有人看他一眼吗？面对医生的批评，荷花真是有口难言，她不想用她碾子沟的口音作任何辩白。她想，现在最重要的事情就是立即将消息告诉愣青。她没有理睬站在一边教训她的医生，急匆匆地退出了急救室，没命地朝街头的磁卡电话奔去。

荷花的电话打到了愣青的手机上。电话响到第七声的时候，在荷花不停的"喂喂"声中，她终于听到一个女人极不耐烦的声音：谁啊？这种时候来电话，真是烦死人了。接着，荷花才听见愣青沙哑的嗓音。荷花说："快来医院，大爷……大爷他走了。"

"什么？"愣青喊道。

荷花又说了一遍。再次强调你老爸没了。愣青确认了这个并不十分令人惊讶的消息后，对电话这头的荷花说，他还有一点小事儿正在办，让她先在医院那头等一会儿，他马上就来。荷花说好吧，你要快点过来啊。正准备挂上电话时，荷花又听到那个女人的叫声。作为一个初来乍到、从未经历过男女之事的碾子沟姑娘，她肯定不会明白那个叫声的含义。她以为是电话出了差错。她想，别人在说话的时候，你瞎啰唆什么啊！

给愣青打完电话，荷花挑起她漂亮的凤眼，狠狠瞪了磁卡电话一眼。她开始责怪自己昨晚不该洗完澡又在床上躺下。又没有出多少体力，你怎么就那么贪睡啊！从去医院照料愣青的父亲到现在，足足有一个多月了，她都没见愣青露过一下脸。他在忙什么呢？躺在医院病床上的可是他亲生父亲啊。城里人就是这么奇怪，要是放在碾子沟，有这种不孝行为的愣青还不被碾子沟的唾沫淹死啊。荷花想不明白。她一步步离开了磁卡电话机，走进了城市法国梧桐树的阴影。阳光透过树叶洒下的光斑跳动在荷花的视线里。现在，她不用着急了，可以慢慢地向医院的大门走去，然后等待愣青的到来。

愣青当然来了。出乎荷花意料的是，愣青没有直接去太平间。他的脸上十分平静，一点想大哭一场的意思也没有。他对荷花说这些天辛苦你了。本来荷花还以为愣青会将她臭骂一顿，怪她去洗什么澡，连人死了都没有在第一时间通知他。听愣青这么一说，荷花心头的一块石头才落了地，她说我们得想办法弄口棺材来啊。棺材？愣青说，你以为这是碾子沟啊？得火化！在接下来的三天时间里，荷花和愣青为死者的火化做着积极的准备。在郊外的火葬场，人们将愣青的父亲推入熊熊烈火的时候，站在荷花身边的愣青哭了。他哭得无声无息，是那种任眼泪默默流淌的哭泣。可惜的是，愣青的泪水实在太少了，大概流了不到三分钟吧。之后，他对着正经历烈火洗礼的父亲鞠了三个躬，就一个人走到僻静处抽烟去了。而这时候的荷花瞧着炉火和烟囱里冒出的青烟，竟一时抑制不住内心的悲痛，放声大哭起来。她要用泪水乞求愣青父亲的原谅，她要用泪水来表达这个城市永远笼罩在她心头的不解之谜，她要用泪水去迎接这座城市对她生存所构成的挑战，她更要用泪水来捍卫她誓死不回碾子沟的决心。荷花的这种哭泣持续了很多天。当然，再哭的时候她的脸上已没了泪水，泪水不过是默默流淌在她的心间罢了。

直到有一天愣青笑着对她说，荷花你笑一笑不好吗？我喜欢看你笑的样子。愣青说人总是要死的，你说是不是啊，只能说我父亲命不好，什么病不好得，偏偏撞上了淋巴癌，没办法啊。别说普通人了，愣青指了指电视里正在热播的《康熙王朝》，那会儿康熙正在奴仆的侍奉下与宝日龙梅进行着野外行房，尽管橙黄色的布墙阻挡了观众的视线，但里面绿茵茵的草地，草地上明媚的阳光，阳光下一丝不挂的龙体，龙体下宝日龙梅姣美的身子，还是能够清晰地再现在一个想象力正常者的脑海里的。就是康熙得了这种病，愣青偷偷地瞟了荷花一眼，说也不行啊。

荷花稍显苍白的脸上，飘过了几丝羞涩的红云。她移开了自己的目光，本能地拢了拢裙子的下摆。这是一件无袖的碎花裙子，是愣青陪她上街时，由荷花挑选的。裙子有点肥大，因而她的身子套在里面，稍稍有点走样儿，跟裹了一块花布似的。愣青从茶几上摸出一支散花烟，点燃，对荷花说："我这些天有事，伊甸园就全权交给你了。"

"要出远门？"荷花扑闪了一下眼睛，电视屏幕上橙黄色的布墙不见了，令人尴尬的镜头消失之后，她的目光又重新回到电视屏幕上。

"不是，"愣青说，"还在乌衣街。"

"不回来睡了？"荷花问。

"事儿很复杂，"愣青说，"可能要起早摸黑，没个准头。"

"我知道了。"荷花本想问问愣青什么事儿那么重要，弄得连店都不看了，但话到嘴边又咽了回去。

"伊甸园的生意好做，"愣青说，"早晨九点，打开卷闸门，你往枇杷树下一坐，有人来了，你装着没看见跟进去，客人一般情况下会对玻璃柜台指指点点，你要按他们的意思准备好东西，最重要的是把钱弄对了。我们图啥啊，就是图个钱嘛。进伊甸园的男男女女从来不讨价还价。"

"还有女的进来？"荷花惊诧地问。

“怎么没有?”愣青说,“女人也是人啊。”

“你们城里人啊真有意思,”荷花的目光悄悄掠过愣青轮廓分明的脸庞,鼓足勇气说,“真的不用,用假的。”

“这年头就是这样,”愣青说,“你没听说吗?这年头除了娘是真的,其余都是假家伙。”

荷花把愣青的话在心里过了一遍,突然掩嘴乐了,说:“仔细想想还真是这样。”

“这是王老板的名片,上面有他的电话号码。”愣青说着从钱包里摸出一张名片递给荷花,他接着交代说,“伊甸园要是缺货了,一个电话过去,王老板会派人送来。”

“你真撒手不管了?”荷花接过名片,低声说,“我怕我做不好。”

“挣了钱,留下用的,其余的存进银行。”愣青说,“看伊甸园挺有意思的,跟看电视连续剧差不多,你会碰到鸟衣街的各色人等。”

这是愣青同荷花语言最多的一次交谈,也是荷花进入城市两个多月来最为开心的一个晚上。她的脸,从这天开始渐渐有了甜甜的笑容。对着镜子,她发现自己的肤色比在碾子沟时白皙了许多,这一定是少了阳光暴晒和体力劳动的结果。愣青不在的晚上,荷花除了看《康熙王朝》,剩下的时间便坐在镜子跟前,对照着《时尚》杂志上的模特,给自己的脸蛋化妆。涂唇膏、抹眼影、搽粉饼,一次不成功洗了重来,直到镜子里的脸蛋焕然一新为止。这种时候,她会顽皮地冲镜子里的自己,偷偷掩嘴一乐。镜子里着了妆的荷花,一点也不比鸟衣街与她年龄相仿的女孩差,这种感觉无形中增添了荷花的自信。她货比三家,给自己买了性感的内衣、内裤,还有大街上流行的松糕鞋、小背心、小短裙、连裤的浪莎牌丝袜,当然少不了气味淡雅的香水了。在她的睡房里,这些以前从未见过的东西,充满着无法抵御的诱惑力。她一遍又一遍将自己脱得一丝不挂,又一件件穿上,学着电视里模特的样子在镜子前面走来走去。有时候,甚至一觉醒来,荷花也要把化妆和穿衣的功课,重新温习一遍。一天一个样,三天大变样的碾子沟女孩荷花，不知不觉构成了鸟衣街一道迷人的风景线，一些有意无意的目光开始在她的身上扫来扫去。她站在伊甸园的玻璃柜台后面，用大方、从容、迷人的微笑迎接着进入伊甸园的每个顾客。慢慢地，荷花明白了一个简单之至的道理，这个世界上最难的事情，就是让别人心甘情愿地把自己兜里的钞票掏出来，送给你花。她可不想遵照愣青教给她的那种方法去做，等人进了伊甸园才悄悄跟进去，跟做贼似的，犯得着那样吗？鸟衣街的枇杷树下有什么待头？重要的是要靠自己的热情赢得顾客、赢得市场。更何况，玻璃柜台陈列的那些东西，见多了，自然就熟视无睹，没什么感觉了。若不是刻意展开无聊的想象，那些东西跟街头暴露在外的树根、广告牌、水果、气球等玩意儿没什么区别。

“荷花啊，你越来越漂亮了。”客人爽快地掏出一沓钞票递上说，“弄得我都不敢正眼看你啦。”

“荷花啊，真是给点阳光你就灿烂啊。”客人酸酸地用目光瞟上荷花一眼，付了账会突然问她，“愣青这小子真是艳福不浅啊，这些天怎么没见他啊？”

“荷花啊，什么时候能和你搞出一点绯闻来啊？”

无论男性客人如何赞美、调侃自己，甚至弄出一点出格的眼神，说出一些猥亵的话来，荷花都不会生气、愠恼，她对付这些人唯一的办法就是微笑。当然，荷花的这种微笑给她带来了丰厚的利润。在不到一个星期之内，她打电话给王老板，让他送了三次货。最后一次王老板亲自来了，他想了解一下伊甸园突然“火”了的原因。王老板的目光一接触到荷花的笑容，聪明的王老板就明白了一切，他悄悄地在荷花的耳边来了一句称赞的话：“荷花，你会出类拔萃的！”

“出类拔萃？”荷花微笑着问，“真的吗？”

七

神出鬼没,这个成语应当说是愣青这些日子的真实写照。从打算进入角色的那天起,愣青跑到城市陌生的商店,买来了一架军用望远镜、一部傻瓜照相机、十个彩色胶卷、两块黑布、五根弹性很好的尼龙绳。他把这些东西装进洗得发白的军用书包。书包是他父亲愣方留下的遗产,上面的雷锋头像和苍松翠柏,如果认真辨别的话,还依稀可见。按照自己的想象准备好这些东西以后,愣青决定剪掉他蓄了多年才留起的小辫。在理发室的镜子里,愣青瞧着已经剪掉小辫的自己笑了笑,干脆让理发师给他剃了个秃瓢。回到屋里,愣青戴上黑色运动帽,又在鼻梁上架上一副宽大的太阳镜。装扮完,愣青对着镜子左看右看、上看下看,怎么看都觉得不像一个好东西。开弓已没回头箭。愣青趁荷花不注意,在一个天色朦胧的时刻,从伊甸园后院的侧门,走进了乌衣街异常静谧的早晨。

那天早晨的乌衣街壅塞着密密的雨雾。愣青背着父亲的书包走在乌衣街上,他要去西山花园的后围墙,那里有一间刚刚被他租用的民房。多少年来,这是愣青绝无仅有的一次起早。要是搁在平时,他不睡到太阳八丈高,不睡到腰酸背痛,是不会从床上爬起来的。看来以前的愣青,也不是天生的贪睡,最主要的是无事可干。没事的时候,你不叫愣青睡,叫他做什么呢?从吴老板手中接过那个黑色公文包以后,愣青再没有睡过一个囫囵觉,不论是白天还是黑夜,他都处于一种浮想联翩、神魂不定的状态,经常在睡眠的间隙出现某种如临深渊的惊颤;与此同时,他的脊梁骨会升起一股凛冽的寒气。他知道,那股寒气的到来与一个名叫白小景的女人有关,她是朱汀的第二任妻子。愣青从没见过这个女人,他猜想这个女人一定有着惊人的容貌,要不那个经常出现在城市电视台参加各种公益捐赠活动的朱汀,怎么会抛弃前妻和儿子,拜倒在她的石榴裙下呢?乌衣街不知怎么了,仿佛成了一座永不枯竭的金矿。朱汀在深圳发展好好的，怎么突然又杀回鸟衣街来淘金呢？他朱汀一定是将吴老板惹急了吧？愣青不想探寻他们之间谁是谁非。在他的眼里，这帮鸟衣街的新贵，都不是什么鸟东西。

愣青看中的那处民房，紧挨西山花园北部的镂空围墙。掩映在苍松翠柏之中的别墅是由北向南依次而建的，南低北高。所谓西山不过是我们城市一个海拔不到三百米，地势起伏的小丘陵而已，但里面树木苍翠，野花盛开，虫鸟争宠。在没有兴建这片专供富人居住的西山花园之前，西山是我们城市名副其实的姹紫嫣红的百花园。如今事过境迁，那个隐藏在愣青记忆中的西山，只属于那些别墅中的富人了。

愣青选定的那间房子阴暗潮湿，是一排贴着围墙临时搭建的棚屋。棚屋大约有五百米长，呈现一种顺势而居的格局。门前长长的铁丝上挂着尿布、胸罩、短裤、背心之类的东西，这儿是隐藏于城市繁华景象背后的另类存在。女人们守在屋内，男人们白天到城里打工，晚上回来居住。看到他们其乐融融的样子，愣青觉得活着本来就是一件轻松愉快的事情。那些活累了的人，说到底不过是自讨苦吃罢了。躺在散发着淡淡霉味的床上，愣青想：我就干这一次！并且绝对不弄伤白小景，万一被逮住了，不过是几年有期。这个问题的轻重，愣青掂量过。他绝对不会为吴老板那个黑色公文包里的东西，拿自个的命去当儿戏。自个的命再贱，贱得跟狗一样，也是一条命啊。愣青一再这样告诫自己，就是夜里爬上门前那棵巨大的柳树，透过望远镜窥视七号别墅的时候，他也没忘了对自己的告诫。

这棵柳树浓荫蔽日，粗壮的树干可以分为上下三层。树干从一人多高处开始分杈，一杈向北，一杈向南，伸过西山花园的围墙，离七号别墅至多也就是七八米的距离。重要的是这个向南伸出的杈很平坦。树杈顶端又朝天长出了三个粗大的树枝，而这三个树枝的交会处恰好是愣青就座的最佳位置。一条条垂下的柳枝将身着黑色衣裤的愣青围了起来，十分隐蔽。他第一次坐到那个树杈上，便为自己最初的选择而自鸣得意。用手轻轻扒开柳叶，七号别墅的客厅、卧室的窗户就能清晰地呈现在愣青的目光之中了。

那一刻愣青的心跳明显加速了,有一种气流在他的体内奔腾。他迫不及待地从书包里拿出望远镜,调准焦距,将透过镜片的目光延伸进了朱汀夫妇的私密空间。他看到了红色的木地板,看到了木地板上麦青色的波斯地毯。在客厅枝形吊灯流光溢彩的照耀下,愣青第一次目睹了白小景美丽的身影。她坐在那架白色钢琴前,用嫩葱一般细长的手指抚弄着琴键。她表情平静,目光游移在琴键和乐谱之间。栗色的长发散落在她浑圆的肩头,透过长发的间隙,愣青看到了淡青色的丝质睡裙上两条细细的吊带。太清晰了!愣青忍不住在心里惊呼起来。他甚至看到了白小景脸上细细的茸毛,和她挺直的鼻梁右边的一颗若有若无的暗痣。难道这是显微镜?愣青这样想的时候,把目光移到了白小景的胸口。隔着睡裙,他感觉到了白小景胸部隐隐约约的轮廓。根据他不算丰富的两性经验判断,睡裙里面的白小景什么也没穿。他觉得白小景睡裙掩盖下的曲线,玄妙而流畅;再往下,愣青就什么也瞧不见了。因为坐在琴凳上的白小景,两腿并拢,平视乐谱。她的这种坐姿避免了愣青的目光对她的进一步骚扰,同时也粉碎了愣青窥视更多内容的想法。

这时候愣青想起了麻小丽。他瞅了瞅准点牌石英表:十点差一刻。另一只准点牌石英表依旧戴在她的手上吗?如果戴着,此时此刻,她又在干什么呢?假若这会儿她知道我骑在西山的柳树上,正窥视着另一个女人的隐秘生活,并时刻准备着从这个女人的某个部位,像薅草一样,取得吴老板最想得到的东西,她会怎么想呢?无论怎样,即使以后再次见到麻小丽,也不能向她提及这种事儿。愣青想:我要将它看作自己同吴老板之间的秘密,永远保存在记忆的深处,永不对人提起。仔细算起来,他和麻小丽从在酒吧相识,到发生令人着迷的一夜情,再到陪她逛商场,前后加起来充其量不过四十九个小时,那以后麻小丽这个谜一样的女人就神秘地杳无音信了。尽管他们一起在乌衣街长大,但乌衣街大着呢,从东走到西,没有半天工夫,休想量个遍。冥冥之中，愣青感觉麻小丽有点儿面熟，可谁能想得起来在哪儿见过她，也许是在鸟衣街，也许是在梦里，这种事谁能说得清楚？因此，愣青不了解她的底细，更不知道她的背景。要不是吴老板喝酒时说漏了嘴，他真不敢想象麻小丽是一个像小阿妹一样的女子。但果真那样的话，为什么在那销魂摄魄的一夜情中，她没有要愣青一分钱？第二天，还要送准点牌石英情侣表中的一只给他呢？

一度愣青想弄清这个问题，但他想来想去，到头来还是理不出一点头绪。理不出就不理了，他觉得没必要被这种谜语一样的东西缠得头昏脑涨，说不定什么时候，麻小丽又会像白小景似的自动呈现在他的视线里了。

现在，不是去想那些乱七八糟事情的时候。他揉了揉有点犯困的眼睛，抬头往茂密的柳叶外望去。一弯瘦小的月牙钻出了絮状的云层，夜雾渐渐升起，有了凉爽的风儿。愣青把身子靠在树杈上，解开衬衣的一粒纽扣，想让夜风吹一吹自己汗津津的身子。即使靠在树杈上，他的目光依然没有离开七号别墅的窗口片刻。没了望远镜的视线，显然不能清晰触及七号别墅的内部细节了。

不管怎样，七号别墅的奢华陈设，已经让我们鸟衣街的土著，一个玩泥巴蛋长大的青年，看到了现实的另外一重天地。舞厅一样色彩迷离的客厅，金光闪闪的楼梯扶手，楼梯下红色的羊皮沙发，窗台下郁郁葱葱的植物，植物旁边巨大的液晶彩电，二楼卧室那个宛若球场的双人床，全都让树杈上的愣青瞧得傻了眼，令他唏嘘不已。床头的墙上悬挂着朱汀夫妇的结婚照。照片上的白小景身穿一袭长长的婚纱，微微侧着脑袋，轻轻地依在朱汀的胸前，脸上露出浅浅的笑靥。那种溢于言表的幸福和甜蜜出现在愣青透过望远镜的视线中的时候，他曾一度产生过错觉。在那种迷人的错觉中，愣青不止一次偷偷地把照片上的朱汀换成了他本人。这一换不要紧，愣青真的就闻到了白小景身上那种令人迷醉的气息。尽管这种错觉只是短短的一瞬，但愣青的脑际仍然飘过一种转瞬即逝的眩晕。那是一种温馨而虚幻的眩晕。

正当愣青被这种眩晕击中的时候，一道雪亮的灯光照进了愣青所在的那棵柳树，那一刻他本能地松开望远镜，将黑色的运动帽往下一拉，用长长的帽舌遮住了面孔。很快，那道光亮便移开了。随即，浓重的夜色再一次闭合，深深地将愣青包裹起来。轿车径直驶进了七号别墅的白色栅栏，一个衣着整洁的女孩打开了家门。愣青猜想，开门的女孩可能是七号别墅的佣人，现在的有钱人谁没有一两个佣人？朱汀走下轿车，登上了七号别墅高高的台阶。

愣青立即操起挂在脖子上的望远镜，潜意识告诉他，接下来可能就要出现那种他盼望已久的场景了。白小景离开那架白色的钢琴扑进朱汀的怀里，娇滴滴地问他：老公，怎么才回来啊？然后，双双走进浴室。现在是夏天，谁的身上不是一身臭汗？浴室在他们卧室的左边，同样有着一个很大的窗户。只要愣青稍稍转动望远镜，他的目光就可以伸进浴室，去浏览一番里面的风光了。事实上，事情远没有愣青想的那样美妙，他看见朱汀放下手里的公文包，有气无力地倒在了红色羊皮沙发上。这时，白小景“噌”的一声，从琴凳上弹了起来。她的脸色一片煞白，一副气急败坏的样子。她一定在责问着什么，朱汀一定在辩解着什么。只可惜，愣青离得太远了，他什么都听不到。透过望远镜的视线，不过是在看一部无声电影罢了。不知过了多长时间，朱汀走近泪水汪汪的白小景，掏出手帕一点点拭去她粉腮上的泪滴。拭着拭着，白小景张开双臂环绕上了朱汀的脖子，并递上了她红嘟嘟的嘴唇。开始了，就要开始了。愣青气喘吁吁的，一边念叨着，一边瞪大了望远镜后面的眼睛。可谁能想到就在这个时候，那个尽心尽责的女仆，走到窗前启动了窗帘的电钮。一袭厚重的窗幔，就在她可恶的小手下徐徐拉上了。全都拉上了，所有的窗帘，浴室的、卧室的、书房的，全都拉上了。

“他妈的，戏还没演呢，就谢幕啦。”愣青骂道。他失望地从树上滑下来，点起一支烟，拼命吸了几口。涌进肺部的烟气，消灭了早已爬得愣青奇痒难忍的烟瘾虫。这时愣青长长地舒了口气。周围的人家都已睡了。抬起手腕,他瞅了一眼准点牌石英表。怎么还是十点差一刻啊?他摘下手表贴在耳朵上。表针死了,一点儿响声都没有,寂静得就像西山花园浓重的夜色。

第二天下午,愣青从西山下来,直接坐出租车来到城市著名的亨得利钟表店,他把表交给修表师傅,说看看,表好好的,怎么说不走就不走了呢?师傅接过准点牌石英表,从老花眼镜的镜框上面,抬起眼睛瞄了瞄愣青,用一种疑惑的口气对愣青说,你的表?当然是我的啦,愣青的两只肘支在玻璃柜台上,说这还能有假?是块好表,修表师傅摘下老花镜说。他从玻璃罩内取出一个黑色放大镜,轻轻往眼眶上一碰,那个圆柱形的物体就成了修表师傅眼睛的某个部分,长在那儿一动也不动了。他操起扳手,往准点牌石英表的背后一扣,猛的一拧,表的后盖就被他打开。修表师傅拿起一个绿色的气囊,"吱吱"地对着表芯吹了几下,对愣青说换块电池吧?换吧,愣青说。修表师傅说进口的很贵。多少?愣青问。五百进的,修表师傅抬起他镶了放大镜的眼睛说,算五百给你得了,放着也是放着,还压资金,你说是不是啊?钱这会儿是小事,愣青从来没有像现在这样感觉到时间对他的重要性。再说了,准点牌石英表是麻小丽送给他的,不修怎么能行?五百就五百吧,愣青眨动着墨镜后面的眼睛说。

装了新电池以后,愣青又重新听到了表针跳动的声音。滴滴答答。铿锵有力。他径自离开了亨得利钟表店。街头的阳光很毒,墨镜后面的阳光更是凌乱不堪。沿街的店面门口坐着一些闲聊的人,他们交头接耳,说到兴奋处唾沫星子乱飞。这儿离鸟衣街很远,因此愣青用不着担心碰到熟悉的面孔,他想沿街漫不经心地遛遛弯儿。西山那间简陋阴暗的屋子留给愣青的感觉,糟得无法形容。要不是夜晚的柳树杈儿让他的目光产生亢奋的亮点,他想他一分钟也不愿意待在山上,与那些铁丝上花花绿绿的衣物为伍。一家出租音像的店铺传出了田震的《月牙泉》,她永远沙哑又别具一格的歌声,愣青是百听不厌的,他停下脚步,竖起了耳朵。月牙泉啊月牙泉。愣青想起在初中的《地理》课本上，似乎学到过这么一个地名，可究竟在哪儿，愣青肯定是想不起来的。他上学时学过的那些东西，早就还给谆谆教诲过他的老师了。田震清凉的《月牙泉》从愣青的耳朵流进，在他混乱不堪的心际遛了一遭，就消散得无影无踪了。这就是愣青，他有着某种非常顽劣的心态，在他持续不断的行为轨迹中，我们很难整理出清晰的线索，或探查出某种前因后果。

接下来，愣青重上西山，回到了柳树杈上。在这里，他严格按照准点牌石英表给出的时间，起居或工作。坚持了整整二十天之后，愣青一丝不苟地弄清了七号别墅主人的生活规律。具体说来是这样的：七点三十分，朱汀准时驾驶白色本田雅阁轿车离开别墅，去他的公司上班。之后的时间里，七号别墅只有白小景和她的女仆，也就是那个十七八岁的女孩。愣青知道，女仆，现在也可以叫做保姆，在电影电视里的旧社会一般叫做女佣。愣青懒得给这种人的身份正名，他更喜欢把她称作女仆。女仆，大概在六点三十分起床。起床后，她要做的第一件事就是拉开七号别墅除白小景卧室之外的所有窗幔，迎接早晨清新而明媚的阳光。随后，她要做一些简单的洗涮，开始准备朱汀的早餐。早餐摆上餐桌，她去打扫七号别墅白色栅栏之内的院落，等朱汀用了早餐，她又打开七号别墅的大门，目送着朱汀离去。之后她回到屋子，随便吃一点什么东西，就开始用白色的毛巾没完没了地擦拭家具。而这种时候，白小景在干什么呢？她在床上睡觉，愣青想这是一个嗜睡的女人。他想看看她睡觉的样子。她睡觉的时候，会像波斯猫一样蜷缩着可爱的身子，并轻轻起伏着睡裙吗？愣青不知道，因为他的视线无法穿透厚厚的窗幔。白小景卧室的窗幔总是最后拉开的。待在树杈上的愣青，尽管没有窥视到令人兴奋的场景，但他感觉到了朱汀夫妇的感情危机。他们，并不像愣青想象中那么恩爱、那么幸福、那么甜蜜、那么卿卿我我。他们有的是没完没了的争吵。白小景的目光总是湿湿的，仿佛有着诉不尽的委屈惆怅。

等愣青弄清了七号别墅主人的生活规律，他备感轻松地退掉西山上租来的房子,彻底和那棵陪伴他多日的柳树拜拜了。愣青悄悄地从侧门潜入伊甸园,直接进浴室洗了一个热水澡,随后进入睡房,插上房门,把父亲的书包放在枕边,躺到了凉席上。他实在是困呆了,他想好好睡一觉,补上因在西山折腾不休而欠下的大头觉。

躺在床上的愣青,每一寸肌肤都显示出他的年轻和活力。他有着发达的胸肌,稍一用劲,胳膊上的腱子肉、胸大肌就一块一块的,有棱有角,仿佛鼓满着用不完的力量。更叫人称奇的,要算是愣青胸前那簇醉死女人的胸毛了。麻小丽认为这是最性感的地方,用麻小丽的话来说是叫简直性感得让人晕菜。在那个给愣青留下刻骨记忆的一夜情中,麻小丽不止一次张开她红润的嘴唇,去吮吸愣青的胸毛。她舔着,吻着,嗅着,用她的唾液和舌尖漫游过愣青每一寸充满力量的肌肤;她叫着、吟着、唱着,像迎风绽放的花蕾散发出一浪高过一浪的芳香。在那种令人着迷的芳香熏拂下,愣青没有理由不进入酣畅淋漓的梦乡……

他看到愣青正背着父亲的书包隐藏在七号别墅的花丛中。城市的早晨总是那么明亮,那么灿烂,把它的光线照向鸟衣街,照向七号别墅,照向花丛,照向隐藏在花丛下的愣青。准点牌石英表告诉他:现在的时间是早晨七点四十五分。朱汀的白色本田雅阁轿车驶走之后,尾气中包含的淡淡的香味,与花丛的芳香一起,闯进了愣青的鼻腔。他看见愣青身着城市管道修理工的服装,走出了花丛,一步步走近七号别墅的白色栅栏。愣青摁响了栅栏门框上的红色电钮,不一会儿,女仆就含着甜甜的笑意,打开大门,朝愣青走来。愣青告诉女仆说,领导安排他来检查一下水管线。好啊,进来吧。女仆说着把他迎进了七号别墅的大门。就在这一瞬间,愣青用身子关上了大门。他一伸手,就把在望远镜里不知欣赏了多少遍的女仆的嘴巴捂上了,她几乎没来得及做出丝毫反应,她的眼睛就被愣青用黑布紧紧蒙上了。他能感觉到女仆的整个身子都在颤抖。抖就抖去吧,愣青想,这种时候不抖才叫奇怪呢!学着电影里的镜头,他用一块白布塞入女仆的口腔,又用绳子捆上了女仆的手脚。整个动作干净利落,没有一点拖泥带水的成分。愣青瞧了瞧门后纹丝不动的女仆,立即脱去鞋子,光着脚,背起书包,直接闯进了白小景的二楼卧室。正如愣青所预想的那样,睡在床上的白小景,身上穿着的正是那件麦青色的睡裙。对于愣青的贸然闯入,尚未从睡梦中醒来的白小景一点感觉都没有。白小景散落在枕边的栗色长发,侧身而睡的美妙姿势,以及那种恬静的笑容,让愣青看了,心里顿时有一点紧张,甚至还他妈的生出一点怜香惜玉的感觉。他看见愣青伸进书包的手迟疑了一下,还听见愣青说放心吧,绝对不会失手的。说完,他的手迅速拿出黑布,还没有等白小景发出第一声尖叫,黑布条像蒙上女仆一样,蒙上了白小景的眼睛。对付睡梦中的白小景,愣青使用的手法,不过是两分钟前那一套动作的重复。按照最初的构想,愣青的杰作顺利杀青。他看着在床上来回滚动的白小景,两腿有了一种打战的感觉。不能等了,他想,赶紧办完事走人!他看见愣青慢慢俯下身子,撩起了白小景的睡裙。愣青看到了白小景平坦的小腹和饱满的三角地。出乎愣青意料,白小景私处的毛发非常柔软,小小的一片三角地闪烁出令人心跳的光泽,犹如玉米嫩嫩的缨穗。他看见愣青罪恶的手,轻轻抚过白小景的小腹,在她风景无限的三角地略作逗留,突然一用劲,轻而易举地采撷到了吴老板想要的东西。他把六根异常轻灵的阴毛,夹进预先准备好的小纸袋,小心翼翼地放入胸前的短袖口袋,并扣上扣子。接着,愣青掏出傻瓜照相机,嗒嗒地摁响了快门,镁光灯一闪一闪的,给愣青带来了前所未有的刺激。收起傻瓜照相机以后,愣青的目光,当然要急不可耐地滑向白小景的小腹了。他看见愣青往肚里咽了几口唾沫,接下来,愣青松开白小景脚部的尼龙绳,把她颀长的两腿高高举起。他听见愣青对自己说,妈的,以后上哪儿找这种天赐良机?他看见愣青松开了自己的皮带,在白小景的扭动和闷声闷气的反抗声中,粗暴而本能地闯了进去。

醒来之后,愣青低头看了看自己的红色内裤,闻到了一种熟悉的气味。

几天后的一个早晨，愣青把上述的梦境在现实中复制了一遍。其实，事情就这么简单，前者是后者的梦境，后者是梦境的结果。总之，愣青出色地完成了吴大有要他完成的任务。

八

这天上午八点，荷花略施粉黛，穿上她喜欢的背带裙，挎上紫罗兰色的真皮坤包，独自走出了伊甸园。

临走前，愣青还在睡觉。剃掉了小辫的愣青，这些天总是躺在床上，除了吃饭，他很少从伊甸园门脸房的二楼下来。荷花见他回来心里非常高兴，她想跟他说说店里的事情，谈谈心里的感受。愣青却不当一回事，摆摆手说你办事，我放心；又说困死了，我要好好睡几天，愣青摸了摸脑袋，说有事以后再说好吗？荷花一噘嘴，做出一副生气的样子，说睡吧睡吧，你就知道睡。她正在努力改变自己碾子沟的口音，认真模仿鸟衣街人说话的神态和音调。碾子沟与鸟衣街同属一种方言，稍微不同的，只是口音的差异罢了，因而荷花很快掌握了鸟衣街的发音方法，不就是带点卷舌音吗？有什么了不起的！荷花虽然这样想，但一着急，她对愣青说睡吧睡吧你就知道睡的时候，那已融入她血液的碾子沟的口音，却露出了马脚。不管怎样，荷花都要把自己的根须深深植入鸟衣街的污泥浊水，在这儿生根发芽，开出最鲜最美的荷花，这就是她的梦想。她一个人躺在床上，瞧着窗外明净的月光，不止一次地看到绿叶衬托起来的粉白的花瓣，和花瓣上晃动的晶莹透亮的水珠。昨天晚上，她在荷花虚幻的花影里看到了妈妈佝偻的身影。妈妈刚刚四十岁，却在做不完的繁重的体力劳动同碾子沟并不特别的风吹日晒中，迅速衰老成了六十岁的模样。如果放在鸟衣街，一个四十岁的女人应该风韵犹存，处于浪打浪的再现青春的季节。在伊甸园，荷花曾遇到这样一个四十多岁的女人。那个女人一身黑色的衣裙，进门后要了一堆各式各样的壮阳药，她指指点点的，嘴巴不停地唠叨，说现在的男人不知怎么啦,不来点这些东西房事没法过,说得站在一边的荷花面红心跳。最后,女人从鼓鼓的钱包里,脸不变色心不跳地数出荷花计算器给出的数字。出门的时候,荷花注意到了她凹凸有致的身材、黑裙下丰满的臀部和臀部上方婀娜的腰肢。这一切,摇曳出一种成熟女性的风韵,让荷花看了,称羡不已。要不是她说话时脸上的皮肤涟漪荡漾,瘦削的手背有一两个曾经沧桑过的黑斑,谁敢相信这是一个年过四十的女人呢?

今天她要去邮局,给妈妈寄上五百块钱,并在汇款单的附言栏写上:女儿很好,请勿挂念。再把早晨写好的信寄给父亲,要他上街给妈妈买身夏天的衣裳,再给小弟割二斤猪肉烧烧吃。剩下的钱她交代父亲存下,小弟以后上学要用,还交代小弟一定要好好学习、天天向上,争取走出碾子沟。她在信的最后感叹道:老爸啊,外面的世界真精彩!这是荷花的神来之笔,她实在找不出比这句歌词更能表现她心得的言语了。

走出碾子沟的日子过得真快呀,一晃三个多月过去了。荷花走出邮局营业厅的大门时,感觉到了时空的变化。她当然不会忘记临走前的那个夜晚,她在床上辗转反侧了很久,一会儿看看透进窗口的月光,一会儿听听窗外竹林被风吹出的窸窸窣窣的声音,就是不能安然入睡,要带的东西都准备好了,装在一个编织袋里。一想到天不亮,她要背着这个编织袋,走上碾子沟通往黑龙镇公共汽车站的山间小路,荷花的鼻子就泛出了淡淡的酸楚。她蹑手蹑脚地走进了父母的睡房,看了看他们的睡容,听了听他们的鼾声,后又回到自己的房间。小弟睡在她的身边。五岁之后,小弟就一直和她睡。她低头亲了亲小弟的前额,心里默默地对小弟说,我不是想走啊,实在是没办法,明天提亲的要上门了,老爸要把我嫁走,我还不到二十岁,一点想法都没来得及有,他就要把我嫁走。她说我不要他把我嫁走,我自己嫁,等姐姐出去后混出点名堂,我要把你接到城里去住。弟弟问她城里怎么样,她又亲了一下小弟的前额说,我的小傻瓜,城里什么样呢?我不是带你在黑龙镇看过电影吗？肯定就是电影里的样子了。整个晚上，荷花睡睡醒醒，醒醒睡睡，一直熬到能看见碾子沟的曙色，她才从床上骨碌下来，背起编织袋义无反顾地跨出了她家的石头门槛，穿过屋后的竹林，在几声寂寥的鸡鸣狗吠声中，走上了九曲十八弯的山间小道。荷花真不愿意去想那段路究竟走了多长时间，整整一天啊！到黑龙镇公共汽车站的时候，天都黑得看不见五指了。荷花在汽车站候车室蜷缩了一晚上，第二天一早才搭上通往城市的公共汽车。于是，才有了如今城市邮局营业厅大门前亭亭玉立的荷花。

快到伊甸园的时候，荷花踅身去对面的报刊亭，给愣青买了份《城市早报》。愣青一再交代她，每天一份，他说他要看。她把今天的《城市早报》放在餐桌上，便去了前面的伊甸园。店内的石英钟正好是上午九点，这是伊甸园一天营业开始的时间。荷花将店内所有台面、沙发、桌子擦了一遍，又在店面的门口摆上六盆鲜花，三盆红月季，三盆白月季，一红一白，寓意着六六大顺。花是买来的。她想，反正愣青叫自己全权负责，她就有权做自己想做的事情。更何况，这是为了美化伊甸园，吸引路人的视线，迎接客人的光顾，跟饭店门口的迎宾小姐没什么不同。有与没有，对客人来说，感觉就是不一样啊。

做完这一切，愣青夹着《城市早报》晃了进来。今天，他的情绪特别高涨，还没进门，就大惊小怪地叫了起来："哪儿弄来这么多漂亮的花儿？"

"还能哪儿弄的？"荷花咬了咬嘴唇说，"买的呗。"

"好啊好啊，"愣青把报纸卷成一筒，说，"看来荷花的生意不错啊。"

"什么叫荷花的生意？"荷花放下手中的抹布，说，"有没有搞错啊，这儿分明你是老板啊。"

"就是，就是，"愣青在沙发上坐下，把报纸扔到茶几上说，"准确地说，是我们的生意不错。"

荷花听到"我们"这个词，感觉十分亲切。她偷偷睨了愣青一眼，脸上立即浮现出了淡淡的羞涩。背带裙的后面有一个胸罩的搭扣，凸起的搭扣形成一个小疙瘩，总是弄得她痒丝丝的难受。这也难怪，以前在碾子沟，谁戴过这种东西呀！夏天至多是套一件短袖汗衫罢了。凭着女孩特有的敏感，荷花感觉到了愣青游移上来的目光。要看就让他看好了，荷花一转身，拉开柜台底层的一个抽屉，对愣青说："愣老板，这是你走以后的流水账。"

"什么？"愣青瞪起眼睛，瞧着荷花说，"你叫我什么？愣老板？怎么听怎么别扭，谁让你叫我愣老板了？"

听见愣青提高了声调的责问，荷花感觉十分委屈，说："老板就是老板嘛。"

"别叫我老板，"愣青说，"我一听见老板两个字就恶心，就想吐，你知不知道？"

"那我该叫你什么？"

"愣青呀！"他说，"别瞅我老爸一生过得窝窝囊囊的，不咋的，可我这个名字，他起得好，绝了！愣青，愣青，叫着顺口，听着悦耳。"

"那……我……我就叫……叫你愣青哥吧。"荷花嘟噜着嘴巴说，"我刚好是排行老大，有弟没哥。"

"好好，"愣青接过荷花递上的账本翻着说，"这我爱听。"

翻了一阵账本，愣青突然惊叫起来，他说："荷花，搞错了吧？挣了一万？蒙我，显然蒙我了。才几天啊，你就搞了一万？以前，我半年也搞不到啊……荷花！"

看到被自己的经营业绩吓坏了的愣青，荷花的脸上流露出了自豪的笑容。她不声不响地用钥匙打开柜台的另一个抽屉，从一堆乱七八糟的纸片中，拿出一个紫色的存折，递给愣青说："不信？你亲眼看看！"

荷花学着康熙的口吻对愣青说："爱卿啊，这绝对是真金白银啊。不过，是用朕的身份证存的。找不见你，朕实在是没办法啊。要是不信任朕，就到银行取出来，换成爱卿的大名吧。"

"不不，"愣青连忙说，"就这样，就这样，要换，我可不高兴了。"

他把存折交给荷花，嘿嘿地笑着问荷花，在咸鱼路人力市场，为啥我一眼相中了你,知不知道?荷花摇摇头,他指指自己的眼睛,说我是慧眼识了你这个珠啊。去你的,荷花把“珠”听成了“猪”,当然她要生气了。她伸出小小的拳头,在愣青的后背狠狠捶了一把,说:“你才是猪呢!”

愣青坐在沙发上把《城市早报》浏览了一遍,没有看到他想要看到的消息。事情正如他预料的那样,会以无声无息的方式结束的。谁会那么傻呢?谁会傻到把七号别墅发生的事情直接捅给警方呢?真要是捅了,那才叫天真的大傻×呢!这期间,荷花把存折和账本又放回原来的地方,然后,走到愣青跟前,一把夺过愣青正在浏览的报纸,撒了个娇说:“就知道看报,看报,不知道看看朕啊?”

就在这时,愣青的手机响了。是吴老板,他说:“愣青,我是吴大有。晚上我请你,什么?你有事儿?什么事那么重要!推掉啦,愣青。好好,老地方啦,不见不散。”

“怎么,”荷花说,“又要出去?”

“喝顿小酒儿。”愣青故作镇静地说。

“我想你再不会出去了呢。”荷花的眼睛湿了,她说,“愣青哥,今天是我的生日。”

“真的?”愣青跳了起来,他说,“晚上你等着我!我一定给你买个大蛋糕回来,再买二十支蜡烛,给你唱一支《祝你生日快乐》好不好?”

“一喝酒谁知道喝到几点啊?”荷花说。

“十点。”愣青坚定地说,“十点,我一定回来!”

“别骗我啊,”荷花说,“我等你……”

“来来来,拉个钩儿,”愣青伸出小拇指,钩住了荷花的小拇指,两人异口同声地唱起来:“拉钩上吊,一百年不许变。嘀啰,嘀啰,不许变啰……”

九

今天的饭局,从一开始就充斥着诡异的气氛。愣青赶到的时候,吴老板和小阿妹已坐在餐厅。愣青笑着说，紧赶慢赶，没想到还是迟到了。愣青把手里提着的生日蛋糕放到茶几上，又说真是不好意思，让二位久等了。吴老板朝自己和小阿妹中间的椅子努努嘴，示意愣青坐下。餐厅内灯光黯淡，不像前次那么辉煌，那么富丽，是吴老板在刻意营造某种情调？

坐在一边的小阿妹见愣青落了座，立即起身给吴老板和愣青的酒杯满了酒，还是那种名叫风帆的极品五粮液。小阿妹俯身斟酒时，领口的春光重新乍泄。小阿妹那个晚上的表现，曾让愣青魂不附体，他以澎湃的激情阅尽了她的无限风光在险峰天生一个仙人洞。小阿妹重新出现在他眼前的时候，现实与回忆的对比，让他又有了那种心猿意马的感觉。

“你干得太棒了，”吴老板举起酒杯，说，“愣青，第一杯祝你凯旋。干掉！”

连喝了三大杯以后，愣青对吴老板说：“晚上有点事儿，少喝点行不行？”

“那要看我们的小阿妹愿不愿意了，”吴老板把肥硕的身子靠到椅背上，摸了一把鼻子说，“我把从白小景那里借来的东西，还给朱汀了啊。”

说完，吴老板哈哈大笑起来，笑得他的鳄鱼T恤衫后面的肚子一颠一颠的。

“送给他了？照片也送了？”愣青说。他听到这个消息之后，满脸露出疑惑不解的神色，并有一种不祥的感觉从心底掠过。

“当然，特快专递！”吴老板又举起酒杯，与愣青碰了碰，说，“干掉！”

愣青推托了一下，小阿妹欠了欠身子，又把酒杯递过来，说怎么，又有新欢了？她的杯中同样是五粮液，连喝三杯以后小阿妹的脸只是少许红了点。愣青听说女人要么不喝，要喝起来两个男人也抵挡不住。什么新欢啊，愣青把酒杯挨近嘴唇，说我这种人还配有新欢？说完他一仰脖子，将酒吸进了肚里。愣青啊，小阿妹说无论如何我要敬你几杯。愣青在桌子的掩护下，用腿碰了碰小阿妹的腿，说饶了我吧，晚上真是有事儿。啥事儿那么要紧？小阿妹不依不饶，她拿起酒瓶给愣青的杯子斟了酒，说，俗话说一次夫妻百日恩，咱们可是六次夫妻，你算算，该几杯啊？

"乖乖，"吴老板咂着嘴，打趣说，"六次，太不得了了，没出人命啊？"

"来吧，"小阿妹站在愣青面前，说，"你可坐着别动啊，屁股一抬，喝了重来。愣青，给点面子啦。我陪你啦。我在上来你在下，我说几下是几下。"

愣青经不住小阿妹的纠缠，伸手端起酒杯，说："来吧，我豁出去了，六次就六杯好吧？"

愣青瞪大眼睛，把目光触向小阿妹隔着薄薄裙子的小腹。他妈的，不看白不看，他狠狠盯了一眼小阿妹微微凸起的小腹。盯完之后，愣青的脑海里立即浮现出白小景的身体，心里瞬间产生了某种豪情壮志，他在心里说老子把白小景都拿下了，还在乎你小阿妹几杯酒？一杯接一杯，小阿妹和他配合得非常协调，喝到最后一杯的时候，吴老板的手机突然响了，他朝愣青和小阿妹挥挥手，说："接着喝，接着喝，我到沙发上接个电话。"

由于怕说话的声音影响吴老板接电话，小阿妹咬着下唇，挺起乳房在愣青的肩头蹭了一下，露出一脸的娇态和风骚，说："喝啊。"

"嗬嗬，麻小丽啊，"吴老板大声叫了起来。一听是麻小丽打来的电话，愣青把酒直接饮了下去。他不想因为和小阿妹没完没了的喝酒，影响到耳朵功能的发挥。他听见吴老板说："我知道你在深圳。事情办得怎么样了？什么？一点都没办？"吴老板狠狠地拍了自己的大腿一巴掌又说："你不想替我办了？咋啦咋啦？你爱上朱汀那狗日的了？麻小丽，我告诉你他可是一个有妇之夫。你知道？知道为什么还昏了头？我要你去深圳做什么，你还不清楚吗？我花钱让你去，是搞朱汀的材料,不是让你去当他的二奶！什么？你受够我了,我怎么啦？老子怎么了啊？我在鸟衣街怎么啦？谁敢动老子一根毫毛？啊,我卑鄙？没老子跟做地下工作似的包你三年,你这个做麻花糖的小黄毛丫头会有今天？什么？怀了朱汀的孩子？刚到医院检查过？妈的,老子种了你三年,没见一点动静,怎么一到朱汀那儿就有了？是老子的吧？什么？你骂老子文盲？做了什么检查？DNA？确定是朱汀的？你就不怕老子把真情告诉朱汀？啊,你都告诉他了？就这,他小子也愿意？这个贱骨头！不让我骂他？老子就要骂,就要骂！我就想他妈的骂！这个贱骨头,这个贱骨头！有好好的白小景不去爱,偏偏爱上你这个臭婊子！你说他是不是贱骨头？你还老子的钱！会还我的？妈的,老子给你五十万,是要你做事情去的,你倒好,背叛我了,你这个贱人,你这个十足的叛徒！怎么？你还有脸笑？你就是要嘲笑我吴大有？你也有资格嘲笑我？你就愿意做朱汀的二奶？还要给他下个崽子？什么？朱汀说要把你送到香港？怕是卖你去做鸡吧？对,卖给黑鬼,弄个艾滋出来,你就美啦！就是要让我搬起石头砸自己的脚？哎哟,真疼啊！你这个不要脸的东西！朱汀真的比我好？不就是年轻点吗？怎么？我变态？光喜欢跟爱丽丝做？就喜欢假的？不喜欢真的？对对。老子就他妈的喜欢假的。假的不问我要钱。真的,总是没完没了要钱要钱还是要钱。她们看上的就是老子的钱。对对对,除了钱,我还有什么？还有的就是行尸走肉？你文化啦？才去深圳几天啊？回来吧,小丽,到鸟衣街来,把朱汀的材料给我弄回来,我们就去美国。老子在鸟衣街待够了,也想出去散散心啊……什么？奉劝我不要再兴风作浪？我根本就不是朱汀的对手？金盆洗手？要老子在鸟衣街金盆洗手？谁他妈的都办不到！”

吴老板腾地从沙发上弹了起来,把手机狠狠地砸到餐厅的地板上。借着幽暗的灯光,愣青蒙眬不清的目光,看到吴老板的摩托罗拉粉了身碎了骨。目睹这个情景,小阿妹连气也不敢出了。她本想走过去劝劝吴老板,走了几步又退了回来。吴老板像一只泄了气的皮球,颓然地坐在沙发上,呜呜地哭了起来。显然,他老泪纵横了,一坨一坨的眼泪,从他肥大的眼睑处奔涌而出。他的身子抽动着,看上去还有一点点神经质的痉挛。望着吴老板肉球一样颤动的身子,愣青灌满了酒精的脑子转了几圈以后,从吴老板对麻小丽粗鄙的混乱的嘲笑与无赖一样的谩骂中,突然明白了自己在吴老板设下的陷阱中扮演了何种角色。

他没有理会小阿妹,还需要理会她干吗?愣青低头看了一眼准点牌石英手表,十点差一刻。

“啊,十点差一刻啦。”愣青说,他急得差一点蹦了起来。

“什么呀,”小阿妹看着自己的表说,“都快十二点啦。”

“啊呀,这可怎么办?”愣青说。这该死的手表,他抬起手腕听了听,没有一点滴答声。他想刚换了电池,怎么又不走了呢?

这时候,吴老板从沙发上直起身子,拎起愣青买来的生日蛋糕看了看,说:“雕了这么漂亮的一朵荷花啊?走,愣青,我开车送你回家!”

“不不,我还是打的回吧,”愣青接过蛋糕,自言自语地说,“本来说好的,又忘掉了。”

“小阿妹,你去睡吧,我开车送送愣青,”吴老板说,“在乌衣街,能坐上我亲自开的大奔可不是一件容易的事儿。”

吴老板好像忘掉了刚刚发生的不快,脸上又浮现出了那种刚愎自用的笑容。他说今天没喝几杯,开车问题不大。愣青手捧生日蛋糕,坐在吴老板大奔副驾驶位置上的时候,还没忘了摸一摸裤子口袋里的二十支彩色蜡烛。

城市的天空悬浮着淡淡的烟雾,如丝如缕地编织出一种若隐若现的轻纱。烟雾浮动在城市的街道、树木、花园、楼群、高架路之间。吴老板把车开上了城市高架路。迎着从窗口吹入的城市凉爽的夜风,愣青看到高架路旁的悬铃木,已经挂满了毛茸茸的青果。他打了一个酒嗝,浓重的酒气把他醉意渐浓的眼睛呛出了两滴眼泪。就在这个时候,愣青腰间的手机传来了短消息鸣叫的声音,他取出手机,打开短消息,一瞅是麻小丽发来的,短消息说原谅我的不辞而别,一晃四个多月过去了。我在深圳,很好,有空过来玩。我再也不回鸟衣街了,一见鸟衣街,我就恶心。找个爱你的女人结婚吧,你也不小了,我配不上你。祝你幸福!看什么黄段子呢?说给我听听,吴老板笑着侧过头对愣青说。他的话音刚落,愣青就听见了吴老板那一声凄惨的嚎叫。在那刺耳的叫声里,愣青本能地瞪大了眼睛。那是极其短暂的一瞬,愣青似乎什么都看见了,又似乎什么都没看见。一辆高速吼叫着的载重卡车,疾速迎着大奔撞来……吴老板想躲,可哪里躲得开啊!愣青还没来得及发出他惊恐的喊叫,他怀里的生日蛋糕就被抛了起来,正好扣在他的脑袋上。最后一刻,愣青看到……看到那朵用奶油做成的荷花了吗?

在城市高架路对面的悬铃木下,泊着一辆白色本田雅阁轿车。这辆车离车祸发生的地点很近,至多十米而已。大家已经猜到了吧,白色本田雅阁轿车内坐着的正是朱汀和他的妻子白小景。他们目睹了车祸发生的每一个细节。当那个庞然大物高速撞上傲慢的大奔的时候,粉身碎骨,注定就是大奔无法逃脱的命运了。

"一切就像计算过的一样准确,"朱汀缓缓地闭上了眼睛,他在心里对自己说,"聪明的吴大有啊,你错就错在那个车牌号上了啊。"

"只是可惜那个手捧蛋糕的男孩了,"白小景推了推身边的朱汀,说,"说不定是在准备给他的女友过生日呢。他还那么年轻。"

2002年6月6—19日　南阳

今夜无法入睡

一

马小青被我领进家门的那天，林海红可能正腆着肚子眺望着窗外的景致。窗外有什么呢？一些低矮的绿化树，棋盘般规则的方块草坪，还有鹅卵石铺成的小径。要是把视线抬高一些，当然可以看到湛蓝的天空和天空中飘浮的几朵白云。见我们进来，林海红转过身子，用她的视线把马小青浏览了一遍，对我来了一句匪夷所思的话，她说："金秋啊，你终于完成任务了。"

我放下马小青的背包，把一双供客人使用的拖鞋递给马小青，示意她换上。而我脱了皮鞋，便倒在鞋柜旁边的沙发上，对林海红说："她叫马小青，十八岁，怎么样？"

"海红姐，"马小青轻轻地叫了一声，她说，"今后，你只管吩咐我做事好了。"

"你到阳台上看一会儿书去。"林海红对我说，"让马小青先洗个澡。"

我离开客厅，走到卧室外面的阳台，怏怏地斜依在白色的藤条椅上，随手拿起一份《城市晚报》看了起来。厚厚一沓报纸，从头翻到尾，除了吸进一肚子幽幽的墨香，我没有发现一条让我感兴趣的新闻。卧室的门虽然关上了，但盥洗间还是传来了“哗哗”的流水声。水流正在荡涤马小青身上的尘土。她对我说她在那棵法国梧桐树下等了整整三天，都等得有点绝望了，还没找到一点事情做，要不是遇上你，我就跟旁边的那个女孩走了。走了？我问她去哪儿，她说找个地方接着再等呗。那时她站在我面前，抚弄着胸前的辫梢，不时抬起胆怯的目光看一下我，似乎在揣摩我的心思。我迟疑着，原因很简单，站在我面前的这个乡村女孩身材高挑，尽管她穿着没有形状的宽大的衣裤，但还是无法掩盖她凹凸有致的线条，尤其她那对浅浅的笑靥、与笑靥同时出现的洁白的牙齿，的确给人一种赏心悦目的感觉。她随风飘动的刘海、刘海下乌黑发亮的眼睛，无不透露出淡淡的羞涩。她说这是我的身份证，你雇我吧。她把身份证塞进我的手里。我查看了她的身份证。她说你就雇我吧，我什么条件都没有，只求能有个住的地方。面对马小青的恳求，我点了点头。直到她跟我上了出租车，我还在想，如果林海红问我为什么选这么漂亮的女孩当保姆，我该如何回答她呢？

事实上，我这种疑虑显然是多余的。在接下来的日子里，林海红和马小青相处得十分和谐，她们一起去菜市场，一起在傍晚的夕阳里散步，一起逛沃尔玛超市，一起去美容美发厅，几乎到了形影不离的地步。林海红教马小青如何使用石油液化气，如何使用洗衣机，如何将盥洗室里的抽水马桶、浴盆、水池擦洗得一尘不染；到了晚上没事的时候，她们就坐在一起研究菜谱，中心议题是怎么烹制出有利于胎儿生长发育的膳食。研究以后，第二天她们要去菜市场采购原料，然后躲进厨房，开始制作菜肴。端上餐桌的食物，虽然每天都有不同的讲究，但大多数采用的是一种文火煨肥羊的烹饪方法，盛在盆里的汤白乎乎一片，让人看了很没有食欲。但是，林海红喝得却津津有味，尤其是喝到鲫鱼汤或猪脚汤的时候，她发出的那种哧溜哧溜的声音，听起来欢快而又夸张。一直喝到她光洁的额头渗出细小的汗珠，她才会突然从面前的汤盆里抬起头，朝我们灿烂一笑，说：“嘿，你们愣着干吗？来，吃啊。”

“姐，”马小青甜甜地叫了一声，说，“你要是觉得好吃，我明天再给你炖。”

“还是这汤汤水水的吃得舒服，”林海红放下汤匙，笑着说，“让你们跟着我沾光啦。我这是光喝汤，不吃肉啊。来来，你们把里面的肉吃了。”

“你还是吃点肉的好。”我说。

“是不是怕亏了你儿子啊？”林海红娇嗔地瞪了我一眼。

“金哥说得有道理，”马小青说，“再说了，光喝汤也不顶饿呀。”

听了我和马小青的劝说，林海红才勉强夹起一块猪脚，啃了两口，又放下了，她扯过一张餐巾纸擦擦嘴和手，对我们说：“我真是吃饱了。”

我和林海红居住的是一套面积不算太大的三室一厅。跟大多数新婚不久的夫妇一样，能有一个属于自己的私密空间，过上一种平静而安逸的日子，应当是我们这种工薪阶层最大的梦想了。随着预产期的日益临近，林海红不止一次催我想办法找个保姆回来，她说每天挺着肚子走来走去地上下班，一回到家就感觉腰酸背疼的，什么也不想干。我说你不会不走着上下班？林海红说你懂什么呀，多运动运动将来好生。我能够想象家里突然多了一个人的感觉。我喜欢安静，无法忍受一个陌生人在我面前晃来晃去，弄出一点动静，或发出一两声突兀的笑声。可随着林海红的日益懒散，原先一向井井有条的家，逐渐凌乱起来。换下的衣物堆到沙发上；电视柜落了灰尘；花了巨资铺成的纯红木地板上，不但有了颜色深浅不一的水渍，还落上了长长短短的毛发。最麻烦的是一日三餐。由于我天生对烹饪这种工作反应迟钝，我手忙脚乱弄出的饭菜，每一次都遭遇林海红的白眼，她宁可下楼去买一块钱一盒的凉皮果腹，也不愿意品尝我的劳动果实。我的劳动和花钱买来的食材，就这样被白白浪费掉了，更重要的是亏待了她腹中的孩子。不能再这样下去了，我对自己说，既然她想要一个保姆，雇一个来好了。再说了，最多再过二十天，林海红怕是要生了，有了孩子，注定是要雇保姆的，晚雇不如早雇。于是，我在一个星期天的上午去了咸鱼街人力市场，在那里找到了马小青，并把她领回了家门。

马小青就这样走进了我们的生活。她聪明伶俐，勤快好学，在林海红的言传身教之下，很快成了出色的保姆。她几乎承担了一切家务。她烹饪的饭菜丰富多彩，色香味俱全。她洗的衣裳又整洁又干净。她把家中的里里外外擦洗得一尘不染。阳台上的花卉在她的调理下生长得郁郁葱葱，散发出清新的气息。她心灵手巧，利用闲暇时间，给尚未出世的孩子织出了一堆花花绿绿的毛衣。毛衣上鲜艳的荷花、嬉水的蜻蜓、生机盎然的翠竹、嗷嗷待哺的鸡雏，无不充满着浓浓的乡村气息。尤其是那双灯芯绒虎头鞋，简直成了马小青女红的代表作。虎头那威严而憨厚的表情，那毛茸茸的耳朵，那虎气生生的眼睛，那金黄色的胡须，那活灵活现的犬牙利齿，让手持灯芯绒虎头鞋的林海红爱不释手。那天她显然被一种激动的情绪左右了，一次次亲吻着马小青制作的虎头鞋，发出某种喃喃自语的声音，仿佛她亲吻的不是虎头，而是她腹中婴儿可爱的小脚。可能意识到自己的举止有点失态了，她抬起头，脸上呈现出那种幸福的红晕，她说："小青啊，让我看看你的手是怎么长的。"

林海红郑重其事地端详着马小青的手。这次她主动省略了"马"姓，加上表示亲昵的"小"字。她说："小青，看来看去，你的手也没什么特别的地方呀！"

"海红姐，"马小青不好意思地说，"都是在家跟俺娘学的。"

马小青说的这句话是一种纯正的方言。其实，我可以听出来，自从走上城市的街头，她就在极力避免流露出她早已习惯的口音和一些城里人不大使用的词汇。要知道，她的书念到了高中一年级，要不是供她上学的父亲突然病倒，她说她一定会把高中念完，考个什么学的。因此，来城里没几天她的普通话就说得相当流利了，如果不是情绪受到林海红的感染，我想，要想从马小青嘴里听到那种淳朴的方言，也许是一件相当困难的事情。

“小青,你这样能干,”林海红说,“真是委屈你了。”

“还委屈呢,我真是想不出我还能做啥。”马小青恢复了平静,她的方言口音不见了。

“瞧你说的。”林海红露出赞许的目光。

“真是的,”马小青扑闪着眼帘,说,“我的运气挺好的。”

她说她运气挺好的是什么意思?林海红斜倚在床头问我。我说可能是觉得我们对她不错吧。我握住林海红的手,轻轻抚动着她奶油般洁白的胳膊。席梦思大床离阳台的落地窗很近,一团月光照了进来,落在林海红的头上。她有一头黑亮的秀发,我喜欢她的头发,喜欢她发际中永远暗香浮动的气息。我撩起她的一缕长发,用自己粗重的呼吸使它飘动,使它舞蹈,使它散发出迷人的芳香。我亲了亲她光洁的额头,和林海红一起把目光移向窗外宁静而祥和的天空。月光落在绿意盎然的花卉上,透过纱窗缝隙的夜风已经带上了初秋的凉意。我给平躺着的林海红盖上毛巾被,她盖上毛巾被的身子,看上去犹如一只巨大的气球。裸露在毛巾被下的小腿,在过于肥硕的身子映衬下,细得如同婴儿的手臂。对于一个新生命的精心孕育,完全改变了林海红娇美的身体。我张开手心放在她的腹部,像往日一样感受着生命的蠕动。她轻轻拿开我的手说:“别打扰他,这是一个贪睡的宝宝。”

“他能听见我们说话吗?”

“我想能的。”

林海红的目光仍旧瞧着窗外的天空。她总是喜欢看天空。其实看看天空,看看云彩,看看星星,看看月亮,看看阳光,或者看看亮晶晶的雨丝甚至闪电和浓雾,我并不觉得是什么了不起的事情。可稍有空闲时间,就把目光盯着天空看来看去,我就感觉有什么不对劲了。林海红应当是个很不错的女人,她是城市图书馆的计算机工程师,有着一份舒适的工作和不错的薪水。她从不大声说话,和我结婚以后,我们没有红过脸。她跟我说过,在我之前,她有过一次爱情经历,有一年多时间,后来那个人去了澳洲,从此就没了音信。我并不在乎她的过去,重要的是林海红嫁给了我,而不是嫁给了那个杳无音信的人。

就在这天晚上,我做了一个梦,梦里出现了绵绵细雨,我走在城市的街头。雨中的空气带有阳光闷热的气味。要是没记错的话,那时我刚刚结束一个冗长的饭局,酒桌上的喧嚣和酒精的力量,弄得我目光迷离,走在街头的步履深一脚浅一脚的,类似醉意蒙眬的舞步。雨伞下迎面而来的行人,擦肩而过的一刻都用一种异样的目光瞥我一眼,带着一些轻蔑的意味。我在意的不是陌生的目光,而是前面那个身穿杏黄色短裙的女孩。她打着淡青色的雨伞,伞面上点缀着一些看似凌乱的粉红色的花瓣。风往前吹动她裙子的下摆,将她十分性感的曲线完美地呈现在我的视线深处。她修长的腿在街头已经亮起的霓虹灯下,泛起诱人的光泽。雨伞下的背影,我似乎觉得在哪儿见过。在哪儿见过呢?我在心里揣摩着一个个熟悉的女人,寻来找去也没有寻到一个可以与之对号入座的女人。从离开酒店的那一刻起,她就出现在我追随的目光里了,我想努力追上她,但总是追不上,她永远和我保持一种奇怪的距离。那种感觉如同站在山头看云,近在咫尺,而又远在天涯。那个有雨的夜晚,我不知道在梦里跟踪了多长时间,直到我感觉自己的腿脚酸痛难忍的时候,眼前的女孩走进了一个幽暗的酒吧,在她推开那扇神秘的玻璃大门的那一瞬间,她回眸对我一笑,随后消失在随之关上的玻璃大门之后了。那是一个又顽皮又迷人的笑容。我见过,绝对见过,那是一个我多么熟悉的笑容啊。正当我对着那个笑容,发出某种深情的呼唤的时候,林海红急切地把我推醒了,她说:“快,快送我去医院!”

我不知道那是不是梦的某种应验,林海红被送进产房的那天早晨,医院的花园就有了像雾像风又像雨的景致。我坐在产房门口的走廊上,依窗的木条长凳上还有两个和我一样焦急等待做父亲的人。他们沉默不语,把目光盯在产房的玻璃门上。马小青去医院外面的超市了,不一会儿就拎了厚厚两大捆卫生纸回来。她进产房将卫生纸交给里面的护士，出来后一脸严峻的表情，她走到我面前，悄声对我说："海红姐挺好的，医生说宫口还没张开。"

"坐下来歇一会儿。"我站起来，让出了木条凳上的位置。

"不用了，"她说，"我不累。"

马小青冲我莞尔一笑，那是我熟悉的笑容。她亭亭玉立地站在我面前，两手随意插在连衣裙的兜内。不知从什么时候开始，马小青的辫子不见了，她将长发绾成翘翘的一束，垂落在背后，透露出某种特有的妩媚和活力。她从不涂脂抹粉，她不用化妆品，也达到了淡妆浓抹总相宜的境界。她的肤色白皙、娇嫩，如同雨中的花骨朵，给人一种鲜艳欲滴的感觉。我想起第一次见到她抚弄辫梢的情景，心底的某根神经不知被什么东西深深打动了。她弯腰从随身带来的塑料兜里拿出一个染成红色的鸡蛋递给我，我摇了摇头。她没有勉强，又把鸡蛋放回原来的地方。在来医院的出租车上，马小青曾喂了林海红三个煮熟的红鸡蛋。处于阵痛中的林海红，在出租车内拼命地摇头，撒娇似的推开马小青剥过的鸡蛋，说我真的不想吃，一点想吃的意思都没有。不行啊，海红姐，不吃你怎么有力气生产呢？马小青抱住林海红的头，说就着红糖水，说什么也要吃两个。林海红倚在马小青的怀里，看着一点点剥开的红红的蛋壳，像个听话的孩子似的一路将鸡蛋吃到了医院。

可能是过了一会儿，坐在我身边的两个人离开了。在这之前，我和马小青分别进产房探望了林海红。医生说一切正常，说都这样跑进跑出的，让我们怎么安心接生啊？在医生不满的抱怨声中，我还是握住了林海红的手，俯下身子低声在她的耳畔说坚强点！她咬了咬嘴唇，脸上露出几丝幸福的笑容。说完，我倒退着，一步步挪出产房，望着躺在一堆白色之中的林海红，脑际不知怎么又捕捉到了那个刚刚过去的梦影。我坐到木条椅上，聆听着窗外淅淅沥沥的雨声。片刻以后，我看见马小青从走廊的深处朝我走来，她坐到我的身边问我，怎么样？海红姐挺好吧？

我点点头。

“做女人真不容易，”马小青侧过头看着我说，“金哥，你一定要对海红姐好哟。”

“你看我们不好吗？”

“好。”马小青闪动着泪光，说，“不过，我觉得你们好像，好像……嘿，我也说不清。”

“有话就说嘛，吞吞吐吐的，不怕沤在肚里烂了啊？”

“你要对海红姐好。”马小青说，“一定要好才对！”

“你是不是发现什么问题啦？”我说，“说给我听听。”

“没有。看你想哪儿去了。”

正在这时候，隔着产房的玻璃大门，我听到了一声婴儿响亮的啼哭。我和马小青奔产房大门而去。她扶着铝合金门框，回头对我说，一听声音，肯定是个小子。正如马小青所言，儿子金林用他响亮的啼哭向窗外的雨天，向他父亲的梦境，向他躺在产床的母亲，向迎接他到来的医生护士，向将要把他带大的保姆马小青，正式宣告了他的到来。

二

金林三岁那年上了幼儿园，马小青离开了我们家，她应聘去了小乐家超市，做了一名售货员。她住在小乐家超市提供的廉租宿舍里。那个地方离我们居住的文华小区很远，中间要倒三次公共汽车。马小青离开半年之后的一天上午，林海红和我到民政部门办理了离婚手续，接着她去文华幼儿园亲了亲金林稚嫩的脸颊，便登上出租车直奔机场去了。整个过程，她的表情凝重而又平静，只是在儿子金林问她妈妈你要去哪儿的刹那间，也就是林海红直奔停在文华幼儿园大门外的出租车的那一刻，她美丽的眼睛才在长发的掩饰下，闪过几缕不易察觉的泪光。

“妈妈，她要去哪儿？”金林抱住我的头说，“爸爸，她要去哪儿？”

“她要去坐一只银灰色的大鸟。”我说。

“她要坐那只大鸟干吗？”

“去澳洲。”

“澳洲在什么地方，爸爸？”

“在南太平洋。”

“很远，很远吗？”

“是的，很远，比天涯海角还远。”

“妈妈去那么远的地方干吗呀，爸爸？”儿子的追问震动了我的心弦，我不知道如何回答他的问题。我不能告诉他，他二十八岁的妈妈又去追求她幸福的爱情了。他懂什么是爱情吗？连我们大人都弄不懂这种问题，我不想在金林幼稚的心灵投下某种难以抹掉的阴影。我像大多数成人在这种情况下耍的小花招一样，骗他说妈妈出差去了，很快就会回来的。回来的不是他妈，而是他的奶奶，是我妈。那个时候她刚刚退休，当我把我离婚的消息告诉她的时候，她在电话那头的反应相当平静，她提出的第一个问题就是金林判给谁了，我回答说给我。这就好，这就好，妈妈一连用了两个这就好，她说金秋，你等着，我立即过去给你带孩子。她买了当天晚上的卧铺车票，等我们一觉醒来，妈妈便风尘仆仆地叩响了我们的家门。妈妈住进了我和林海红的卧室，她和金林住在一起，而我住进了我的书房。妈妈把林海红挂在卧室墙上、搁在床头柜上的照片，以及凡是与林海红相关的物什，统统装进了一个纸箱，抱进原先马小青居住的那间阴面的小屋，塞进了小屋壁柜。妈说她不愿意看见与那个女人相关的一切东西，她咬牙切齿地看着我，又说要不是怕你伤心，我恨不得一把火烧了。她站在登高用的木椅上，“啪”的一声把壁柜的门扣上，并插上了那个锈迹斑斑的销子。而妈妈这些表达情感的动作，在我看来有些多余。无论怎样，那个远在异国他乡的女人，毕竟还是金林的妈妈，我的前妻，说不定什么时候，她又会乘坐那只银灰色的大鸟，重新回到这个空间的。事实上，当金林在楼下的花园和小朋友们踢完足球回来，发现屋子的里里外外已被他亲爱的奶奶弄得面目全非时，突然坐在地板上撒起泼来。他泪流不止，问我要妈妈，要奶奶赔他的妈妈。金林鼻涕一把泪一把，直哭得妈叫小祖宗，她说我的小祖宗，求你了，我这就把你妈妈的东西找出来，供给你看。她要我重新取回那个纸箱，在金林的指导下，按照林海红原先布置的样儿，将纸箱内所有物什重新归位。

望着和原先一模一样的屋子，金林抹掉脸上的泪水，笑了，他说："我就喜欢看我妈的照片。"

有了这次深刻的教训，妈妈事事依着小家伙，他们相处得很好，等金林习惯了缺少林海红的日子以后，他的时光又重新回到幸福成长的轨道。

那些日子我的工作很忙，早出晚归成了家常便饭。我很少在家吃饭，晚上回到家时妈妈和金林早已进入了梦乡。要知道，我在一家广告公司做策划，离婚之后我做的一个关于洗发香波的广告，得到了老板的赏识。广告片上伊珊身穿泳装，游动在碧蓝的水中，游着游着，她突然冲出水面，把被水浸透的身子呈现在灿烂的阳光之中。那个令人心颤的瞬间，最后定格成出水芙蓉。出水芙蓉和伊珊一起，在纷纷落下的晶莹剔透的水珠映衬下，立即吸引了观众的眼球。这个时候伊珊突然回眸迷人一笑，露出珠贝似的牙齿，对观众说："洗去风尘，留下芳香。"绝了，绝了，洗发水公司吴秃子吴老板对我的老板说，真他妈香艳得惊人！其实，我更感兴趣的不是那五秒钟的广告，而是因此认识了伊珊，目睹了阳光中水珠在她皮肤上创造出的梦境一样美妙的感觉。当天晚上，我睡得很香，醒来时窗外的阳光已经照到我的脸上。我感觉身上的内裤凉丝丝的，低头一看，便理解了精满自溢的道理。

几天后的一个下午，一吃过午饭，妈妈就带着金林到青少年宫学英语去了。午后慵懒的阳光，晒得我浑身暖洋洋的。我坐在阳台巨大的玻璃后面，翻了一会儿《城市晚报》。读新闻，看广告，已构成我生活方式的重要部分。尽管那些没有生机的文字花花绿绿，热热闹闹，如同一块鸡肋，食之无味，又弃之可惜，可每天不扫一眼，真不知道如何去打发那些闲暇时光。椅子的旁边放着一杯清茶，杯口冒出的白气一点点聚集到窗台下的花卉上。那些被马小青侍弄过的花卉，曾经是那样翠艳，那样生机盎然，现在它们在阳光的照耀下，叶子有点发蔫，颜色有点发暗，怎么看都缺乏精气神儿。

其实，妈妈也是养花能手，她的到来已使那盆濒临死亡的紫罗兰起死回生。有时候我坐在阳台上，经常会出现奇异的幻觉。在我虚幻的视线里，花卉层层叠翠的叶子空间，会渐渐升腾出一种淡淡的雾岚，而在雾岚轻灵的背景后面，会自然浮现出林海红光洁的额头，以及她眺望天空时那种过于平静的目光；还会浮现出马小青永远绾成一束的秀发，以及她手持绣花线时微微跷起的兰花指。我知道，这些曾经充盈过阳台空间的时光，一去不复返了，尽管阳光依旧，花卉依旧。

坐在阳台上，我肯定迷迷糊糊地睡了一觉。起初，我好像听到了门铃的声音，可能没在意，动了动身子，找了一个舒适的姿势，又闭上了眼睛。接下来，搁在身边茶几上的手机响了。手机屏幕上现出许许多多的羊儿，一群一群地闯进了我的视线。羊是我的属相，羊是本人的吉祥物。电话是马小青打来的，一听是她的声音，我立即从椅子上跳了起来，对着手机叫道："小青？你在哪儿？"

"在家门口。"她说，"你呢？"

"阳台上。"我是一路跑过去的，打开防盗门，门口出现了这样的情景，我们拿着手机，几乎面对面地站在对方跟前，可能同时意识到了某种滑稽成分的存在，我们相视而笑。

进门后，马小青脱掉枣红色的高跟皮鞋，问我："林林和海红姐呢？"

马小青说的林林就是我的儿子金林。到现在我才想起，马小青还不知道我的婚姻发生了变故。我的脸上肯定出现了不自然的苦笑。我把她引到沙发上坐下，又去厨房拿来两听她爱喝的露露。她坐在沙发上，拿起露露，对着吸管轻轻啜吸了一口，笑着说："我想林林快想疯了。"

“今天，他跟奶奶到青少年宫学英语去了。”我说，“这个小子越长越调皮，有心眼儿啦。”

“他奶奶来了？”马小青瞪大了眼睛。

我点点头，感觉需要点支烟来缓解一下紧张的情绪。我在马小青对面坐下，点燃烟深深吸了一口，望着徐徐上升的淡青色的烟雾，对马小青说：“对不起，小青。刚才我在阳台上好像是睡着了。”

“谁问你这个啦？”

“你不知道，我和林海红离了。”我说，“她去了澳洲。林林判给了我。”

“离了？”马小青惊叫一声，似乎不相信这个消息，她说，“怎么说离就离了？金秋哥，不会骗俺吧？”

“俺要骗你干吗？”我模仿马小青一激动就会蹦出的家乡口音说，“要不把离婚证书拿来让你瞅瞅？”

“这么重大的事情，怎么到现在才告诉俺？”马小青兴许是被自己的大声责问吓着了，她的眼圈红红的，有了想哭的样子。她说：“一定是她要离的，我知道是她要离的。金秋哥，我说得对吗？”

“对，”我说，“那个人被她找到了，他还活着。”

“什么呀，是他找过来的。你上班不在家的时候，我接过他打来的电话。有一天，海红姐接那个人打来的电话时，我正好从菜市场回来。进屋后，我见她眼泪汪汪的，故意装作什么都不知道，躲进了厨房。可能是怕我听见什么吧，她很快挂了电话。但是，有一句话被我隐隐听到了。她说你别说啦，我就要生了。她告诉他就要生了是什么意思？我想啊想的，总是想不明白。凭感觉，我觉得有点不对头。那天，好像是海红姐去医院的前一天。事后，我一直想找机会把这件事告诉你，又怕你不高兴，影响你们夫妻感情。更何况，是在临产前呢。可在医院的走廊上，我还是忍不住要你对海红姐好。”马小青说，“当时，我实在想不出怎么跟你说。”

“这种事不能怨天尤人，”我说，“谁都想把日子过好。”

“你们给我的感觉不像是一对夫妻，不知怎么，我就是有这种感觉。”

“那是什么？”我问马小青。

“天下哪有夫妻过日子不生气、不吵嘴的？可你们从不。”

“小青，这半年多来，你过得怎么样？”我说。这是我关心的问题。我把烟头在烟灰缸里摁灭，转过身看着马小青。坐在我面前的马小青施了淡妆，文了眉，原先绾成一束的长发换成了齐肩的短发，发梢染成了时下流行的栗红色。她穿着牛仔裤和一件宽大的碎花衬衣，衬衣的领口很低，细长的脖子上挂着一条细细的铂金项链。也许是她坐的姿势不对，从我这个角度望去，我的视线正好可以从她的领口溜进去，睃一眼她文胸洁白的边沿。眼前的马小青，已经变成一个时尚的都市女孩了，即使与伊珊坐在一起，也毫不逊色。她的打扮，给人的感觉很好，非常养眼，有一种流行又不媚俗的效果。

她告诉我，这半年她白天在小乐家超市上班，没事的时候参加了一个礼仪培训班，就是走模特步，学习微笑，如何扮靓自己的那种班。现在的超市竞争厉害，实行的是末位淘汰制，我去学习礼仪，目的是为了与众不同，让老板和顾客都喜欢我。事实上学了三个月以后，我负责的化妆品销售区营业额直线上升，光销售提成上个月就拿了三百多块。马小青向我讲述她半年来的经历，从她的语气和表情能够看出她对目前的境况还是满意的。她去那家超市之前，林海红送她一套上好的化妆品和韩国进口的十来件指甲剪、睫毛钳之类的玩意儿。那天晚上吃完饭后，大家的表情都有点奇怪，马小青哄睡了林林之后，便闷声闷气地进入自己的房间。后来，还是林海红主动进入她的房间，她们在屋里嘀咕了好长一段时间。究竟说了些什么，谁都没有向我透露，但林海红上床之后对我说的一句话，让我大致猜测到马小青想要表达的真实想法。林海红说这丫头不想回去。我知道，马小青不想回到生她养她的那个地方，那是一个离城市二百多公里远的山区，我查过地图，那是一片无边无际的大山，而马小青的家可能就在一个狭窄的山沟里。她从不屑对我们说一说她的家乡，就是我们问到了，她也会用一句简单的话打发掉我们的兴趣，她说那儿有什么好说呀，除了石头就是树的。第二天，林海红送林林去了文华幼儿园，我给老板请了假，没去上班，在家利用电话调动一切人际关系资源，给马小青联系到了工作，就是她现在工作的这家超市。经过程序简单的应聘过程，马小青成了超市的一名售货员。送她去超市的路上，我对马小青说那里工资不高，吃了用了之后可能就所剩无几了，现在社会很复杂，千万记住要走正道。她咬着嘴唇说俺知道，即使穷得要饭俺也不去那些乌七八糟的娱乐场所！马小青就是这样聪明，她能够一下猜透你的心思。这正是我的想法，被她一下点破了，我显然没必要再耍小花招了。临别前，她问我："要是我想金林了怎么办？"我说："随时可以回来看他。""要是嫂子有想法了怎么办？"我说："她会有什么想法？""就是，那本来就是我的家，我想回就回。"她说。很快到了超市门口，下车后，街头的灯光正好照在她脸上。她不让我下车。我坐在出租车里，看她微笑着朝我挥手。她手里飘动着用来扎头发的手绢。城市街头的风吹动着她的长发。面对这一依依惜别的场景，我不知怎么鼻子一酸，眼角就滚出了泪珠。

她说话的间隙，我进厨房给自己沏了一杯清茶，又给马小青拿来一听露露。她没有喝，把我递给她的露露，放到了茶几上。这时，她的手机响了起来。她从身后的米色小坤包中取出手机，接起了电话。显然她的手机价格不菲，和伊珊用的那只一样，属于同一个品牌。打电话的显然是个男人，他问她在什么地方。马小青愣了一下，说在外面。她的言辞遮遮掩掩的，使我第一次目睹了她因撒谎而出现的羞涩的红晕。我装作有事，离开了客厅，这样可以避免聆听马小青电话出现的尴尬。在阳台上，我把马小青打进来的手机号码存进了地址簿。感觉她的电话打得差不多了，我又来到客厅，她"啪"地合上手机，对我说："金秋哥，我要走了。"

"再稍坐一会儿，喝点露露。"我说。

“不了。改天再来看金林。”说着，她挎上米色的小坤包，站了起来。她在自己的腹部用手比画了一下，问我：“林林一定有这么高了吧？”

“他整天吵吵着想你呢。”我说。

“真的？”

“要不，再稍等一会儿？”我说，“按正常时间，他们该回来了。”

“不了，改天吧。我再来。”她走到门口，换上她的皮鞋。弯腰穿鞋时，我的目光落到了她圆润而丰满的臀部。一种骤然升起的怦然心动，让我的呼吸急促起来。她起身，我打开防盗门。临出门时她向我伸出手，说：“金秋哥，再见。”

“不，”我说，“让我送你下楼。”

到了楼下，她骑上自行车，很快消失在文华小区的楼群后面。我站在大楼的阴影里，看看被云彩挡住的太阳，又看看落到鹅卵石路面上的落叶。一阵风吹来，我打了个冷战。这时，一个问题突然出现在我的面前：马小青今年多大了？回到家里，接到了林海红到澳洲后第一次打来的电话，她说她想林林了。我说林林不在家，跟他奶奶学英语去了。她还说她在那边挺好，请我们不要挂念。

放下电话，我愣了半天，我问自己：我还挂念着她吗？

三

我不知道。一如我坐在办公室里，不知道下一个客户是谁。老板的脸上挂着微笑，由于我那个得意之作，他银行账户的存款犹如池塘遇上急风暴雨，顿时丰盈起来。他把我叫进他的办公室，示意我坐下，并递给我一支铁盒中华。他问我是不是离婚了，看他的表情似乎对这件事很有兴趣。我告诉他离了。然后，他把面前的一个文件夹，沿办公桌的茶色玻璃向我推过来。这是丽水房地产公司的资料，他说这个项目交给你做，是一种立体轰炸，报纸电视都要上。我打开文件夹，翻了翻里面的资料，对老板说："给我点时间。"

"半个月如何？"老板把头靠在椅背上，眯起眼睛说，"不用坐班了，随你怎么弄。事成之后，给你三十个点如何？"

"好吧。"我说，"有什么事，我们电话联系。"

"一定要钓住这条大鱼啊。"老板突然睁开眼睛，尽管我已经快要走出他办公室的大门了，但他闪射过来的目光，还是被我捕捉到了。

我走进属于自己的格子，坐在电脑面前，上网把丽水房地产公司的资料全部浏览了一遍。看完资料，时间已临近中午时分。我关掉电脑，把桌上散放的纸笔收进抽屉，把老板的文件夹和存有我下载资料的软盘，放进手提袋，出了那个格子。下楼时，我去大楼的盥洗室方便了一把，出门后发觉天一副要下雨的样子。大街上空气沉闷，一点秋高气爽的感觉都没有。我用手机通知妈妈我不回家吃饭了。妈说林海红刚来过电话。我告诉她我知道了，就挂了电话。我不知道我为什么不想回家。一想到有半个月属于自己的时间，我心里顿时有了那种时间富翁的感觉。要知道，在这之前，老板对我可不怎么样，他把我看得很死，因为一两次迟到早退，差点跟我闹翻了脸。我从一个政府公务员跳槽到这个公司，图什么？图多挣点儿。可他小子竟扣了我三百大毛。要不是为了让林海红手头宽裕点，让她眉开眼笑，老子怎么受得了这种窝囊气？屈指一算，到这个公司快一年啦。我没有骑自行车，我想沿街走走，顺便找个地方吃顿饭。走出一段距离，我站在街头，回首对着我上班的那座写字楼眺望了一阵。天空雾蒙蒙的，写字楼十分怪异地耸立在我的视线里。就在像傻瓜一样眺望写字楼的当口，身后传来急促的汽车喇叭声。我转过身，看到了伊珊，她摇下车窗对我说："看什么呢，金秋？"

伊珊朝我招招手，示意上她的长安奥拓。我上了车。她说没想到你这个人还挺有情调，怎么，进行雨中漫步呢？我说，雨不是还没下吗？她的车内播放着若有若无的背景音乐。伊珊的裙子很短，方向盘底下就是她性感的大腿，我侧过身，从伊珊垂落到白色椅背上的长发中撩起一缕嗅了嗅。她没有反对，只是动了动身子。我的手放到了她的腿上。隔着光滑的丝袜，手心立即感受到了那种微凉的滋味。我说穿这么少，你不冷吗？她移开我的手，问我去哪儿，我说我哪儿也不想去，就想跟你在一起。她对我翻了一个顽皮的白眼，本能地并拢了双腿。坐在狭小的车内，闻着伊珊身上迷人的气息，我满脑子都是与她出水芙蓉有关的东西。正当我再次想闻闻她发际的气息时，伊珊把车停在了一个餐馆门口，她说："走，我请客。"

我们吃了饭，重新上车时街头下起了小雨。我喝了点白酒，伊珊没喝，因为她要开车。在餐桌的遮掩下，我的腿总是情不自禁贴上伊珊的腿。起先，她会笑着躲开，慢慢地便不躲了。她对丽水房地产公司很感兴趣，想去看看。我说大中午的，我们找个地方先休息一会儿再说。她说你们男人啊，就是心术不正。我说我真是瞌睡了，要不你来看看我的眼皮，差不多粘在一起，睁不开啦。她打着发动机，说不可能吧。我紧紧闭上眼睛靠在椅背上。她说让我看看。伊珊起身把她的一头长发罩在我的脸上，吻了吻我的眼睑，还轻轻地吮吸了那么两下，说那就靠在车里先睡一会儿。她落座的那一瞬间，我张开的手心轻轻握了伊珊的乳房一把。伊珊是个模特，她靠魔鬼的身材和漂亮的脸蛋吃饭。她鱼一样游动在广告公司之间，拍商业图片或电视广告。在第一次目睹了她的芳容之后，我曾动过把她搞到手的脑筋，但那个秃头吴老板把她看得很紧，况且他们之间那种不正常的暧昧，已经到了昭然若揭的地步，因而我苦于一直寻找不到接近她的机会。而现在好了，我不仅坐在她的车内，还有了演出开始之前亲昵的热身，我认为无须再做什么努力，就可能把她搞定。一想到那种令人销魂的时分，我的呼吸立即不那么平静了。车开进丽水花园的时候，我可能睡着了，伊珊伸出小手推了推我的脑袋，她说到了，雨越下越大，我们坐在车里看看得了吧。我揉了揉眼睛，还打了一个哈欠。车窗外一幢幢枣红色的公寓楼，民工们正冒雨修路、筑花池，他们身穿颜色杂乱的雨衣，一锹一锹挖着黑黝黝的泥巴。我们绕丽水花园走了一圈后，出了大门。说是丽水花园,我们没看到水,更没看到花。伊珊问我怎么样,找到感觉没有。我拍了拍她的腿,嬉笑着说这么快就开始放电,我不成天才啦?我的小姐。伊珊漂亮的凤眼往上一挑,朝我抛来的眼神透着可人的媚劲儿。

到了伊珊的寓所,她把我推进她的浴室。我洗了澡裹着浴巾出来时,伊珊用嘴努努大床,示意我先躺下。她进了浴室,摁下门锁的开关。我躺在宽大的席梦思床上,聆听着浴室里传来的水声。伊珊的房子不大,属于一室一厅的那种,但经过她的精心布置,充满着某种令人想入非非的小资情调。我看了看窗外灰色的天空,以及亮晶晶的雨丝,身上有了一种说不清楚的凉意,我扯掉身上的浴巾,展开伊珊的被子把自己裹了起来。窗台下的茶几上,伊珊沏好了我爱喝的清茶,当然还有一瓶香格里拉藏秘干红。酒瓶的橡木塞子已拔出一半,它的旁边站着两只浅浅的高脚杯。过了一会儿,浴室的水声停了。伊珊裹了浴衣出来,她走到窗前拉上了窗帘,然后在窗台的某个地方伸手一摸,卧室亮起了那种温馨如水的灯光。

伊珊坐在茶几旁边的软体沙发上,拿过酒瓶斟了酒,递给我一杯。我起身靠在床头,与她"当"地碰了一下。她浅浅地品了一口杯中的酒液,笑着问我:"躺在一个女孩的床上感觉如何?"

"棒呆了,"我有点口干舌燥,一口吞下杯里的酒,说,"我感觉我快要飞起来了。"

"别夸张了吧。"伊珊又给我的酒杯添了酒,说,"你策划的那个广告简直精彩极了,你这脑子是怎么长的啊?"

"再精彩,也不如吴老板的秃头精彩啊。"我感觉心里酸溜溜的,想故意刺激她一把。

"看不出来,还有点儿醋意呢。"伊珊跷起二郎腿,把一只脚蹬向床沿。她的脚趾甲,点涂成可爱的紫红色,跟玫瑰花瓣似的。

"吴老板还常来?"我喝了口酒问她。

"来个鸟,"伊珊的眼角一翘,露出愤然的目光,说,"那个老疙瘩不是个玩意儿！”

“怎么？喜新厌旧啦？”

伊珊挺了挺胸，反剪起胳膊，将垂落胸前的长发移至肩后，她说：“猜对了。拍完出水芙蓉广告片没多长时间，吴秃子感觉左眼皮老是跳来跳去的，弄得他心神不宁，整天睡不好觉。他说他妈的，这年头，没钱的时候眼皮不跳，现如今有了却老跳，是什么意思啊？我笑着打趣说，兴许是花粉过敏的缘故。他问我花粉过敏是什么意思，连这都不懂？我说就是少拈点花惹点草呗。你猜吴秃子说什么？他说屁话，老子就那么一点爱好，没了，老子挣再多的钞票有什么意思？第二天，我陪他上了黑山，在太白庙找个老道算了一卦。老道说他命硬，说不定什么时候就会遇到什么凶险，嘿嘿，吴老板说有什么凶险，道来听听。老道一边叽叽咕咕，一边用他浑浊的眼睛瞧着袅袅升起的香烟。老道究竟叽咕了什么，我一句都没听懂，我相信吴秃子可能也没听清。他问老道，有没有法子破一破？有啊，老道说你们这些俗人啊，要知道床笫之事，不在多，不在花，而在于精益求精啊。他问老道，此话怎讲？老道一捋飘飘欲仙的美髯，俯在他的耳边说，有一法可解。老道说要想办法见红。金秋，你说说这老道是不是一个大流氓？这年头，四条腿的蛤蟆好找，两条腿的处女好找吗？不容易呀！”

“他找到了吗？”我问。

“好像有些眉目了。”伊珊说，“这个老色鬼，不就是有几个臭钱吗？钱是什么东西？是他妈的命！色是什么东西？色是他妈的鬼！”

“经典啊经典，”我把杯里的酒一饮而尽，对伊珊说，“快到床上来，让我也做一回鬼吧。我的小伊伊，我的小珊珊。”

“再来一杯？”她拿起酒瓶，看我的眼神显然有点醉意蒙眬了。她咯咯地笑着，说，“金秋，我就喜欢看你喝酒的样儿，简直酷毙啦。”

“中午白的，现在红的。伊珊，是不是想把我弄成一堆烂泥啊？”

“嘿，我说金秋。”伊珊朝我一笑，她乌黑的眼眸闪出两道光亮，闪电似的把我的眼睛搞得一片眩晕，她说，“丽水花园，这个丽水花园，你打算让我帮点什么忙啊?"

"这个你不用操心,从今天见到你的那一刻,我就构思好了。"

"吹牛吧?"伊珊说,"有本事说给我听听。"

"听着,我要让你演一个少妇,真空穿一套薄如蝉翼的白色裙子,在像你卧室一样暧昧的灯光里,懒散地躺在橘红色的沙发上,手捧一本时装杂志。看着看着,你突然一抬头,看到了窗外丽水花园美丽如画的夜景。就在此刻,那个名叫伊珊的女人突然从沙发上弹了起来,穿过巨大的玻璃窗,像飞天一样轻灵地飞向丽水花园,飞着飞着,出现你脸部的特写镜头,你对电视观众说,啊,我的老公怎么还不回来?是不是被丽水花园的石榴裙迷醉了啊?"

"去你的,金秋!"伊珊放下酒杯,蝴蝶似的飞到了她的大床上,用一种喃喃自语的方式对我说,"你好坏,好坏哟。"

一觉醒来已是第二天早晨,天色依旧灰暗。枕边的伊珊已经起床,枕头上留有她的几缕发丝。显然,她又洗了澡,发梢湿湿的,落下一两滴水珠。她弄来了一些食物,煎鸡蛋、千层饼和几碟小菜,当然还有热气腾腾的豆浆。我们吃了早餐,雨还是淅淅沥沥下个不停。伊珊换上豆青色的条绒裙子,坐在梳妆台前,面对镜子开始化妆。她描了眉,画了眼影,抹了口红,最后又往原本就很白皙的脸上搽了粉。我没事干,打开电视,躺在床上看了一阵子新闻。伊珊说她有点事儿,需要出去一下,顺路搞点午餐回来。她走后,我又迷迷糊糊睡了一觉,睁开眼睛看见电脑里出现了伊珊的广告,还是那个出水芙蓉。再一看,伊珊的形象上了中央电视台一套。看来,吴老板真是他妈的发了,没有一点经济实力,谁敢把广告打到中央电视台?要知道,我做完这个广告的三个月内,伊珊也只是在我们城市电视台露露脸而已。我关掉电视机,给妈妈打了个电话,告诉她我要去北京,去个十来天。妈说去吧,一路上要注意安全。我挂了电话,又想起马小青,拿起手机找到她的号码,接通后没说几句话,马小青只是告诉我,她昨天晚上见到林林了,又问我昨晚是不是喝酒去了。我支支吾吾的,给不出明确的回答,最后马小青说林林真是淘气啊,他一见我就说是干妈来了,你说可不可笑?回想昨晚的经历,再加上听到马小青的声音,我的鼻子突然一酸,对马小青说了声再见,就把手机关掉了。我不想接任何电话,也不想打任何电话。

伊珊回来后,我把她上中央电视台的消息告诉她。她不信,我们便守在电视机前等。大约半小时之后,出水芙蓉播出了。伊珊有点不相信自己的眼睛,她紧紧握住我的手,她的手心汗津津的。五秒钟广告播完,伊珊弹起来搂住我的脖子亲起来,"叭叭"地在我的脸上印满了她的红唇儿。自然,我们又倒在床上,激情了一番。饿了,在床上吃伊珊带回的火腿,喝伊珊带回的香格里拉藏秘干红。一天连一天,我们创造着时光,延续着时光,一点点把时光消费到老板规定给我的期限。有时候我独自待在伊珊的房间,几乎不相信眼前的现实。望着窗外的月亮或者星空,聆听着邻居家金丝雀优雅婉转的鸣叫,我宁愿把眼前的一切理解为一个缥缈的梦境。直到有一天,外出归来的伊珊给我带来一个惊天动地的消息之后,我猛地推开伊珊,对她大声尖叫着:"那不可能,绝对不可能。"

伊珊脸色一片煞白,她用惊恐的眼睛望着我,她说:"金秋,怎么了?你究竟怎么了?"

"那不可能,那怎么可能呢?"我揪着自己的头发,那样子肯定像一头发怒的狮子。

"你是指吴老板?"

"别提他的名字,"我说,"一听,我就恶心。"

"那件事是真的。"伊珊说,"他找到了那个老道说的方子,据说正准备把那个女人包了呢。"

我推开伊珊,不想再听她的絮叨。我拉开她的防盗门。出了门,沿着楼梯,我飞奔而下。我跑到街上,惊慌中还和街头的一个女孩撞个满怀。她问我,先生想不想玩一玩啊?我狠狠地瞪她一眼。她说先生你好好凶狠啊,不玩算了,瞪我一眼算什么啊?我没有理她,又跑出一段距离,感觉有些透不过气来。我靠在街头的法国梧桐树上,感觉满鼻子闻见的全是那种廉价香水浓烈的气味。我知道,这香味来自被我撞了一下的那个女孩。

伊珊说的那个女人真的就是马小青吗?我问自己。

四

其实,那天晚上我哪儿也没去。在法国梧桐树下待了一会儿,我便拦了一辆出租车,回了家。可能是和伊珊过于放纵的时光耗尽了我的体力,到家后简单洗涮一下,我就睡着了。醒来已是第二天早晨。我径直去了公司,老板不在,他出差去了。我泡了杯清茶,坐在电脑面前,又上网把丽水花园的资料浏览了一遍。到了中午,办公室的人都走光了。我关掉电脑,坐在透过窗子的阳光里,给楼下的快餐店打电话要了份快餐。填饱了肚子,我感觉浑身懒洋洋的,拿出手机给马小青发了个短信息,问她:在干什么呢?她回话说在吃饭,又问我在干什么。我说是一个人在吃饭吗?她回信息说她有话要跟我说,问我有时间没有。我有的是时间。我们约好时间和地点。坐上出租车,我很快见到了马小青。她戴着遮阳帽,站在一棵玉兰树下。她的身后就是我们约会的地点红楼茶室。这是我们第一次单独约会,尽管我们在同一屋檐下一起生活了三年多时间,但这种用语言表达的约会,似乎充满着某种模糊不清的尴尬。

见我从出租车里下来,马小青走出树荫。她的表情看起来很平静。她笑了笑,对我说:“今天的阳光特别刺眼。”

“这段时间,阳光好像从来没这样灿烂过。”我说。

“走吧。”马小青把手轻轻放在那个米色小坤包上。她把我领进了预先订好的房间。房间在二楼,朝南的方向是一面透明的玻璃墙。房间的空间很小,里面的沙发和茶儿都是用竹子做成的。马小青示意我坐下,她到门口和侍应小姐交代几句,又坐到我的对面。她没有取下米色小坤包,而是把它放在自己的腿上。阳光透过玻璃窗照进来,我感觉到今天的马小青,做了精心的修饰。她化的妆比以前重了,尤其是口红,在通透的阳光里显得尤为夺目。一壶清茶,两只玻璃杯,还有南瓜子、果脯之类的玩意儿。侍应小姐把这些东西端上来后,又微笑着退了出去。马小青低头坐在那儿,她的头发垂到了米色小坤包上。

"想什么呢,小青?"隔着被阳光照成紫青色的烟雾,我看着马小青说。

"金秋哥,"马小青抬起头,目光中有了湿润的迹象,她说,"你喝茶呀。"

"你也喝啊。"我端起杯子说。

"嗯。"马小青说,"前些天,你去哪儿了?手机也不开,也不给我打电话,我还以为你失踪了呢。"

"我给你打了呀。"我说话的时候,脑际自然浮现出伊珊那张令我乐不思蜀的大床。

"噢,对了,"马小青说,"那天我去看林林来的,瞧我这记性。"

说完马小青浅浅地笑了笑,她还是穿着那条洗得发白的牛仔裤,还是那件碎花衬衣,不过在衬衣外面加了豆色的毛衣。毛衣织得十分精致,肯定出自她灵巧的双手。与她那天去我家不同的是她的脸色稍嫌黯淡,这可能就是她化了浓妆的原因所在。

"有海红姐什么消息吗?"

"她来过一次电话,说是想林林了。"

"她在那边又嫁人了?"

"不知道。"我把目光滞留在马小青的脸上,我说,"小青,有话你就直说吧。"

"金秋哥,"马小青说,"说了,你别骂我。"

马小青直起腰拉开腿上米色的小坤包,她的手看上去有点哆嗦,似乎费了好大的劲,才把那个蓝色的小本拿出来。她把这个蓝色小本递给我说:"我有城市户口了。"

“是吴老板给你办的?”我看着那个印有国徽图案的小本,打开第一页,里面的确有钢印和马小青的名字。

“嗯。”马小青咬着嘴唇,嗯了一声。

“他还给你租了一套房子?”

“嗯。”马小青的声音低得几乎听不见了,她说,“离这儿不远。”

“你知不知道他有老婆孩子?”

“知道。”

“知道,你糊不糊涂啊?你知不知道社会上把你这种人叫什么?叫二奶,你知不知道?我昨天就听说了。我简直不相信自己的耳朵。没想到被你嗯嗯的,全肯定了。小青,你讲讲,这到底都是为什么啊?”

“我说你要发脾气吧,”马小青从茶几上扯过一张餐巾纸,轻轻擦去眼角的泪水,她说,“我是一点办法也没有啊。”

“怎么没办法了?你在那家超市上班,不是好好的吗?”

马小青端起玻璃杯,青青的茶叶,红红的指甲,她把玻璃杯靠近嘴唇轻轻呷了一口,断断续续开始了她的诉说。

马小青工作的那家超市给的工资不高,再怎么努力工作,加上提成也只能维持她的日常开销。她说和她一起去的五个女孩,在超市做了不到三个月就纷纷跳槽,走人了。马小青说她不想给我找麻烦,她想她只要有一点积蓄,也离开超市,找个地方开个什么小店,卖个化妆品、童装,或女人用品什么的。可是,那个超市的老板是个老不正经,他有事没事总要把马小青叫到他的办公室,动手动脚的,想占点便宜或吃点豆腐什么的。马小青说他整天喝得脸跟猪肝似的,一身酒气,满嘴黄牙。马小青说她只要一见到那副嘴脸,就吓得浑身发抖。老板在办公室对她进行性骚扰,遭到马小青的严词拒绝以后,那个混蛋就以没有本市户口为由要炒马小青的鱿鱼。金秋哥,马小青说你知道工作对我意味着什么。我拼命工作,尽量躲着他,想以营业额来换取他放弃骚扰我的念头。直到有一天下午,要是没记错的话,可能是一个月以前,那天超市里的顾客稀稀拉拉的,马小青说她正倚着货架和同伴聊天,老板走过来,同伴知道老板对马小青有想法,都识趣地走开了。正当马小青也想躲开呼吸粗重的老板时,他一把将马小青搂进怀里,在她的胸前揉来揉去。马小青说到这儿,有了愤怒的表情,她说你说说,这老色鬼是不是个牲口!那一刻,我也不知道哪儿来的力气,一使劲,那个牲口就被我推倒在地了。货架晃来晃去的,上面的洗发水、摩丝、香皂冰雹似的砸到他身上。他躺在地上一动不动,嘴里一口口吐着臭气熏天的秽物。马小青说,当天晚上,老板酒醒以后就带着人把她赶出了宿舍。她没地方可去,只好背着包来到城市汽车站,在那里待了一夜。第二天一早,马小青背着包来到我家,就是她在电话里告诉我看林林的那天。你不在家,问阿姨,阿姨说你去北京出差了。在我家吃了午饭,趁林林睡着的时候,马小青悄悄地从我家出来。站在街头,马小青像第一次走进咸鱼街人力市场那样,把包放在脚边,坐在一家商店的台阶上。一种举目无亲的感觉,让马小青落下了伤心的眼泪。她说她来到这个城市从来没像那天那样感受到了可怕的孤独。望着从眼前走过的一双双脚,瞧着城市女孩脸上永远灿烂的笑容,她任凭眼泪在心底默默流淌。什么时候,我能像眼前这些女孩一样,她们多好啊,有住的地方,有工作,衣着漂亮,自由自在。马小青在心里问自己:什么时候,能跟她们一样?在这种一遍又一遍的追问声中,马小青说她突然灵光一闪,想起了吴老板。他生产化妆品,在超市的销路不错。马小青说你肯定知道,那个品牌是伊珊做的广告,就是那个出水芙蓉,她从游泳池冲天而出,那样子真是动人得不得了。在礼仪班上,我们的老师还用它做经典案例讲了整整一个晚上呢。马小青说她和吴老板有过一面之交,一次吴老板和他手下的人送货到小乐家超市的时候,马小青见过他,他给了马小青一张名片,并说有事儿可以去找他。但那天我找了半天,把包翻了个底朝天,也没有找到那张名片。马小青说正当她绝望的时候,她灵光一闪对自己说,去化妆品商店看看,能不能找到吴老板的公司地址。进了一家化妆品专卖店,马小青很容易找到了那个品牌。她背下地址,来到街上时,太阳快要落山了。

她立即拦了一辆出租车，赶到吴老板公司的时候，吴老板正准备开车下班。他问她有什么事儿，她说能不能给点活儿做。吴老板上上下下把她打量一番，那眼神跟超市老板一样不怀好意。接下来，他把她的背包放进轿车的后备厢，对马小青说上车吧，正有一个饭局等着，一起去吧。走投无路的马小青，不上吴老板的车，难道还有什么更好的选择？饭桌上，马小青说她只喝了点红酒，再多说什么一点也不喝了。马小青说她怕喝多了上了那些男人的当。饭局快要结束时，吴老板问了马小青一些情况，她都如实做了回答。最后吴老板问她，你一直没找过男朋友？马小青回答得很干脆：没有。真的？吴老板又问。马小青伸出小拇指比画了一下，她说要是骗你，就是这个。再晚一点，吴老板给马小青找了个宾馆住下，便开车回家了。马小青说他喝了那么多酒，怕他跟超市那个混账一样，对她非礼，开好房间后，他非要送马小青上楼，马小青说什么也不肯，吴老板嘿嘿地笑着说，好吧，你明天来公司找我。吴老板走后，马小青上楼洗了澡，躺在床上一觉睡到了第二天早晨。马小青说，那一觉睡得真是太香了，我从来没睡过那么香的觉。她说第二天上午，到吴老板办公室时，他正在开会，我坐在接待室等了一会儿。后来，吴老板叫人把她喊进办公室，闲聊了一阵之后，就带她去了一个住宅小区，径直上了电梯，来到十二楼的一个房间门口。吴老板从腰间的裤鼻上摘下一个钥匙，当着马小青的面，朝空中抛出一个漂亮的弧线，然后一把捉住那个钥匙，打开了房门。房子不大，一室一厅的那种。进屋后，吴老板躺在沙发上，色眯眯地对马小青说，要是你愿意，这套房归你了。马小青问他什么意思，他说他想和她睡觉。马小青摇摇头，心顿时狂跳起来，她说吴老板，我只要打工，找个活干。他说陪他睡觉就是打工嘛。最后，他说你先住下，行不行以后再说。说完，他就走了。

“金秋哥，那会儿我真是一点办法也没有啊。”马小青长长地叹了口气说。

“怎么没办法？”我说，“不行，可以回乡下去嘛。”

“回乡下?”马小青一愣,说,“回乡下?”

“回乡下。”

“到现在,那里连电都没有。”马小青哽咽着说完,从她脸上流下的两滴眼泪,就滚进了茶杯。她说:“吴老板没有逼我,是我自愿的。我想要城市户口。他答应了,第三天他就把我的户口本办好了。”

那天在红楼听完马小青想要给我说的话,阳光正好西移到马小青的脸上。她把那个蓝色小本放进米色小坤包,然后对我说为了这个小蓝本,吴老板花了三万元。我没有留意,城市是不是还在买卖户口。凭吴老板的本事,不一定非得花钱买,对主管人员行一两次贿就可以把事情搞定。马小青没有理我。她对着镜子重新整理自己面容的时候,一束阳光正好照到她的耳根。那里的颜色明显发青,与她脸蛋的肤色形成强烈的反差。我立即走近马小青,惊诧地问她:“这儿,这儿,怎么青一块?”

“碰的。”马小青起身做出一个笑容,说,“不小心碰的,有什么大惊小怪的呀?”

“怎么,要走了?”

“嗯。”马小青说,“把心里话找个人说出来,轻松多啦。”

“再坐一会儿不好吗?”我说。

“不了。”马小青说,“怕回去晚了,他会不高兴的。”

五

接下来,丽水花园的广告创作进行得十分顺利。伊珊如愿以偿,成了电视和报纸广告的主角。我没有让她穿薄如蝉翼的真空装闪亮出场,尽管那样做和出水芙蓉一样性感,一样令人怦然心动,但报纸电视毕竟是公众媒体,弄脏了公众的视线,广告的效果可能适得其反。说不定,还让人以为丽水花园是个什么色情场所呢。我让伊珊在广告中扮演一名少妇,身着传统的金丝绒旗袍,衩当然要开得恰到好处。

我认为有能力花钞票住进丽水花园的应当是事业有成的男性公民，而男性公民聚焦女性的视觉兴奋点，往往能够达成惊人的一致。我的意思是要把他们的眼球先吸引到伊珊若隐若现的腿上，继而再转移到丽水花园的房子和周边的环境上，使伊珊之美和丽水之美形成和谐的统一。在我啰哩啰唆的时候，其实城市电视台已经开始播出广告了。伊珊的丈夫，一个英俊洒脱的西方男人，驾着他的别克君威从城市街头，缓缓驶进丽水花园。镜头里出现丽水花园竞放的娇艳花朵、地毯般光滑平整的草坪、朝着阳光跳动透明舞蹈的音乐喷泉、萦绕在一幢幢枣红色楼房之间的小桥流水。伊珊的丈夫一身西装革履，胳膊下夹着黑色公文包健步走进电梯。他打开猛虎牌防盗门，走进宽敞明亮的客厅，把黑色公文包放到茶几上，然后斜倚在沙发上，跷起二郎腿，拿起一沓报纸看了起来。这个时候，伊珊出场了，镜头里的伊珊盘着一个高贵典雅的发髻，端着一杯香气扑鼻的咖啡从厨房出来，露出洋溢着幸福的粉脸，婀娜多姿地来到客厅，轻轻把咖啡放到丈夫面前的茶几上。丈夫，也就是那个西方男人手臂一抬，伊珊顺势偎依进了丈夫的怀抱，她紧贴丈夫胸膛的脸，微微抬起，露出花容般迷人的笑容。伊珊的这个笑容，让在一边观看拍摄过程的我，醋劲大发，要不是一种叫涵养的东西主宰着我，我真想一步冲上去把伊珊从那个满身香气袭人的大鼻子男人身边拽开。当天晚上，伊珊躺在我怀里，那种醋劲依旧酸涩着我的感觉，我说伊珊，看看你的笑容，那是叫表演吗？伊珊说不是表演是什么？我说叫真实展现，你看看那个笑容，只有在你高潮的时候才会有的，是不是一碰外国男人，你就受不了了？去你的，金秋，伊珊用中指点了一下我的额头说。我要说的是伊珊展现了一个精妙绝伦的笑容。在笑容漫溢开来的过程中，伊珊对着镜头说："丽水花园，老公的选择，我喜欢。"

需要补充的一点是，整个拍摄过程，摄影师认真地贯彻了我的构思，他浑然天成地让旗袍下伊珊的秀腿亮相了三次。在庆功宴会上，可能是酒喝多一点的缘故，摄影师对我说："妈的，要不是什么鸟丽水花园,我就拍他妈的一本伊珊美腿写真!”

有天晚上,我把摄影师的赞美诗,朗诵给伊珊听。她笑得前仰后合,咯咯的,浑身颤动出说不清的风韵。她笑得上气不接下气,一会儿弯腰,一会儿拍腿。你们男人真是逗死人啊,说完,裹在伊珊身上的睡衣不知怎么滑到了地毯上。在卧室扑朔迷离的灯光里,她高高举起双腿,一副彻底缴械投降的情状。她红色的高跟皮鞋,闪亮的不锈钢后跟,剑一样刺向我的视线。那细细的襻带将伊珊胖乎乎的脚背,弄出两道可爱的浅浅的凹痕。我没有摄影器材,我不需要摄影器材。我用眼睛和手心,就可以拍一本厚厚的伊珊写真。还等什么?伊珊发出了深情的呼唤,她翅膀似的展开两腿,将我的身子深深地裹了进去。我搂着伊珊,一觉睡到了第二天早晨。

那天早晨出现了薄薄的雾岚。薄雾轻灵地从纱窗空隙透进来,带着一种清新的气息。洗涮完,我和伊珊下了楼,坐上她那辆长安奥拓来到街上。找个地方,我们吃了早餐。早餐之后,伊珊问我去哪儿,我告诉她拉着我在城市的街头随便遛遛。我说我喜欢坐车随便遛遛的感觉。伊珊没有反对。她打开汽车音响,又是那首《今夜无法入睡》。我靠在椅背上,目光投向薄雾中行色匆匆的人群。街头的店铺纷纷拉开卷闸门,开始一天的营生。战战兢兢躲避城管人员的小商小贩们,用他们不敢张扬的嗓门,叫喊着,期望引起路人的注意,以便兜售物品。伊珊打开了汽车空调,不一会儿车内便暖洋洋的,催人入睡。

“嘿,”伊珊叫了一声,“金秋,说点什么吧。”

伊珊的车开得很慢,轻盈地滑动在城市的沥青路面上。我坐在前座,可以看见雾不停地涌上挡风玻璃。

“你没想过要单干?”伊珊问我。

“单干?”我说。

“自己搞个广告公司。”

“和老板抢饭吃?”我说,“他对我不薄。”

“老外不是?这叫竞争。没听报纸电视整天叫着,市场经济就是竞争经济吗？我的小笨瓜。”伊珊从后视镜里瞟了我一眼。

“这不挺好吗？”我说，“他给了我三成，给了你一成五，我感觉挺公平，不是吗？”

“可别忘了，减掉成本，他起码收获了四成。”伊珊拍了一下方向盘，说，“你说说，他做了什么工作？整个构思是你的。要不这样，我来注册个公司。你怕面子过不去，注册我的名字好了。我们五五开如何？”

“随便。”我说。

“随便是什么意思？”

“随便就是随便的意思。”我说，“连这个都听不懂，还要亲自尝尝当老板的滋味？”

伊珊不但没有生气，反而笑容满面，说：“我的小傻傻，你同意了？我知道你会同意的，是吗？”

我们在街头遛了很久。临近中午时分，伊珊把车开进了丽水花园。我们在里面转了一圈。看来楼盘销售的效果不错，大多数楼层的窗户都打开了，里面传出叮叮当当装修的声音。自然，丽水花园没有电视广告画面那么美妙动人。电视镜头里面的草坪、花卉、植物来自昆明的世博园，而小桥流水取自丽江的大研古城。音乐喷泉呢，是电脑合成的画面。而现在的丽水花园，只有几片枯黄的草坪，作秀似的展示在人们的面前。用丽水花园胡老板的话说，广告呈现的是远景规划，谁敢说十年以后，电视广告画面的场景，不会呈现在丽水花园呢？他对我说，想怎么拍就怎么拍，中心只有一个：收回投资，获得利润。看完样片以后，胡老板非常满意，一连说了三个好。连老外都看上丽水花园了，他紧紧握住我的手说，你这个土著怎么还不赶快行动呢？

“效果看来不错啊。”长安奥拓驶出丽水花园的大门时，伊珊再次对我露出赞许的目光，她说，“你的想象力和你床上的功夫一样，棒呆呆！”

“别逗我玩啊，”我说，“这可是在车上。”

“你弄出个卖化妆品的吴老板,现在又弄出个卖房子的胡老板。”伊珊说,“什么时候,才能弄出个伊老板来啊?”

“怎么是我弄?”我说,“分明是咱们一起弄的嘛!”

“嘿,我说金秋,”伊珊迅速抛来一个媚眼,她说,“离婚的感觉真好,是吗?”

“什么意思啊,伊珊,我听不懂。”

“自由。”

“自由是什么意思?”

“自由就是自由的意思。”伊珊说,“连这都不明白,还没完没了地与女孩同床共眠啊?吴秃子就不行,又喜欢拈花惹草,又离不了,今天后院失火,明天前院失火,成天跟消防队员似的跑来跑去,累不累啊。”

“你别提那个吴秃子!”我说,“一听这个名字,我就恶心,想吐,你知道不知道?”

伊珊是聪明的,她一见我有了愤怒的表情,立马安静下来。她默默地开着车。城市的薄雾渐渐散去,天空出现了若隐若现的阳光,有几朵絮状的云彩悬浮在城市高耸入云的电视塔的顶端。伊珊美轮美奂的性感形象,就是通过那根笔直的天线,走进千家万户,构成一道城市亮丽的风景线。可能是伊珊感觉累了,她把车开到离电视塔不远的绿水湖畔。因为临近中午时分,湖畔没几个人。太阳一会儿有,一会儿没有。远处有几个垂钓的老头,他们的倒影被风吹得支离破碎。伊珊放下座椅,躺了下来,盯着电视塔尖。她虚幻的目光,让我想起远渡重洋的林海红。我侧过身子,靠近伊珊,吻了吻她长长的睫毛。她抱住我的头,紧紧地搂住,要我把脸贴在她轻盈的乳房上。不一会儿,我的耳边又有了那种熟悉的喃喃私语。我把手伸进她的风衣,突然就有了那种强烈的冲动。

叫人意想不到的是,我腰间的手机响了。电话是林海红打来的,她开口第一句话,就把我气疯了,她说她想把林林接到澳洲去。

“没门儿!”我尖叫着,“没门儿!!”

“你别激动，金秋。”林海红说，“一切都安排好了，金林在这儿可以受到最好的教育。你想一想，孩子的未来才是最重要的。”

“没门儿！”我再叫一声，“没门儿！！”

“除了这两个字，你还会说什么？”显然林海红有点不耐烦了。

“老子就会说这两个字！”

“金秋，你像不像一个受过高等教育的人？”

“不像，老子就是一个粗人！”我“啪”的一声合上了手机，瞧着伊珊粉红的脸蛋，说，“老子就是一个大老粗！”

六

离开伊珊的公寓回到家，我满脑子都是吴老板的脑袋。他的脑袋没什么特别之处，最引人注目的要算他油光锃亮的头顶了：竟然一根毛都没有，即使有一根毛也好让我叹口气呀。要不是周围生出一些稀稀拉拉的黄毛，简直没法相信，吴老板肩膀上扛着的东西，可以称作脑袋。这个光秃秃的玩意儿，鬼一样盘踞在我的脑海，常常把我从睡梦中惊醒。醒来后的我，再也无法入睡，只好眼睁睁地瞧着天花板或窗外的夜色，等待新的一天到来。

我知道，赶不走吴老板秃鹫似的脑袋，跟马小青有关。我和这个来自山沟的女孩，在同一屋檐下相安无事地生活了三年多。她给我们做饭，给我们洗衣，给我们带孩子，尽心尽责，对我，对林海红，对林林，倾注了她的全部爱心。林海红不在家无法哺乳时，林林饿得哇哇大哭，奶粉、米粉、藕粉他都不吃。这种时候，马小青会撩起衣襟，把她处女的乳头放进林林的小嘴，任其吮吸。林海红心疼马小青。她心疼马小青被林林吮红的乳头。她嗔怪马小青，要她以后再也不要做这种傻事。林海红说：“你还没结婚，乳头就被吸得长长的、黑黑的，以后还怎么嫁人啊？”当然这是她们之间的私事，是林海红在枕边告诉我的。毕竟那是朝夕相伴的三年，马小青的点点滴滴，像空气一样弥漫在我的周围,甚至融进了我的血液。我想,对林海红也是一样,她喜欢马小青,她把她看作自己的亲妹妹。那段时间,我生活作风严谨,除了做好一个国家公务员分内的工作,就是躲进书房看书。当然在书本之余,来自报刊对婚外恋,尤其是男主人和小保姆之间的绯闻,也会在万籁俱寂的时光伴我入梦,让我想入非非,度过一个愉快而美妙的夜晚。我认为这是一个身体健康男人的正常反应,重要的是掌握好哲学概念“度”的要义,不能越雷池一步,便能说明你是一个心智健康的男人。应当承认,在我和林海红的婚姻期内,和保姆马小青之间和睦共处的关系,足以证明我至少在那三年多的日子里绝对心智健康。别说这么多啦,我承认我喜欢马小青。我想这种感情在咸鱼街人力市场第一次见到她时,就有了。但这种喜欢,更多的可能不是男欢女爱,而是一种希望,一种希望她幸福快乐的纯正的美好感情。就是到现在,我也认为只要马小青找到爱情,找到一个可以依赖的男人,她结婚,她成家,她生孩子,我心里可能会酸不溜溜几天,但绝对会像兄长一样对她,并真诚祝福她。可现在,她竟然睡到了吴秃子的身边!他是个什么鸟玩意儿?

在马小青离开我家去超市工作的那段时间,我和马小青几乎没什么往来。那段时间,林海红要离婚,她本来找不出什么理由,如果我去找马小青,或者马小青来我们家,不正好成为她离婚的一个重要理由吗?因而,那个时候的马小青显然也是明智的。我不想失去金林。我要保住金林。我不能有任何把柄握在林海红的手心。再说了,马小青是那么纯洁,那么可爱,我不想有任何污浊的东西弄脏了马小青。

失眠,无可救药的失眠就这样来到我的身边。我上街买来安眠宁,一种淡蓝色的片剂,每天入睡前吃两粒。我努力让自己平静下来,想忘掉那些乱七八糟的烦心事。妈妈见我成天心神不宁,对我说,金秋啊,还没有碰到合适的啊?我告诉她没有。她最担心的事儿,是怕我一时糊涂,把林林交给林海红。我说没门儿。妈妈听到这两个字,脸上浮现出欣慰的笑容,她说如果林林妨碍你再婚,由我和你爸来带好了。我说不行。我不想检讨自己的生活,若不是马小青的生活发生了变故,我认为目前富有、放纵、自由的日子，正是我潜意识里梦寐以求的。我弄不清与伊珊是什么关系，或许是性伙伴，或许什么也不是，重要的是她让我尝到了偷情的快乐；那和马小青又是什么关系？我不知道。

安眠宁能够让我安然入睡，却无法排遣我白天的孤寂。老板对我真的不错。丽水花园做完后，又给我一星期假，让我自由支配。更重要的是他给我的账户打进了整整三十万，加上做吴秃子化妆品的提成十五万，按城市现行的标准，毫无疑问，我已进入了小资的行列。望着突然丰盈起来的账户，那一溜枯燥无味的数字，竟然让我找不出一点兴奋的感觉。我在家睡觉，看电视，翻那些永远过目就忘的《城市晚报》；要不就躺进浴缸，浸泡在灼热的水中，打发时间。这样过了三天，我觉得应当给马小青打个电话了。那是一个令人懒散的午后，我坐在阳台上，阳光下马小青伺弄过的花卉生机盎然，给阴冷的秋天增加了些许春意。

"喂，"我在手机里说，"小青吗？"

"金秋哥？"马小青显然是一种惊喜的口吻，她说，"这会儿，你在哪儿呀？"

"家。你呢？"

"在……在……"马小青的声音哽咽了，她说，"我还能在哪儿呀？"

"小青，我有事想找你谈谈。"我说，"你能出来一下吗？"

"我出不去，"马小青说，"他把我关在屋里了。"

"什么？什么？你再说一遍！"

"他把防盗门反锁上了。"马小青说，"我出不去！"

"什么？"我骂了一声，"狗日的吴秃子！"

"他今天刚走，又上山算命去了，"马小青说，"说是七天以后回来。"

"你为什么不报警？"

"报警？"马小青说，"弄得满城风雨的，叫我以后怎么做人啊？"

"我问你一句话，小青，你想不想出来？你要知道你是自由的，谁也没有权利囚禁你!”

“我早就后悔了,金秋哥,你想办法把我弄出去吧。我一出去,我回山沟去,我一天也不想待在这个城市,一天都不想待了。金秋哥,看在我做过你家保姆的分上,你快想办法救我出去吧。”马小青哭诉着。

“你住哪儿?几楼?”我问。

“蓝梦小区7号楼,1202室。”马小青说,“就是红楼茶室后面的那个小区。”

“你等着。”说完,我关掉手机下了楼。坐在出租车上,我满脑子都在想如何把马小青解救出来。绳子?让她把绳子系牢,沿绳子从十二楼爬下来?不行。她怎么有那个胆量。何况,绳子如何递进她的住宅?很快绳子的方案被我否决。再不,找一把铁锤把防盗门砸开?叮叮当当的声音,惊动了蓝梦小区的保安怎么办?最终解决不了问题,还自我暴露了身份,出现了马小青最担心的满城风雨。不行。要不就找110?我他们能够临时把马小青弄出来,但谁敢保证他们不把我和马小青请进去审讯一番?等吴老板出差回来,难保隔墙有耳,将我和马小青出卖给吴老板。不行。就在我苦于找不出两全其美的办法时,我的眼前突然一亮,想起那个曾帮我们公司打开保险柜的老钳工。保险柜他都能弄开,区区的一个防盗门还在话下?很快,我找到了那个下岗后开了锁铺的八级钳工,告诉他钥匙丢了,想请他帮个忙。我递给他五百块钱。他挥挥手说,等开了再说。他背起工具上了我的出租车。不一会儿工夫,我们来到马小青住的1202室门口。老钳工拧拧门把,把耳朵贴在防盗门上听听,然后掏出他那串万能钥匙,用了不到三分钟的时间,只听“啪”的一声,防盗门打开了。马小青提着已准备好随身携带的背包,出现在我们面前。

看见泪光涟涟的马小青,老钳工一愣,说:“怎么,里面有人?”

“她没有钥匙,”我把钱重新掏出来给他,说,“而我的丢了。”

“别吓我,小伙子。”老钳工收起工具,从我递过去的那沓钱中抽出一张,说,“老价钱。”

我连声道谢。老钳工背起工具走到电梯口，又回头看了我和马小青一眼，说："你们进屋吧，我走了。"

我把防盗门带上后，拉着马小青的手上了电梯，下楼，来到街头，招手拦了一辆出租车。我们坐在后排，她的背包已放进出租车的后备厢。车开出一段时间，司机对着后视镜问我们去哪儿，我说不知道。他说不知道去什么地儿，叫我怎么开车？想怎么开就怎么开，我提高嗓门说。司机又从后视镜看了我们一眼，赌气似的一踩油门，就将车驶上了高架路。太阳快要落山了，可它最后的光亮将出租车照得光芒四射。马小青用手遮住眼睛，她的脸上还印着淡淡的泪痕。瞧着城市刺眼的阳光，我自然忆起和伊珊驾车漫游在城市大街小巷的情景，那是一个雾蒙蒙的雨天。好像和伊珊在一起的时光，天不是阴就是下雨；而和马小青单独在一起呢，阳光总刺得人睁不开眼。出租车跑过高架路，拐个弯上了滨河大道。大道下边是一片开阔的水域，水面平整如镜，波光粼粼。西边的太阳正一点点下沉，投向水面的光亮也逐渐黯淡下来。我们的车临近滨河大道西头时，天一下暗了。我叫司机停下，付了车费，领着马小青走进一家酒店，要了个包间。经过半天传奇般的经历，我感觉浑身疲乏无力，菜上来后，我喝了很多酒。要不是马小青夺过酒杯，告诉我不能喝了，我可能真的会把自己灌醉的。

"金秋哥，别想得太多，"马小青说，"我再也不会为难你了。"

"吃饱了吗？"我问。

"吃饱了。"

"走，"我说，"跟我回家！"

七

马小青又重新住进了她的小屋。林林见到她回来，说什么也不与奶奶睡，早早就躺进马小青的被窝。他兴奋得手舞足蹈，又是蹦，又是跳，弄得脸蛋红扑扑的。马小青洗了澡，换了衣裳，从盥洗间出来，脸上有了笑容。我说快去睡吧，再不去林林要哭鼻子了。

马小青进屋后，我接到了伊珊打来的电话，她告诉我公司已经注册完毕，叫天马广告有限公司。我说这个名字不错。伊珊说还不是跟你学的，她说地址也选好了，在丽水花园对面。我说那个地方不错。最后，她要我明天和她一起上山去太白庙见见那个老道，说是要选个黄道吉日。我说我不去，要去你自己去。伊珊沉默了一阵，她说好吧。一听到那个老道，我心里就有气，眼前就浮现出吴老板可恶的秃头。

几天后的一个中午，我坐在阳台上看报，马小青提了喷壶过来给花卉浇水。我要她坐下，问她今后有什么打算。想了一会儿，她说这些天老是在想，能不能开个小店，专卖儿童用品和女人内衣、化妆品什么的。她说名字都想好了，叫天使妇幼商店。我说这会儿，反正闲着没事，要不这样，我们出去找找地方，最好是能楼下开店，楼上住人。路上，我劝马小青遇事想开一些，事情已经发生了，谁也没法，但不能一错再错。这个世界永远没有免费的午餐。马小青咬着嘴唇点点头。我说最近我挣了一笔钱，给你十万作启动资金。不，先借我五万，她说十万太多了。我说好吧，不够的话再说。我们来到丽水花园的东大街，这是一片正在开发的新区。伊珊能把广告公司选在这个地方，自有她精明的道理。

正如我们预想的那样，在离丽水花园大门不远的地方，有一家超市，超市旁边有一家小店。小店门口竖着一个纸牌，纸牌上写着此店转让。我们进去看了看，是一家化妆品专营店，店面不大，大约有二十平方，紧挨东墙有一道暗门，里面有一个六平方左右的小房间，房间摆着一张单人床。显然老板一家就住在这个房间。我问有没有厨房和卫生间。老板打开小房间的另一扇门，我的眼前顿时一亮，原来是一个小小的天井。天井里有一棵小小的松树。老板指着天井北墙的两扇门，说厨房卫生间在那儿，齐全着哩。最后，我们坐在天井里谈价钱。老板说看你们是成心想要，我也不玩虚的，这样吧，房租加里面的货，给两万五怎么样？马小青说能不能再少点？老板说要不是孩子他娘出了车祸急着用钱,我才舍不得转让呢,小姑娘。

“现在能办手续?”我问。

“能。”老板脸上的表情相当复杂,他说,“我真是舍不得啊,我们一家的生活全靠着它哩。”

来到附近的银行,用我的信用卡一次性支出了五万元,给马小青开了账户,存进两万五,余下的揣进马小青的米色小包,回到小店。老板领着我们跑了房管处、公证处,不一会儿办妥了相关手续。老板接过马小青递上的钱,眼睛就湿了。他叫来两辆三轮车,把日常用品装上。接着,他握住我的手,将卷闸门的钥匙交给我的时候,天黑了下来。他的手很凉,用劲握了一下我的手之后,他一句话没说就推着三轮车走了。他的身影看上去很像一只干瘦的虾米。

看着老板离去的背影,马小青的目光也有了湿润的迹象。

接下来,马小青住进了她的天使妇幼商店。她跑工商、税务部门,进行了注册登记;又订做了店牌,花了十天时间把店内修葺一新。她找街头的瞎子确定了开业的良辰吉日:11 月 8 日。她电话告诉我那天,我翻查了日历,现在离 11 月 8 日还有九天时间。我问她店里的货准备得怎样了。她说差不多,都是从三江街批发市场进的。三江街市场是北方地区最大的批发市场,离我们所在的城市大约有三百公里。还有几天空闲,马小青说她想再去一趟三江。我说去吧,一路上千万要注意安全。她说没事的,和小玲一起去。小玲是谁?我问。她告诉我是她妹妹,刚从老家过来。

挂掉马小青打来的电话,老板突然推开他办公室的门,对着大厅叫了一声:金秋,你来一下。我立即起身,心想:是不是伊珊注册天马广告有限公司的消息被他知道了?要给我摊牌了?进去以后才知道不是那么回事。他说晚上有空吗?老板现在说话总是这样客气,要先征求我的意见。他以前可不是这样,动辄颐指气使。我说没什么事。是这样的,吴老板开发了一种洗面奶,指名要你和伊珊来做。老板说,这回我的要价比上次翻了一番。晚上,九天大酒店,我做东,老板说你和伊珊都来,争取把事情敲定。尽管对吴秃子的厌恶已到极致,但面对老板的好意,我实在找不出拒绝的理由。再说,对马小青的逃跑,我想看看吴秃子的反应。他不是上山请老道去了吗?这回老道又指点了什么?我对老板笑笑,说好吧,晚上我去。伊珊那边,我刚刚和她通了电话,老板笑眯眯地望着我说,伊珊说了,你去她就去。

晚上,我、老板、伊珊,先后抵达九天大酒店的揽月宫。要知道,九天大酒店是我们城市唯一的一座五星级酒店,而老板订的揽月宫又是九天的顶级餐厅。老板要的是一桌 9898 元的标准。伊珊吐了吐舌头,说吃黄金钻石啊。老外了不是?老板点起一支烟看着伊珊,说我这是在下鱼钩啊。光鱼钩?伊珊说,没有诱饵怕不行吧?当然有啦,老板暧昧地笑着说,我这个人什么都不怕,就怕客户没爱好啦。

正说着,餐厅小姐推开了揽月宫的大门,吴老板夹着公文包,笑容可掬地出现在我们面前:"不好意思,不好意思,让诸位久等啦。"

"请。"老板起身做了个请的手势。

吴老板在上座坐下,左侧是老板,右侧是我,对面是伊珊。他用孤傲的目光把大家打量一番之后,露出一种做作的兴奋表情,哈哈哈大笑起来,说:"我这一看不要紧,全是熟人。好,好啊。"

老板示意伫立两边的小姐上菜和酒水。老板指着菜谱那道要过的包席,对吴老板说:"真不好意思,没征求吴老板的意见,要了个 9898,实在是不成敬意啊。"

"客气,客气,又客气了不是?"他伸手摸了摸光秃秃的脑门,说,"我吴成贵能有今天,还不是多亏弟兄们帮忙啊。"

菜纷纷上来,花一般开满红木圆桌。澳洲龙虾、鲍鱼、阿拉斯加鳕鱼,还有许多我不认识的生猛海鲜飞禽走兽。喝的是国酒茅台。我喜欢茅台。喝过那么多的酒,我认为,茅台被称为国酒当之无愧,它绵甜,它辛辣,它舌尖留香,它回味深长。酒过三巡以后,老板开始敬酒,他从小姐手里接过酒瓶,把中华烟盒立起,作为向透明玻璃杯斟酒的标准。倒好后,老板一仰头喝水似的饮了下去。吴老板啊,我这是先干为敬。老板说着再次把酒注至中华烟盒立起的高度。来来,老板说,我这算是为你接风洗尘啊。吴老板谦让了一下,接过酒杯说,别人的酒我敢不喝,你们的酒,我是喝定啦。说完,吴老板把杯子里的茅台像啤酒一样干了。

吴老板夹起一块鲍鱼的嘴唇,放进嘴巴,说:“前些天,上了一趟山。”

“老道说什么了?”伊珊接过话问道。

“他竟然算出我开发的一个新产品。”吴老板说,“你说神奇不神奇?”

“算出了洗面奶?”伊珊眼睛往上一挑,瞅了一眼吴老板说。

“聪明!”吴老板有点兴奋,投到伊珊脸上的目光有了明显的酒意,他说,“老道神就神在这里,这种事不由得你不信。”

学老板的样子如法炮制,我敬了一圈酒。东拉西扯一阵后,伊珊又学我的样子如法炮制,敬了一圈。喝伊珊敬上的那杯酒时,吴老板光亮的额头渗出了细小的汗珠。他握住伊珊的手迟迟不松,还不时把目光伸进伊珊的领口。伊珊,他说,我还要让你来做,洗、洗面、奶。好啊,伊珊终于把酒杯塞进了吴老板的手里,她说,我正求之不得呢。吴老板把伊珊敬的酒一口吞下,长长地哈出一口酒气说:“好酒啊……真他妈的是好酒。”

“海量,海量啊,老兄。”坐在一边的老板竖起大拇指。

“吴老板,听说最近养了个乡下妹?”我说。

“妈的,别提了。”吴老板喝了一口面前的西瓜汁,说,“我从山上回来,人就从屋里失踪了。她没钥匙,门和窗户都好好的,怎么人说不见就不见了呢?你们说奇怪不奇怪?”

“失踪了?咋可能呢?”我故意来了一句,想听听吴秃子的反应。

“真是活见鬼。”吴老板摸了一把油光发亮的脑门,说,“上山后还专门请示了老道,老道说还是留着好。嘿嘿,老道嘿嘿了两声,又接着说黑山来的女孩淳朴善良,要好好待她才是。我问老道他怎么知道女孩来自黑山,老道说我是靠什么吃饭的？这个你最好别问了。你说说,这个老道神不神啊？”

“老道说的那种事实现了？”伊珊问。

“我还以为是正处呢,”吴老板瞪大醉意蒙眬的眼睛说,“办了以后才知道上了当。妈的,不是。至多副处而已。大家说说,这年头还有没有正处啊？这个老道,不是给我出了道难题吗？”

“既然是副的,还给人家买了个城市户口？”我说。

“憨,憨啊。”吴老板望着我说,“金秋,广告做得那么棒,咋就那么憨呢？”

“我憨？”

“憨!”吴老板说,“你以为那是真的？老子在街上花一百块钱买的！这年头,想要什么买不来啊？”

这个牲口！他那种嘲讽的语气所透露出来的实情,差一点把我的肺都气炸了。我紧紧握起拳头,把指关节捏得咯吱直响。要不是这时候伊珊在桌子底下的腿碰了我一下,转移了我的注意力,我想我可能就要冲上去,紧紧卡住这个牲口的脖子,一直将他卡得口吐白沫、眼白直翻,才解心头之恨。伊珊在我的耳边低语,她说老板在九天开了房间,一会儿桑拿完以后,到房间去找她。她说919房间,记住了吗？我点点头,脸上立即做出一副动人的笑容。我拿起酒瓶,走到吴老板面前,将他面前的玻璃杯斟满,说吴老板,您是我心目中的英雄,我一直渴望和您喝一次酒,今天借我们老板的花献给您。无论如何,请您老赏个脸。他接过酒杯,说金秋啊,要是你这个年纪,我再来三杯,眼眨都不会眨一下,怎么样？老哥喝一半如何？哈哈哈,我大笑起来,说:“想不到吴老板也有求人的时候啊!”

“喝就喝,不就是一杯酒水吗？”吴老板可能被我的笑声激怒了,他闭上眼睛,一眨眼工夫把一大杯茅台咕嘟进了肚子。

“海量,海量。”老板又敲起边鼓,伸出大拇指在吴老板眼前晃了晃。他看了看大家说,“我看酒这个节目差不多了吧？”

“对对,差不多了。”吴老板点起烟,目光直直地瞧着伊珊。

老板和吴秃子交头接耳,耳语着什么,吴秃子还不忘做出一副谦让的样子。最后,我听见老板说:“老哥,你放心,今天老弟弄来的这个绝对是正处!”

“金秋,”老板说,“陪吴老板桑拿一把,九号桑拿室!我喝多了,想回房间先睡一会儿。”

九天大酒店的桑拿室离餐厅不远。在小姐的引领下,吴老板和我来到一个雾气腾腾的房间。临走时,伊珊嘱咐我千万别找那儿的小姐,要我快去快回,最后又交代说919房间,记住了吗?女人真是不能喝酒,我想这会儿伊珊的内裤一定湿了。一个身着泳装的女孩向我们深深鞠了一躬,她的乳房很大,弯腰时挤出一条深深的乳沟。她说先生,请跟我来,九号室在这边。再往里走灯光幽暗,充盈着浓浓的雾气。吴老板离小姐很近,他趁机把手伸到小姐的胸前摸了一把,嬉笑着说,小姐怎么长的呀,不会是假的吧?小姐可能愠怒了,“唰”的一下拉下泳装,把一对丰乳展现在我们面前,说先生要是不信,上来吃两口吧,瞅瞅是不是真的。我赶紧上来打圆场,提醒吴老板桑拿完再说,现在放空了,一会儿怎么对付正处啊?就是,就是,他嘀咕着走进被泳装小姐打开的九号桑拿室。

再进一道门,我们脱光衣裳,在木板制成的小屋里,靠着木墙坐了下来。小屋内只有一盏小灯。借着昏暗的灯光,我看见吴秃子肥胖的身子堆在墙角,过于肥大的肚子下面黑黢黢的一片。他舀起一瓢水浇向火池中的桑拿石,一股灼热的雾气,“刺啦”一声升腾起来,弥漫了整个空间。浇完第一瓢水以后,那个肥硕的身子一弯就躺到木板上,不一会儿便鼾声四起。我一瓢接一瓢往桑拿石上浇水。在一种快要窒息的感觉渐渐来临的那一刻,我浑浊不清的视线深处浮现出很久以前看过的一部外国影片,一个男人把另一个男人反锁在桑拿室里,轻而易举实现了自己的目的。我到外面又接了一桶水,一瓢接一瓢浇进桑拿池。又过了一阵子,我听见吴老板翻了个身,他整个身子像得了羊角风似的抽搐起来，胳膊和腿来回扑腾着，弄出“啪啪”的声响，整个情景宛若抹掉脖子的公鸡，手舞足蹈，进行着最后的挣扎。当然，这种挣扎的时间很短，短得还没让人有所感觉，那种扑腾，那种嗓子里发出的有气无力的咕咕声，便一点点衰弱下去了。最后出人意料的是，吴秃子竟然手扶木墙，本能地一点点站起来，朝木门晃晃悠悠地跨出艰难的一步。但是，他的身子根本无力再向前移动了，兴许脚底滑了一下，兴许打了个趔趄，总之吴秃子最后的回光返照，如同落山的晚霞闪了一下，那种令人震惊的光亮，就被无边无际的夜色吞没了。就在这个时候，我听到“咚”的一声巨响，吴老板的身子，布袋一样砸向了坚实的木板。没错，肯定是后脑勺先着地的，要不他倒下的身子怎么会仰面躺着呢？我提起木桶将剩下的半桶水浇向桑拿池，在一股巨大的蒸汽蹿起的那一瞬间，我来到桑拿室门口，拉开木门。这时我低头看了一眼地下那堆一动不动的白肉，想都没想，对准吴秃子的屁股狠狠地踢了一脚。那一脚踢得很重，弄得我的脚一阵隐隐作痛。我忍着疼痛撞上木门，走到旁边的淋浴室，痛痛快快地洗了个澡。

洗完澡，我穿好衣服出来，路过九号桑拿室木门时，看见木门的缝隙透出一股白色的蒸汽。如果不出意外的话，吴秃子这会儿怕是被蒸熟了吧？我吹起了动听的口哨，一首伊珊喜欢的《今夜无法入睡》的曲调。走过桑拿室的休息大厅，我见到了那个领我们进来的泳装小姐。我对她说：“快去，吴老板正在里面等着你呢。”

吴老板等着小姐，而伊珊等着我。我醉意蒙眬地想：这个世界真他妈的愈来愈有意思啦。

2002年8月7—15日　南阳

带着纸鹞上路

一

公元 1987 年 10 月 18 日，是红梅酒精厂二十四岁的青年女工许丽萍的大喜之日。与她结婚的男人名叫王金声，比她大三岁零十二天。婚礼简朴、隆重，自始至终喜气洋洋，充满了欢声笑语。瞧着觥筹交错的宾客，一对新人心满意足，对即将撩开面纱的洞房花烛夜怀着许多隐秘的期待。

许丽萍的婚礼，彻底打碎了另一个男人的美梦，那个男人名叫孔文科。在此之前，孔文科错误地暗恋上了许丽萍，且鼓足勇气偷偷塞给许丽萍十封情书，却都被她婉言拒绝了。许丽萍婚礼过后的第二天，孔文科不辞而别，离开了红梅酒精厂，失踪了。他离家出走的消息曾经作为一大话题，被红梅酒精厂上上下下津津乐道了很长时间。后来，厂里的人们慢慢忘掉了他的存在。这年头，大家都忙着弄钱，谁还有心思去翻那些被岁月尘埃深深掩埋了的陈芝麻烂谷子啊！

婚后，小两口的日子过得衣食无忧，幸福美满。不到一年，许丽萍生下了女儿王小畅。女儿聪明伶俐，人见人爱，更可谓锦上添花了。如果不是三年后的一个春天，王金声主动辞掉了市总工会的公职，下海去霍尔果斯折腾起了服装生意，那么许丽萍的小日子，或许会像以往一样恬静、安逸。当然，有时候他们也会斗一斗嘴，怄几天气，背靠背谁也不理谁地睡上几天。等有一天王金声耐不住寂寞了，他的手心会自动跳出一些小火苗，恰到好处地在许丽萍饥渴的皮肤上游走、奔突、燃烧，直至将她故意熄火的身体发动机重新点燃，她会主动迎合王金声的需要，与他共同温习一番云卷云舒的鱼水之欢。之后，他们又会和好如初。

更要命的是，那个下了海的王金声，开头两年还装模作样省一两次亲，顺便捎点小钱回来；到后来，一分钱不往家寄不说，干脆连个音信也没有了。是死是活，总得有个消息啊。随着光阴的一点点流逝，许丽萍心头的怨气每天都在滋长，她时而感叹命运对自己有失公允，时而幻想冲破那种名存实亡的婚姻，嫁个好人，重建一个完整的家庭。

就这样，面对一个生死不明的老公，刚刚三十岁出头的许丽萍成了一个现代版的孟姜女。两千多年以前，那个每天站在大风中向北而泣的女人，哀怨动人。她翩翩舞动的广袖，如歌如泣的呼喊和倾诉，随风越过平原、山谷、河流，抵达天苍苍野茫茫的边疆要塞的时候，那个正工蚁似的搬动着石头或砖块的心上人儿，还能够感受到风中那种咸湿的泪水和叫人心碎的怨忿吗？

许丽萍没有孟姜女那么会哭。毕竟，孟姜女的哭泣早已成了千百年来经久不衰的绝唱，高不可攀。可话要说回来，自从王金声杳无音信以后，要说许丽萍一次没哭过也不是事实。她不能站在红梅酒精厂家属楼的阳台上放声痛哭，因为谁也无法证明王金声的生死。既然证明不了，她自然不好哭出声响，哭出动静，哭得红梅酒精厂家属院的人都奔走相告了，王金声退休在家的父母还不找上门和她拼命啊！

许丽萍哭过，而且不止一次。每次哭的时候，女儿都不在家，她不是上幼儿园就是上光明小学去了。倒班休息在家的许丽萍，面对空荡荡的屋子，一不小心，她的目光说不定就会落到客厅墙上悬挂的那幅“全家福”上。照片是女儿两岁半的那年夏天拍的，花掉了许丽萍半个月的工资。“全家福”的成本虽说昂贵了一点，但照片从拍摄、用光到制作都相当讲究，乍看上去，效果一点不比画报上的那些名人名角差。照片上的王金声身材挺拔，面带微笑，身穿米白色短袖衬衣，打一条红色领带。许丽萍记得，那天拍照前，台湾影楼里浓郁的香水气味，曾弄得王金声鼻窦痒嗖嗖的，忍不住打了好几个喷嚏。或许是呛出泪水的缘故，照片上王金声透过眼镜片而来的目光炯炯有神，非常有磁性。女儿坐在他们中间，翘翘的一对羊角辫，用红色丝带扎着，像一对灵动的小蝴蝶，栖息在她与王金声的脸庞两侧。这个鬼精灵，每次照相的时候，不像其他孩子又哭又闹，哄都哄不住，反倒像出色的电影演员，微微侧过脑袋，对准镜头，让脸部浓得化不开的天真烂漫的笑容定格成了永恒。相对而言，照片上许丽萍清丽的容颜要平静得多。她是一个不事张扬的女人，生性内敛，喜欢把熔岩般翻滚的情感，蕴藏在内心深处的湖泊和幽谷；但这些，并不影响她对幸福的感觉和体味，即使遮掩再深，再密不透风，笑容和目光的背后总有一些东西要溢于言表的。全家福中的许丽萍戴着修长的假睫毛，经影楼化妆师精心修饰过的脸蛋粉嘟嘟的，闪烁出娇艳欲滴的光泽。喂，靠紧一点。摄影师打着手势，不停调整他们姿势的同时，嘴里还一股脑儿地絮叨着上点，下点，左点，右点。摄影师过于严谨的态度弄得许丽萍的脊背和额头渗出了许多细碎的汗珠。正当她准备从身后的小坤包去拿餐巾纸时，摄影师说好了好了，就这样，别动了啊。“嘎巴”一声脆响，暗藏在照相机内的胶卷就记录下了那个美好的瞬间。虽然当时的情景依旧历历在目，好像发生在昨天一样清晰，一样令人如临其境，但现在回想起来，那个曾经美好的瞬间，如今却成了许丽萍自怨自艾的源泉。

通常，这种时候屋里总是很静，静得可以听见自己的心跳，咚咚的，鼓槌似的敲击着她的心房，那铿锵有力的声波，慢慢地就会涟漪似的弥漫了她娇小的身子。坐在软体布艺沙发上的许丽萍，瞧着茶几上女儿吃早点时留下的杯碟碗筷，瞧着瞧着，她虚化的视线里就有了想哭的感觉。不知从哪天开始，原先一向注重仪表和家庭环境质量的许丽萍，犹如被乌云暂时遮蔽的阳光，突然黯然失色，变得慵懒了，随便了。梳妆台的镜面灰蒙蒙的，睡在抽屉内的化妆用品，一年之中难得有机会重见天日，接受主人纤纤素指的爱抚；家里的环境凌乱了，灰尘、纸屑、拖鞋、果皮、换下的衣物、用过的碗筷，成了家里的常客。蒙眬中，一束妖媚的阳光，突然跳进许丽萍的视线。那是后面住宅楼有人开动窗户，将上午的阳光反射进了位于阴面的客厅。炫目的阳光闪动着金色的光斑，波光似的晃动到了“全家福”上。惊人的光亮，凸显出了照片的存在。照片上的阳光，顷刻之间直接闯进了许丽萍的眸子，照得她的鼻子一酸，泪水顿时盈满了她的眼眶。她迅速眨了一下眼睛，穿透睫毛的泪水，简直如同决堤的洪峰，没等她醒过神来，就将她深深地淹没了。

那是一种无声的哭泣。哭泣可以哆嗦她的身子，泪水能够淋湿她的衣襟，却无法冷却她血液的热量。兴许，在她的骨骼、血管、眼球，以及内心深处，蕴藏着一种与生俱来的坚毅。正是这种看不见的存在，让她被泪水洗劫以后，又会把自己像烛光一样点燃，使她恍惚迷离的梦境浮动起某种微弱的光亮。许丽萍不想否认，或许正是亲历过无数次泪水苦涩的荡涤，她内心的火焰才变得顽强而灼热。

与她最要好的朋友海玉珠，不止一次劝说许丽萍：离吧离吧，再熬下去怕要熬干啦，丽萍！她说要是放在她身上，早他妈的离了。每到这种时候，许丽萍总是凄然一笑，低声对海玉珠说活不见人，死不见尸，叫我怎么离啊？就是，海玉珠咬着嘴唇想了想说，这事儿还真有点棘手哩！要不弄个情人排遣一下孤独？去你的，玉珠！许丽萍睨着海玉珠如同往常一样兴奋的目光，说，你就知道拿别人开涮儿！

说老实话，起初三个多月没有王金声的音信，许丽萍脑际闪出的第一个念头，是猜测远在霍尔果斯的王金声身边有了女人；半年后的一天，她躺在被阳光晒了整整一个中午的被窝里，瞧着透过卧室镂花白纱窗帘的月光，第一次想到了离婚。孤冷的月光蛛网似的笼罩着绸缎被面，笼罩着她散落在枕边的黑发，笼罩着她逐渐湿润的视线。微风轻轻拂过窗帘，给入睡前的许丽萍带来城市新鲜空气的同时，也自然勾起了她对往事的回忆。薄薄的白纱镂花窗帘，是许丽萍为筹备婚礼而精心编织的，一针一线，疏密有致，绵延不断的纱线在钩针与她灵巧的指间，流淌出玫瑰、月季、荷花……一片片花瓣儿，玄妙动人。花瓣儿浮动在波纹状的菱形图案之上，乍看上去跟波光粼粼的水面差不多。最令人称奇的是，在白纱窗帘的正中央，许丽萍用简洁的线条勾出了一个虎头虎脑的大胖小子。若不细心观察，谁会从音符般跳动的花瓣间辨认出那个大胖小子的存在呢？即使许丽萍自己，不是用心去欣赏，白纱窗帘上的那个大胖小子也是完全可以忽略不计的。她没有把个中的秘密告诉新郎王金声，原因是生男生女这种事谁也说不准，到时候万一生下的是女孩，白纱窗帘的存在不就成为王金声今后讥讽她的借口了吗？其实，王金声并不像许丽萍所想象的那么小肚鸡肠。女儿的到来，令王金声兴奋不已，他成天喜滋滋的，看不出一点心情不爽的迹象。下班后，他要做的第一件事，就是抱起女儿往空中抛几个来回，然后将他胡子拉碴的脸贴在女儿娇嫩的脸蛋上，一面嗅着女儿哺乳期时身上独有的奶味，一面嘟嘟囔囔要不会说话的女儿叫他爸爸。王金声喜欢他的宝贝女儿，直到离开，他从来未动过女儿一个指头，甚至连大声训斥的时候都没有，真是含在嘴里怕化了，捧在手上怕掉了。看到王金声如此疼爱女儿，许丽萍向他透露出了镂花白纱窗帘的秘密。在她的指点下，对形象思维一向反应迟钝的王金声，费了老鼻子劲，才从凌乱的花纹中，分辨出那个经常出现在民间年画中的大胖小子。那时候王金声乐了，动情地一把搂过因休产假而养得又白又胖的许丽萍，钻进了被窝。

然而，被窝越来越凉。冬天的夜里，即使屋里暖气很热，许丽萍也要灌上热水袋，伴她一起入睡。如果没有热水袋，她猫似的在被窝里蜷缩一个晚上，到天亮脚和屁股一定是凉冰冰的，一点热气都没有。感觉不到热气的还有她越来越薄的工资袋。昏头昏脑地三班倒一个月下来，打开写有“许丽萍”名字的牛皮纸工资袋一瞅，二百还出不了头。一年下来，捉襟见肘，成了她和女儿日常生活的真实写照。如此一来，许丽萍不得不精打细算，时不时回娘家，到并不宽裕的父母那儿蹭一两顿饭。即便如此，减掉一日三餐、女儿的学杂费和订下的新鲜牛奶，每月家庭财政赤字的嘴巴，还是不停地蠕动牙齿，啃噬着她先前从牙缝中省下的一点微薄的积蓄。

恰恰在这个时候，海玉珠当着她的面，刷刷地写了一份辞职报告。她干净利落地炒了红梅酒精厂的鱿鱼，开了一家规模不大的玉珠歌舞厅。两个月后的一个中午，海玉珠跨进了许丽萍家的门槛。那天，许丽萍正好下夜班在家睡觉，被"笃笃"的敲门声惊醒以后，正睡得五迷三道的许丽萍，只好蓬散着头发，裹上睡衣，趿拉着拖鞋，来到客厅开门。她把一只眼睛贴在防盗门的猫眼上，往外瞄了一眼，见是海玉珠，想也没想就拉开门闩。眼前的海玉珠光彩照人，一身的珠光宝气。她没有理会许丽萍的惊愕，径直走进客厅，转身对许丽萍说："帮我个忙，一月给你开一千如何？"

二

谁会想到呢？许丽萍天经地义的婚礼，竟然成了孔文科的一场噩梦。一个令他心仪已久的女人，还没等他尝够苦涩的追求和无望的等待的滋味，稍不留意，她竟要结婚，与一个陌生的男人同床共眠，生儿育女去了。

当这个消息扇动着喜悦的翅膀闯入孔文科耳膜的时候，他傻眼了；向来惜泪如金的孔文科，眼眶内顿时出现了湿润的迹象。他强忍着，努力不让越聚越多的泪水滚出来，以免遭到工友们的取笑。无奈，泪腺分泌的液汁，毕竟与人的内心情感紧密相连。于是孔文科鼻子一酸，扭过头，抬起劳动布工服的衣袖，抹了一把滚出眼眶的泪水。恰在这个时候，他们工作的泵房刮过一阵穿堂风。风卷起的沙尘，迷住了正俯身修泵的工友们的眼睛。后来，孔文科想起当时的情景，内心总免不了要哑然失笑一阵。神秘的风儿,浑然天成地掩饰了他当时的难堪,因为闯进沙尘的眼睛,没有一只不是泪光涟涟的。

逃过被人取笑一劫的孔文科,装出一副若无其事的样子,他大大方方地从胸前衬衣口袋里取出两张大团结,凑上了第二天参加许丽萍婚礼的份子钱儿。那时候的二十块钱,对孔文科来说可不是个小数目。他起早贪黑一个月下来,加班啦、保健啦、夜班补贴啦,杂七杂八加在一起也数不了六张。与红梅酒精厂正式职工比起来,作为成天修理地球出身的孔文科,能够进入工厂,按月按时领到工资,已经把孔家庄乡里乡亲的眼球都羡慕得发红了。进厂以后的七年多里,孔文科从学徒做起,凭借聪明好学,不出一年便能独立顶岗操作,比正常的学徒期提前了一年零两个月。提前出师后不久,车间主任竟给他分配了一个如花似玉的女徒弟。用不着我啰唆,大家也猜到了,那个女徒弟就是刚从市技工学校毕业的许丽萍。

虽说孔文科穿上了红梅酒精厂漂亮的劳动布工服,任劳任怨地做着与正式职工别无二致的工作,甚至更多、更出色,但他的工资就是比别人低。没办法啊,说区别对待也好,说不公平也好,说歧视也好……说一千道一万,早已成长为红梅酒精厂生产骨干的孔文科同志,双手捧着的毕竟是一只泥巴烧制而成的饭碗啊。写有他名字的户口本,依旧藏在父亲孔家贵落满尘埃的五斗柜里,那上面依次记录了父母、他、一个弟弟和两个妹妹的名字。他目睹过那个深蓝色小本的姿容,四四方方的封皮上印有"户口本"三个冷冰冰的金字,里面的纸张有点发黄,还透出淡淡的霉味儿。说实话,十七岁那年,以十分之差高考落榜而在家务农的孔文科,对父亲孔家贵如获至宝深藏不露的户口本,有一种出于本能的反感和厌恶,甚至还有点咬牙切齿的憎恨。他暗暗发誓再复习一年,努力一把,来个鲤鱼跳"农"门,彻底让自己的名字从上面抹掉,可以像鸟儿一样自由栖息在城市的枝头。父亲孔家贵听了儿子的想法,十分通情达理,他咂吧着旱烟袋说,文科啊,你先学着,俺再想想别的办法。整个暑假,孔文科足不出户,在嗡嗡的苍蝇和蚊子的侵袭下,夜以继日地发愤图强,一边沉浸在数学公式里,一边任想象的根须自由地疯长。记不清有多少个溽热的夜晚,孔文科梦见自己穿行在浓荫蔽日的校园:他步履矫健,充满自信,每次与那些热情奔放的女同学擦肩而过的时候,其中还不乏回首顾盼的目光,或羞赧的莞尔一笑。梦里的孔文科,胸挂一枚白底红字的校徽,在校园明媚的阳光下,校徽经常会闪烁出一些炫目的光芒。一件白色的确良短袖衫,整洁而飘逸。对,一定要把短袖的下摆掖进洗得发白的绿军裤里,露出腰间棕色人造革皮带。鞋嘛……黑皮鞋配丝光袜。有,当然求之不得;没有,也无所谓啦。光脚丫,趿拉一双塑料凉鞋,难道就有伤大雅了吗?他不止一次在梦里告诫自己:不会的,看人又不看脚,谁会无聊到低头核对一下你的脚趾头,究竟是十个还是十一个。幻想中的情景,如同绽放的花朵,无论怎样竞相斗艳,怎样姹紫嫣红,怎样芳香四溢,能够带给孔文科的充其量是一次次形式各异的精神会餐罢了。醒来以后,空气中传来的依旧是隔壁猪圈中那种恶浊的气味,当然还有猪们饥饿的叫声。正当现实与幻想的群魔乱舞,弄得孔文科精神即将崩溃的时候,老实巴交的孔家贵托亲访友,找到一门远房表舅,弄来了一张红梅酒精厂招工考试的报名表。表舅官不大,一个外乡人民公社的党委书记而已,但他手中的权力足以架起一道迷人的彩虹,使孔文科眺望到雨过天晴的景象。他应试了,结果以全县第一名的成绩,来到城市,走进了当时正蒸蒸日上的红梅酒精厂。出乎意料的是他的户口并没有跟他一起迁徙,没有户口就没有粮食关系,没有粮食关系就没有定粮和粮票。因而最初的几年,父亲孔家贵每隔两三个月,总要用家里打下的粮食,到公社粮管所换一百多斤省内粮票,给他送来。当然,这种状况很快就随着国家废止粮票的流通而结束了。

然而,始终潜伏在孔文科骨子里的那种自卑、怯懦、沮丧,并没有随着粮票的废止而消散,反而与日俱增,像加入酵母的面团,经常将他强壮有力的骨骼蛀蚀得千疮百孔。排遣这种不良感觉最好的方法,最终还是被脑子活泛的孔文科找到了。每个早晨,天没放亮的时候,不管春夏秋冬、寒风酷暑,红梅酒精厂院子四周的公路上,细心的人都可以见到一个生龙活虎的身影,那个身影就是孔文科。奔跑中蒸腾的热气、淋漓的汗水,与越来越硬的腿部肌肉,一点点挽回了原本就属于他的自信和尊严。到了晚上或星期天,他总要躲开喧嚣的单身宿舍,找个安静地方,手捧比砖头还厚的《泵》,像他早晨的奔跑一样,《泵》那种枯燥无味的书,经过日复一日的阅读,已被他弄得滚瓜烂熟,倒背如流。要知道,孔文科的《泵》不是那种简明技术读本,而是清华大学专用教材。吃掉《泵》并消化吸收以后,孔文科又到城市新华书店买来了《电机》。书当然是清华出的,厚厚的上下两卷。他知道《电机》与《泵》仿佛摩托的两个轮子,缺一不可。艺多不压身。更何况,背书或解决书中不懂的问题,不仅帮他打发了寂寞无聊的时光,还让他找到一些难以诉说的乐趣。

这中间,和他一起进厂的工友,那些红梅酒精厂的主人翁,正以得天独厚的优势,把他们的爱情进行得如火如荼。快一点的甚至领了结婚证,开始排队等房子了。单身楼盥洗间的水池或厕所的大便池内,一些用过的色彩各异的避孕套,时常会以异常醒目的方式闯入孔文科的眼帘;永远散发腥臭气味的楼道内,光线幽暗,走路时脚底下经常会踩上一些柔软的纸团,大多是用过的卫生纸,上面粘着紫红色的血迹。这些废弃物背后意味深长的含义,自然在孔文科正常的生理和内心世界,引发了某种可以理解的连锁反应。那个时候,许丽萍总是与他在梦境中不期而遇,她整洁干净的工衣,掩饰不了她匀称的身材;透过劳动布工衣而来的那种迷人的女性气息,构成了他嗅觉系统的盛宴。许丽萍个子不高,与一米七八个头的孔文科比起来,顶多到他肩膀那儿。她娇小。她可爱。她是红梅酒精厂公认的美人儿。许丽萍进厂不到一个月,厂里那些胆大妄为的花花公子哥儿,便开始攻城略地,对十八岁的许丽萍进行猛烈的炮火攻击了。然而,令孔文科暗自欣慰的是,四年多过去,许丽萍依然独来独往,没有和一个男人发生过半点恋爱关系。冷美人儿!追求过许丽萍的人时常会露出吃不到葡萄说葡萄酸的表情,两眼往上一挑,轻蔑地问孔文科:“你带的那个女徒弟是不是有什么生理缺陷啊?”

每逢这种时候,孔文科往往会不置可否地冲对方一笑了之。的确,使许多人梦断酒精厂的许丽萍,做过他的徒弟,他与她接近的机会要比别人多一些,可单凭这些,他总不能挥上老拳,将亵渎许丽萍的人打得鼻青脸肿吧?他喜欢和许丽萍在一起。除了维修泵时的正常接触,他和许丽萍始终保持着若即若离的关系。工余休息的时候,躲在一边啃噬《泵》或《电机》的孔文科,偶尔抬起眼帘,要是能瞅上一眼坐在不远处的许丽萍,一种心满意足的感觉就会油然而生;假如许丽萍请病假几天没来上班,他心头的那种牵挂,丝丝缕缕的,会折腾得他坐卧不安,茶饭不思。就这样,许丽萍成了他心中的太阳,她的身影时而绚丽多姿,时而飘忽不定,并以杂乱无章的方式,深入进了孔文科内心阴郁的水域,让水域中脆弱的水草,感觉到了某种希冀的存在。尽管那种希冀,看上去很虚无,也很缥缈,犹如雪山之巅的一抹雾霭,但毕竟那是孔文科心头冥冥的希冀啊……他没有勇气,更寻找不到一点理由,去表达对许丽萍欲罢不能的爱情。等等,等等再说吧。一旦厂里通知他可以转成正式职工了,一定悄悄走近许丽萍,厚起脸皮,深情地来一句:“丽萍,我爱你!”不会!绝对不会的!孔文科骨子里发出一种怪异的尖叫:“甭痴心妄想啦,也不撒泡尿照照自己的嘴脸!”真的,孔文科照了,站在单身宿舍窗户玻璃前,坐在公园依依柳丝下面对着平静如镜的湖面,迎着泵内不锈钢轴承闪亮的钢珠,他瞧着里面的嘴脸问自己:我是谁?是谁啊……孔文科痛苦地闭上眼睑,张开十指捂住自己的脸。透过指间狭小的缝隙,他看到的是一个轮廓分明的脸庞,伟岸挺拔的身板,粗黑浓重的眉毛和一双躲在深深眼窝内略显抑郁的眼睛。除此之外,当然还有他坚持长跑以后越来越强健的体魄。假若不知孔文科的底细,谁能料到如此仪表堂堂的男人,会成为爱情面前的侏儒呢?同车间的海玉珠就非常欣赏他,大胆泼辣的她不止一次放出话来,说:“咱酒精厂的男人,瞅来瞅去还就孔文科有个人样。”

海玉珠是许丽萍的技校同班同学，兴许是属于那种早熟女孩的缘故吧，技校毕业前，她就谈上了恋爱，对象是同届锅炉班的，名叫陈明功。陈明功个子不高，经常穿一身牛仔衣裤，飘动的长发油腻腻地搭在肩头；不管天气状况如何，他脚上蹬着的永远是一双看不出颜色的运动鞋。海玉珠每天下班，陈明功都会提前赶到红梅酒精厂大门口，屁股不离自行车座，一边踮着脚尖打节拍，一边吸烟吞云吐雾。说实话，孔文科不喜欢陈明功，不就是分到市政府烧个锅炉吗？牛得跟傻瓜一样，眼缝眨都不眨大家一下。看到陈明功的身影，海玉珠会突然跳出人群，回头冲大家嫣然一笑，扭动着她圆咕隆咚的屁股，小鹿似的跑出厂大门，跳上陈明功自行车的后座。然后那小子轻灵地踩动脚蹬，迎面朝大家骑来，等临近的那一刻，“嗖”的一声来个急转弯，再慢慢悠悠骑着离去。拐过弯来的海玉珠，一般会朝大家挥一挥她的小手，意思是说我先走了啊。最让孔文科心动的是海玉珠挥完手后的情形。挥完手后，她要张开手臂搂住陈明功的腰，脸还要亲昵地贴到他的背上。每次目睹这种场景，孔文科会想什么呢？他在想，假如有一天许丽萍也能像海玉珠那样搂住他的腰肢，他一定要骑自行车带着她，绕地球转个十万八千里。

一如没人能够阻碍孔文科大脑中想象细胞的雀跃，没有人能阻挡许丽萍婚礼的如期进行。凑完份子钱儿下班后，孔文科没有回宿舍，他直接坐车离开红梅酒精厂，来到城里一个陌生的街区，随便进了一家偏僻的小酒馆。他要了几个小菜、一瓶二锅头，自斟自饮起来。原本孔文科就不胜酒力，酒还没喝到一半，他醉意蒙眬的视线深处，很自然就浮现出了王金声的形象。据说王金声是市总工会的一个小干事，还是个工农兵大学生呢。孔文科没见过王金声，因而那天出现在他视线里的王金声，肯定是凭他的想象虚构出来的。凭良心说，他虚构出来的王金声，尽管已经成为他内心的情敌，但他一点丑化对方的意思都没有，反而被他塑造成了八个样板戏里才会出现的“高大全”式的英雄人物。“喝。”孔文科瞧着酒杯里的倒影对自己说，“喝。王金声，喝呀,不就是一点酒水吗?"孔文科抓过酒杯一口干掉,然后抹了把溢出嘴角的酒液,晃晃悠悠地再次把酒杯满上,咧了咧嘴冲酒杯一侧映出的面孔说,"笑哩,还笑哩……你以为你是国家干部?"孔文科的舌根渐渐生硬了,目光开始发直,声音含混不清。不知不觉一瓶酒就闷声闷气地喝完了,等他醒来的时候已是第二天傍晚七点多钟。望着醒来后的孔文科,小酒馆的老板,一个体态丰盈的女人兴奋得手舞足蹈,她露出洁白整齐的牙齿,尖叫了一声:"啊啊啊,终于醒来啦!""糟了。"孔文科身穿短裤从床上跳下来,脸"腾"地红到了耳根,嗫嚅着问老板娘:"吐了?""吐了一身,"老板娘用手指指已经洗净搭在床头晾干的衣裤,说,"真怕你出什么事哩。"孔文科说了一连串的感谢,付了昨天的酒账,一路小跑赶回红梅酒精厂家属院时,天下起了蒙蒙细雨。家属楼之间种植的树木花草黑乎乎的,雨丝落在上面发出"嗞嗞"的声响。即便有细雨的滋润,仲秋的夜色也如同化不开的墨汁,弥漫在孔文科的周围。面前的青砖三层楼房上,只有两三个窗口摇曳出一片缥缈的灯光。二楼西头的那个窗口背后,就是许丽萍的洞房了。孔文科来到洞房下面那棵榆树旁的时候,闹洞房的工友们正闹哄哄地从上面下来。他没来得及多想,轻轻一跳,两手抱住榆树的树干,猴一样敏捷地攀缘进了茂密的树叶。躲进树叶的孔文科成功避开了工友们的目光。他们从榆树下路过片刻之后,孔文科的视线里就呈现出只穿了红色三角短裤的王金声。他的身材并没有孔文科虚构中的那么魁梧,细长的一溜,看上去很瘦,手臂上看不出一点肌肉的影子。"刷啦"一声,孔文科能够感觉到那种急不可耐的声音。榆树离他们的洞房不远,至多两米多一点吧,因而孔文科看到王金声的同时,当然也看见了正在整理被子的许丽萍。那个时候,她正微微低着头,把堆在床头的崭新的被子,一床床塞进打开的大立柜。她的动作轻快自如,已经散开的一头长发,乌黑发亮,晃动在她浑圆的肩头。就在王金声拉上窗帘的那一瞬间,孔文科看见许丽萍回首一笑。与此同时,洞房内橙红色的灯光,闪了一下,就熄灭在许丽萍水灵灵的眸子深处了。不一会儿,树上的孔文科就听见许丽萍画眉鸟似的一声尖叫。显然,那是一种痛楚而又愉快的声音。

“扑通。”紧紧闭上眼睛的孔文科,从榆树上像中弹的鸟似的跌落下来。

接下来,孔文科又“扑通”一声,一头扎进了市场经济的汪洋大海。与后来王金声下海相比,被爱神丘比特弄得遍体鳞伤的孔文科要整整早了四年。十二年后,当失踪的孔文科衣锦还乡,荣归红梅酒精厂的时候,一切都今非昔比了。

三

海玉珠过于戏剧化的发迹,对习惯靠薪水度日的许丽萍来说,不亚于一场里氏 7.8 级的地震。突如其来的天崩地裂,不由得使许丽萍的目光投向红梅酒精厂围墙之外的世界。

她长年累月生活的这座城市并不大,但过于幽闭的生活,往往让许丽萍忽略了世界的变化。大多数日子,她需要做的无非是一些日常琐事,譬如上班或接送王小畅啦,做饭睡觉看电视啦……活动半径超不过一公里。即使礼拜天回娘家混饭,也总是来去匆匆,极少有兴致逛一逛城市的街头、大型购物广场。说实话,那样的闲情逸致谁不喜欢呀,可那需要兜里的银子做后盾啊。现在的钞票又不经花,一百的老人头换开,稍不经意就水似的从指缝间流走了。不怕别人笑话,如今她贴身穿的小背心和内裤,一共三套,还是七年前王金声从霍尔果斯带回来的呢,倒不是为了纪念那个牲口不如的东西,实在是因为手头拮据。旧一点,烂一点,总还是能穿的。又没人看,能省一点是一点。一套像样的内衣,动不动上百,差一点也要好几十。许丽萍瞧着都生气,更别说破费银子据为己有了。

而那天中午,许丽萍懒散地裹紧打了好几个补丁的睡衣出现在海玉珠面前时,她内心落满时光尘埃的镜子,顿时被什么东西擦亮,清晰地映照出海玉珠电影明星似的容颜的同时，她的心猛地一颤，目光不知怎的就落到自己胸前那片布满蜂洞的小背心上去了。慌乱中，她含义不清地冲海玉珠笑了笑，随即佯作若无其事的样子，扣上了胸前睡衣的纽扣。

面对抹了一脸脂粉的海玉珠，或许是某种看不见的自尊发挥了决定性作用，许丽萍凄然一笑对海玉珠说，容我想一想再说吧。想好了给我个电话，海玉珠说着从坤包里抽出一张名片，递给许丽萍。七年了啊，丽萍，海玉珠说离吧，趁年轻再找一个，老这么悬着什么时候是个头啊。又说丽萍，别痴心了，王金声要么死了，要么在霍尔果斯那边另有新欢，除此之外没有别的可能，你想想是不是这样啊？既然如此，随便哪种可能，都成为不了你为他守活寡的理由；即使有一天那个牲口回来了，你也对得起他了，平白无故为他守了七年活寡，难道还对不起他？丽萍啊，人的一生有几个七年呀……我的孟姜女，我的许丽萍。海玉珠说着说着动了感情，她的泪光，从某种意义上来说触动了许丽萍的神经。她频频点头称是，最后要海玉珠陪她去法院咨询一下，像她这种情况可不可以离婚。真的？海玉珠从沙发上弹起来，一把拽过许丽萍，说咱说走就走！看把你急的，许丽萍一甩手，说等人家换身衣服嘛。

打出租来到法院，咨询处一个态度和蔼的女法官接待了她们。当她们说清事情的来龙去脉前因后果以后，女法官义愤填膺地一拍桌子，大声疾呼"法盲啊法盲……"女法官杏眼圆睁，责怪她们说你们就不晓得学学《婚姻法》？"去，立马回你们厂要个证明来！"热情的女法官握住许丽萍的手说，"一小时以后，我陪你去离！"

女法官没有食言，她亲自开车带着许丽萍和海玉珠，来到红梅酒精厂户口所在地的梅林街婚姻登记处，一点周折没费，替许丽萍办妥了离婚的全部手续。临走前，女法官嬉笑着对许丽萍说，什么时候办事，可别忘了请我喝喜酒哦。

深蓝色的离婚证上记有日期：1998 年 7 月 23 日。与当初结婚的日子一样，许丽萍一生中前后相隔十一年的两个日子，留给她的都是一种刻骨铭心的记忆。从婚姻的起点开始，遛了漫长的一圈，她终于又回到了起点，整个轨迹如同一个看不见摸不着的“〇”。一个“〇”似的肥皂泡儿，既色彩缤纷，又不堪一击。而隐藏在肥皂泡里面的光阴，犹如一个恍若隔世的梦境，个中的酸甜苦辣，只有终日浸泡其中的人才有那种难以诉说的切肤之感。结束了。许丽萍目送女法官的警车远去时，一种如释重负的感觉，不由得使她长长地吁出一口气，她缓缓闭上眼睛，心想：一切都结束了。

“又哭啦？”站在许丽萍身边的海玉珠捏了捏她的鼻尖，说，“羞不羞啊？”

“我哭了吗？”她问海玉珠。

“想哭就哭吧，”海玉珠轻轻晃动许丽萍的肩胛，低声感慨道：“女人啊，天生是眼泪做成的。”

许丽萍用海玉珠递上的餐巾纸，拭了拭挂在睫毛上的泪珠。此前，她想她的泪腺可能早就枯竭了，没料到那天站在黄昏的城市街头，眼中的水流一股接一股，可着劲儿朝外涌，把海玉珠厚厚的一包餐巾纸擦完了，还不见一丝就此打住的迹象。行了，行了。海玉珠瞧着越来越暗的天色说，时候不早了，我送你回家吧。她们上了出租车，很快，重新回到红梅酒精厂家属院。许丽萍朝海玉珠会心一笑，邀请她到家里再坐一会儿。

“改天吧。”海玉珠手扶车门，隔着车窗对许丽萍说，“想通了给我打个电话。”

想通了？说起来轻巧，做起来又谈何容易。按照和蔼可亲的女法官的诠释，她因王金声失踪而名存实亡的婚姻，不论时间长短，一旦得到证实，解除婚约应当是许丽萍不可剥夺的正当权利。可在此之前漫长的等待过程中，许丽萍想通了吗？没有。冥冥之中她甚至还不停地幻想有一天，王金声会风尘仆仆地掏出钥匙，打开家门，然后放下行囊，悄无声息地来到她的床头，低声叫她一声：“丽萍……”果真如此的话，她会在惊喜之余，捐弃一切前嫌，重新投入他的怀抱；她会一面倾诉她的思念之苦，一面聆听他在霍尔果斯的传奇故事。她想她不会责问他消失的理由，重要的是他回来了，铁一样真实地回来了，再去追问那些虚幻的理由干吗呢？因而，要不是海玉珠气泡般冒出的劝说，句句针一样刺痛她的心灵；要不是海玉珠拽起她的胳膊就走；要不是女法官动了恻隐之心并鼎力相助，许丽萍可能还要将她那种不咸不淡、不温不火的日子继续下去。即便偶尔冒出离婚的念头，她也会在迷惑之中感到不知所措，而再一次于无望的等待中不了了之。想通了？许多天来，许丽萍走在去工厂的路上，站在盥洗室幽暗的镜子跟前，躺在床上瞧着尼龙蚊帐时，或在睡梦里，她都在一遍又一遍地询问自己："你想通了吗？"

犹豫来犹豫去，许丽萍每次拿起海玉珠的名片，甚至把号码背得烂熟心头了，她都没有勇气将号码拨出去。有几次，她屏住呼吸，一狠心拨完七个数字以后，又莫名其妙地迅速挂掉了电话。

转眼间，日子被许丽萍不声不响地犹豫掉了两个多月。这期间，她回了一趟娘家，家里人听说她把婚离了，先是长长地吁出一口气，接着就露出了欣慰的笑容，仿佛压在全家人心头的沉重的乌云，终于云开雾散了。妈妈兴冲冲地下厨，特意做了许丽萍平时最爱吃的猪肚蒸红枣。她知道妈妈内心的愧疚，当初她替女儿着急，托邻居大妈，一个在城市总工会做收发的女人，把王金声介绍给了许丽萍。"谁想到他是这种人呢？"妈妈在父亲埋怨她多事的时候，总要这样说，"都怪我瞎了眼啊。"当然，许丽萍从小就是一个通情达理的女孩，她对母亲没有一点怨气。她认识王金声之前那一段时期，师傅孔文科正偷着往她的更衣箱里塞情书。与师傅孔文科的朝夕相处让许丽萍多少有了一点相濡以沫的感觉。从内心来说，许丽萍对孔文科的印象极佳。他体格健壮，聪明好学，略带忧郁之色的眼窝深深的，很容易使她想起那个唱《冬天里的一把火》的费翔。费翔，许丽萍少女时代的一个偶像，一个白马王子。重要的是师傅孔文科的外表与费翔非常相像，稍不留神，许丽萍在色彩斑斓的梦中，经常会将他们混同一人，分不清谁是谁。美中不足的是许丽萍不欣赏孔文科郁郁寡欢的劲头，尤其是他看人时眼神背后隐藏的某种东西，会令那个时候的许丽萍感到一丝丝凉意。因而接到孔文科的信后，许丽萍找了一个没有外人在场的机会，善意地回绝了孔文科。“我想也不可能。”当时的孔文科说，“可我实在是忍不住啊。”第二封、第三封、第四封……许丽萍一看是熟悉的笔迹，想想还是不拆的好，免得拆多了，引起孔文科的误会。于是，她把孔文科的信一封封又悄悄塞进他的更衣箱。退到第十封信的时候，许丽萍在信封的背后写了一句话：“我有对象了。”我不能嫁给一个农民！许丽萍无法回避这个最现实最根本的问题，毕竟今后的婚姻生活不是建立在老公的相貌之上，这一点许丽萍最清楚不过了。退一步讲，即使她同意，他们的关系也会遭到父母的竭力反对，许丽萍可不想因自己的婚事同家里闹翻。就是后来邻居大妈介绍她结识王金声以后，许丽萍心中的天平还将孔文科和王金声不知称了多少回，权衡利弊，爱情的砝码最终倒向了王金声一边。虽说王金声个头不高，长相一般，第一眼看上去外表不如孔文科那么有磁性，不如孔文科那么使人有触电的感觉，但看多了慢慢顺眼以后，许丽萍发现从王金声的外表上竟也挑不出什么毛病。更何况，王金声有大学中文系文凭，是堂堂正正的国家干部。王金声身上笼罩的光环，对那个崇尚知识和文凭的年代来说，无疑具有强大的吸引力。君不见后来的顺口溜这样说：60 年代嫁出身，70 年代嫁军装，80 年代嫁文凭，90 年代嫁老板。如此说来，那个时候的许丽萍对未来幸福作出的抉择，打上一点那个时代的印记，自然也就无可厚非了。“我家的女婿是个大学生哩。”妈妈挎着菜篮上街遇上熟人，闲聊时话题绕了一圈，最后总要归结到这句话上。“乖乖，”熟人惊叹道，“在哪儿高就？”“市总工会！”妈妈的声音干脆利索，毫不拖泥带水。年届六旬的父母文化不高，父亲是城市第二棉纺厂的机修工，母亲进城后一直在父亲厂里的职工食堂做零工，如今双双退休在家，靠一点微薄的退休金生活。弟弟大学毕业有了工作，正谈着对象。

那天在餐桌上，父亲破例买来一瓶红酒，与女儿许丽萍碰杯的时候，他眼圈都红了，说："来，喝了。"

许丽萍喝了。同时喝下去的还有落进酒杯的泪滴。

第二天，许丽萍领着女儿见了王金声的父亲。王金声的父亲一个人居住在城北部队的干休所里，老伴两年前得癌症去世了。就是自己的亲娘死了，王金声都没有露脸。可见以前公公婆婆说的都是真话，并没有什么隐情瞒着她。七年之中，除了过年过节带女儿看看爷爷奶奶，许丽萍很少来城北；有时候老人想孙女了，会来红梅酒精厂这边坐坐。见了王金声的父亲，许丽萍把属于王金声的那份离婚证书递上，低声说："离了。"

老人抚着王小畅的后脑勺，一面摸一面老泪纵横，他说："这些年苦了你了。"

许丽萍说："实在是没办法啊。"

老人说："孩子托你了。小畅畅聪明。"

许丽萍点点头。

老人又说："过年来看看我？"

许丽萍点点头。

最后老人的手离开孙女的头发，哆嗦着手抓过身边的拐杖，提起，猛地一拄脚下的木地板。结实的楠木拐杖"嘎巴"一声脆响，断了。

"这个逆子！"老人自言自语地说，"他……他……真的死了？！"

四

没过多久，当炎热的夏季即将悄然而过的时候，红梅酒精厂通知许丽萍在家休息，不用再去车间上班了。听到这个消息，许丽萍一点也不惊讶，与海玉珠一样，她早已看出工厂苟延残喘的迹象。这一天的到来，只不过证实了她的看法罢了。厂里稍有点能耐和关系的人，辞职的辞职，调走的调走，余下的大多是一些弱势人员，而许丽萍就是其中之一。

面对突如其来的水一样泛滥的时间,许丽萍一时无所适从。一个人待在屋里,她总要懒散地躺在沙发上,两眼盯着闪烁不止的电视屏幕,借那些又臭又长的电视剧打发无聊的时光。电视看累了的时候,席梦思大床成了她最好的去处。躺在床上,她一边把目光投向窗外,平静地凝视着窗外的榆树,脑子里还一边回想电视剧里的爱情故事。结果往往回想了半天,也弄不明白故事的来龙去脉,因为她每次看电视,虽说眼睛盯着电视屏幕,心却早跑到爪哇国去了。直到有一天下午,许丽萍从一身冷汗中醒来,她吃惊地瞪大眼睛,想用失神的目光抓住那个正在离去的梦影时,她立即变得无所适从起来。许丽萍没能看清那个梦影的真实面目,窗外炫目的阳光粉碎了她的努力,但依旧滞留在她脑际的那个梦影,隐隐约约证实了孔文科的存在。

"是他。"许丽萍揉了揉惺忪的眼睛,差一点尖叫起来,"我怎么梦见他来了呢?"

许丽萍看着梦一点点离去。她不知道预示着什么。真的是他吗?那天许丽萍起床后,她的心还依然因惊讶而怦怦乱跳。多少年了,孔文科还是头一回走进她的梦境。他过得还好吗?拧开水龙头,水流哗哗地响。她掬起一捧水,淋湿了脸颊,望着盥洗室镜子里挂满水珠的脸颊,她情不自禁地冒出另外一个想法:如果当时答应了孔文科,又会是怎样一番情形呢?瞧你想的。许丽萍伸出中指点了一下镜子,忍不住微微一乐,对自己说,你以为你还是十八岁?

梦,什么时候都是人活着的理由。谁也无法剥夺一个人的梦,即使这个梦微弱得像一束飘摇的烛光。而可能熄灭烛光的,只能是风这种坚硬的现实。

真实的情况是,许丽萍并没有在意那个虚无的梦境,毕竟照料女儿和一日三餐,才是她必须面对的现实。不知不觉,钱包越来越瘪。许丽萍不得不动用原先的积蓄,来应对她的日常生活了。

爬上卧室的小阁楼,她从尽里头的棉被里掏出一个小皮包,拿出五张面额不等的存单。核对后的数字,与她记忆中的分毫不差,总共一万三千二百五十元整。省着点,差不多够自己和女儿两年的开销啦。她取出一张两千的活期,把其余的重新塞进小包,藏进棉被。她下楼到银行取了三百块,回家路过红梅酒精厂家属区大门的时候,看到破旧的橱窗旁围了黑压压一群人。里面好多人许丽萍都认识,她笑着挤过去瞅了一眼,原来他们在看厂里的告示。告示说全厂职工同志们,红梅厂的前途是光明的,困难是暂时的,请同志们安心休假,一旦红梅厂重组成功,立即请大家回来上班。

那天观看告示的人们表情凝重,全都哑巴似的傻傻地站着。许丽萍收敛起脸上的笑容,迅速跨上自行车离去。回到家,她再次爬上卧室的小阁楼,将取过钱的存单藏好后,轻轻一跃,跳到了席梦思大床上,一闭眼睡到了下午五点。

“糟了。”她在心里尖叫一声,立即用湿毛巾抹了把脸,骑车赶往女儿就读的光明小学。光明小学离家不远。穿过一条终日飘散着鱼腥气味的菜市场,隔条马路拐个弯就到了。赶到学校门口的时候,女儿正好背着书包出来。

骑车回家的路上,许丽萍把厂里放长假的事告诉了女儿。女儿习惯性地搂住许丽萍的腰,脸蛋亲昵地贴在她后背上,偶尔还淘气地隔着衣服哈上一两口热气。听到妈妈放长假的消息,女儿兴奋得在后座上摇晃起身子,说这下可以天天和妈妈睡啦。小心掉下去!许丽萍腾出一只手往后拍了女儿一把说,除了上夜班,哪天你不是跟我睡的啊?不是还有上夜班的时候嘛,女儿嘟噜起小嘴说,妈你不知道,每次你上夜班,我老是做噩梦。小小年纪,净胡说八道。许丽萍抬头瞧了一眼落满霞光的街头,没有来由地感叹了一句:“小畅啊,啥时候你才能长大?”女儿尽管看不见许丽萍的面部表情,但从她的语气中似乎感觉到了什么。是什么呢?她开动脑筋,想到了语文老师刚刚讲过的一个成语。无可奈何。没有办法无法可想的意思。不不不。王小畅跟晃拨浪鼓似的晃动着脑袋。晃了一会儿,她的眼前突然一亮,想到了一件让妈妈高兴的事情:“妈妈,你知道什么叫纸鹞吗?”

“纸鹞?”许丽萍一时没听明白女儿的意思。

女儿要做的纸鹞其实就是风筝。女儿拿出课外美术手工课本,许丽萍的目光立刻被印刷精美的封面吸引住了。封面右下角是一个身穿花裙、头扎羊角辫的小女孩,她目光仰望湛蓝的天空,高高举起的小手飘出一条若有若无的丝线;而丝线的尽头,悬浮在封面左上角的当然就是那个姿态优美的风筝了。纸鹞?许丽萍坐在温情脉脉的台灯下,捏了捏女儿的鼻子说,我当是什么呢,不就是妈妈小时候放过的风筝吗?风筝?女儿眨巴着亮晶晶的眼睛说,不对吧,我们美术老师要做的就是纸鹞啊。我的傻丫头,许丽萍说妈妈还能骗你不成?小时候一到春秋天,你外公就带我到郊外去放风筝。不嘛,女儿撒了个娇,说纸鹞,就是纸鹞嘛,老师还能骗人?这时候,许丽萍内心有愧,她不想和女儿争辩下去了。她想:女儿万一说就算是风筝吧,小时候外公还带你放过,为啥我长这么大,你从来没带我放过一次?那么,许丽萍问自己:我将何言以对呢?好好好,许丽萍说现在我们就开始做小宝贝的纸鹞吧。

翻开课本的第一页,标题赫然印着纸鹞两个大字,副标题是一个破折号加“又名风筝”。看着正副标题,娘儿俩会心一笑。按照纸鹞的制作说明,她们找来了剪刀、糨糊、小刀、缝纫机线、彩笔和竹篾(家里没有竹子,许丽萍灵机一动,想到了阳台上的扫把,暂且只好牺牲扫把了,她用菜刀剖开竹竿,很容易制作成了说明中所需要的竹篾)。按照课本给出的步骤和画好的线条,娘儿俩很快制作出一只与书本右下角一模一样的纸鹞。那是一只十六开纸大小的老鹰,乍一看,尽管抽象一点,但老鹰凶猛的神态,还是跃然到了台灯下。好好看啊,女儿拍起小手对妈妈说,我们成功啦。许丽萍天生是一个心灵手巧的女人,她端详着面前的老鹰,怎么看都感觉有点单调乏味。小畅,你看老鹰身上怎么没有羽毛?她说,要是它能穿上蝴蝶一样美丽的衣裳该多么漂亮啊。许丽萍天真的想法,得到女儿的积极回应,两人说做就做,一起用彩笔在老鹰身上绘上五彩缤纷的蝴蝶。

第二天，王小畅带着与妈妈一起制作的纸鹞，在全班五十个同学参与的纸鹞放飞比赛中，一举夺魁。那只穿了花蝴蝶衣裳的老鹰，不停地飞行在光明小学操场的上空，时而低头俯冲，时而昂起高傲的头颅冲向蓝天。它是多么与众不同啊。同学们制作的纸鹞，一个个都飞累了，纷纷毫无生机地从天空跌落下来，有的绕到了树上，有的掉到了楼顶上，有的干脆断了线，不知飞到哪儿去了。王小畅像美术手工课本封面上的女孩一样，放飞着她的纸鹞，那会儿，她多么担心丝线顶头的纸鹞，会将她一起拽上蓝天啊。

在接下来的一个多月里，许丽萍有事做了。她从和女儿一起制作纸鹞的过程中汲取到了惊人的灵感。第二天一早，许丽萍把女儿送到光明小学后，独自骑上单车来到城西的新华批发市场，花一百五十块钱批来了各式各样的彩布，数量不大，每块一丈；花五十块钱批来了十团丝线；接下来，又赶往南郊买了二十块钱的竹子。把能够想到的东西备齐后，许丽萍要了一辆三轮车，把置办的东西全部运回家，码到阳台上。从此，家中的阳台成了许丽萍的工作间。一天，她能做十只风筝，成本一块五一只，市场价十块左右，许丽萍问过，少九块，甭想儿。一只就算净挣七块吧，十只就是七十，一个月三十天，如此简单的乘法谁都会算。真叫不算不知道，一算吓一跳。天哪，一个月二千一百元。一切正如许丽萍预想的那样，到离九九重阳节还有半个月左右的时候，她一共制作了五百只纸鹞(准确地说应当是布鹞吧)，她试着找来一辆三轮车拉出一百只来到光明小学门口。因为头一次站在街头卖东西，她有点难为情，特意戴了一顶草帽，把帽檐压得低低的，生怕别人认出她来。谁能想到呢，拉来的一百只纸鹞，竟然在中午放学的时候，被光明小学的学生和他们的家长一抢而空。十元一只啊！阿姨，有的学生问她，明天你还来吗？来，我晚上就来。许丽萍说完骑上三轮车接女儿回家；下午，懂事的女儿和妈妈一起，再次运来一百只，又是销售一空。在随后几天里，许丽萍赶往附近的另外几所小学。剩余的三百只纸鹞全部飞出了家门，与先前飞走的一起，开始装扮城市永远灰蒙蒙的天空去了。

最后决算，减掉成本九百元，许丽萍净赚了整整四千，那可比她在红梅酒精厂一年的工资总和还多啊。后来的一个星期天，许丽萍带着女儿，非常奢侈地打的来到城市最繁华的购物中心，请女儿吃了意大利比萨饼。能够吃上一餐比萨饼是女儿近来最大的心愿，无奈以前囊中羞涩，许丽萍一直支支吾吾的，没有答应女儿的要求。吃比萨饼的时候，女儿十分激动，流下了清澈的泪水。那个时候，许丽萍的心像被什么东西扎了一下，心头一酸，目光就湿了。许丽萍给女儿里里外外添了三套新衣服，自己也买了一套裙子、一套化妆品。最后，她一狠心买了两套价格不菲的粉黛尔内衣。

娘儿俩大包小包提着采购来的衣物回到家，还没来得及坐下来喘口气儿，躲在客厅一隅，平时很少响的电话机，突然闪烁起晶莹的红光。

"嘟……嘟……嘟……"

已经不习惯听到电话声响的许丽萍，当时的确吓了一跳。她一步步逼近电话机，正准备接电话的时候，脑际突然浮出一个令她心悸的念头：不会是王金声吧？这样一想，许丽萍伸出的手哆嗦了。

电话是海玉珠打来的，她说："猜猜谁回来啦？"

"谁？"许丽萍心头一跳。

"孔文科！"

五

犹如一个出人意料的童话，几乎没有任何线索或铺垫，童话情节的发展就到了令许丽萍瞠目结舌的地步。仅有的一次梦境，虽然显现了一丝征兆，但那种征兆背后的意味和暗示，任凭她如何去看，去想，都像一首艰涩的朦胧诗，令许丽萍一头雾水，摸不着头脑。想不通就不想了，这是许丽萍新近学会的自我精神疗法。她正在设法摆脱过去那种幽怨、期艾、伤感的阴影，不想再因贪睡而出现的一次含义不清的梦境，而重陷难以自拔的泥淖。

然而，孔文科回来了。他的到来，可能与许丽萍两个多月前的那次梦境有关，或者说是梦境的延续？许丽萍不知道。昨天晚上，接到海玉珠的电话后，她就怔怔地坐在沙发上发了好一阵子呆。他回来了？他真的回来了？逛了整整一天的许丽萍疲惫不堪，心头传来一阵阵隐隐的疼痛。海玉珠在电话里告诉她，明天晚上在红灯笼大酒店嫣红厅，他宴请我们。记住了吗？海玉珠说，拿个笔记下，别到时候忘啦。许丽萍问女儿要来纸笔，按照海玉珠的提示，写下了那一串奇怪的名字。红墟大道 28 号，海玉珠突然压低声音说，他就请了我们两个人。临挂电话前，许丽萍忍不住问了一句，不会骗我吧？她的声音嗡嗡的，很低，没想到还是被电话那头的海玉珠听到了，她说："丽萍啊，我什么时候骗过你？"

"不不，我不是那个意思。"许丽萍感觉海玉珠生气了，连忙辩白说，"他怎么说回来就回来了呢？"

"说回来就回来是什么意思啊？"海玉珠咯咯地笑了，她说，"丽萍啊，我怎么就听不懂你的话了呢？"

不会吧？她能听不懂我的话？许丽萍把海玉珠随意调侃的一句话，在心里不知玩味了多少遍。她不会是生我的气了吧？许丽萍不是没想过去玉珠歌舞厅，一个月一千，在没有动手制作风筝之前，对她来说的确是一笔不小的数目。她弄不明白没去玉珠歌舞厅的原因。或许是为了某种虚幻的尊严，或许是乱了方寸以后不知所措……许丽萍一直犹豫着、彷徨着、迷惑着……那种感觉，犹如海玉珠突兀而来要她赴约的电话，使她的疑惑之水在去和不去的瓶子中来回晃荡。一不小心，当时间的身影晃过了一个不眠之夜，又晃过整整一个上午，在正午的阳光下萎缩成一个小小的线团的时候，许丽萍"腾"地从席梦思床上弹起来。

“去。”她对自己说，“他还能把我吃了不成?”

先给退休在家的妈妈打了个电话，要她五点之前赶到光明小学接女儿回家。妈妈问她有什么关紧事。许丽萍对着话筒娇嗔地一笑，感觉脸上刹那间掠过几缕不易察觉的红晕。说实话，那是一种久违之后陌生了的感觉，是一种足以令她心跳的感觉。她在暗自吃惊的同时，内心也溅起了几朵欣喜的浪花。她说：“妈，这个你别问了好不好?”

接着，许丽萍打开太阳能热水器的水龙头，放了满满一浴缸热水。她家盥洗室面积不大，撑死了超不过四个平方。就这么一个狭小憋促的空间，却被许丽萍布置得麻雀虽小，五脏俱全。靠门一个洗面盆，中间靠墙是抽水马桶，紧挨窗户的便是她心爱的浴缸了。浴缸虽然不大，淡紫色的，可足够容纳她娇小的身子了。盥洗间和她居住的两室一厅，是在女儿三岁以后装修的。那个时候红梅酒精厂效益不错，许丽萍的手头逐渐有了一些积蓄。于是，她毫不犹豫地请来施工队，破费一万多，把整个房子修葺一新。当然，她暗中有一个不便启齿的想法，那就是想给春节回家省亲的王金声一个惊喜，一种焕然一新的感觉……许丽萍迅速脱掉身上看不出颜色的内衣，心情愉快地瞟了一眼镜子里的许丽萍，一步步向浴缸移去。新的粉黛尔内衣，在昨晚女儿睡着后她悄悄地试穿过，效果令人非常满意。粉黛尔内衣柔软的手感、温和迷人的色彩，除衬托出许丽萍依然曼妙的身材曲线外，还恰到好处地在她的胸前雕刻出一条深深的乳沟。

迎着雾气腾腾的浴缸，许丽萍一点点走过去，试了试水温，稍微有点烫，却正是她理想中的温度。她轻轻咬起牙关，跨进浴缸，一面嘘嘘地哈着气，一面慢慢地往下蹲。等灼热的水流将她深深地淹没之后，许丽萍才长长地吸了口气。

赴约的时间，在她沐浴、洗涮、着装、修剪指甲等漫长而琐碎的过程中，正变得越来越少、越来越紧迫，但她似乎忘掉了时间的存在。

坐在梳妆台前的许丽萍，对镜子里呈现的形象，进行的是一种马不停蹄的审视。她不停地寻找缺陷，又不停地加以修正。哪个地方粉浅啦,唇膏的颜色还不够均匀啦,眉线不怎么对称啦,口气不够清新啦……直到最后,当许丽萍看到镜子里映现出城市绛红的霞光时,她才抬起眼睛瞅了一眼床头的石英表。五点半。还没怎么着呢,怎么就五点半啦。许丽萍匆匆推上梳妆台的小抽屉,正欲转身离开的时候,她想起了自己的手。由于制作风筝的缘故,她原先细腻白皙的小手,在日复一日剖竹削篾的过程中变得粗糙了不说,手心还生出了厚厚的茧子。平时,每当许丽萍想爱抚一下女儿稚嫩的脸蛋时,王小畅总要笑着跳开,说妈妈,你别摸我,我怕痒儿!她是嫌我的手粗糙呢。许丽萍慌慌张张找出过期的百雀灵,用大拇指指甲盖深深地挖出一坨,涂在手心手背上。她一边搓着手,一边锁门下楼。管它呢,许丽萍对自己说,谁会去注意一个人手心的老茧儿?

走出楼道不久,正好遇见妈妈带着女儿回家。女儿甩动着羊角辫儿,一路雀跃着跑过来,她跳起来搂住从里到外焕然一新的许丽萍,说妈妈,你要去哪儿?见个朋友,许丽萍说吃了饭妈妈就回来,听外婆的话喔。妈妈,女儿抬起头,扑闪着天真活泼的眼睛说,你今天真漂亮!

正说着,许丽萍她妈过来了。瞧见女儿着妆以后漂亮的脸蛋,老人满脸笑容,心里顿时明白了几分,笑着对女儿说:“你放心去吧。”

六

许丽萍乘坐的出租车穿行在城市大街小巷的时候,孔文科先生与红梅酒精厂的重组谈判已经到了尾声。

谈判是在红灯笼大酒店九楼会议室举行的。重要的细节问题,谈判双方事先都作了周密的考虑,不存在大的分歧;重大问题主要是两个,一是控股,二是人员安置。对于第一个问题,孔文科起初的底线是控股百分之六十,并亲自出任新成立的红梅酒精酿制股份有限公司董事长兼总经理;对此,红梅酒精厂原厂长袁水莆寸步不让,他的底线是孔文科最多控股百分之五十一，自己作为第二大股国有股代表出任新公司总经理。袁水莆的心思孔文科明白，他是害怕失去那个来之不易的位置。袁水莆十分精明，他原是红梅酒精厂的高级工程师。当年，孔文科在红梅酒精厂工作时，袁水莆曾不止一次以技术比武考官的身份，给泵修工孔文科满分。孔文科对袁水莆的底细更是了如指掌，多年来他一直是红梅酒精厂的技术灵魂和骄傲。红梅酒精厂的产品质量，绝对无话可说，更不是没有市场，要命的是厂里的生产设备陈旧落后、机制不活，能者不能多得，庸者不劳而获，致使产品质量和经济效益逐年滑坡；假若没有袁水莆，厂子垮得可能更早。等他接任厂长，厂里的技术骨干跳槽的跳槽，自谋出路的自谋出路。屁股一拍，老子走人了，谁还能把我的蛋子咬掉不成？没有了人才和先进生产设备的企业，再加上长年累积的银行债务危机，纵然他袁水莆有三头六臂，也难挽回红梅酒精厂颓败的命运了。孔文科的意思是想让袁水莆出任股份公司的总工程师，专司工艺技术。但袁水莆不干，最后他亮出底牌，情绪激愤地用铅笔敲着会议室的桌子说："重组，重组，组掉的如果首先是我袁水莆的话，孔老板，你叫我这张老脸往哪儿搁？再说了，我老袁熟悉红梅厂的情况，今后一定会成为你的得力助手。"

他的话音未落，投向孔文科的目光就湿润了。妥协吧，孔文科瞧了瞧身后巨型自鸣钟一眼，起身对袁水莆说："我占百分之五十一，聘你任副董事长兼总经理如何？"

"老袁，这是我的底线。"孔文科两眼直逼袁水莆，朝他做了个手势，"绝不后撤！"

"嘿。"袁水莆两眼一亮，"怎么不早说？"

第一个问题解决了，第二个随即迎刃而解。老袁想，管他妈全员竞聘上岗，还是全部重新上岗呢。老子只要一条，同等条件下首先使用红梅酒精厂的下岗职工。谁他妈的叫你们以前不听话？不好好工作不说，还偷偷摸摸把厂里一些用得上的东西往家拿。你们真以为外国有个"加拿大"，中国有个"大家拿"了？妈妈的，不给点颜色让你们瞧瞧,谁知道我袁水莆的色荏内厉呢？孔文科要求全员竞聘上岗没错儿,再扯下去我袁水莆显然太没水平啦。

“孔老板,”袁水莆上前握住孔文科的手说,“今天,无论如何给我老袁个面子,晚上我宴请,我宴请。”

“改天吧。”孔文科说,“今儿实在没空儿,要不明天如何?”

“不不,”袁水莆拉着孔文科的手迟迟不松,“重组一旦成功,孔老板就是我们红梅酒精厂的大救星!”

“明天,”孔文科略一使劲,从袁水莆手中抽出自己的手,“明天我来安排。”

好不容易送走袁水莆一行,孔文科要他的随行人员先行离开,自己独自回到十八楼套间。他想一个人待一会儿。

面对重新出现在自己眼前的城市,孔文科觉得既熟悉又陌生。熟悉的是这儿的口音,一种永远洋溢着泥土芬芳的方言;还有街头羊肉烩面热气腾腾的气息。羊肉烩面又酸又辣,满满一大海碗,两块五毛钱,撒上葱花芫荽末,坐在街头呼呼啦啦来上一碗,不把你吃得满口生津、额头冒汗、吸溜着鼻子那才叫怪哩。陌生的是这儿的人和日新月异的城市。毕竟整整十二年过去了,这还是他十二年来第一次踏上故土。真所谓江山易改,本性难移。一星期以前,孔文科带着他的秘书小王,驾着奔驰轿车一路从上海而来,临近城市的时候,天色已到了夜暮时分。出了高速公路的收费站,那股浓郁的羊肉烩面的气味,就从打开的车窗闯进了孔文科的鼻腔。循着气味的方向走了一段,孔文科很快看见了一家羊肉烩面馆。他把车停下,对面馆的女老板说,嫂子,来两碗,味道重一点！搞错没有？小王瞅着凉棚下摆放的木条桌和小方凳说,在这儿吃？孔文科笑而不答,找了个方凳坐下,对小王说,愣着干吗？坐。要吃你吃,小王噘起嘴,委屈地说,长这么大,我从来没在这种地方吃过饭。哈哈哈,孔文科笑了,他说那是因为你没挨过饿。正说着烩面上来了,孔文科对小王说,坐啊,吃不吃先尝一尝嘛。拗不过孔文科,一直在大上海长大吃惯甜食的小王,只撩起筷子尝了一口,就嚷嚷着说舌头都辣掉了。随后，孔文科风卷残云，扫掉了满满一海碗烩面。小王想，足足一个小脸盆的烩面啊，老板怎么眨眼间就吞下去了呢？

住进红灯笼大酒店，孔文科每天神清气爽。他时而感到自豪，时而觉得骄傲，毕竟如今的孔文科今非昔比了。一个人的命运多么捉摸不透啊。十二年说长也长，说短也短。站在现在一路眺望而去，早已过去的日日夜夜，一切远在天边，一切又近在眼前，宛若昨天发生过的一样，清晰可见。遥想当年，孔文科不会忘记从榆树上“扑通”下来的那一瞬间。他记得当时自己既没有喊叫，更没有痛苦的呻吟。他害怕惊动红梅酒精厂的人们。如果让人知道自己爬上榆树，去窥视徒弟许丽萍的洞房花烛夜，还不叫人笑掉大牙？当时孔文科的确摔痛了，但他死死咬紧牙关，任凭泪滴滑过扭曲的脸颊，就是强忍着不发出一点声响。不知过了多长时间，躺在泥地上的孔文科才慢慢缓过劲来。他挣扎着从草地上爬起来，一步一晃，摇晃着身子离开榆树一段距离之后，忍不住再次转过脑袋，瞧了瞧那个让他刻骨铭心的窗口。窗口一片寂静。带着那种深深刻进他记忆的寂静，孔文科悄悄地潜入单身宿舍。第二天天不亮，他背起一个小包，带着工作七年省下的九百元积蓄，穿过大雾弥漫的红梅酒精厂家属院，只身踏上了南行的火车。

从踏上火车的那一刻起，他就清楚地知道：过去的一切注定要像窗外的风景，渐渐离他远去。他熟悉这儿的一山一水、一草一木，还有草坡上的黄牛。然而，滚滚向前的车轮，在持续不断的哐当哐当的声响中，毫不留情地一点点碾碎了他的记忆，一个积聚了二十五年寒风酷暑的记忆。他要把它们埋藏起来，重新开始自己的生活。开始浪迹上海街头的时候，孔文科睡过楼道，沿街拾过破烂，到建筑工地做过小工，去餐馆洗过盆子，甚至半夜三更蹬上三轮车到郊外贩卖过蔬菜。一个人活着必须不停地做事，才可能养活自己。再苦再累，再没有自尊，他孔文科都没想过重返孔家庄，重返城市，重返寄托过他青春与梦想的红梅酒精厂。三年过后，省吃俭用的孔文科积累了一万多块钱。

他想应当找点事做做了。一连好几个星期,孔文科茶饭不思,终日游荡在上海的街头。正当孔文科感到绝望之际,一个十分偶然的机会,一辆醉意蒙眬的奥迪轿车,从他屁股后撞了上来。这一撞不要紧,却使孔文科有机会认识了康老板。当然,万幸的是,当时奥迪的车速不快,要不哪儿还有现在的孔文科?“咚”的一声,康老板的酒醒了一半。他赶忙下来,把孔文科弄上车,送往医院。到了医院,孔文科抹了一把额头的血迹,问康老板:“我怎么撞上你的车了?真该死,实在对不起!”原本准备赔一笔钱了结此事的康老板,一听孔文科这么说,心想,这人神经是不是出什么毛病了?检查一下吧,康老板说,来都来了。检查的结果出乎意料的好,孔文科除遭受一些皮肉之苦外,身体其他零件一切正常。康老板是江苏一家乡镇企业的厂长,他的工厂专门生产泵和阀门。与孔文科闲聊的时候,康老板被孔文科对泵的精到见解迷住了,当即要孔文科去他工厂的销售部门工作。康老板开出的价码是底薪两千,百分之十五的提成。一万一千五,十万一万五,一百万就是十五万啊。孔文科抵挡不住如此迷人的诱惑,只身随康老板回到地处江苏省丹阳市珥陵镇的灵敏泵业有限公司,干起了产品推销员。仅仅一年,孔文科干出了推销一千二百万元的骄人战绩,掘得了他人生的第一桶金。一百八十万。天哪,一百八十万啊!孔文科拿到这笔钱的第二天,再次不辞而别,离开了康老板,来到上海宝山区注册了属于自己的文科泵业制造有限公司。起初,孔文科的公司只能做一些技术简单的装配生产,利润微薄,但孔文科以前干推销时开辟的市场资源中,仅仅靠全国各大油田的工业用泵这一市场,就足够孔文科开足马力生产了。三年之后的 1997 年,文科泵业公司扩张成了文科通用机器制造集团公司,麾下有了泵、电机、阀门、低压电器四个子公司,总资产已达五点二个亿。一次,康老板在金茂大厦遇见踌躇满志的孔文科,情不自禁地握住他的手说:“千不该万不该,不该撞你一把。”

“撞得好,撞得好。”孔文科听出了康老板话中酸不叽叽的语气,哈哈大笑着说,“不撞,哪有我孔文科的今天?”

“老弟，”康老板眨动着肥厚的眼睑说，“给口饭吃吧？”

“危机啦？”孔文科眼睛一亮，“加盟吧。”

回想起大起大落如梦似幻的十二年，孔文科总疑心命运之神和他开了一个天大的玩笑。前七年漂着的孔文科，比崔健声嘶力竭所叫喊的《一无所有》还一无所有。我曾经问个不休，你何时跟我走，可你却总是笑我，一无所有……歌中的崔健还有一个“你”，而孔文科没有，他渴望有一个人能问个不休。可面对一个居无定所的男人，哪个女人的眼睛肯瞟他一眼呢？后五年，孔文科的全部身心献给了对财富漫无止境的追求。当然，作为一个身心健康的成功男人，孔文科的身边并不缺乏性的存在。毋庸讳言，他有。隔三岔五，总会有那么一两次，其中有追求他的漂亮女人，也有星级酒店的女郎。但那种很少带有情感色彩的性，对孔文科来说和用来解渴的可口可乐或凉白开没什么区别。

眼前的那抹霞光轻轻一跳，太阳就跌进了城市的楼群，不见了。孔文科离开窗口的时候，房间内突然传来叫门的铃声。

“叮咚……叮咚……”

七

等许丽萍走进红灯笼大酒店旋转玻璃大门，一路小心翼翼地跟随侍应小姐来到嫣红厅的时候，孔文科和海玉珠已经等候在里面了。

来了，海玉珠掠了一下额头的刘海，笑着对孔文科说，一听声音就知道是她。海玉珠起身轻轻一弹，弹到了嫣红厅的门口。她拧开深红色的木门，“嘿”地冲许丽萍叫了一声。许丽萍吓了一跳，一见是海玉珠，两人相互拍了对方一下，算是彼此的问候了。与此同时，孔文科微笑着走过来，目光十分自然地落到许丽萍的脸上。“你好。”孔文科对许丽萍问候道。他伸手与她轻轻一握以后，做一个请的手势，引领两位女士坐下。

“能够再次见到你们,”孔文科耸了耸肩,说,“真叫人高兴。”

“文科,”海玉珠看了一眼许丽萍,说,“昨天,我打电话把你回来的消息告诉丽萍的时候,你猜猜丽萍翻来覆去说的那句话是啥?”

“啥?”许丽萍脸红了。

真是时光不饶人啊,她眼角的鱼尾纹,似乎证实了岁月的沧海桑田。孔文科故作沉思状,说:“我猜不着……”

“玉珠。”许丽萍说。

“好好好,不让说就不说了呗。”海玉珠说。

“说来听听嘛。”孔文科说。

“他怎么说回来就回来了呢?玉珠,你不会骗我吧?”海玉珠学着许丽萍的语气说。

“哈哈哈。”孔文科抬起手臂,十指交叉捧着后脑勺,哈哈哈地大笑起来,“十二年,十二年了啊,你们还是这么顽皮,这叫什么?童心未泯,对吧?”

眼前的孔文科声若洪钟,目光明亮,笑容灿烂,充满不容置疑的自信,与曾经做过自己师傅的那个孔文科比较起来,简直判若两人。那天,孔文科看上去的确很精神,上身一件洁白的衬衣,下身一条藏青色的毛料长裤,胸前系着真丝提花的米色领带,怎么看怎么养眼。在心里,许丽萍总是情不自禁地把眼前的孔文科和她喜欢的费翔比来比去,竟越比越像,越比越使她耳热心跳,越比越不好意思起来。

上菜前,孔文科征询两位女士的意见,问她们想喝点什么。干红吧,海玉珠说再来点雪碧。你呢?丽萍。孔文科瞧着许丽萍说,和玉珠一样?许丽萍咬着嘴唇点点头。好吧,孔文科对身后的侍应小姐说,香格里拉藏秘干红和雪碧,注意,雪碧要美国原装的喔。再来一瓶五粮液,今儿高兴,想喝点白的。

到这种时候,许丽萍的耳朵才听到嫣红厅悬浮的背景音乐。若有若无的乐曲,丝绸一样柔软地滑入她的耳朵,滑过她的心田,滑过她的皮肤,正一点点唤醒她对生活的感觉。直觉告诉她,孔文科有钱了,肯定是个什么人物了。是在炫耀？是在显摆？是要我为当年的选择而后悔？后悔有什么用？这个世界从哪儿可以买到治疗后悔的药物？通过海玉珠，孔文科一定弄清了我的全部情况；而这个可恶的海玉珠，一句话不肯多说，不肯告诉我他在做什么，他结婚了吗？有孩子了吗？如果没记错的话，今年他应当是三十七岁了。丽萍啊丽萍，你这个小傻瓜，一个三十七岁的男人，能不结婚吗？

“来吧，”孔文科举起酒杯说，“为我们今天的重逢干杯！”

三只透明的玻璃杯碰到一起，随即分开，孔文科一口喝干了杯里的五粮液，两位女士一口下去也干掉了半杯。一连喝到第三杯时，高脚杯中黏稠而透明的酒液，开始不停地诱惑许丽萍的舌苔了。趁孔文科和海玉珠闲聊的机会，她时不时端起酒杯，无声无息地抿上一口。她喜欢那种羼进了雪碧的酒液，深红色的，晶莹剔透，里面还漂浮着珍珠般透明的气泡。许丽萍微微侧过头，仔细聆听他们的谈话。她不时点点头，表示赞同，或摇摇头，表示不解。许丽萍很少插话，尽管她心头有着数不清的疑惑，可当她开口想说点什么的时候，又找不出恰如其分的语言，去表达她的想法。最后许丽萍壮了壮胆，起身举起酒杯说：“孔师傅，徒弟敬你一杯吧。”

“孔师傅？”孔文科一愣，随即爽朗地大笑起来，“孔师傅，真是亲切到家了啊。”

“本来就是师傅嘛，”许丽萍一时涨红了脸，求援似的看着海玉珠说，“我说得不对？”

“还是叫文科吧。”酒杯“当”的一响，孔文科喝了杯里的酒，习惯性地一亮酒杯，“还是叫文科好听。”

许丽萍闭上眼睛，慢慢把酒杯靠近嘴唇，一口气喝了个底朝天：“这次回家，怎么不把嫂子和小侄儿带回来，叫我们看看？”

“嫂子？”孔文科自嘲地笑了：“嫂子还在她娘家养着呢。”

“怎么？还是一个人过？”这回轮到海玉珠惊讶了，她是前天下午在玉珠歌舞厅遇见孔文科的。那天她和往常一样守在玉珠歌舞厅吧台，正当她昏昏欲睡的时候，舞厅的玻璃大门推开了，进来两个人。舞厅内当时灯光幽暗，坐在暗处的海玉珠，一眼就认出了孔文科。那一刻她几乎不相信自己的眼睛，在心里问自己：是那个人吗？他不是失踪了吗？海玉珠揉了揉酸涩的眼睛，再看的时候，忍不住尖叫起来："孔文科？"是他，他回来了，那个失踪的人回来了。海玉珠亲自沏了三杯清茶，与孔文科闲聊了一个多小时。她重点向孔文科讲述了许丽萍不幸的婚姻，还讲了一些她本人如何辞掉红梅酒精厂该死的公职，开了这家歌舞厅，但独独忘了打听孔文科的情况。而那天孔文科除了洗耳恭听她的叙述，几乎没时间插话问点别的什么。

"人有时候说不准……"孔文科示意站在一边的侍应小姐给大家斟满酒，他说，"没有的时候想有，而有的时候往往力不从心。一晃，人到中年了。真是时光易逝，人生易老。来，玉珠，丽萍，我孔文科今天就敬这一杯酒，一心一意啊。第一为了今天的相聚，第二为了当年的粮票。啊，粮票，你们送我的粮票。我爹三个月从孔家庄进城送一百斤粮票给我，不怕你们笑话，真是不够吃。而你们省下的粮票，隔三岔五送我一点，真是救了我的急。在这儿，我孔文科感谢你们二位啦。你们猜猜，出门在外，我挣到第一笔钱以后，做啥？花十万弄了个上海的蓝印户口。一个户口两重天啊……这杯敬你们了。我干了，你们随意！"

孔文科显然动了感情，他的目光湿湿的，有一两滴泪珠还在他深深的眼窝里打转儿。许丽萍真担心那泪滴一不小心会滑落下来。这个时候，海玉珠提出要回家，她说陈明功那小子心眼小。说完，她有些淘气地回眸一笑，意思说你们好好谈谈，我先走一步啦。见海玉珠要走，许丽萍也本能地起身，没想到自己的肩胛，却被海玉珠轻轻摁了下来。你再陪你的孔师傅聊聊嘛，海玉珠说完，打开木门，一转身迅速离开了。这个海玉珠，许丽萍禁不住埋怨了一句，不好意思地偷偷瞟了孔文科一眼，匪夷所思地来了一句，她现在也有钱啦。

孔文科整了整胸前的领带，接过侍应小姐递上的西装，对许丽萍说我们也走吧。

许丽萍“嗯”了一声,跟在孔文科的身后出了嫣红厅。

绕过一条灯光幽暗的走廊,他们来到一个摆了许多热带植物的大厅。大厅内的灯光更加幽暗,每一盆郁郁葱葱的植物下都有一张烛光飘摇的小桌。许多男女正在植物的掩盖下,窃窃私语。在柔滑的背景音乐里,许丽萍可以闻到咖啡浓浓的香味。喝杯咖啡?孔文科说。不了,许丽萍微微一笑,说改天吧。再坐一会儿,孔文科说。他径自问小姐要了一杯咖啡、一杯柠檬果汁,而后突然抓过许丽萍的手,说一会儿,我开车送你回去。见孔文科把话都说到这种份儿上了,许丽萍只好矜持地在沙发上坐下来。沙发很软,是一种用纯海绵制成的软体沙发,因而当许丽萍落座时,一种深深下陷的感觉,使她裙子下面的腿一时张得很开,裙子的下摆也叫人难堪地滑到她的腹部。太丢人啦,许丽萍在内心骂自己的同时,迅速并拢两腿,拽下了裙子的下摆。她不知道孔文科的目光是否注意到了这个细节。但她可以感觉到孔文科目光的热量。那种透过目光而来的热量,似乎正穿过她的丝袜,游走在她的腿上。

隔着桌子,孔文科把面前的柠檬果汁,绕过吧桌上的烛光,推到许丽萍面前。红色矮小的蜡烛,浮动在透明的玻璃缸中。许丽萍看到火苗跳出的地方,蜡烛的中央有一个深深的凹坑。灯芯暗红色的,正吮吮地吸着熔化的蜡油。孔文科坐在一株宽叶的热带植物下。他的面目从许丽萍这个角度望去,显得影影绰绰的。过了一会儿,孔文科抬起头。他的眼珠立即映进两个跳动的光斑。兴许是光斑过于突兀和炫目的原因吧,许丽萍看不见他的目光。

“你的情况,玉珠都给我说了。”他说。

“没什么,”许丽萍说,“我妈说过,人都是有命的。”

她低头含住吸管,轻轻吸一口,突然抬起眼睛,问孔文科:“你信不信?”

孔文科看着她,淡然一笑:“命嘛肯定是有的。我啊,有时候信,有时候不信。一个人要想扼住命运的喉咙,又谈何容易。这些年东奔西走,躺在床上一想,真是有一种疲于奔命的感觉。”

他喝了一口咖啡,身子不知什么时候,已一点点移到许丽萍的身边。他抓过她的手轻轻摩挲起来。多少年了,许丽萍都快忘掉手被男人摩挲的感觉了。孔文科的手心热气蒸腾。那种热量好像一束圣洁而刺目的阳光,正穿过岁月的冰川,一点点唤醒许丽萍对自己身体的记忆。他一定感觉到我手心的茧子了吧,许丽萍想,要是他问了,就给他讲讲纸鹞的故事。可是,孔文科没问,他目不转睛地看着许丽萍的脸颊,看着她眸子里跳动的火苗,从她手心传出的微微的颤动中,他知道许丽萍的身子有了明显哆嗦的感觉。丽萍,孔文科在她的耳边细语道:你知道一个人神魂颠倒的感觉吗?她似乎没有听明白他的意思,微微张开涂有口红的嘴唇,想说什么,又发不出一点声音。她有点口渴,想吸一点面前的柠檬汁,又懒得起身。天哪,我多想找个地方靠一靠啊,许丽萍无力地靠到沙发的后背上。这时,孔文科伸手端过吧桌上的柠檬,递到许丽萍的唇边,轻声说:“喝吧,丽萍。”噢,喝吧,丽萍。她含起蓝白相间的吸管,长长地吸了一口之后,头往里一偏,情不自禁地倒进了孔文科的怀里。喝吧,丽萍。喝吧,丽萍。多少年了,从没谁对我说过这句话。喝吧,丽萍。王金声说过吗?说过的吧?要不然当初你怎么心甘情愿地嫁给他。喝吧,丽萍。她嗫嚅着嘴唇,喃喃地默诵着这四个字。喝吧,丽萍。她缓缓阖上眼帘,马上面部感觉到了胡楂的存在。吃饭时还见他下巴剃得铁青,看上去光溜溜的,怎么眨眼之间就生长出那种麻刺刺的感觉来了呢?喝吧,丽萍。她没有理由拒绝那种令人沉醉的感觉,一种逐渐苏醒过来的感觉,一种骨子里渴望得到的感觉……幽暗的光亮中,种满热带植物的大厅内的背景音乐,正清风似的徐徐而去。后来,当许丽萍回想起当时的情景时,她的脑子模糊一片,也许是香格里拉藏秘干红点燃了她的血液,陶醉了她的细胞。总之,许丽萍对那个晚上后来发生的事情,犹如保存不好的电影胶片,除了那些闪烁不止的光斑,就是一些影影绰绰的光影了。其中有一个细节，最终还是被许丽萍回忆起来了，她记得孔文科将她从软体沙发上扶起来的时候，透明玻璃缸中的红蜡烛，在水的最后浸泡下，发出一阵“滋滋”的声响，那瑰丽多姿的火苗猛地向上跳了两跳，就熄灭了。

八

酒醉了，然后醒来。醒来后的阳光，对许丽萍来说尽管与往常一样透亮、明媚，甚至还有那么一丁点妖冶，但多了不可名状的焦虑和不安。

那天早晨，许丽萍临近醒来的时节，好像做了一个什么梦。梦的具体细节她记不清了，只记得自己在没命地奔跑，一直跑得她气喘吁吁，大汗淋漓，也没甩掉后面尾随她而来的那个黑影。她不知道那个黑影为什么要紧追不舍，大有不抓住她誓不罢休的劲头。跑到后来，连许丽萍自己也没弄清楚，她怎么就看见自己一头栽进了深不可测的万丈深渊。她树叶似的飘啊飘啊，速度越来越快，等她能够清楚地看到身下那片狰狞的岩石时，心头一惊，她醒来了。原来是个梦，许丽萍暗自庆幸的时候，一束透过窗幔的缝隙而来的阳光，正好落在他们长长的海绵枕头中间。

熟睡中的孔文科肯定没有感觉到那束贸然闯入的阳光。他的脸朝向许丽萍一侧，手臂呈自然弯曲状态，两手握起空拳，放在脑袋两侧。整个睡姿看上去，很像一个顽皮的婴儿。瞧着孔文科贪睡的样子，许丽萍不由得暗自吃惊，她想自己怎么睡到他的床上来了？这样一想，许丽萍禁不住打了个寒战。她缩了缩本来蜷曲着的身子，顿时感觉自己的腿正搭在孔文科毛茸茸的腿上。她有点生气了，他凭什么这样做？她撩起被子，“腾”地从床上滑下来，光着脚丫站到厚厚的纯毛地毯上。从大床对面的墙镜中，许丽萍看见了自己一丝不挂的身子。这么说昨晚该发生的一切都发生了？许丽萍拼命转动着脑子，想努力回忆一下昨晚可能出现的情景,令她吃惊的是竟然寻找不到任何蛛丝马迹,唯一记得的就是那跳了两跳的烛光了。醉了,我一定是醉了啊。他咋能趁我醉了的时候要了我呢?许丽萍弯腰从地毯上拾起胸罩、内裤,一边穿还一边在心里嘀咕,看来昨晚他是多么急不可耐啊。她套上米色的连衣裙,到盥洗室抹了把脸,蹬上高跟皮鞋,咚咚的,故意踩出一点声响,想以此惊醒鼾声大作的孔文科。可孔文科没有丝毫反应。哼,一定累了吧。许丽萍"咚咚"地走出卧室,想想不对,又退回到孔文科的床前,伸手一把捏住他的鼻子。

"哼哼。"孔文科打了一下捏住他鼻子的手,说,"嗯哼,别捣乱嘛。"

"瞧你做的好事!"许丽萍又使了点劲。

"快松开,要憋死我呀!"孔文科撩开被子,猛地从床上弹起来,还没弄明白发生什么事情,许丽萍的脸"唰"的一下就红了。接着,她"噌"地转过身,从赤身裸体的孔文科身上迅速挪开自己的视线。她说:"羞死人啦,快盖上。"

"不盖,我就是不盖!"孔文科说着跳下床,从后面一把抱住许丽萍,说我不盖你还能把我吃了不成?快松开,许丽萍扭动着腰肢,慌乱中挣扎了几下,说再不松开,我就喊人了啊。喊吧,喊吧,孔文科厚着脸皮,用嘴唇轻轻地含着许丽萍的耳垂,说喊吧,我就怕别人不知道呢。丽萍,你喊啊,让全城的人都来看看我的新娘。胡说,谁是你的新娘?许丽萍喃喃私语,她说把我弄醉了,昨晚,你说你坏不坏?我坏,我坏,孔文科说,谁说我不坏?男人不坏女人不爱。去你的。孔文科感觉自己的腿被掐了一下,他立即感觉到一种欣喜若狂的疼痛。他知道那是许丽萍传递给他的含义明确的信号。于是他充满力量的手臂,开始紧紧拥抱着怀里那个小鸟依人般的女人。嫁给我吧,丽萍,孔文科慢慢转过许丽萍的身子,说嫁给我吧。不啊,许丽萍仰起脸,双臂环绕着孔文科的脖颈,说那怎么可能呢?怎么不可能?孔文科稍微用了点劲,他们的身子就开始向席梦思大床一点点倾斜过来。他说我爱你，我终于等到这一天了，丽萍……此时此刻，许丽萍没有一点力气再做那种饶舌的努力了。她需要找个地方赶紧躺下，然后微微闭上眼睛。

事后，许丽萍不想否认，在红灯笼大酒店豪华客房的那个上午，她体验并真正感知到了整个过程的每一个细节。迷醉、销魂、惊奇、迎合，重新组成了许丽萍感觉的宝藏，等待她去发现去开掘。她想喊叫，想拒绝，想逃避，无奈自己体内骤然泛滥的激情，正以某种不可思议的力量和速度，犹如她亲手制作的纸鹞，向阳光或蓝天的深处滑翔，滑翔……“啪”的一声脆响，牵引纸鹞的丝线断了。断了，真的断了。没了任何约束的纸鹞，自由了，可以在燃烧的阳光与流动的云彩之间，进行一次放纵的飞翔了。

离红梅酒精厂家属院还有一段路，许丽萍要孔文科停下他的奔驰轿车。她不想在事情还没有眉目之前，就弄得满城风雨。更何况，目前孔文科的身份特殊。听他说的情况，如果不出大的意外，红梅酒精厂马上要成为他孔文科的了。下车后，许丽萍朝孔文科挥挥小手，然后莞尔一笑，转身跑进了街头行色匆匆的人群。

她下车的地方名叫红梅东里 7 号。此后，在很长一段时间，这个地方成了他们见面或者分手的一个特殊驿站。她知道孔文科很忙，需要经常在上海与她所在的城市之间来回流动，以照料他的文科通用机器制造集团公司。她问过他一个十分幼稚的问题，既然上海那边的公司都做得那么大了，还回来重组红梅酒精厂干吗？情结，孔文科微微一笑，说可能是一种情结吧。许丽萍不明白他指的是什么情结，对她来说那不是问题的关键，因而她懒得去想那些让人永远头痛的东西。他们约会的次数不多，多则一周两次，少则一周一次，毕竟他们都已过了卿卿我我的年纪。再说了，孔文科有更重要的事情要去做，而她呢，也要照顾女儿的一日三餐。

事实上，孔文科和袁水莆准备签署的重组方案实行得并不顺利，阻力主要来自红梅酒精厂一百八十多名中层干部。按照新公司的管理层定员，将有一百五十多人失去原有的工作岗位。他们联合起来上访，坚决反对出卖具有二十多年光荣革命历史的红梅酒精厂。他们恳切希望上级有关部门立即撤销“卖厂贼”袁水莆党内外一切职务，火烧可耻的卖厂方案！就是卖也不能卖给孔文科那小子啊！他们私下纷纷议论，他小子算什么东西？不就是一个农民工嘛。凭什么转一圈回来，有几个臭钱，就要来买我们的工厂？娘希匹，砸成废铜烂铁也不能卖给他！

许丽萍把听到的议论告诉孔文科，准备劝他放弃重组想法时，没想到孔文科淡然一笑，说如果最初是出于某种情结的话，那么现在到维护尊严的时候了。孔文科维护尊严的方式，出人意料。他给袁水莆打了个电话，告诉他什么时候想通了，再打电话找他。关于用人的条款一个字不能变！孔文科接着说，他绝对不能接受十个工人养一个管理人员！打完电话，孔文科要许丽萍和他一起回上海，顺路带她到黄山散散心。她说我走了，小畅怎么办？把你妈接过来带她不就完了，孔文科说走吧，丽萍。许丽萍犹豫了半天，最终还是没有下得了决心。

当天下午，孔文科和他的秘书小王驾车离开了红灯笼大酒店。孔文科回上海以后，每隔两三天总要来一次电话，东拉西扯地和许丽萍说上一阵话儿。一般说来，他的电话总是来得很晚，时间基本在深夜十一点钟以后，有时候电话来的时候，她都睡着了，只好起床到客厅去接。后来，她干脆自己动手把电话移进了卧室。

白天在家，看电视看得无聊了，许丽萍开始清理自己的屋子。她从墙上取下和王金声的合影，剪掉“王金声”，随后划着火柴点燃，瞧着“王金声”一点点消失在淡蓝色的火苗后面，化作一团灰烬。一切与王金声有关的东西，他的照片、书籍、衣物，都被她翻腾出来，纸质的点火一烧了之，衣物打成包裹扔进街头的垃圾箱。利用近三天的时间，许丽萍销毁了关于自己十二年婚姻生活的全部记忆。她一边清理，一边默默垂泪，同时心里隐隐生出一种如释重负的快感。消除了“王金声”的家，被许丽萍擦洗得一尘不染，地板、家具、家电、窗台、玻璃，屋里所有的角角落落,都在许丽萍的手中恢复了原有的光泽。

这期间,孔文科乘飞机回来过几次,他提出要来许丽萍家中坐坐。许丽萍明确告诉他:不行。她说房子那么小,稍有点动静,女儿知道了多不好。白天,孔文科说白天总可以吧。哼,白天,许丽萍点了一下孔文科的额头,娇嗔地说:“白天?亏你想得出来!”

与第一次见到许丽萍比起来,孔文科感觉到她的心情显然好多了。她的头发乌黑发亮,走起路来脚底生风,有时候还踮着脚尖,一跳一跳的,透着顽皮的劲头。或许是注意保养的缘故吧,许丽萍的皮肤湿润,色泽光亮,感觉上和丝绸一样柔软而美妙。他经常把许丽萍娇小的身子拥在怀里,贪婪地吮吸着她的嘴唇、舌尖和耳垂。他想呵护她,亲近她,抚摸她。毕竟,她是他最初爱过,现在还依然放弃不了的女人。他多想站在她卧室的窗户前,瞧一瞧那棵细雨中的榆树啊,如果不是眼下这个女人十二年前的一声喊叫,针一样穿透他的心房,那个名叫孔文科的男人会从高高的榆树上“扑通”下来吗?

当然,孔文科没有将他内心隐秘的想法告诉许丽萍。他想他会告诉她的,时间是在将来,而不是现在。

每次回来,孔文科都是大包小包的,给许丽萍和她的女儿,买来一大堆衣服和玩具。别买衣服了,许丽萍在红灯笼大酒店的客房,埋怨孔文科说,我又不是什么时装模特。话虽这么说,她心里还是高兴极了。至少,他在乎她,心里有她。作为一个有过婚史的女人,你许丽萍还图什么呢?一天,她把自己与孔文科的事对女儿说了,女儿出乎意料地兴奋,拍起了小手,说真的?妈妈不会骗我吧?许丽萍笑着点点头。啊,我有爸爸啦,女儿跳起来,说我终于有爸爸啦。女儿的欢呼雀跃,不知触动了许丽萍哪根神经,她嘤嘤地哭了整整一个晚上。

她没有把女儿的反应告知孔文科,等等再说吧,她想。

整个冬天,孔文科因忙于上海那边公司的事务,回来的次数少了,但晚上的一次次电话消除了许丽萍心里的芥蒂。他忙,忙的是正经事儿。她没有理由要求他三天两头回来。于是白天没事儿,她又开始采购原料,然后一个人待在阳台上做她的纸鹞。一天五只,她不需要赶活,如果说先前做纸鹞是为了改善生活,那么现在则是为了打发时光了。晚上呢,她躺在床头,飞针走线,在绷紧了的绸缎上绣花儿,她想绣一只展翅飞翔的雄鹰,然后制成纸鹞儿,送给孔文科。无论你飞到哪儿,丝线都在我手里握着。到春天快要来临的时候,许丽萍一共制作了五百只风筝,她想送给孔文科的纸鹞也绣完了最后一针。

就在这个时候,由于城市主管领导的亲自干预,红梅酒精厂重组绝处逢生,很快与孔文科的公司签署了协议。庆祝宴会上,孔文科多喝了几杯,他径自开着奔驰进了红梅酒精厂的家属院。他把车泊在那棵榆树下,下车围着越长越粗的榆树走了一圈。他想找找地下有没有当初掉下时砸出的小坑。看了半天,留给他视线的全是正在泛青的杂草。离开时,似乎闻到了泥土的香味,他忍不住又多吸了几口夜晚的空气。孔文科走上二楼,直接叩响了许丽萍的防盗门。门打开后,睡眼惺忪的许丽萍先是一惊,随后伸手捂住孔文科的嘴巴,要他小心点儿,别惊动正在睡觉的女儿。接着,许丽萍的手臂环绕上了孔文科的脖子。她轻盈地往上一跳,张开的两腿紧接着就夹上了孔文科壮实的腰部。醉意蒙眬中,孔文科展开手掌,秤盘似的托住她的屁股,走进了卧室。他把许丽萍放到床上。现在,他要做的第一件事不是宽衣解带,而是独自来到窗前,轻轻撩起窗帘的一角,看一看窗外的那棵榆树。榆树黑乎乎的一团儿,没什么特别的地方。孔文科失望地摇摇头,放下窗帘,钻进了许丽萍的被窝。

第二天早晨,许丽萍准时起床,送女儿去光明小学。回家后见孔文科还在熟睡,便习惯性地打开客厅的电视机,调到城市频道。她把电视的声音调到不打扰孔文科睡觉的程度,然后取来昨晚绣好的雄鹰,一边看电视,一边制作送给孔文科的纸鹞。可能是九点过一点儿吧,许丽萍看见了出现在电视屏幕上的海玉珠,她低着脑袋,披头散发,一副漠然的表情。电视里说市“扫黄打非”取得决定性胜利,一举端掉了玉珠歌舞厅这个纵容卖淫嫖娼的窝点。

“文科，”许丽萍惊骇地尖叫一声，冲进卧室，摇醒了孔文科，她说，“快来看啊，玉珠，玉珠，她……她……她被抓起来了！”

孔文科不知发生了什么事情，光脚跳到客厅。

许丽萍指着电视屏幕说：“她怎么能做这种伤天害理的事？”

发生在海玉珠身上的事情，再一次震动了许丽萍。幸好当时我没想通，许丽萍手持绣好的雄鹰，不由得在心里发出了一句感叹。她长长的睫毛上，又有了那种让我们熟悉的泪光。

而孔文科呢？当时可能还没睡醒吧，他对愣在电视机前面的许丽萍笑了笑，一句话没说，又光脚跳向卧室，钻进了被窝。

许丽萍对着电视屏幕愣了一会儿，随手关掉电视机，来到阳台的工作间，戴上手套，开始给手中的雄鹰做龙骨。只有做纸鹞的时候，她才能忘记心头的那些烦心事。她选用韧性最好的竹子，剖开，然后削成匀称的竹条。她把做好的龙骨，按照事先的构思，一根根插进襻扣，一只虎气生生的雄鹰纸鹞，就呈现在她的面前了。

后来，当许丽萍回想起那只远走高飞的雄鹰，连她自己也弄不明白，为什么在做好的那天，没拿出来送给孔文科。那天临走前，孔文科问她，晚上怎么过？他的潜台词很明白，是要她去红灯笼大酒店。她说晚上陪女儿。孔文科想了想说，那晚上我过来。许丽萍没有答应，她说你去忙你的事。

此后一直到五一国际劳动节，他们有过两三次幽会，地点都是在红灯笼大酒店的豪华客房。幽会时他们谈到了婚事。孔文科说等红梅酒精厂顺利投产，来个双喜临门，他问许丽萍行吗？孔文科每次这样问她的时候，许丽萍都不置可否地咬着下唇，对他点点头。据她估计，红梅酒精厂重组成功，到恢复生产，中间的设备大修啦、人员配备啦、原料采购啦，工作千头万绪，最快也得三个多月。每回约会前，许丽萍都要坐在梳妆台前，精心打扮一番，然后坐车去孔文科的住处。完了，孔文科再开车把她送到红梅东里 7 号，下车后像往常一样步行回家。她不想在外面过夜，更不想让孔文科来红梅酒精厂家属院。这中间有一个星期,她骑三轮车把五百只已经做好的纸鹞,驮到学校、公园门口,全部卖掉。纸鹞出手后,她算了一笔细账,刨掉成本,大体挣了三千五。这次,净收入比第一次少了些,是因为出手的价格低了。数钱的时候,女儿眉开眼笑,对许丽萍说:“妈妈,挣这么多钱,什么时候能带我出去,放风筝玩啊?”

“想去哪儿?”她说,“去凤凰山好吗?”

“哇噻。”听说能去山里玩,女儿高兴得跳起来。

五一节那天,许丽萍带着女儿坐上了城市通往凤凰山旅游景区的中巴。景区离城市不远,交通非常方便,中巴每半个小时一趟。早晨上路,一天打个来回没一点问题。女儿一想到第二天要出门远行,搂着许丽萍激动得整个晚上都没怎么睡觉。第二天一大早,她趁妈妈还在熟睡的时候,把那只绣在绸缎上的雄鹰,小心拆开,装进了背包。她想:在山里放风筝,一定比学校过瘾多了。妈妈绣的雄鹰多漂亮啊……它扇着翅膀,飞翔在青山绿水和湛蓝的天空之间,一定神气极了。

一路上,娘儿俩有说有笑。两个多小时之后,她们踏进了凤凰山旅游景区的大门。

进了景区,女儿对逛风景不怎么感兴趣。她心不在焉地看了一个名叫黑龙潭的景点后,就对许丽萍吵吵着要放风筝。放纸鹞总得找个空旷点的地方,许丽萍对女儿说,翻过黑龙潭前面的那座山,到了绿茵坪,你就可以放了。翻过山头,娘儿俩出了一身臭汗。绿茵坪是一块面积不大的小型盆地,四周峰峦叠翠,悬浮着淡淡的白云。山上一蓬接一蓬长满娇嫩的凤尾竹。娘儿俩来到草坪上,找个树荫蹲下,动手从背包中取出风筝,开始动手安装。

风筝装好,女儿手持雄鹰,踏着草坪,快跑一阵后,手一松,急不可耐的雄鹰就扶摇直上,扑扇着翅膀,在女儿的欢呼声中,一点点朝天空的深处游去。许丽萍坐在树荫里,一面乘凉小憩,一面欣赏女儿和女儿手中越飞越高的雄鹰。大约过了半个小时,女儿回过头来。妈妈,女儿喊道,你过来！她迎着女儿跑去。女儿把手中的放线车递给她,说妈你来放一会儿嘛。许丽萍接过放线车,仰望天空,一松一紧地轻轻摇动手柄。没多久,只听“啪”的一声脆响,天空中的雄鹰拽着亮晶晶的丝线,犹如脱缰的野马,疾速朝无边无际的天空飞去。

“断了……”许丽萍尖叫一声。

顿时,她脸色一片煞白。她双手掩面,透过指间的目光,惊恐地望着消失在天空中的雄鹰,失声痛哭起来……

“妈妈。”女儿扑进她的怀里,叫道,“妈妈,怎么啦?”

2003 年 3 月 12 日—4 月 15 日　北京

花儿沟来的女孩

一

现在,当花丽云走在柳絮飞扬的街头,是否还会想起最初抵达雀城时的那个雨天呢?

那天花丽云背着包裹穿过越来越密的雨丝,战战兢兢地向出站口走去。临近出站的时候,她忍不住回头,又瞧了身后那辆长途客车一眼。雨幕里的客车,犹如一只疲于奔命的怪兽,正一面喘息,一面目送着被它亲口吐出的乘客。出了站口,她要了一辆三轮车,再次看了一眼花小艳信封上的地址,对车夫说,去蓝镜小区。

到雀城的第一个晚上,花丽云和花小艳挤在一张铁床上,两人低声叽咕了很长时间。她们的话题头绪纷杂,东一葫芦西一瓢,彼此很难厘清对方想要表达的意思。事后花丽云回想起来,她们那个晚上的谈话,倒也不是没有线索的一头雾水。花小艳关心的是家乡花儿沟的人事儿,而她更关注的是到雀城以后的生活。

"花儿沟不是有句土话吗?"花小艳瞧着窗外路灯的光亮说,"带泥的萝卜,擦一段吃一段。"

花小艳是她最贴心的同龄朋友,从记事的那天起,她们几乎形影不离、无话不谈，彼此是看着对方一点点长大的。她们一块儿去南山坡玩耍，把采撷来的花，插在柳枝编成的翠绿的帽子上，然后戴在头上，嬉笑着一路回家。疯疯癫癫的她们曾不止一次引起花儿沟庄稼人的议论：这一对疯丫头什么时候才能长大啊。直到有一天傍晚，她们沿清澈的黑石溪，放学回家，快到花儿沟的时候，花小艳突然捂着肚子，跳进了路边的玉米地。起初，她还以为是花小艳尿急的缘故，没有在意，独自站在黑石溪边，替她守望过往行人。很快，躲在玉米地里的花小艳传出了令人心悸的尖叫：血……我怎么流血了啊？那是花小艳的初潮。那一年，花小艳十三岁多一点，她的初潮比花丽云早了两年多，等花丽云同样体会那种尖叫的时候，十五岁的花小艳已辍学在家，和她的父母终日忙碌在田间地头，续写起一个花儿沟女孩永远无法摆脱的农事诗篇。锄草、刈草、割麦、施肥、摘棉花，庄稼地里的活计，花小艳拿得起，放得下。持续一年多繁重的体力劳动，塑造出了花小艳强健的体魄，她被阳光过度照射的肤色，黑里透红，浓得像没有稀释的棕色油彩，让依旧坐在黑龙镇教室念书的花丽云钦羡不已。其实，花丽云书念得不怎么样，要不然四年后的那个秋天，她怎么会投奔雀城，寄宿于花小艳租住的小披屋呢？

十九岁的花丽云没能实现父亲望女成凤的夙愿，她低得可怜的高考成绩，无情地粉碎了她父亲的梦想。父亲咂吧着烟袋，一连沉默不语了好几天，吓得她和母亲不敢正眼瞧他一下。大概是一星期以后吧，父亲坐在老家门口的那棵老槐树下，抬起头，突然叫住正在洗衣服的女儿，他说丽云，你过来一下。她小心翼翼地靠近父亲，两眼瞧着手背上的肥皂泡。父亲吐出一口长长的烟雾，问她是嫁个人家呢，还是像花小艳一样去雀城，找点事做？

"去雀城吧。"她怯生生地说。

临走前的那个晚上月亮很好，圆圆地悬浮在花儿沟的青山绿水间，把静默的光辉，银晃晃地洒向房前屋后，远远而来的狗吠晃荡在老槐树的枝头，吹皱了丝绸一样柔软的夜色。父亲坐在屋檐下的木凳上。他一明一灭的烟锅,似乎在盘算着往后的日出日落。她能够感觉到那种轻灵的烟雾,淡淡的,散发出沁人心脾的香辣气味。四十刚刚出头的父亲,是花儿沟公认的种地好把式,经他侍弄过的庄稼,青格凌凌的,不但好看,打出的粮食也要比花儿沟其他人家高出许多。父亲的责任田和母亲喂养的家禽,足以维持一家人丰衣足食的生活。因而父亲一句怨言没有,供花丽云念书,他希望她能考上大学,跳出针眼大的花儿沟,过上养尊处优的好日子。花丽云何曾不是这样想的啊,无奈她各门功课的成绩,不争气啊,凭她如何努力就是上不去。她看出自己不是念书的那块料,想主动放弃念书,又怕伤了父亲的心,更怕回到闷热的玉米地间,一边闻着泥土湿热的气息,一边弯腰连根薅去生生不息的杂草。念,总比不念好。父亲说今后哪怕考瞎了,一个高中毕业生,也算花儿沟最有学问的人了。父母没多少文化,正因为如此,他们更渴望自己的骨肉成龙成凤,想以那种孩子考出花儿沟的荣耀,去抚慰他们日复一日的辛勤劳作。寄托在女儿花丽云身上的希望落空以后,做父亲的既没有嘲讽,更没有挖苦,他把注意力转移到正在念初三的儿子身上的同时,道出了摆在花丽云面前的两种选择。

翌日天刚蒙蒙亮,父母叫醒她,沿九曲十八弯的山间小道,把一路泪光涟涟的花丽云,送上了通往雀城的公共汽车。临别前,父亲一句话没说,悄悄捏住她的手,塞给她一张叠得方方正正的五十块钞票。或许是被他捂了一路的缘故吧,钞票汗津津的。钞票隐瞒了母亲而藏匿在她手心的样子,顿时让充满了离愁别绪的花丽云泣不成声。

坐上长途客车的花丽云,衣着朴素,两条短短的发辫垂落在浑圆的肩头,扎了橡皮筋的辫梢,乌黑发亮,晃悠在她脸蛋的两侧。耷拉在额头的刘海,疏密有致。她身着一件红底碎花的灯芯绒褂子,脚穿一双带襻的圆口平底布鞋。在颠簸起伏的长途客车里,她一面眺望绵延不绝的碧山绿水,一面注视行驶在盘山公路上的汽车。汽车卷起的黄色沙尘,一波未平,一波又起。公路两旁盛开着野花,乔木绿丛中点缀着红叶,萦绕在野花和红叶之间的彩蝶,在黄昏的阳光中,卖弄出一派过于惊艳的翩翩舞姿。瞧着车窗外迷人的山野景致，第一次出门远行的花丽云，心情复杂，激动、惆怅、慌乱、迷茫……构成了她承载幻想之舟的波浪，她想象着在雀城即将开始的生活，她憧憬着那里的街道、树木、鳞次栉比的楼群、五色缤纷的霓虹灯光、迷宫似的影剧院。有关城市的想象，来自花丽云在黑龙镇念高中时看过的一些影视剧。一想到再过几个钟头，自己马上要走进引人入胜的影视剧，与那些鹤立鸡群的男女主角一起生活了，花丽云心头泛起的波澜，就可想而知了。

从花小艳常常失神的目光中，花丽云读出了她在雀城生活的无奈和茫然。她租住的屋子很小，是那种沿围墙搭建的披屋，至多五六个平方而已。临墙一张铁床，床头摆放的纸箱内装满花小艳的衣物。铁床周围的墙壁上贴满花花绿绿的挂历。挂历上香艳的女星一律朱唇微启，笑靥动人，翘着长长的睫毛，而穿透睫毛的眼神更是媚态逼人，秋波四射；三点式的着装遮挡不住她们细软的腰肢，起伏不定的线条。花丽云欣赏的倒不是女星们的搔首弄姿，她关注的是她们色彩纷呈、样式各异的文胸和内裤。通过想象，她不止一次脱下女星们的内衣，穿在自己身上，然后在梦里对着镜子照来照去。镜子里的身子白里透红，花瓣一样柔软的皮肤，透着花儿沟淳朴又不失娇艳的气息，犹如山坡溪边自生自灭的一种蓝色野花——勿忘我。因此她的美，包含着大自然恩赐给她的一切。从那些在城市钢筋铁骨间长大的女星身上，谁能闻到泥土般朴实的芳香，谛听到阳光穿透森林时发出的沙沙之声呢？

然而再诱人的想象或梦境，永远都是悬浮在沙丘之上的海市蜃楼，稍不经意就会从人的幻觉里消失殆尽。而留下的失望，往往像梅雨季节的雨丝，绵绵不绝。她不知道花小艳是否有过类似的感受。她觉得那种想象有点难以启齿，干脆将到雀城后睡梦中出现过的所有景象，深深埋进了心底。

花小艳是雀城一家名叫伏牛山大酒店的服务员，一个月基本工资、加班、奖金、夜班津贴，全部加在一起，能挣五百出点头。花小艳上班的地方离蓝镜小区不远,走路快一点大概十多分钟路程。酒店规模不大,一座五层的红砖楼房,外墙上爬满藤叶葳蕤的爬墙虎,每一个茶色玻璃的窗口旁,都悬挂着铁匣子。一天两人闲着没事,手拉手上街闲逛的时候,不知不觉来到了伏牛山大酒店。花小艳指着五楼西头的一个窗口,告诉花丽云说她在那个窗口的后面上班。

后来她缠着花小艳要进酒店,去她上班的地方看看。花小艳说不行,让涂总知道了肯定要炒她的鱿鱼。鱿鱼?她说炒鱿鱼是啥意思啊?丽云啊,花小艳重新拉住她的手说,进雀城了,别老是啥啊啥的好不好?要学会说普通话,你听听中央电视台李瑞英说话的声音。李瑞英知道不?就是播新闻的那个,听听她的声音,那才叫说话儿。别老是啥啊啥啊,土老帽似的。啥要说成什么!跟我说,预备起:炒鱿鱼是什么意思啊?花丽云被花小艳连珠炮似的话打傻了,她怔怔地站在雀城的阳光下,鹦鹉学舌地跟着花小艳说了一遍。

花小艳告诉她,炒鱿鱼是卷起铺盖走人的意思。她不能因满足自己的好奇心,而使花小艳失去赖以生存的工作。从住进她小披屋的那天起,花小艳便答应帮忙,看能不能同伏牛山大酒店的涂总说说,给花丽云找份工作。到如今一个多月过去了,花小艳只字不提工作的事,想必遇到了什么难处。她安慰花丽云说,工作迟早会找到的,急也没用,不如待在家里跟收音机学学普通话。

没事的时候,花丽云一边听收音机,一边学普通话,不到两个月,她的普通话水平,便达到了应用自如的程度。雀城第一场大雪到来的那天,花丽云掐指一算,从离开花儿沟到现在,她来雀城已整整一百天,并花掉了从家中带来的三百块钱。如果工作再没着落,她便难以维持生计了。那天,雀城的大雪整整纷飞了一天。花小艳早早上班走了。寒冷的小披屋里光线幽暗,呜呜的北风呼叫着,一阵阵掠过屋顶。蜷缩在被窝里的花丽云,真担心小披屋的石棉瓦,会被呼啸的北风刮走。早晨,她喝了半碗苞谷糁糊糊。中午没有吃饭,只是睡了一觉。因不想破开父亲给的钞票,她饿着肚子,想等花小艳晚上带饭回来再吃。可左等右等,一直等到窗外亮起冰冷的路灯,还没听到花小艳回家的脚步声。破开吧。花丽云撩开被子,身上禁不住掠过一阵透心的冷气。她哆嗦着身子,低头用牙齿扯开棉袄衣襟的左下角,掏出那张依旧叠得四四方方的五十块钱,然后把它在被子上展开,一遍遍抚平。她扣上棉袄,围上自己用腈纶毛线织就的围巾,走出了小披屋的木门。

"卖包子喽……大肉包、羊肉包、韭黄鸡蛋包……"

街头叫卖的吆喝声,穿过呜呜的风声随肆虐的雪花飘来。她深一脚浅一脚地朝包子摊铺跑去。两毛钱一个,一块钱六个。她一下买了十二个热气腾腾的大肉包。

吃完包子,正当她眼泪汪汪地转身离开的时候,借着路灯的光亮,她看到身后的卷闸门上贴着一张招聘广告:本店招打字员一名,年龄二十岁以下,高中毕业,工资待遇面议。试试吧,花丽云鼓起勇气,抬起了手臂。

二

雀城的冬天一点不比花儿沟温暖,待在四壁透风的小披屋,瑟瑟发抖是花丽云回避不了的感觉。在花儿沟,从烟囱冒出的炊烟,丝丝缕缕随风飘向树叶落尽的枝头时,太阳早就走向山的那边去了。从小,花丽云就喜欢坐在灶屋里,帮母亲烧火做饭。冬天的灶屋,是她感受温暖的所在,她一边往灶膛里添柴加草,一边瞧着跳动不止的火苗。柴草燃烧时发出的叫声,听起来多么欢快而悦耳啊。而现在,花儿沟灶门透出的火光,再也映不红她的脸蛋了。设若出现过以上的情形,也不过是她睡梦中的幻觉罢了。

这种寄人篱下的生活,经常会使花丽云产生茫然若失、无所适从的感觉。有时候,在小披屋里待腻歪了,她总忍不住催一催花小艳,问她找工作的事,同涂总说了没有。花小艳谈起涂总的时候,情绪高涨,一副眉飞色舞、唾沫星子乱飞的样子。从花小艳闪烁其词的讲述中,她大体知道涂总是一个四十多岁的男人，胖胖的，腆着肥大的肚子。花小艳说丽云你信不信，涂总的肚子啊，总有这么大吧。她一边说，一边张开手掌，在离肚子很远的地方比画出一个夸张的圆弧，说绝对像个七八个月的孕妇。临了，花小艳的眼睛，通常要盯着屋顶的石棉瓦加上一句，说，不过，他好好难说话噢。每回花丽云催她，她的回答都十分干脆，她说，说了啊，怎么没说？涂总要你再等一等。

“再等一等。”花丽云想，“等到什么时候是个头啊。”

或许冥冥之中真的存在某种看不见的神灵，它悄悄地隐藏在空气、雪花、云彩、鸟影或人的意识之间，似乎注定要在一个人走投无路的时候，才显现某种光芒。如果那天不是花小艳迟迟没有回家，如果不是她饿得两眼发花，如果不是听到弥散了包子香味的吆喝声，如果不是在她喂饱肚子后转身瞧了一眼身后的卷闸门，她会抬起手臂叩响那个铝合金制成的大门吗？

试试吧，花丽云撩起围巾擦了擦嘴角的油渍。她想：不行，俺明天就回家，有什么了不起的，大不了回花儿沟嫁人，生儿育女。人啊，怎么过不是一辈子？隔着薄薄的卷闸门，她能听见屋里传出的歌声。那个女人的歌声非常好听——又见炊烟升起，暮色罩大地。想问阵阵炊烟，你要去哪里。夕阳有诗情，黄昏有画意，诗情画意虽然美丽，我心中只有你……

花丽云正准备再拍几下卷闸门时，张开的手掌不知怎么在半空中停住了。她想，听完再敲吧，既然都从秋天等到冬天了，还在乎那么一点时间吗？那些在雀城长大的人，还是原谅一个花儿沟女孩的孤陋寡闻吧。要知道，在一个要走十几里山路才可以在黑龙镇见到电灯的女孩，要求她知道邓丽君、王菲、毛阿敏，恐怕太过分了吧。

正如人们所预料的那样，花丽云被围巾包裹的耳朵，还没把王菲的歌曲听完，她眼前的卷闸门就“哗啦”一声，卷了上去。街头的北风裹挟着漫天雪花，越过她挺直的鼻尖，和她哈出的热气一起，扑进灯光通明的屋子。站在她面前的是一个面相和善的男子，他额头光滑，头发稀疏，软软地贴在头顶。

“妈的，这风！”罗成功骂了一句，稳住身子，对站在门口的花丽云说，“还愣着干吗？快进屋啊。”

进屋后花丽云靠在刚刚拉下的卷闸门上，心想：他要是敢动歪心，我拉开大门就跑。

“你找我？”罗成功咳嗽了一声，沙哑着嗓门说。

花丽云抬起眼睛，扑闪了一下长长的睫毛，朝罗成功点了点头。

“有事吗？”罗成功显然喝酒了，瘦削的脸看上去红彤彤的。

店面不大，门口摆着一溜玻璃柜台，柜台后面是一台颜色陈旧的电脑。花丽云从没见过电脑，即使见了也认不出来。一个电视机模样的东西。听到眼前的男人问她，她再次抬起眼睛闪了下，点点头。

“嘿！”罗成功一拍大腿，急了，“我说你会不会说话啊？”

“会说。”花丽云的发音非常标准。

“会说，倒是说啊，急不急人啊你。”

“我想来打字。”她一字一顿，咬字十分清晰，不过语气显得有点机械，声音低了些。

“打字？”罗成功笑了，抽了抽鼻子，“你学过？”

“没。”她壮了壮胆说，“不会，我可以学嘛。”

“学？”罗成功皱了皱眉头，嘴角朝上一翘，“念过几年书啊？”

“高中。”花丽云感觉有戏了，提高声调说，“不信明天可以把毕业证拿给你看嘛。”

“好好，比我强。满打满算我才混了个初中毕业。”罗成功抬手掠了掠耷拉在额前的头发，问道，“怎么称呼啊？”

“花丽云。”她瞧着自己的脚尖，心跳逐渐平静了些，问他，“你呢？”

“好名。”他咧嘴自嘲地一笑，“罗成功，父亲起的，没办法。什么成功啊，叫罗失败还差不多。”

“瞧你说的，都当老板了，还失败啊？”花丽云的脸上终于浮现出了笑容。

后来罗成功答应她明天来店里上班,他征询花丽云的意见,工资每天开十五块怎么样?一天十五,一个月四百五,和花小艳差不多了。她迅速做完这道简单的数学题,笑着对罗成功说,我不会让你失望的。要是效益好的话,还有奖金的,罗成功沏来一杯清茶,请花丽云在店门口的沙发上坐下,说热不热啊,把围巾摘掉吧。花丽云扯下围巾,冲罗成功莞尔一笑,接过罗成功递上的茶杯,小心谨慎地瞧了瞧眼前的男人。他说话的样子看来是认真的。

那天,她记得自己坐下后,罗成功也跟着在沙发的另一头坐下。他跷起高高的二郎腿,从羽绒衣兜内摸出一支烟,点上。烟头一明一灭,飘出的香味,让花丽云想起了坐在老槐树下吸烟的父亲。她想春节回家时,一定捎条带过滤嘴的香烟回去,给父亲尝尝。她一边喝茶,一边听罗成功说话。这中间,他起身给花丽云续了两次水,续到第三次的时候,他笑着对她说,嘿,我说咱俩谁是老板啊?话虽这么说,并没有影响罗成功说话的兴致。他告诉花丽云,他原是雀城一家印刷厂的业务员,工资不高,但每月能准时领到,不知从什么时候开始,活没少干,工资却越来越少。半年前,厂子突然死了,他说跟人一样,说死就死了。你说气不气人?厂子死了,老子倒落了个清闲,下棋、喝酒、睡觉,日子过得昏天黑地的,一晃几个月过去了,回头一想,那哪是人过的日子啊。他抽了口烟,说他老婆整天和他吵啊闹啊,弄得他心烦意乱,一生气捡起老本行,开了这家打字店。他断断续续说了很多话,因不了解他的底细,他说得越多,花丽云心头的疑虑就越重。她起了几次身,想找个机会走人,早点回到小披屋,躺在被窝里,想象一下即将开始的工作。外面很安静,叫卖包子的吆喝无声无息了。兴许是罗成功看出了什么,他冲花丽云笑了笑,说我没别的意思,只想找个人说说话儿。时候不早了,她起身说罗老板,我走了啊。好好,他拉开卷闸门,问她,住的地方远吗?不远,就在对面。花丽云拿过围巾将整个头部包裹起来,说,明天几点过来上班啊?九点吧,罗成功说早了我也起不了床。

“再见了。”花丽云回眸冲他一笑，迎着风雪，融进了雀城的夜色。

她再次奔跑在雪中的身影，在街头橙红的灯光里，明显轻灵了许多。松软的雪地，不再构成她脚步移动的障碍。她跳着、跑着，远远望去，很像一只在雪原奔突的小鹿。她故意深深吸进一口雀城夜色里的冷气，鼓起嘴巴，然后顽皮地喷出一团又一团白雾。她想把这个激动人心的消息，早点告诉花小艳。九点钟总有了吧，花小艳应该回来了。

进了蓝镜小区，打开小披屋内的木门，她看到临墙的铁床上空空如也。今天，小艳姐难道加班了？她问自己。

三

假若一个人的日子过顺心了，谁还会去注意构成日子的琐碎时光呢？花丽云就是这样，尽管罗成功留给她的印象，并不那么可圈可点，一个做老板的人，怎可以随随便便给下属，又是倒茶，又是聊天的呢？但他待人的确不错，有事做事，没事的时候放王菲的唱碟。他不喜欢店里冷冷清清的。他说一个店啊，跟人一样活口气儿。他的意见得到老板娘冯姐的赞同。她对花丽云说，千万不要拘束，既然来店里了，我们就是一家人，有我们的就有你的。冯姐原先和罗成功在一个印刷厂工作，文字输入员出身。在冯姐手把手的言传身教下，花丽云很快背会了“王旁青头戋五一”，一星期以后，能独立上机操作，一个月以后，花丽云的汉字输入水平就超过了冯姐，一分钟高达一百四十个汉字。

“丽云啊。”见花丽云以如此令人吃惊的速度，进入熟练工作状态，冯姐摸着她的脑袋说，“我的傻妮儿，这么聪明，怎么不去考大学啊？”

“考了。”花丽云回首一笑，“没考上。”

“我说不会有错吧？”坐在一边的罗成功眯缝起眼睛，说，“你还担心她不行呢。”

“去你的！”冯姐朝罗成功的胸膛捶了一拳，娇嗔地瞪他一眼，“哪壶不开你提哪壶。”

看得出冯姐他们的夫妻关系相当不错。两口子从年龄上要大花丽云十多岁，兴许从内心来讲，他们的确也把她当作小妹妹一样看待。有时候看到报纸上有关婚外情的新闻故事，冯姐总是愤愤不平，上去捏住罗成功的耳朵，要他好好看看，警告他若有对不起她的地方，小心点儿！嘿，我说你轻点不行吗？罗成功侧头瞧着冯姐，说我这丑样，谁瞧得上咱啊。就是。冯姐站在罗成功身后，半蹲下身子，把脸靠在罗成功脸上，要花丽云看看，是不是一朵鲜花插在牛粪上。吹吧，罗成功很有点得意忘形的样子，要知道生意这么好，早该出来做了。

转眼间到了年根，店里的活立刻多了起来，印文件啦、打证书啦、制作奖牌啦，不加班到晚上十二点，很难按时把东西交到客户手里。冯姐要花丽云留下来在他们家过年。她摇摇头，说做到年三十，再不回花儿沟，爹妈要生气的。说完，她心头酸酸的，低头时有两滴眼泪落到了电脑键盘上。由于怕冯姐生气，花丽云说一过完年，我马上赶回来。瞧你说的，冯姐说腊月二十九走，过完正月十五回来。初三，初三我就回来，花丽云说在家待久了，也没多大意思。到了腊月二十九，冯姐塞给花丽云一个红包说不多，一千，年终的奖金。花丽云说这红包我不要！原先不是说好一个月四百五嘛，再加上加班、月奖七百都不止了。傻妮儿，冯姐故作生气的样子，脸一沉，说，看不起你冯姐，还是嫌少？不不不，花丽云连忙摇头说，我不是那个意思。

“走。”冯姐把红包塞给花丽云，说，“装在衬衣兜里。送你去汽车站。”

“拿上吧，”罗成功在一边帮腔道，“劳动所得嘛，应该应该！”

当天上午，长途客车带着花丽云，一路颠簸进了黑龙镇。从黑龙镇回花儿沟，还要走两个多钟头的山路。依山傍水的山间小道，念高中时她不知走过多少遍。因而这段山路，对身穿蓝色牛仔裤和白色旅游鞋的花丽云来说，简直如履平地。肩头的包里有她孝敬父亲的伏牛牌高级香烟，五十块钱一条；有孝敬母亲的一套恒源祥牌高级纯棉内衣，六十块钱一套；有送给弟弟的一本《英汉词典》和一套牛仔服，价值一百二十块钱。这些东西都是她临上车前购买的。更重要的是，她贴身穿着的衬衣兜里，还装有十张百元大钞哩。带着如此丰富的内容回家，一家人不知要高兴成什么样子呢。回家后，千万交代一家人要做好保密工作，若是叫花儿沟的人都知道了，还不把老少爷们儿、七大姑八大姨的眼球都羡慕掉了啊。

后来每当她回想起第一次回花儿沟的经历，总有一种酸楚的感觉——父亲喜上眉梢，拿着花丽云孝敬他的纸烟逢人就发，说是丫头带回来的，请大伙尝尝；母亲捧着粉色的内衣，埋怨她有几个子儿就乱花，不懂省着过日子，她说俺这身子，也配穿这么好看的衣裳啊？放假在家的弟弟迫不及待穿上崭新的牛仔服，对着镜子瞧来瞧去，末了，回头对站在一边的姐姐说，要是能配上姐姐那样一双旅游鞋，就更棒了。试试姐姐的，能穿的话给你好了，花丽云脱下旅游鞋说。她不是没想到给弟弟买旅游鞋，实在是因为钱花得有点心疼啊。弟弟果然试了，无奈他的脚实在太大，最后失望地瞧着她说，总不能配着布鞋穿吧？下次姐姐回来，一定买双李宁牌的送给你。花丽云嘴上这么说，心里却有点生气了，十五六岁就对穿着挑肥拣瘦，长大还怎么得了？等放暑假，一定领他到雀城看看，提醒他不好好念书，即使混进雀城，也只能在建筑工地出出苦力，或到车站码头扛扛麻包，至于进写字楼、坐办公室，做大头梦去吧。过年在家的日子，过得很快，稍微一晃就过了大年初二。初三一大早，她告别父母，在弟弟的陪伴下再次走到黑龙镇，登上前往雀城的长途客车。在通往黑龙镇的路上她把在雀城的心得体会和想法，同弟弟谈了。弟弟频频点头称是。她说放暑假了，你来雀城过夏天，姐带你好好逛逛雀城。弟弟说放心吧姐，我一定要考到雀城去念大学。见弟弟对她发了誓言，买好车票等车时一高兴，她又花掉一百二十块，给弟弟买了一双蓝白相间的旅游鞋。

回雀城的当天晚上，花丽云去公共浴室洗了个淋浴，回小披屋略施粉黛，提上五斤花儿沟的特产——板栗，包了个一百元的红包，敲响了冯姐家的门。

“我的傻妮儿，”冯姐隔着防盗门的猫眼看了看后拧开门锁惊呼道：“怎么初三就跑回来了？”

放下板栗，她先问候冯姐新年好，又说我们花儿沟的板栗可香啦，带点回来让冯姐尝尝。嘿，大老远的，冯姐说不嫌沉啊。哎，我罗哥呢？花丽云把冯姐家的客厅巡视一遍，问道。他还能干啥？冯姐坐到花丽云身边，拿来糖、瓜子、水果，说喝酒去了呗。家里还好吧？冯姐剥开一个鄂尔多斯奶糖递给她，又问，农村的年过得热闹吧？热闹。她问，小冬呢？小冬是冯姐的宝贝儿子，八岁，正在读小学二年级。冯姐朝里屋努努嘴，低声说正在做寒假作业。过了一会儿，冯姐说，昨天罗成功刚弄成了一笔五万的生意，制作路牌广告，正愁着人手不够用呢。真的？花丽云高兴得差一点叫起来，对冯姐说明天我们就上班干吧。两人正说着话，小冬从里屋出来了，很懂礼貌地叫了花丽云一声阿姨。哎。她脆生生地应了一声，起身走到小冬身边，掏出准备好的红包，说这是阿姨的压岁钱。小冬说什么都不肯要。这时，冯姐走过来，心想这丫头聪明着呢。冯姐说丽云阿姨给的，拿上吧，快谢谢阿姨！小冬拍起小手谢了花丽云，说这下可有钱买《奥特曼》看啦。

出了冯姐家的楼洞，花丽云上了28路电车。路上，她的脑子过电影似的，把花儿沟之旅和刚刚拜访冯姐家的细枝末节，悄悄过了一遍，发现与事先的构想，完全吻合，一点差错都没出。

忙过路牌广告，花丽云每天都有打不完的字。嗒嗒嗒，她的指尖不停地敲击着键盘；嗒嗒嗒，跳入屏幕的文字，一跳一跳的，如同花儿沟夜空的星星，闪烁着她对生活所怀有的躁动的光芒；嗒嗒嗒……时光在那种马蹄般疾速的奔跑当中，悄悄完成了季节的转换。当桃花、李花竞相斗艳的时候，寒冷也正从雀城的街头逐渐隐退，春天过去了，接着夏天来了。大概快到秋天的时候，一天花丽云下班回家，正准备烧点热水擦洗身子时，八个多月没有音信的花小艳，突然敲响了小披屋的木门。

那是一个临近黄昏的时刻,小披屋已亮起昏暗的灯光。突兀而来的响声,把只穿了三点式内衣的花丽云吓了一跳。她光着小脚,轻声跳到门后,对准木门上一个针眼大的小孔,瞅见花小艳。针孔类似防盗门上的猫眼,是花丽云在木板缝隙之间制成的一个足以忽略不计的小孔。

花丽云拉开木门,将身子躲在木门后面叫道:“小艳姐!可见到你了啊。”

“丽云?”花小艳一愣,见面前散开一头黑发的女人,的确是花丽云的时候,她的心头不知被什么东西触动了。触动,然后惊诧,是花小艳再次目睹花丽云身体后,发自眼球深处的最大感觉。她颀长的脖颈后面,衬托着散落在肩胛的黑发,柔和的肤色看去毛茸茸的,跟抹了奶油似的。最让花小艳惊心的,怕是花丽云淡蓝色的文胸了,两瓣纹饰精美的花骨朵,在细长的布条牵引下,鬼斧神工地雕刻出一条深深的乳沟,使她妙不可言的乳房,有了呼之欲出的样子。当然,花小艳的目光很快抹过她平坦的小腹,与文胸同样色泽的丁字裤,仿佛一抹浮动在她胯骨和大腿之间的云彩,装扮出她的婀娜,点缀出她的风姿。花丽云惊艳的体态,逼迫花小艳不得不收回自己的目光。与此同时,她竭力掩饰内心泛起的波澜,装作若无其事的样子,对花丽云说:“我还以为你早搬走了呢。”

“坐,快坐啊。”花丽云慌乱中抓过米色的连衣裙,从头上套下来,她说,“正准备擦澡呢。”

花小艳没有落座,她站在铁床前面,巡视了一圈小披屋。在这里,她独自居住了三年零九个月,又和花丽云一起住了三个多月,加在一起住了四年。因而对小披屋的一砖一瓦,她都了如指掌。

去年,那个纷纷扬扬的大雪之夜,对两个来自花儿沟的女孩来说,或许是她们一生中最重要的一天。谁也不可能料到事情来得那么突然,包括花丽云,包括花小艳。事后回想起来,她们可以把它看作一种柳暗花明,也可以把它视为一种命中注定。几乎带着同样致命的诱惑,或对未来的甜蜜憧憬,她们各自推着生存的石头,从下至上,滚向一座象征幸福的峰峦,这一推就是八个月。

其实,那场大雪在花丽云起床第一次准备上班的时候,就在早晨刺目的阳光中止住了脚步。花小艳没有回来过夜,她不会出什么事了吧?这是闯入花丽云脑际的第一个念头。她来不及多想,床头的石英表已匆匆指向八点三十分。她穿好衣服,用凉水抹了把脸,连牙都没来得及刷,就踏着雀城被阳光普照的积雪,直奔打字店去了。晚上回家,小披屋明显空荡了许多,仔细一瞧,属于花小艳的东西全都不在了,而花丽云的被褥、枕头、枕巾叠放得十分整齐。显然,花小艳临走前,精心收拾过屋子。在红色的枕巾上,她看到了那张纸条:丽云,原谅我的不辞而别,看来伏牛山大酒店的事,我弄不成了。你自己想办法吧。小披屋你住吧,租金我已交到年底。纸条上的字迹歪歪扭扭的,十分潦草,显然是匆匆而就。小艳姐,我有工作了啊。她双手捂住脸,任纸条轻轻飘落到脚下,我不怨你啊,我怎么会怨你呢?她在低声倾诉的同时,泪水涌出了她的指缝。

此时此刻,面对站在屋子中央的花小艳,花丽云有多少话要对她说,多得就像夏天涨潮的河水,怎么流都流不完啊,但真正想说的时候,又不知从何说起,半天都没说出一句话。

"小艳姐……"花丽云鼻子一酸,长长的睫毛挂上了泪花。

就是现在,来自花儿沟的花丽云小姐,走在弥漫了细碎柳絮的雀城街头,也弄不清睫毛上的泪花,暗含的是喜悦呢还是惊愕。

四

神思恍惚的花小艳,对自己曾经居住过的小披屋所进行的突然造访,可能连她本人也找不出令人信服的理由。是怀旧,还是看望花丽云?似乎是,又似乎不是。接连两个星期,她都没有见过涂总的踪影了。他去哪儿了?出差了?出差也得招呼一声啊!花小艳待在红枫小区的公寓里,终日无所事事。每天除了料理自己的一日三餐,其余时间她大多躺在床上,借那些没完没了的电视剧打发时光。

红枫小区离雀城市中心很远,坐7路有轨电车,不塞车的话,起码要走一个钟头。具体乘车的过程,花小艳没有亲身体验过,是涂总告诉她的。因为自从她在那个雪过天晴的午后,被涂总亲自驾驶红色桑塔纳轿车接进这座塔楼之后,她的活动半径就被严格控制在红枫小区内。涂总警告她,一旦发现出了小区大门,你想要的一切,就都全他妈的打水漂了,连个响声都听不到,懂了吗?别以为我不在,就能骗我,小区大门口装着监视器,一天二十四小时录像,出不出大门一看就知道。为证实涂总的说法,花小艳有意走近红枫小区的大门,用目光在红色大理石砌成的门框上,来回巡视了好几遍,最终在保安值班室高高的屋檐下,看到了那个来回摆动的玩意儿。就这么一个破玩意儿,真能把人录进去?她走近一个年轻的保安,指指头顶的探头问他:那东西能录像?怎么不能?保安笑着指了指身后,说不信你去看看。保安身后的墙壁内,镶着一个很小的彩色电视屏。花小艳走近一看,果然在屏幕上瞧见了自己的身影。

或许是女人某种天生的敏感,花小艳立即感觉到了保安灼热的目光,她嫣然回首一笑,匆匆从保安的身后离开。

当然花小艳走路的姿态,绝对不是表演给保安看的。那是花儿沟女孩独有的步履,凹凸有致的身材,收放自如的背臀曲线,永远充满着一种水草般天生的柔美与舒展,如果再配上染成栗色的头发,穿上紧身衣裤和高跟鞋,一摇三晃而来的绰约风姿,不叫雀城的老少爷们儿暗自叫绝、大流鼻血才见鬼呢。她们得天独厚的胴体,或许与来自深山老林的遗传基因有关。居住在花儿沟的人,谁走的不是一辈子山路?即便一命呜呼了,棺材也要爬山下坡,最后放进高高的南山坡,埋了了事。十六岁来到雀城之后,花小艳瞧着流光溢彩的城市街头、铺天盖地的高楼大厦、琳琅满目的购物中心,内心那种不可名状的强烈反差,不止一次逼迫躺在小披屋里的花小艳,梦想有一天能够成为雀城的一员,能身穿干净整洁的裙子,挎上红色的小坤包,撩起裙子腿一骗,跨上自行车去某个地方上班。她幻想能按时领到薪水,租一间干净敞亮的楼房,把洗好的花花绿绿的衣物,挂进阳光明媚的阳台,再找一个可以依靠的男人,丑一点,老一点,都没什么关系,关键得有雀城户口,然后和他生儿育女……起初来到雀城,花小艳什么活没做过呢?她在餐馆洗过盘子,把一双细腻的小手,洗得手心手背龟裂成可怜的爆米花,还时不时叫黑心的老板克扣工钱。一怒之下,她愤然炒了餐馆老板的鱿鱼,开始了女扮男装拾破烂的生涯。她白天睡觉,晚上出动,头戴帽子,故意套一身气味刺鼻的衣服,手提蛇皮袋,沿雀城的楼洞捡破烂儿。要知道,捡破烂也不是什么好活,她抢了旁人的地盘,自然引起同行的注意和嫉恨。扮成男人捡破烂,冷天还好说,衣服厚一点,只要不出声儿,谁的目光会穿透她厚厚的衣服,看到她的女儿身呢?但到了热天,总不能还穿冷天的衣服去捡吧,那还不捂出蛆来呀。尽管热天的花小艳依然一身的长衣长裤,但她隐在衣裤后面的身子,还是引起一个四十多岁捡破烂的乡下汉子的注意。她掏楼洞时撅起屁股,圆滚滚的,一眼被那个跟踪她好几天的乡下汉子识破了。一天深夜,那个躲在树丛后的乡下汉子,看看四周没人,冲出树丛,从后面一把抱住了花小艳。当时她本能地惊叫一声,用胳膊肘,狠狠顶了那个乡下汉子一把,撒腿就跑。等她奔回自己的小披屋时,汗水早已溻湿她的衣服。脱掉衣服,她感觉乳房传来火辣辣的疼痛。低头一看,发现两只桃子似的乳房上,有了好几道红红的印迹。那天晚上花小艳哭了,这是她到雀城两年多来第一次哭泣。

有了那次受到骚扰的切身体会,花小艳决定晚上不再出门。她细细算了算,一年多破烂捡下来,除了吃穿日常花销和房租水电费,银行有了三千多块存款。省一点,就是啥也不做,这笔钱也够自己在雀城生活一年啦。花小艳在那个夏天最热的时间,给自己放了一次长假。她白天在屋里睡觉,晚上坐在门口的杨树下乘凉,一天吃一顿青菜煮面条,余下的大都靠黄瓜、番茄、西瓜、桃子果腹。当然,偶尔嘴馋了,肚里没有油水，她也会一狠心，破费去街头割一斤猪肉，红烧一碗，美美地吃得嘴角挂油。

那年夏天，雀城的水果出奇地便宜，两块钱一个西瓜，十五六斤，放开吃，能吃多少？大约到水果开始涨价的时候，与花小艳经常在一起乘凉的大妈，把她引荐给了伏牛山大酒店的总经理涂总，大妈曾是涂总的小学老师。

涂总胖胖的，个头不高，剃着雀城眼下流行的板寸头，整天笑眯眯地叼着烟卷。他的脸型上小下大，两侧的太阳穴往里凹陷，像一边削了一刀的面团。他的两腮高高隆起，说话时一颤一颤的，话说得越多，颤动的频率越快，同时深陷的嘴角，还会泛起白沫。第一次见到涂总，花小艳十分谨慎，目光哆哆嗦嗦的，整个过程始终没敢正眼瞅一下坐在老板桌后面皮转椅上的涂总。

应当说，在雀城花小艳找到了自己的位置，她喜欢宾馆服务员这份工作。经过短暂的培训，她穿上宾馆统一的工作服，偷偷来到盥洗室，对着墙镜一照，发现镜子里的花小艳，一点不比伏牛山酒店其他服务员逊色。她冲镜子做了一个愉快的鬼脸，开始一天的工作。清洗卫生间、抹桌子、倒垃圾、换卧具……这些琐碎而具体的工作，花小艳做得津津有味一丝不苟，经常受到客房经理的表扬。没事的时候，待在值班室，看看电视，喝喝茶，太阳晒不到，雨水淋不着，一个月下来五百出头的薪水，令花小艳欣喜若狂。每月十号，她签名领到薪水后，会准时给远在花儿沟的父母寄上一百元。余下的除去日常开支，略有节余。到了那年元旦，花小艳一咬牙，买了辆女式的凤凰牌自行车。断断续续独自练了三天，最后腿轻轻一抬，她整个身子就落在两个闪闪发光的轮子上，不自觉地骑出了蓝镜小区，一直骑到雀城市中心，真正以一种悠闲自得的目光，将夜色中异彩纷呈的红墟大道，像看电影似的，从头欣赏到尾。后来感觉时间差不多了，她又骑车回到伏牛山大酒店上班。

那一天，花小艳上夜班，熬到后半夜三点多钟时，她趴在桌子上，头一歪浅浅地睡着了。在睡梦中，她看见一个身材高大的男孩，从后面偷偷搂住自己，吻了她细长的脖颈。醒来后，脖子后面还能感到那种微凉的滋味，与此同时她的下身一热，她的老朋友如期而来。

就这样时间一点点过去，花小艳的皮肤白了，隐隐地透出粉嫩的光泽。她的手细腻柔滑，指甲上染上了蔻红。湿湿的手心若是在值班室的玻璃上印一下，漂亮的手印，水灵灵的，还透着窗外静谧的景致。这个时期，花小艳心情舒畅，身体健壮。她骑着"凤凰"在雀城的大街小巷，飞来飞去，沿路洒下的是一种灵与肉都弥漫了雀城女孩风韵的气息。她每月按时寄回家中的钞票，引起了花儿沟人们心中的强烈地震。一月一百，一年就是一千二啊。一年三百六十五天，从头忙到尾，从早忙到黑，整个花儿沟一千多口人，谁能靠一亩三分薄地，收获如此之多花花绿绿的钞票来啊！于是，来自花儿沟的信，雪片一样朝伏牛山大酒店飞来，内容只有一个，求花小艳帮个忙，帮家里的孩子找份工作。其中，有一封是花丽云写来的。瞧着一堆颜色各异的信封，花小艳淡然一笑，划着了火柴，在小披屋门口的花池旁，让火焰将它们化成了灰烬。哼，有本事自己来闯啊。唯独留下的那封是花丽云写来的。她告诉花小艳，没考上大学，想来雀城看看，能否帮忙找点事做。念着与花丽云从小一起长大的情谊，花小艳二话没说，告诉花丽云地址，对她说来吧。花丽云来到小披屋一个月后，花小艳单独走进涂总的办公室，问涂总老家来了一个女同学，看能不能来伏牛山大酒店找点事做？

没想到涂总抬起肥厚的眼睑，射出两道令花小艳心惊胆战的目光，他说："有你长得漂亮吗？"

花小艳没有正面回答涂总的问题。她感觉有点透不过气来，对涂总微微一笑，不知怎么地羞红了脸颊。丽云，当然比我漂亮多了，花小艳的脑子迅速转了好几个圈，心想：丽云要是换下花儿沟穿来的衣裳，稍微拾掇一把，伏牛山大酒店四十多个女孩，论长相谁个能与她相敌啊？

"说啊，小艳。"涂总说。

“我只是随便问问。”花小艳说。他的目光怎么了？哪儿不能看，非得直勾勾瞄向人家的胸脯。她低头看看胸前的工装，扣子很严，没什么异常情况呀。

“坐啊，小艳。”涂总做了一个请的手势。花小艳不好拒绝，远远地在涂总对面的沙发上坐下。她两膝并拢，双手放在膝上。涂总点燃一支烟，目光变得平和一些。他问花小艳：来酒店工作有什么感受，能说给我听听吗？花小艳回答说挺好的。我听说你干得不错啊，涂总说客房的活辛苦一点。辛苦？花小艳说不辛苦，一点都不辛苦。真的？涂总说小艳，还是我们酒店养人啊，不到一年，我都不敢认你啦。他说不敢认我是什么意思？花小艳轻轻咬着嘴唇，眉梢微微一挑，斜睨了涂总一眼。那天涂总除了目光有点不老实，并没有过分的举动。他问了花小艳家庭的一些情况，她都作了谨小慎微的回答。直到她后退着走出办公室，涂总只字没提花丽云工作的事。

她有你长得漂亮吗？花小艳躺在花丽云的身边，脑际一遍接一遍放映涂总语意暧昧的镜头。事实摆在那儿，丽云不仅个头高挑，随便找个地方一站，起码要高出自己半个脑袋，说话还慢条斯理，声音像花儿沟林中的小鸟一样，悦耳动听。多念了几年书，给人的感觉不一样，就是不一样。跟收音机学普通话，不出两个月，丽云说得字正腔圆。她花小艳到雀城四个多年头了，普通话说得自我感觉还行，但情绪稍稍激动，花儿沟土得掉渣的腔调，便时不时冒出来将她吓一大跳。每次花丽云催她，她总是要她再等等，不是托词涂总出差不在家，就是说他住院了。说实话，花小艳不是故意拖延，而是涂总的问题，阻挡了她努力的步伐。花丽云啊，你别以为雀城好混，瞧瞧歌舞厅、美容厅、桑拿室里，那些袒胸露乳的女孩，说好听点叫三陪小姐，说难听点叫婊子。这年头，要是有点门道，谁愿意在那里靠卖肉吃饭？

印象中没过多久，雀城的冬天就来了。等在小披屋里的花丽云，话说得越来越少。寒冷的北风透过小披屋的缝隙，瑟瑟而来，弄得花丽云时常像只蜷缩一团的小猫，裹在被窝里。从她的表情中，花小艳读到了无奈或失望。再拖一段,说不定她要回花儿沟的。花小艳心想当初为什么不把她的信也烧掉呢？要不她怎么会来烦我？还动不动给我脸色看,好像谁欠了她五斗红高粱似的,烦不烦啊？

花小艳想归想,却从未在花丽云面前表露出不耐烦。不过有一点确定无疑,她很少待在小披屋,每天除了回屋睡觉,她喜欢待在伏牛山大酒店里,和姐妹们聊聊天,看看电视,很少能想到小披屋中正在苦苦等待的花丽云。

此外,伏牛山大酒店四季如春,不管户外怎么天寒地冻,穿一件薄薄的羊毛衫待在酒店里,背心也会渗出细小的汗珠。那天,雀城纷纷扬扬的大雪,整整持续了一天,临近花小艳下班的时候,还没有一点终止的迹象。花小艳站在五楼值班室的窗口,心头一惊,她想,小披屋的石棉瓦不会被大雪压塌吧？茫茫的天空混沌一片。街对面的楼房、树木看上去影影绰绰的。接班的王小琴还没来,她是不是堵车了？就在花小艳这样想的时候,涂总的电话打进了五楼值班室。花小艳一愣,迅速拿起话筒。涂总说王小琴请病假了,要她替班到明天早上。好呀,花小艳心里一乐,正不想回小披屋挨冻呢。她说反正一个人,在哪儿不是过啊。“好好,”涂总莫名其妙地来了一句,“小艳,你说说看,今天的雪是不是下疯了？”

最后涂总在电话里,叫她去他的办公室一趟。接完电话,花小艳的身子微微一抖,眼珠轻轻一跳,雀城被白雪照亮的夜色,就将一个来自花儿沟的女孩深深裹了进去。其实,同时裹进夜色的还有另一个花儿沟女孩,只不过她们彼此不知道罢了。

涂总的办公室在二楼最南端的那个房间。花小艳轻声说了声好之后,心跳加快,立刻有了透不过气来的感觉。来不及多想,她走出值班室,沿铺了厚厚红地毯的楼梯,迈着飞快的碎步,来到涂总办公室大门口。她准备按响门铃的时候,门自动打开了,舌头一卷似的将她卷进了室内。关门的那一瞬间,她朝门外睃了一眼,楼道内空空荡荡,一个人影也没见到。她正暗自庆幸没人看见的时候,涂总顺手从后面一把抱住她，在她染成栗色的头发上，大口大口吸吮起来。他粗重的鼻息热气腾腾，一会儿移到她的脖颈后面，一会儿含住她肉乎乎的耳垂。他的舌尖掠过紫红色的玛瑙耳丁，直奔她的耳洞而去，并在那里来回搅动起来。不不，她扭动着身子，低声说涂总不啊。花小艳扭动的身子，让涂总兴奋不已。他哼哼唧唧的，趁她不备，两只肥厚的手掌，突然从她毛衣的下摆伸进去，盈盈地握住了她那对结实的乳房。不啊，花小艳叫着，脑子里蓦地出现了那个捡破烂的乡下汉子。她缓缓地闭上了眼睛。那双手真是烫啊。哎，不会轻点吗，捏痛了啊。她身子扭动的幅度小了。可能是涂总嫌从后面搂抱的姿势过于单调，正想转过她的身子，以便从正面发动进攻时，她的身子往下一蹲，轻而易举地躲过了涂总的手臂。再一跳，轻捷如燕的花小艳，跳出一段距离后，扯了扯被涂总弄乱的毛衣，气喘吁吁地瞧着涂总。小艳，涂总招招手，说过来。不！她一步步往后退，说不行啊，你是老总。老总怎么啦？涂总一步步紧逼过来，说老总也是人啊。你别过来，花小艳后退的步子加快了，她说你有老婆孩子，涂总，千万别做对不起他们的事。屁话！涂总俯冲过来，差一点抓住了她的毛衣。对得起他们？谁对得起我？老子要对得起自己！花小艳跑到老板桌后面，瞧着涂总说，我不能，将来我还要嫁人的。小艳，涂总显然失去了耐心，他小跑着向花小艳追过来，听话，快过来。围绕着老板桌，一个跑，一个追，跟玩游戏似的，他们跑了一圈，接着又跑了一圈。别跑啊，小艳。涂总说再跑，我就要累死了。可能跑到第十圈的时候，涂总不跑了，他大汗淋漓，一屁股坐到皮转椅上，拉开抽屉，将头枕在高高的椅背上，嘿嘿地笑着对站在老板桌那边的花小艳说："我不跑了，反正你也出不去。"

花小艳小步往后退，等身子靠近办公室大门，她猛地一拧门锁，锁岿然不动，她又来回扭了几下，最后只好失望地回过头来，瞧着正靠在椅背上喘息不止的涂总。

"没我的指纹，谁也甭想把门打开。"涂总抓过桌上的茶杯，咕咕嘟嘟灌了一气，然后把茶杯往桌子上"咚"地一蹾，对花小艳说，"小艳，你看看,窗外的雪是不是下疯了啊?”

“让我走吧,涂总。”花小艳的眼角湿了。她的语气中,明显有了苦苦哀求的成分。她不能大声呼叫,更不能引起人们的注意。如果闹得满城风雨,不仅坏了名声,也意味着失去闯荡雀城四年至今来之不易的一切。

“小艳,我涂某人绝对不会亏待你的。”涂总说着,从抽屉里掏出一沓厚厚的人民币,甩在桌面上,对依旧站在门后的花小艳说,“从现在开始,你脱一件衣服,给你一万!”

花小艳眼睛一亮。那是不可阻挡的一亮、情不自禁的一亮。一万?脱一件衣服一万?内衣算不算?她抹了一把挂上睫毛的泪珠,对涂总说:“不啊……”

她再次说“不啊”的时候,从脸色到目光都有了那种只能意会不可言传的表情。涂某人一向老奸巨猾、久经女色,他隐藏在肥嘟嘟眼睑后面的目光,对此怎能视而不见?他抓起桌上的钞票,“唰”地甩出一条惊艳的弧线,落到花小艳的脚下。真的?花小艳盯着脚下的钞票。真的!脱不脱?不就是一件衣服吗?她闭上眼睛,两手反剪,拽住羊毛衫的下摆,轻轻一提,头就从里面露了出来。扔过来,涂总笑眯眯的,说扔过来啊。这个时候花小艳的思维似乎停止了运转,她十分听话地将脱下的羊毛衫抛出,准确地投到了涂总的头部。涂总没有食言,他们一次接一次重复刚刚玩过的游戏。等花小艳红色的高跟皮鞋下面落下第三沓钞票时,呈现在涂总视线里玄妙无比的胴体,只剩下十分简洁的内衣了。

“来啊,”涂总招招手,说,“小艳,你过来。”

她过去了,一摇三晃,走向老板桌。那是一段能够意会的心理距离,走过去意味着什么呢?花小艳不知道。她压根没有时间思考。一步又一步。花小艳当时的步态,如同后来她在电视里看到的内衣时装秀,所不同的是,模特们蹀躞着风姿绰约的猫步走向的是观众,而她走向的却是把握她命运的涂总。

涂总的手臂轻轻一搂，花小艳顺势坐到了他的腿上。

他把她抱进了办公室里暗藏的套间。

整个过程的确如此简单，简单得如同花儿沟夜间，远远传来的一两声空旷的狗吠。等一切平息下来，她发现刚刚过去的事情，和花儿沟的猫和猫、狗和狗的交尾，没什么区别。除了那种短暂的刺痛之感，她似乎再没有感觉到什么。一切，在汗水和气喘吁吁中结束了。唯独留下的，怕是那朵绽放在白色床单之上的色彩绚丽的玫瑰了。懵懂无知的花小艳，最初还以为是老朋友又来造访了呢，直到后来她住进红枫小区，才从电视剧里了解到，那是一个女人一生中唯一一次绽放的生命之花。

五

要不是花小艳贸然闯入，正一点点融入雀城的花丽云，怎么会遇上包大光呢？时至今日，花丽云也没弄明白，花小艳为什么要在那天去酒吧花钱买醉。

那天，花丽云套上淡青色的连衣裙，蹬上红色皮凉鞋，涂了点口红之后，就随花小艳坐上出租车，很快来到流光溢彩的红墟大道，走进了雀城夜生活的内部。

包大光出现的时候，花小艳两腮绯红，有了明显的醉意。她时而肆无忌惮地咯咯大笑，时而沉默不语，任眼角的泪水悄悄流淌。她怪异、夸张的举止，引起了人们的注意。花丽云低声提醒她，别喝了小艳姐，再喝怕要醉了。醉了？花小艳一把抓过面前的酒杯说，醉怕什么？她把玻璃杯靠近嘴唇，眼睛一抬，对花丽云说喝啊，不就是点酒吗？花丽云怕她不高兴，端起杯子象征性地湿了湿嘴唇。花小艳没有在意，她懒散地倒向身后的沙发，十指交叉抱住自己的脑袋，让起伏不定的目光，滑过跳动的烛光和酒吧中央翩翩起舞的身影。她一定碰上什么难处了啊。花丽云坐在花小艳的对面，心想要不她怎么会又哭又笑的呢？她想问，又觉得难以启齿。因为在这之前，她曾问起花小艳这么久了，都在忙什么，花小艳淡然一笑，说瞎混呗。凭女人天生的直觉，花丽云感到在花小艳身上，有许多不便透露的难言之隐。倒是花小艳问起自己的情况后，花丽云侃侃而谈，从雪夜传奇般的求职经历，到学会文字输入；从老板罗成功和老板娘冯姐，到回花儿沟探亲，一直说到工资收入。好啊，花小艳眼睛一亮，一把捉过花丽云的手，轻轻抚摸着说丽云，你太能干啦。能干什么呀，她把手从花小艳汗津津的手心抽出来，说当时要是再找不到事做，我怕要疯了。她告诉花小艳，自从看到她的那个纸条后，有好几个晚上她都没有睡好，她说一定是她把小艳姐逼急了，要不她怎么会不辞而别呢？瞧你想哪儿去了？花小艳说当时实在是没时间，又不知道你去了什么地方，便只好留了纸条。丽云，花小艳两手撑住下巴，抿起嘴唇，像是一时忘记了自己的不快，做出一个顽皮的微笑，问花丽云：你看我变了没有？变了呀，花丽云说，怎么没变？小艳姐，不是我夸你，你真是越变越漂亮了。刚才你站在小披屋门口时，我差一点都认不出你来了。光漂亮有什么用啊？花小艳欠了欠身子，靠近花丽云的耳边问她：有人追你了吗？花丽云一时没反应过来，等她弄明白花小艳的意思，脸上顿时有了那种火辣辣的感觉。她摇摇头，然后问花小艳：你呢？花小艳没有回答她的问题，举起面前的酒杯一饮而尽后，深深的眼眶内就出现了转动的泪光。她拿起一张餐巾纸，一面拭着眼泪，一面抖动着身子，然后咯咯咯地大笑起来。笑完，花小艳一把搂过花丽云的肩膀，以一种战栗的声音对她说，别在意啊，丽云，姐姐今天实在是高兴，多长时间没见你了？对对，八个月？不止，绝对不止八个月。你别插嘴好不好？那个日子我还记不清楚？那天雀城下着大雪，下啊下啊，下个没完没了。我说得对不对？对吧？长这么大谁见过那么大的雪？丽云你见过？反正我是没见过。你说说那天的雪是不是下疯了啊？花小艳手舞足蹈，连珠炮似的发出一串声嘶力竭的喊叫。这时，酒吧的老板走过来，微微俯下身，彬彬有礼地对花小艳说小姐，客人们提意见了。意见？花小艳从身后拿过随身带来的小坤包，“哗啦”一声拉开，抽出一叠塞到老板手里，说老娘有钱，不会短你的知道不？她说话的声音，有了明显模仿宋丹丹的意味，逗得整个酒吧大厅发出一阵哄堂大笑。老板见势不妙，放下手里的钱，连声说对不起，对不起，退出了花小艳的视线。

这会儿，两手抱着后脑勺的花小艳，显然睡着了。她圆润的手臂紧贴沙发后背，在蜡烛跳动的火光里，发出莹莹的光泽。细细的裙子背带一条滑到脖子，另一条滑下她浑圆的肩胛。她慵懒的睡姿和光洁的手臂，究竟引来过多少陌生男人的目光，谁也无从得知。花丽云走近花小艳，帮她整理了一下裙子的下摆和背带。

恰好在这个时候，包大光走过来了，他冲花丽云微微一笑，露出洁白整齐的牙齿，说：“我能在这儿坐一会儿吗？”

面对一个陌生男人的突然搭讪，花丽云一时不知所措。她微笑着用疑惑的目光撩了他一眼，既没点头同意，又找不出拒绝的理由。他手持啤酒杯，径自在花丽云的对面坐下，自我介绍他叫包大光，然后话锋一转问花丽云：你呢？或许出于某种礼貌吧，她报出了自己的名字。你的朋友，他瞧着熟睡中的花小艳，对花丽云说挺有个性的！咋的啦？花小艳一挥手，换了个睡姿，大声道，说我哪？花小艳怪怪的声音，将他们吓了一跳。花丽云贴近花小艳的耳边低声说，小艳姐，送你回家吧？回家？她说，回家干吗？说完，头一歪又沉沉地睡去了。

好在有包大光帮忙，要不她一个人怎么可以将烂醉如泥的花小艳，弄进自己的小披屋呢？那天晚上，她是背着花小艳下楼的。站在一边的包大光对她说，还是你背吧，我背不好吧？当然是我背啦，叫你背是什么事啊？花丽云蹲到沙发边上，对花小艳说走，我背你回家。她拉过花小艳的手臂绕到自己的脖子上，两手托住花小艳的屁股，一使劲从地上站了起来。走到吧台旁边时，老板黑下脸，拦住了两个花儿沟女孩：嘿，我说你俩账谁结啊？记我账上，包大光对老板说。好好，麻烦包老板签个单吧。老板递上账单，立马换了一副点头哈腰的样子，说见笑见笑，咱做的是小本生意，实在不好意思，不好意思了。

回小披屋的路上，花丽云终于可以松口气了。她坐在包大光轿车的后座上，腿和小腹交叉的部位枕着花小艳的脑袋。花小艳侧身蜷缩着，高高耸起的胯骨上覆盖着裙子，将一双套有丝袜的腿，暴露无遗地呈现在雀城透进车窗的夜色里。很快，包大光驾驶的汽车，就鱼似的从蓝镜路高架上游下来。从上车到现在，花丽云的精神始终处于高度紧张的状态，她真担心他会把车开往一个陌生的地方，然后图谋不轨。这种事，耳闻目睹的还少吗？她想过了，一旦出现类似的情况，她就叫，就喊，就拼着命奔跑，就去打110报警电话。轿车颠簸了一下，到了花丽云上班的地方。一个月以前，这个地方不再叫打字复印店了，冯姐把原先的名字，改成了蓝镜广告印务有限公司，还制作了又高又大的招牌，装了霓虹灯，看上去气派得不得了。

这时候，闪烁迷离的霓虹灯，正亲昵地透过车窗瞧着花丽云呢。她伸手点了点包大光的肩头，说看那儿，我在那里面上班。哦，蓝镜公司，包大光瞥了一眼，记下那个名字。接着，轿车驶进了她住的蓝镜小区。

“怎么，就住在这种地方？”

见包大光这么问她，花丽云心头一惊，意识到自己犯了一个不可原谅的错误。她应当直接把花小艳送回她的住处才是啊。她把花小艳放上铁床，转身来到门口，冲站在轿车旁边的包大光摆摆手说：“再见，路上小心点儿。”

“晚安。”包大光说着打开车门，钻进去走了。

就这样，包大光走进了花丽云的视线。在接下来的一个多月中，他们先后有过七次约会。每次晚上下班前，包大光的轿车会准时出现在蓝镜小区门口，接她出去一起吃饭、看电影、逛雀城公园，然后十点以前，在花丽云的再三请求下，送她回蓝镜小区。拜拜。下车前，花丽云总是迅速打开车门，对包大光说完拜拜之后，像麋鹿似的跑出包大光的视线。她不想，也不能请他进小披屋坐坐。一间屁股大的一块地方，一男一女坐在里面，谁能保证不出什么事儿呢？她清楚他们之间的差距，如果说包大光是一只能够展翅翱翔的雄鹰，那么她花丽云不过是花儿沟草丛中的一只蛐蛐罢了。可她喜欢包大光，从他端着啤酒杯闯进她视线的那一刻起，不论是睡觉，还是坐在电脑跟前打字，她的眼前总是晃动着包大光的身影。他的确是一个颇有魅力的男人，一件纯棉T恤和笔挺的长裤，遮挡不住他微微凸起的小腹。他说他二十七岁，但看起来比实际年龄要小。更难能可贵的是，他至今还是独身一人。

包大光衣着整洁，性格内向，举手投足之间充溢着浓浓的书卷气息。他经营着一家在雀城颇有名气的画廊。他的画廊地处红墟大道东里，离那天晚上去过的酒吧不远，走路过去最多十来分钟。六年前，包大光从雀城师范大学美术专业毕业，分进雀城文化宫当美工，做了不到两年，就辞职出来，开了这家画廊。他说，他想做点自己想做的事。没想到，一不小心把事情闹大了，画廊越办越兴旺。他说大多数字画，都是叫那些大小官员买走的。他们用钱买他的字画，再用字画去搭建通往上层的阶梯。经过几次简单的转手，字画出手了，钞票却叫他包大光挣了。这些，都是包大光讲给她听的。他说丽云，如果可能的话，不妨到我的画廊来工作，我正想找个会打字的秘书呢。画廊的环境和冯姐那儿比起来，简直一个天上，一个地下。当时，花丽云有些犹豫了，她说冯姐一家待我不薄，我走了，有点对不起人家。包大光再没有勉强，他从屁股后面摘下一串钥匙，找出其中一个，转了一会儿，取下递给花丽云，说刚买的精装修房，三室一厅，闲也是闲着，要不你搬过去先住着？不成，花丽云慌了，她说，那怎么成呢？别在意嘛，包大光说本来就是闲着，打算出租的，如果实在过意不去，一个月付我一百块钱房租好了。真的？花丽云眼睛一亮，说，不过，我有个条件。说吧，包大光说你不说，我也猜到了，换把门锁，是吧？随后，包大光驾车来到离蓝镜高架路不远的绿原小区，两人直接坐电梯上到第十五层。包大光打开防盗门，打出一个请的手势，顽皮地对花丽云说："房子啊房子，你的公主驾到！"

“瞧你!”花丽云轻轻打了包大光的胳膊一下,“像小孩似的。”

包大光手臂上的汗毛很重,毛茸茸的,还带着一种微凉的感觉。呈现在花丽云眼前的景象,顿时让她的目光大放异彩。宽敞明亮的客厅,铺满雀城金色的阳光。枣红色的纯木地板明晃晃的,临窗摆放一溜胖嘟嘟的沙发,沙发上很随意地摆着一些可爱的动物玩具,有狮子、老虎、波斯猫,还有活灵活现的京巴狗儿,乍看上去都快成动物园啦。沙发对面是一台大屏幕彩电。哦,晚上有电视看啦?花丽云脱掉高跟鞋,穿着丝袜走进客厅那片令人眩晕的阳光,她感觉有点眼花缭乱。这时包大光轻轻扣上防盗门,打开了房间的空调。通往主卧、次卧、书房、厨房、卫生间的门,全都敞开着,里面摆放的家具油光可鉴,令花丽云目不暇接。她走进主卧室,那张宽大的席梦思大床,立刻充满了她整个视线。哇,这么大的床,叫人怎么睡啊?挨个参观了每个房间,花丽云心动了,却故意做出一副不高兴的样子,静静地瞧着包大光。

“怎么样,丽云?”包大光在沙发上坐下,笑眯眯地瞅着她问。

“不。”花丽云靠在墙上,突然说,“不,我不配住这么好的房子。”

她真担心自己一不小心会晕倒在包大光的木地板上。不配?包大光问她怎么不配。我不配,她移开目光,瞧着窗外的天空说。那么,谁配呢?包大光笑着说是我,还是你的那个朋友花小艳?反正不是我!花丽云噘起嘴唇,从窗外收回目光,她想从包大光眼中发现与自己内心吻合的目光,遗憾的是,花丽云失望了,因为她转回目光的那一瞬间,发现包大光灼热的目光,正沿她的脚踝,一点点往上爬,并在她小腹那儿滞留了片刻。

“谢谢你的好意!”花丽云走到门口,穿上高跟鞋,对包大光说,“我想,我该回我的小披屋去了。”

六

住进红枫小区的公寓至今，花小艳的肚子依旧与以前一样平坦。尽管上面洒满涂总辛勤耕耘的汗水，但见不到一点隆起的迹象。起初，涂总还没意识到什么，一个礼拜中，他总要抽空过来一至两个晚上。过来的次数没有定数，一般来说，视他的心情而定，情绪好了两次，不好了一次。来了，二话不说，宽衣解带，将花小艳弄到床上，在她的屁股底下垫上高高的枕头，开始做他梦寐以求的儿子梦。每次完事后，他都要花小艳用手抱住自己的双腿，撅起屁股躺上半个小时。有时候，她感觉难为情，会用被子遮挡一下，但涂总不愿意，过来一把扯掉不说，还骂骂咧咧的："你敢流出一滴来，小心我抽你！"

涂总的脾气没有他的面相和善。逐步了解他的底细后，花小艳如同一只温顺的小猫咪，战战兢兢地揣摸着主人的一举一动。涂总吓唬归吓唬，可从来没动过她一个手指头。她知道涂总心里难受，眼看奔五十的男人了，再不操心弄个儿子，耽搁下去，恐怕力不从心了。她觉得作为一个事业有成的男人，要弄一个儿子的想法，无可厚非。放在花儿沟，一个男人本事再大，天天睡在金山银窝里，若是身后无后，显然要矮人三分。他的老婆，花小艳没见过，听涂总说年轻时长得非常漂亮，是他费了九牛二虎之力，才追上并弄进洞房的。没料到的是那个女人，一连给他生了三个千金，差一点都快把他的鼻子气歪了。要不是后来计划生育严了，涂总说他还想生下去，为什么别人能弄出儿子来，他就不能？说到底，那会儿还是穷，涂总说当初要是跟如今一样有钱，他是不会在乎那个破饭碗的，大不了一个开除，可是那会儿不行啊，一家五口全指望他那点可怜的工资度日呢。涂总说这些的时候，眼睛都潮湿了。花小艳问他，不怕被老婆知道？生了，要是儿子，就说是从花儿沟领养的呗，涂总说她们要是敢说三道四，老子就给她们断奶！花小艳笑着说，男人哪有奶啊？还断奶呢。傻丫头，涂总握了握花小艳的乳房说，连这都不懂，老子的奶就是钞票！

一个人的时候，花小艳想起涂总的比喻，往往忍俊不禁。他的确有奶啊，要不他凭什么可以鬼使神差地叫她一件件脱掉身上的衣服？凭什么可以把她关在红枫公寓和他做那种事？不全凭他的奶吗？他给了房子，还给了那么多的钞票，理所应当能提出他的要求，实现他的想法啦。一次花小艳故意激他，生儿生女，这种事谁说得准啊？一听这话，涂总的脸立刻黑了下来，他捂着花小艳的嘴说，你要天天做梦，梦见蛇知道吧。蛇，你要不属蛇，老子还不选你呢。涂总说你以为你长得漂亮？比你漂亮的多了去了。梦见蛇，涂总问她，你梦见过蛇吧？她本想说自己最害怕蛇了，但转而一想为图涂总高兴，便说梦见过好多次，数都数不清，一条条缠着我，还伸出芯子舔过我呢。哈哈哈。涂总当时笑得非常开心，要花小艳把枕头拿过来垫好，他说他感觉自己又行了。一次接一次的床笫之战，见花小艳依旧光开花不结果，涂总的情绪一落千丈，他亲自驾车第一次把花小艳接出红枫小区，直奔离雀城不远的琴城，找到一个七十多岁的老中医。老中医把了两人脉象，又看了两人的舌苔。老中医瞧着一对老夫少妻，表情有点古怪，给他们大讲了一番阴阳平衡的道理。涂总问他有没有生男娃的方子。老中医摸着雪白的胡须说，怎么没有？只怕你经济上吃不消。多少？涂总眼睛放光，说来听听。老中医伸出一个手指，说一个疗程三个月下来，起码得这个数吧。一万？涂总问。差不多，少也少不到哪儿去。老中医要花小艳先出去，他有话要对涂总单独说。后来，果然不出花小艳所料，涂总花掉八千，拎回一大包中草药，然后一路兴冲冲地和花小艳返回雀城。老中医要涂总服药期间，尽量不同房或少同房，不喝酒，少抽烟，等阳气补足了，按老中医给出的方法算好日期，定能一举结束战斗。花小艳听了涂总复述的话，脸都红了。她说这个老中医好好流氓啊。傻丫头，涂总手握方向盘，腾出一只手，伸进了花小艳的裙子，说人要是不流氓，你我从哪里而来？

服药期间，涂总来红枫小区的次数果然少了。有时过来，大多陪花小艳看看电视，聊聊天，带一点花小艳平时爱吃的水果和零食。涂总的分寸把握得特好，探视的频率由过去的一星期改为十天。因为老中医再三告诫他：过于贪色，自然阳气不足，不就是三个月吗，忍一忍，没有过不去的坎儿。涂总不来红枫小区的时候，花小艳自然寂寞难当。实在忍不住了，她会往他办公室打电话，撒上一阵娇。娇一撒完，涂总手头没事，会驾车直奔红枫小区而来。来了，也没多少话要说，大眼瞪小眼的，反倒弄得两个人挺不好受。憋不住了，花小艳会踮起脚尖，搂住涂总的脖子，没命地吮吸一阵他烟味淡了许多的唾液，并把整个身子都吊到涂总的脖子上。毕竟他是睡过自己的男人，花儿沟哪一个女人被男人睡过了，不是死心塌地地嫁鸡随鸡、嫁狗随狗，并和他们生儿育女？末了，理智战胜欲望，涂总会一把推开泪光涟涟的花小艳，说再忍一忍吧，我的傻丫头！

涂总每天一服中药，一连吃到两个半月的时候，花小艳莫名其妙地同涂总失去了联系。蛰居在红枫小区的那些天，花小艳无时无刻不在扳着指头算日子。她巴望着早日完成涂总交给的任务，结束这种蛰居的日子，然后重返伏牛山大酒店，做她的服务员。涂总都答应了，红枫小区的公寓归她，并支付给她八万元——存进了红枫小区旁边的民生银行，存折上的确印有她的名字——到时候户口一办成，找个雀城的男人过日子，还不是随随便便的事儿！她早想好了，头胎万一是女孩，就偷偷送回花儿沟养起来，再想办法和他生。只要在雀城有房子，扎下根，给他做个娃儿，还不跟花儿沟桃树结个果子差不多？

涂总不会出什么事情吧？一天接一天，花小艳坐在家里，都快将涂总办公室的电话和手机打爆了，得到的回音，不是无人接听，就是“您呼叫的用户已关机”。她想把电话打给伏牛山酒店的同事，又怕他们听出自己的声音。涂总说过，千万别随便往别的地方打电话，现在的电话都有来电显示，乱打不是自取灭亡吗？没办法，花小艳只好在等待了漫长的二十一天之后，只身走出红枫小区的大门，乘出租来到红墟大道，找了一家街头电话亭，正准备拨号时，没料到自己的脑子一片空白，竟连伏牛山大酒店一个电话号码都想不起来了。愣怔了半天以后，她只好悻悻地离开。

再次坐上出租车，路过蓝镜高架桥的时候，花小艳瞧着雀城越来越浓的暮色，想到了花丽云，既然都到门口了，何不拐进去看看？

见到花丽云，内心那种深深的震撼平息之后，连花小艳自己也弄不清楚是哪根神经出了毛病，非要请她去酒吧吃饭。饭哪儿不能吃？整个雀城的饭馆比麻雀都多，随便找一家即可填饱肚子，可她却领着花丽云进了酒吧。在此以前，花小艳对酒吧一无所知，以为同酒店一样，是个能够吃饭喝酒的地方。事实上，酒吧有吃的，是西式套餐。西餐好啊，花小艳说长这么大，还没吃过呢。一听西餐，花丽云也来了劲，说就是，来份尝尝。她要了两份最贵的。雀城的酒吧为了追求经济效益，大多白天经营西餐，夜间喝酒、唱歌、跳舞。其实，花小艳兑了雪碧的干红（这种喝法是从涂总那儿学来的），吃西餐的时候便喝上了。待整个酒吧的人们真正开始喝酒玩乐的时候，花小艳一口接一口，早已经喝得大脑失去记忆了。至于接下来是怎么离开酒吧、怎么睡到花丽云床上的，事后花小艳回想起来一无所知。第二天上午，当她从一阵难以遏止的干渴中醒来，发现自己重新睡在那张刻骨铭心的铁床上时，她惊愕地从床上跳起来，重重地摔到了水泥地板上，半天都没有醒过神来。

花小艳那一跤摔得的确不轻。至今，她的屁股上还有两块青黑的印迹呢。

回到红枫小区的公寓，花小艳昏天昏地地一觉从中午睡到第二天中午。铺满卧室的阳光没什么特别，与往常一样刺得她睁不开眼睛。她撩开身上的毛巾被，看到身边大床空荡荡的，才突然意识到，自从睡上这张大床后，涂总还没有在上面睡过一个完整的夜晚，难怪怀不上呢。在这儿折腾完后，后半夜还得回到另一张床上去交公粮，他累不累啊？真的，他会去看红枫小区门口的录像吗？看就看吧，谁让他这么长时间不来不说，连声招呼也不打呢？我出去又不是做什么见不得人的事，是找他去的嘛。花小艳一丝不挂地走到窗前，眺望了一会儿雀城的蓝天白云。她不怕别人瞅见她的身子，因为窗外没有楼房。能够瞧见这个花儿沟女孩美丽的裸体的，只能是远方那座黛青色的东山了。

进浴室洗了澡，裹上新近洗过的睡衣，花小艳感觉肚子饿了，进厨房烧水泡了一袋米线。喂饱了肚子，她下楼到红枫小区的花园遛了一遭。午后的花园很静，阳光下月季、紫薇、杜鹃的花瓣上，萦绕着一些生性就喜欢拈花惹草的蝴蝶和蜜蜂。她怔怔地瞅了一会儿。这些嗡嗡飞舞的小精灵，如果没有它们，夏季的花瓣开得再娇再艳，又有什么意思呢？走过花池，踏上一条长长的鹅卵石铺就的甬道，再穿过一片小小的杉树林，回头一看，她发现自己竟又回到起先赏花的地方。花小艳自嘲地一笑，转身走进楼道，跨进电梯，回了家。

回到家后，花小艳一如既往地守着床头柜上的那部电话，然后打开电视机，一面看电视里的爱情，一面默默垂泪。每到此时此刻，她自然会想起来到雀城的一些事情。她想，与过去比起来，已经进入天堂了，先前想过的不就是这样的日子吗？住进楼房，衣食无忧。现在不都有了吗？怎么就感觉不到一丁点的快乐呢？当然，电视看累了，她会睡觉，睡醒了，再看电视。如此周而复始了一些日子以后，她去楼下的超市抱回一摞花花绿绿的油光纸，剪成一个个小方块，再叠成小三角，玩起了拼纸三角的游戏。凭借自己丰富的想象力，没到一星期，花小艳拼成了一只可爱的小刺猬。刺猬五颜六色，浑身长满小小的三角刺，摆在窗下的桌上，乍一看跟真的一样。花小艳有好几次梦见那只可爱的小刺猬在她的身上摸爬滚打来着呢！你这个小流氓，花小艳骂道，一把抓起闯进自己禁区的小刺猬，摔了出去。梦里的小刺猬吱吱咯咯的，叫得她心疼极了。她连忙起床，开始寻找小刺猬的时候，才发现原来那是一个梦。

哦，我的小刺猬！花小艳在心里呼唤着，现在只有你陪着我啦。你快快长大吧，我的宝宝，我的小心肝，我的肉尖尖……花小艳让小刺猬“成长”的方法其实很简单——每天在它身上的小三角刺上一个个再嫁接一层。一天一层。过一天,又一层。不知不觉小刺猬的身体开始发福,开始气球似的膨胀,直到占满整个桌面的时候,苦中作乐的花小艳,终于哑然失笑了。“我的小宝贝,你吃得太胖了,都快成小胖猪了,该给你减肥啦。”

于是,花小艳又一个接一个从刺猬的身上取下小三角,扔进纸盒。但谁能想到大胖子刺猬一层肥还没减掉,花小艳的房门就被一阵急促的门铃声叩响呢?

“涂总回家了!”花小艳奔向防盗门的动作十分敏捷,心想:“是他,肯定是他!”

门打开的那一瞬间,花小艳的眼泪都挂上睫毛了。

可呈现在她目光中的情景,差一点没叫花小艳晕倒在地。门口伫立着三个仪表威严的雀城检察官,他们问:“你叫花小艳?”

花小艳本能地点了点头。

“我们是雀城反贪局的。请带上你的日用品,跟我们走一趟!”

七

拒绝了包大光三室一厅的诱惑,花丽云的生活又进入既有的正常状态。一如既往地,她每天提前十五分钟来到蓝镜公司,扫地打开水,抹桌子整理文稿,做完上班前的准备工作以后,冯姐两口子新买的红色赛欧牌轿车,会准时出现在蓝镜公司门口的树荫下。他们的公司滚雪球似的越滚越大的传奇经历,使花丽云在一片茫然无措的混沌之中,看到了生活的另一种色彩。其实,从踏上通往雀城的长途客车那一刻起,她便如同花儿沟庄稼地的一团棉花,一边绽放洁白而淳朴的色彩,一边吸收着雀城的阳光、水分和街头不算清新的空气。

一个人的时候,花丽云时常想起那个狂风乱作的雪夜,想起酒后目光迷离的罗成功。有意思的是,罗成功招聘了她以后,冯姐成了这个公司的主心骨。和冯姐相处久了，她觉得冯姐做事非常泼辣干练，公司里里外外的事，拿得起，放得下。从冯姐的身上，花丽云不仅学会打字和电脑的基本知识，还耳濡目染了许多做人的道理。从上班的第一天，细心的花丽云就养成了写日记的习惯，一个班上下来，回屋冷冷清清的，没有说话的伴儿，书写自然成了她最好的倾诉方式。每天临睡前，她把枕头垫在胸部，趴在铁床上，从上班到下班，按时间顺序一路写下来，记得滴水不漏。当然，记完一天感兴趣的事儿，没有睡意，她也会顺便抒发一把对人生、理想、爱情的看法。有一天晚上，当她写到对今后生活的向往时，她想到了冯姐。她能做的事，为什么我不能？凭学问，我高中毕业，冯姐初中；凭年龄，我二十，冯姐三十二。有的是机会啊！花丽云把日记本和钢笔往枕头旁边一扔，钻进有点潮湿的被窝，在梦里开始了对自己未来的策划。

从灵感乍现的那个夜晚起，花丽云开始留意蓝镜公司的客户名单、联系人、电话号码。这些东西，冯姐和罗成功一般随手记在日历簿上，隔一段时间，由冯姐亲手整理并抄录到她的记事簿上。冯姐说那叫市场资源，生意做完了人情在，适当时候打个电话问候一声，逢年过节送点小东小西看望一下，联络联络感情，有活儿了，首先想到的是谁啊？是我们蓝镜！经冯姐这么一说，花丽云越发觉得那些东西的重要性了。冯姐他们在公司时，她会趁其不备，把那些东西悄悄背下来，记到一张小纸片上，再塞进裤兜或长筒丝袜；老板不在的话，更方便了，哗哗一抄了之。晚上再把纸片上的内容，誊写到一个专用小笔记本上。当然，她用心留意的还有蓝镜公司的生产过程，她觉得那些技术活儿并不多么重要。对不懂的人，一时半会儿也学不会，弄不了。到时候，一旦有能力成立自己的公司了，跟冯姐一样，到雀城新华印刷厂聘上几个内退人员，不就得了？这种内心最隐秘的想法，花丽云藏匿得很深，在她的羽翼尚未丰满之前，她不停地告诫自己：最好躲在鸟巢里别轻举妄动，要学会隐忍，学会卧薪尝胆！

花丽云喜欢蓝镜的工作氛围，恬静、祥和，还稍带一点点温馨。尽管每月的工资不如去年底那么多了，但每月按时发到手的六七百块钱，足可以维持她在雀城体面的生活了。一天天，上班或下班，坐在屋里敲敲键盘，跟玩似的，每月差不多能换回花儿沟的一头生猪，这种美差上哪儿去找啊？要是让父母知道，还不知要高兴成啥样呢。说句老实话，她不是不喜欢包大光，也不是不喜欢他那套阳光明媚的房子，三室一厅啊，大得叫人都不敢相信自己的眼睛。认识才一个多月，凭什么人家要把房子租给你住？谁知道他背后埋藏着什么阴谋诡计！再说了，像包大光这样优秀的男人，要长相有长相，要风度有风度，要汽车有汽车，要洋房有洋房，还开着那么气派的一个画廊，每月的收入以十万计，他的身后还怕没有雀城漂亮的女孩？可话又说回来，反正自己现在还年轻，若是他有真心有实意，还在乎考验他的一些时间？

真的，太快了。快得几乎叫人难以置信。一套摆放了全部高档陈设的房子，竟要以每月一百的价格租给她住，和白送的有什么区别？小披屋每月的租金还要六十呢。稍微明白事理的人，看看主卧室那张球场似的大床，大概可以猜出几分包大光的险恶用心了。更何况，既没确定恋爱关系，又没任何亲昵的举动，他凭什么可以把自己的目光，从我的脚踝，跟毛毛虫似的一直爬过大腿，还在小腹那儿狠狠地瞪上一眼，谁给他的权利呀？

一个星期接着一个星期过去了。蓝镜小区门口的树荫下面，依旧没有出现包大光的汽车。花丽云打字的时候，出现了心猿意马的迹象，打出的文稿错字连篇。冯姐看了，心里不高兴，却没有挂到脸上。她走到花丽云面前，笑着把文稿递给她，说丽云啊，是不是你的电脑出毛病了？错了那么多字！又说丽云，最近是不是有什么心事啊？没，没有啊。花丽云从闪烁不定的电脑屏幕上移开目光，小心翼翼地看了冯姐一眼说，真的错字了？你自己看看吧，冯姐抖动着手里的文稿说，赶快改过来吧。花丽云听出冯姐言语中的分量，她一句话没说，在心里狠狠地把自己骂了一通。

有一天她突然想起对弟弟的承诺，随即往花儿沟写了一封信，告诉弟弟详细地址，并交代他如何在黑龙镇上车，到雀城后如何花两块钱，叫辆三轮车，又如何让三轮车送到她住的地方。信写好后，她给冯姐请了一会儿假，说是给老家发封信。冯姐说去吧，路上小心点。信投进邮筒之后她才发现弟弟的暑假快要过完了。寄完信回到蓝镜公司，冯姐说刚才有个男人打电话找你来着。

“真的？”花丽云掠了一下耷拉在脑门上的刘海，脑子闪过一道亮光：是包大光？

“冯姐还能骗你不成？”

“不会吧？”

“丽云啊，”这时候罗成功插话进来了，他用一种过来人的语气说，“有些话本不该说的，但小心点不会有错哟。”

“哎，我说老罗，”冯姐回头瞪着罗成功，问他，“你这话是什么意思啊？当初我要是小心了，还会上当受骗，插到你这堆牛粪上？！”

“瞧你，又来了不是？”罗成功咧嘴笑了。

“给姐透露点消息嘛，”冯姐说，“他是做什么的啊？让姐帮你参谋参谋。”

“冯姐，哪有的事啊，根本不可能的！”花丽云说完，又坐到电脑前，嘀嗒嘀嗒敲字去了。冯姐和罗成功的目光对视片刻，随后会心一笑，又各自做手头事去了。

冯姐传递的消息没错，等花丽云下班走进蓝镜小区大门时，她就看到那辆熟悉的轿车。包大光摇下车窗，微笑着向她招招手。是他，的确是他。花丽云站在雀城过于绚丽多彩的霞光里，愣了。那个时候，她有了一种想大哭一场的感觉。真的，伏在一个能够依靠的背上，痛痛快快地大哭一场。只有这样，那些多日来积聚在心头的情绪，才可能随汩汩而出的泪水，一起消失在雀城灼热的阳光之中，化成缕缕看不见的水汽，融入雀城上空的蓝天白云。嘟嘟。显然是包大光轿车的喇叭声在呼唤她呢。嘟嘟……花丽云朝泊在悬铃木下的轿车奔来。她奔跑的速度很快，绾成一束的发辫，跳动在她的脑后；迎面扑来的风，在没命地阻挡她前进速度的同时，如同雕塑家手中的刻刀，将身着背心式连衣裙的花儿沟女孩曼妙无比的身体，精妙绝伦地呈现在雀城的霞光中。坐在轿车里的包大光目不暇给，他没有理由不瞪大自己的眼睛，以透过轿车的挡风玻璃，将能够目睹的一切尽收眼底。天哪，她麦青色的裙子多么漂亮啊。裙子的下摆向后飘起，哗哗的，映衬出那对翻飞的红色高跟皮凉鞋。蝴蝶，红色的，多像一对红色的蝴蝶啊。雀城的霞光从她的身后照来，霞光透过裙子，刻画出的是什么呢？是她两条修长的腿，是丝袜闪烁出来的迷离的光芒。她在奔跑，一步两步，越来越近，越来越快。当然，跟随奔跑出现的景象还有她裙子后面跳动的乳房，怦怦的，和包大光心跳的节奏一致。多么诱人的舞蹈啊，那是裙子的舞蹈，是丝袜的舞蹈，是蝴蝶的舞蹈，是杀人眼球的舞蹈……哦，包大光缓缓地闭上眼睛，就是她了，就是她了。

“丽云。”包大光下车，打开前座的车门，轻轻叫了一声。

“这些天，去……去哪儿……”坐在轿车前排，花丽云的话没说完，就哽咽了。她侧过头，情不自禁地靠向包大光的肩头。他身着橘红色的纯棉 T 恤，上面浮着一层花儿沟冬天才有的霜似的白色。他的 T 恤柔软如水，透出足以令人窒息的淡淡的汗味。靠在包大光肩头的花丽云，哭了，眼泪簌簌地往下掉，流过脸颊，直接奔向她唇线分明的嘴角……她终于靠到自己的肩头了，包大光想。她坐在前座上，弯曲着秀美的脖颈，由于无语的凝咽，她的肩头一耸，小腹也会跟着一耸。包大光开车离开时闻见一股青草般迷人的气息，他知道那股气息来自她刚刚结束的奔跑，来自她奔跑中的汗水。

“去了趟香港和新加坡。”包大光说，“出了些字画，顺路散了散心。”

“去那么长时间啊？”花丽云的心绪平静了些。

“不长啊，最多一个月吧。”包大光腾出一只手，捏了捏她的鼻尖，说，“把窗户关点，小心着凉啊。”

“小心着凉啊。”花丽云一遍遍默诵着，长这么大除了父母对她说过这句话,谁还说过呢。花小艳? 没有。来雀城快一年了,她从没对自己说过。动不动,她就消失得无影无踪,像躲避瘟疫一样,躲着自己。我又不吃她的喝她的,犯得着躲来躲去的吗? 小心着凉啊……她想他为什么不早点说这句话呢,若是那天在三室一厅说了,说不定那天就在那儿住下了呢。有了这句话,即使上当就上一回吧。谁能钻进他的心窝窝,瞧一瞧他的真实想法? 花丽云啊花丽云,从骨子里你离不开包大光啦,你爱上他了。在酒吧那一刻,在后面短短的一个月中,在三室一厅的阳光里,其实你的魂儿无时无刻不牵动在眼前这个男人身上。爱他吧,上他的当去吧! 冯姐不是说上了罗成功的当,才嫁给他的吗?

更何况,爱他,并不一定要死去活来嫁给他啊。若是有一天他不爱自己了,天还会塌下来不成? 花丽云想:天肯定是塌不下来的!

“大光哥……”花丽云轻声说,“我们回去吧,我冷!”

八

按照花丽云对未来的梦想,她义无反顾地辞掉了蓝镜公司的工作,来到离红墟大道不远的光明路工商部门,注册了自己的公司。公司以她喜爱的勿忘我冠名,全称叫“勿忘我广告印务有限公司”。她的想法,起初受到包大光的强烈反对,他说画廊的事忙都忙不过来,再开什么公司,还不把人累垮啊? 花丽云说画廊是你的,我可不愿意再去打什么工。什么你的我的,包大光说是我们的嘛。不,花丽云口气异常坚决,用一种撒娇似的口吻说,你要不同意,我搬回小披屋去住好了! 想开就开吧,在她的软磨硬泡下,包大光妥协了,心想,实在不行到时候一关了之。花丽云向包大光借了五万,并力主履行法律手续,借款利息按银行同期利率计算。

“丽云,你在给我玩什么游戏呢?”包大光摸着脑门,忍不住问她。

“到时候你会知道的!”花丽云将一向喜欢扎在头顶的那束辫子一

甩，朝包大光投去顽皮的一瞥。

她站在三室一厅的窗口，眺望着楼下的草坪和树林，那里丝丝绒绒的一片，点缀了许多色彩艳丽的斑点。她知道那些斑点来自正含苞吐芳的花朵。屋里空调吹来徐徐的凉风。包大光坐在客厅的沙发上，身上依旧是他喜欢的T恤和长裤，全都是鳄鱼牌的，每天变化的不过是颜色罢了。他没有食言，房租依然是一月一百。住过来吧，包大光说反正闲也是闲着。当着花丽云的面，他叫人换了房子的门锁，并把门锁的五把钥匙如数交到她的手里，说这下你总该放心了吧。重新见到包大光的那天晚上，她见到了他从香港买回的五套蒙尔莎名牌时装，从里到外都有，内衣、裙子、袜子、鞋子，一应俱全。丽云，包大光一回到三室一厅，就迫不及待地打开放进主卧室的旅行箱，说不知合不合适，全凭印象买的。她在主卧室关门试了，一件又一件，一套又一套，整整试了一个多小时，弄得在客厅看电视的包大光，敲了三回主卧室的木门，问她怎么还没试好。每一套，每一件，是那么贴身，好像专门为她定做似的。大光哥的眼光真是出类拔萃啊，这要花他多少钱？最后，她打开主卧室的木门出来了，迈着碎步。

“哇噻。”坐在沙发上的包大光惊呼起来，夸张地揉了揉眼睛，说，“不会搞错吧，是花丽云小姐吗？不会是从电视机里走出的明星吧？”

当然不会搞错，她就是那个来自花儿沟的女孩，名叫花丽云。这会儿她正心甘情愿走向自己爱上的男人，并做好了上一次当的充分思想准备。而包大光呢？他更没有理由再四平八稳地坐在沙发上，去看那些又长又臭的电视剧了。他起身，迎着花丽云一步步地走过去。在客厅的中央，他第一次拥抱了她，吻了她的嘴唇。的确，作为一个雀城著名画廊的老板，包大光的身边并不缺乏女人，与他同居过的女人，连他自己也弄不清楚有多少了，但他最终选择独身一人，一个重要的原因是他对女人失望了，难道整个雀城的女孩就不懂，除钞票外，人间还有更可贵的东西存在？他俩吻了很长时间。他能够感觉到花丽云的身子在颤抖。她真的什么都不会。接吻，爱抚，呻吟，什么都不会，正好印证了包大光的猜测。没错，怀里的女孩就是那张他期待多年的又纯又白的纸张，他可以尽情地在上面画最新最美的图画了。最后，包大光什么都没干。他轻轻地含着花丽云的耳垂说："最美好的东西，我要留到洞房花烛夜！"

他的潜台词，花丽云自然明白。他是在向她表明，他是认真的。爱她，并不意味贪图美色和占有她的身体。尽管花丽云那天差一点就要在包大光的拥抱和亲吻下融化了，但在他的坚持下，她成功阻挡住了来自身体的欲望，以致在包大光离开三室一厅后，她怅然若失，半天都没有找回自己。

正当花丽云全身心筹建勿忘我广告印务有限公司的时候，伏牛山大酒店原总经理涂人杰，以贪污、行贿数额巨大两项罪名，被雀城市人民法院判处有期徒刑十五年，其非法财产追缴国库，并处罚款十一万五千四百一十五元。花小艳梦寐以求的那套房子和银行存款，自然被列为涂人杰的非法财产。关于花小艳的行踪，红枫小区的人们有好几种说法。有人说她天天晚上出没于雀城屡禁不绝的色情场所，靠自身的固有资源吃饭；还有人说她重操旧业，穿上又破又脏的衣裤，捡起了雀城楼洞的垃圾；更有了解内情的人神秘兮兮地断言，花小艳早已精神失常了，终日流浪街头，天天睡楼道，蓬头垢面的，逢人就知道咯咯地傻笑。

这一年仲秋，也就是花丽云的公司成立不久后的某个傍晚，她送包大光去外地出差，乘出租车来到雀城火车站站前广场。下了出租车，迎面走来一拨又一拨十七八岁的乡下女孩，瞧着她们肩扛手提包裹又茫然四顾的样子，花丽云想，她们的明天会怎么样呢？她拉着包大光的手，一边想一边朝车站的候车室走去。没走多久，他们看见路边的花坛旁围着一群人。花坛的树荫里侧身躺着一个女人。女人面孔朝里，身穿污浊不堪的蓝色牛仔裙、黄色T恤衫、白色运动鞋，裸露在外的大腿上灰不溜秋的，留有明显的血迹。旁边三个小痞子正逗弄那个女人。嘿，其中一个说一定是疯了，都睡了五天五夜啦，还没睡醒？咋的流血了？又一个伸手撩起女人的牛仔裙，骂了句奶奶的，还来着月经呐。第二个痞子的话音刚落，女人突然翻了个身，把脸转向行人这边，咯咯地傻笑着问身边的小痞子，你们谁愿意娶我？

这一转，使花丽云和包大光的目光接触到了女人的脸颊，顿时他们失声叫道："花小艳？！"

2003年4月19日—5月2日　北京